A PALAVRA MORTAL

A PALAVRA MORTAL

GENEVIEVE COGMAN

Tradução
Cláudia Mello Belhassof

Copyright © Genevieve Cogman, 2018
Publicado pela primeira vez em 2018 pela Pan Books, um selo da Pan Macmillan, uma divisão da Macmillan Publishers International Limited.
Título original em inglês: *The mortal word*

Direção editorial: Victor Gomes
Acompanhamento editorial: Aline Graça
Tradução: Cláudia Mello Belhassof
Preparação: Audrya Oliveira
Revisão: Letícia Campopiano e Nestor Turano
Capa: Pan Macmillan Art Department
Imagens de capa: © Shutterstock
Adaptação de capa original e diagramação: Beatriz Borges

Esta é uma obra de ficção. Nomes, personagens, lugares, organizações e situações são produtos da imaginação do autor ou usados como ficção. Qualquer semelhança com fatos reais é mera coincidência.

Todos os direitos reservados. Proibida a reprodução, no todo ou em partes, através de quaisquer meios. Os direitos morais do autor foram contemplados.

Dados Internacionais de Catalogação na Publicação (CIP)
(Câmara Brasileira do Livro, SP, Brasil)

C676p Cogman, Genevieve

A palavra mortal / Genevieve Cogman; Tradução Cláudia Mello Belhassof. – São Paulo: Editora Morro Branco, 2021.
p. 464; 14x21cm.
ISBN: 978-65-86015-11-9

1. Literatura inglesa – Romance. 2. Ficção Young Adult. I. Belhassof, Cláudia Mello. II. Título.

CDD 823

Todos os direitos desta edição reservados à:
EDITORA MORRO BRANCO
Alameda Santos, 1357, 8º andar
01419-908 – São Paulo, SP – Brasil
Telefone (11) 3373-8168
www.editoramorrobranco.com.br

Impresso no Brasil
2021

Aos meus pais, com amor e gratidão por tudo.

AGRADECIMENTOS

Agradeço muito à minha agente, Lucienne Diver, e minhas editoras, Bella Pagan e Rebecca Brewer: valorizo muito toda a ajuda e as edições. (E vou tentar reduzir o uso da palavra "aquilo"...)

Obrigada a todos os meus leitores beta: Jeanne, Beth, Phyllis, Anne, Iolanthe e todos os outros. Agradeço ao meu pai pelas fontes de pesquisa sobre Paris na belle époque, à minha cunhada Crystal pelo nome de Mu Dan, a Beth e Walter pelas maneiras de descartar cloro e a todos que contribuíram com informações úteis. Muito obrigada aos meus colegas de trabalho solidários que me aguentam enquanto rabisco anotações e sussurro em momentos inadequados. Agradeço aos autores dos diversos volumes de pesquisa que li enquanto escrevia este livro, seja sobre a Paris na belle époque ou o Teatro Grand Guignol. E obrigada a todos que leram meus livros e gostaram: isso ajuda. De verdade.

Obrigada à minha família por todo o apoio e estímulo.

E perdão à cidade de Paris e toda a sua história. Se houver erros, a culpa é minha e só minha.

Meu lorde pai,

Perdoe a pressa e a informalidade desta carta: você conhece o meu respeito por você e a minha obediência à sua vontade. Você deve ter ouvido falar que fui expulso do serviço da Biblioteca por causa de um grande escândalo e pela preferência pessoal por uma das Bibliotecárias. Isso não é verdade de jeito nenhum e é uma deturpação absurda dos fatos.

O Ministro Zhao, um cortesão real de alto escalão, foi assassinado. Você deve ter ouvido isso, meu lorde pai. A Rainha das Terras do Sul fez então uma competição para ocupar a posição do ministro com os dragões que estavam a serviço dele. O que você não deve saber é que um Bibliotecário júnior foi envolvido em um delito grave em relação a essa competição. E Irene, minha superior atual na Biblioteca, recebeu a incumbência de investigar. Eu a acompanhei.

Eventualmente, fomos obrigados a apresentar as evidências diante da própria Rainha. Irene identificou, de um jeito habilidoso e eficiente, um membro da corte como parte culpada. Você ficaria impressionado com a atitude e a inteligência dela, Pai: apesar de ser apenas humana, o autocontrole e a coragem dela são verdadeiramente admiráveis e ela se porta com uma força e um poder interior que me lembram dos melhores entre nós.

No entanto, por ser um dragão e estar trabalhando para a Biblioteca, eu estava correndo um sério risco de comprometer nós dois e a Biblioteca. Fui obrigado a dizer que havia ingressado na Biblioteca como uma brincadeira de criança e sem o seu conhecimento. Falei a todos os presentes que eu tinha mantido minha forma humana, de modo que os Bibliotecários não conheciam minha verdadeira natureza. Como resultado, tive de renunciar à minha posição de aprendiz.

Sei que isso não está de acordo com seus planos majestosos, pai. Embora minha participação na Biblioteca fosse irregular, você tinha visto vantagem no fato de eu conquistar influência junto aos Bibliotecários. Disse muitas vezes que eles são dissimulados e que se aproveitam totalmente da capacidade de se esconder na Biblioteca entre mundos. E, embora a nossa espécie não seja hostil a eles neste momento, mais informações e acesso aos segredos deles podem servir à nossa causa. Meu lorde pai, você é o mais velho dos reis e o mais respeitado de todos os monarcas dragões. Aquele que serve a você serve a todos nós. Foi uma honra conseguir me infiltrar entre eles e observar o comportamento de todos.

Não quero decepcioná-lo agora com o fracasso. Não tenho mais laços formais aqui, mas peço humildemente sua permissão para continuar no meu local atual para poder consolidar meus contatos. A saber, Vale – um detetive mestre – e Irene, minha antiga mentora.

Naturalmente, voltarei de imediato se você desejar minha presença, meu lorde pai. Sua palavra é uma ordem. Mas eu não gostaria de deixar meu trabalho pela metade.

Seu filho obediente,
Kai

Tian Shu: o menino está balbuciando. Não ouço tantas desculpas por um comportamento dúbio desde aquele duelo para defender a reputação da mãe dele. Descubra o que está acontecendo e, pelo amor dos deuses e dos homens, não deixe que ele se aproxime da conferência de paz de jeito nenhum.

CAPÍTULO 1

Os braseiros na câmara de tortura queimavam com uma chama baixa enquanto Irene esperava o Conde chegar. A parede de pedra atrás dela estava fria, apesar das camadas de roupas – vestido de tirolesa, blusa, avental e xale –, e as algemas arranhavam seus pulsos. Pelo corredor ela ouvia os sons de outros prisioneiros: lágrimas reprimidas, orações e uma mãe tentando acalmar seu bebê.

Tinha sido presa perto das três horas. Agora, devia ser o começo da noite: não havia janelas nas masmorras e ela não conseguia ouvir os sinos na capela do castelo nem na igreja do vilarejo, mas já tinham se passado várias horas. Desejou ter comido mais no almoço.

A porta se abriu e um dos guardas colocou a cabeça no vão para ver se ela ainda estava lá dentro. Era uma inspeção pró-forma, não era séria: afinal, ela estava acorrentada à parede, numa câmara de tortura trancada, nas profundezas do castelo. Como poderia ir a qualquer lugar?

As suposições dele estariam corretas, se ela não fosse uma Bibliotecária.

Mas, por enquanto, eles pensavam que ela era uma humana comum, apesar de acreditarem que era uma bruxa, e ela tinha de interpretar esse papel.

Irene sabia que as pessoas no pequeno vilarejo alemão ao lado do castelo seriam especialmente devotas nas orações daquela noite. Pois outra bruxa – a saber, ela mesma – tinha sido presa pela guarda do conde e arrastada para ser interrogada. Otto, o Conde de Süllichen – ou *graf* von Süllichen –, era supersticioso, paranoico e vingativo: estava sempre vigiando em busca de bruxas e pessoas que conspiravam contra seu governo. Os aldeões tinham medo de que ela desse o nome deles em sua confissão inevitável.

O som de choro foi abafado quando o baque de botas marchando ecoou pelo corredor. Irene engoliu em seco, a garganta abruptamente seca. Era ali que ela descobriria se seu plano tinha sido tão inteligente quanto parecia algumas horas antes.

A porta da masmorra foi aberta com brutalidade, batendo na parede. Iluminado pela tocha que estava atrás, o *graf* se assomou ali, com os braços cruzados. Seu gibão pesado de veludo preto dava a impressão de ombros mais largos do que a realidade, mas os dois soldados em posição de alerta atrás dele eram musculosos o suficiente para qualquer demonstração de força que fosse necessária. Ele analisou Irene, acariciando o queixo de um jeito pensativo.

— Então — disse ele finalmente —, a bruxa mais recente que ousa invadir meus domínios e tramar contra mim. Você não sabe, mocinha, que todas as que apareceram antes de você fracassaram?

— Ó, me perdoe, nobre *graf*! — implorou Irene humildemente. Ela sabia que seu alemão era moderno demais para esta época e este lugar, mas ele provavelmente ficaria feliz em supor que era apenas mais uma prova de bruxaria. — Fui tola por vir aqui. Eu me lanço aos seus pés e imploro por clemência!

O *graf* pareceu surpreso.

— Você admite sua culpa?

Irene olhou para o chão, tentando espremer uma ou duas lágrimas.

— Você me acorrentou com ferro, vossa graça, e há um crucifixo na porta. Estou restrita e meu Mestre Satânico não quer mais me ajudar.

— Muito bem. — O *graf* parou e esfregou as mãos. — Bem, essa é uma mudança agradável! Talvez eu não tenha de interrogá-la com a mesma rispidez que fiz com suas irmãs. Confesse todas as suas maldades e entregue suas cúmplices e talvez você seja poupada da danação.

— Mas eu fiz coisas tão terríveis, meu nobre *graf*... — Irene conseguiu fungar de um jeito sincero. — Como posso ferir seus ouvidos com minha confissão? Você é um homem nobre, muito acima dessas coisas.

Como esperava, isso atraiu seu interesse total.

— Mocinha, não tem nada que você possa me dizer que eu já não tenha lido. Você pode não saber...

Na verdade, ela sabia, e esse era o motivo para estar ali.

— ... mas sou o homem mais instruído de toda Württemberg. Os homens atravessam a Alemanha para admirar meus livros. Muitos dos tratados de grandes homens santos e caçadores de bruxas enfeitam minha biblioteca. O *Malleus Maleficarum*, de Kramer, foi minha leitura na infância. Estudei as confissões de bruxas do mundo todo. A sua não será diferente.

Uma ideia de como se livrar de pelo menos um guarda ocorreu a Irene.

— Então imploro que convoque um padre, meu nobre *graf*. Deixe-me fazer minha confissão final a ele e a você, para que eu possa ser salva das chamas do inferno.

O *graf* fez que sim com a cabeça.

— Você demonstra sabedoria, mulher. *Stefan*. Traga o padre Heinrich aqui imediatamente.

— Mas, senhor — protestou o guarda —, ele disse que não queria mais ouvir o interrogatório de testemunhas...

— Tolo — o *graf* o interrompeu. — Essa bruxa está implorando para confessar seus pecados. Rá! Isso vai provar a ele que minhas suspeitas estavam certas o tempo todo. Traga-o e seja rápido... Não me importo que ele esteja no meio da missa ou no meio do jantar, mas arraste-o até aqui para essa mocinha tola poder limpar sua consciência.

Irene percebeu que o guarda revirou os olhos para o céu, mas ele teve o cuidado de fazer isso quando o *graf* estava de costas.

— Claro, senhor — murmurou ele e partiu trotando, fechando a porta ao sair.

— Muito bem, mocinha. — O *graf* estava praticamente salivando ao pensar nas confissões libidinosas. — Conte-me o que a trouxe aos meus domínios e às minhas mãos; e às mãos da Santa Igreja, é claro — acrescentou, reconsiderando.

— Esteja avisada: se tentar esconder alguma coisa, serei obrigado a fazer o interrogatório, no fim das contas. Está vendo todos esses ferros aquecendo no braseiro? Está vendo a prateleira e a Dama de Ferro no canto do cômodo? Muitas tentaram permanecer em silêncio e fracassaram. — Ele refletiu.

— Conte-me, primeiro, por que seu cabelo é tosado de um jeito nada feminino. Você o sacrificou ao seu Mestre Sombrio em troca de poderes de sedução ou doença?

Irene não conseguiu pensar num jeito de tirar o segundo guarda do cômodo. Ela teria que lidar com ele antes que o primeiro retornasse. Hora de encenar a segunda parte do plano.

— Ele o cortou da minha cabeça assim que me ajoelhei diante dele, meu nobre *graf* — confessou. — Ele entoava palavras de poder enquanto fazia isso. — Nem um pouco verdadeiro. Seu cabelo tinha sido cortado pelo amigo e ex-aprendiz durante um passeio recente à América das Proibições. Era muito difícil manter um penteado uniforme entre mundos alternativos. Mas ninguém neste lugar e nesta época – Alemanha do século XVI – acreditaria que uma mulher poderia *escolher* ter o cabelo curto.

— Sério? — O *graf* se aproximou de um livro aberto em um atril e mergulhou a pena que estava ali no tinteiro aberto. — Recite essas palavras diabólicas para mim, para que eu possa ter um registro desses feitiços.

— Ele disse: — E Irene mudou para a Linguagem. O tempo do fingimento tinha acabado. — **Tinta, voe até os olhos dos homens; correntes, abram-se e me soltem.**

Uma das muitas coisas úteis de ser uma Bibliotecária – diferentemente de ser uma bruxa – era que Irene podia usar a Linguagem da Biblioteca para mudar o mundo ao redor. Mesmo que estivesse algemada e acorrentada à parede.

O que ela não estava mais. As algemas pesadas de ferro se abriram, soltando-a. Ela deu alguns passos prudentes para o lado, antes que o guarda, que estava esfregando os olhos e uivando de raiva e medo, pudesse pensar em atacar o local onde ela estivera.

— **Calças, amarrem suas pernas e restrinjam as pessoas que as estão usando** — ordenou. Afinal, *ela* estava usando um vestido, não uma calça, então as únicas pessoas afetadas seriam o guarda e o *graf*.

— Bruxa! — gritou o *graf*, se debatendo no piso com chutes em vão.

— Achei que você já sabia disso — observou Irene, pegando um pedaço de ferro retorcido, que provavelmente era um instrumento de tortura. Naquele momento, o mais importante para ela era o fato de ser um instrumento pesado e duro que poderia ser usado para bater na cabeça das pessoas.

Dois baques depois e com o cômodo bem mais silencioso, ela abriu a porta e saiu no corredor, amarrando a touca descartada de novo no cabelo. A chave – também de ferro frio – estava convenientemente pendurada na parede e ela a usou para trancar a porta antes de seguir adiante. Tinha o tempo que levaria para Stefan voltar com o padre. Devia ser suficiente.

Mais uma lamúria veio de outra cela e Irene se sentiu dividida. Seu objetivo era conseguir um livro da biblioteca particular do *graf*. Não era frequente ela poder fazer seu trabalho – ou seja, roubar livros para manter o equilíbrio do universo – com um alvo tão desagradável e merecedor. Ela deveria concentrar-se nisso, e não nas outras vítimas do nobre. E, se gastasse tempo com eles, isso poderia prejudicar sua chance de garantir aquela cópia de *Heliand*. E isso era muito mais importante do que as vidas de alguns camponeses que nunca teriam conhecimento da Biblioteca nem entenderiam sua missão...

Mas libertar todos os prisioneiros seria uma *enorme* distração. Era um contra-argumento conveniente, que satisfazia sua consciência e sua noção de responsabilidade. Claro que isso podia ser apenas uma racionalização enganosa. Mas significava que ela não precisava abandonar os prisioneiros do *graf*, então ela conseguiria viver com a ideia.

Cinco minutos depois, ela havia libertado dois prisioneiros, que deixou encarregados de libertar os outros enquanto se esgueirava até a escada mais próxima.

O próximo obstáculo apareceu rapidamente. A guarita ficava no topo da escada e estava ocupada. O lugar todo era como o próprio *graf* – totalmente paranoico. Não havia nenhum esconderijo também: a escada era de pedra simples e com talho bruto. E, embora fosse iluminada apenas por tochas, não havia nenhum lugar para se esconder caso os guardas corressem para investigar a distração mais abaixo. Mas Irene tinha um truque na manga.

Ela seguiu até a porta da guarita, abriu e entrou.

Os quatro guardas estavam relaxando e compartilhando uma jarra ilícita de cerveja e a encararam em choque. Felizmente, nenhum deles teve a esperteza de gritar "Bruxa!" imediatamente nem de se lançar em cima dela, e Irene teve tempo para falar.

— **Vocês percebem** — disse ela, usando a Linguagem de novo — **que não sou a bruxa que estão procurando, mas apenas outro guarda fazendo a ronda para o *graf* e é totalmente normal eu estar passando por aqui e isso não vale seu tempo ou interesse.**

A dor de cabeça a atingiu. Usar a Linguagem para confundir as percepções das pessoas lhe causava uma tensão, na melhor das hipóteses, e fazer isso com quatro pessoas ao mesmo tempo piorava tudo. Mas funcionou: os guardas só balançaram a cabeça, enquanto reinterpretavam a presença dela como irrelevante. Dois deles voltaram a discutir por causa dos dados, enquanto o terceiro voltou a lustrar a espada.

O quarto continuou a encará-la. A garganta de Irene estava seca quando ela atravessou o cômodo, passando entre eles, se concentrando para não fazer nada que pudesse abalar a ilusão. Não ia durar muito, de qualquer maneira. Mas se o quarto guarda conseguisse ver a verdade de algum jeito...

— Ei, Johann — rosnou ele —, você falou com Lise sobre a sua irmã?

Irene deu de ombros e fez um ruído descompromissado, sentindo a carne se encolher nas costas. Mais três passos até o outro lado do cômodo. *Não perceba nada,* rezou ela, *não perceba nada...*

Um dos guardas que estavam rolando dados levantou o olhar, confuso.

— Johann? — disse ele. — Esse é o Bruno.

O guarda que fez a primeira pergunta franziu a testa.

— Não, esse é o Johann...

Irene se lançou pela porta e a bateu depois de atravessá-la.

— **Porta, tranque-se e emperre!** — ofegou. Ela ouviu as trancas da fechadura clicarem um instante antes de alguém virar a maçaneta pelo outro lado. A porta travou na moldura enquanto mais guardas colocavam peso sobre a maçaneta, gritando numa tentativa de disparar o alarme.

Adeus à sua margem de segurança. Irene disparou pelo corredor. As pedras eram mais lisas nesse ponto e as tochas, de melhor qualidade. Isso significava que ela estava se aproximando dos aposentos do *graf* no alto do castelo, mas também que a chance de ser notada era maior. Mesmo que ninguém a reconhecesse como a "bruxa" que tinha sido presa mais cedo, eles veriam suas roupas de camponesa e fariam perguntas constrangedoras.

Ela analisou mentalmente sua experiência como Bibliotecária. De todos os anos roubando livros para manter o equilíbrio entre a ordem e o caos, o que seria mais útil? Máximas como *Quando tiver dúvidas, esconda as evidências* ou *Negue tudo e peça um advogado* passaram pela sua mente sem ajudar em nada.

Quero todo mundo fora do meu caminho enquanto subo. E daí se todos olharem para baixo...

Essa parte do castelo era para os serviçais: cozinhas, guaritas, lavanderias, quartos. O cheiro de repolhos e nabos fervendo vindo da sua frente indicava que havia uma cozinha ali perto. Isso haveria de servir.

Irene esperou alguém aparecer. Era um serviçal com olhar atormentado, carregando uma pilha de uniformes dobrados. Ela agarrou o braço dele e, antes que ele pudesse reagir, falou:

— **Você percebe que eu falei que o Diabo está solto nas masmorras e que isso é totalmente verdadeiro. E você precisa reunir os guardas para descer lá e salvar o *graf*.**

E ela o deixou e recuou bastante, pegando uma rota alternativa pelas passagens dos serviçais enquanto o alarme era disparado.

Irene repetiu a manobra várias vezes enquanto subia pelo castelo. Esse lugar tinha uma abundância de guardas e todos eles estavam convergindo para as partes inferiores do castelo. Mesmo que não acreditassem em nada no Diabo, eles acreditavam no *graf* – e no que o *graf* poderia fazer com eles se não reagissem com interesse suficiente. Ou talvez eles *realmente* acreditassem no Diabo. Na atmosfera febril de pânico e suspeita que cercava o lugar, não era muito difícil acreditar nas forças do mal.

Por fim, com um suspiro de alívio, ela pisou na escadaria que levava aos aposentos particulares do *graf* e à biblioteca. As plantas baixas que havia memorizado se mostraram precisas até o momento. Havia muita confusão na parte de baixo – ela ouvia gritos e batidas e achou que tinha sentido cheiro de fumaça –, mas o foco de interesse ainda era para baixo e não para cima. Sentia uma dor de cabeça latejante, mas também tinha uma aspirina anacrônica escondida no corpete para quando tudo isso acabasse. Até agora, a missão estava fluindo de acordo com o plano. Bem, mais ou menos. Um pouco. Ela ainda estava viva e quase chegando ao seu objetivo. E, se houvesse uma pequena mudança de comando nos andares inferiores, bem, essas coisas acontecem.

Ela usou a Linguagem para abrir a porta pesadamente trancada, fechou-a ao entrar para apagar seus rastros e se arrastou cansada escada acima, admirando as tapeçarias e os tapetes bordados nos patamares. Assim como o restante do castelo, esta torre era de pedra pesada, construída para durar séculos e impedir a entrada de correntes de ar e invasores. Era o motivo para ela ter planejado toda essa infiltração. O *graf* e seus guardas eram paranoicos demais para ela ter entrado no local sob circunstâncias normais. Ela teria de enganá-lo para ele mesmo levá-la para dentro.

Mas sair ia ser difícil. Tudo dependia de a "biblioteca" particular do *graf* ser tão grande quanto ele gostava de alegar.

Os cômodos do topo eram distribuídos em uma espiral ao redor da escada que subia, cada um muito bem trancado. Enquanto destrancava e verificava cada um, Irene viu que o interior deles era meticulosamente limpo. As prateleiras brilhavam com o cheiro de cera de abelha e as capas pesadas dos livros brilhavam com pedras incrustadas e letras douradas. Ou o próprio *graf* espanava o pó – improvável, julgou Irene – ou as serviçais eram acompanhadas até lá em cima todo dia. De jeito nenhum um mero serviçal receberia permissão para ter a chave do orgulho e da glória do *graf*. Lamparinas a óleo queimavam continuamente em todos os cômodos, tornando-os muito mais bem iluminados do que o restante do castelo abaixo.

Felizmente, o *graf* tinha alguma organização para sua coleção. A maioria tratava de bruxaria, demonologia e diabolismo, e crimes horríveis (supostamente para o caso de algum deles ter sido cometido por bruxas). Mas ele tinha separado os poucos trabalhos ligados à teologia e à hagiologia em uma pequena estante lateral no quinto cômodo. Irene se ajoelhou para vasculhar os livros. Como eram todos volumes grandes e pesados, e a maioria tinha o título na frente e não na lombada, ela teve de tirar cada um para verificar.

Os passos silenciosos que se aproximavam a pegaram de surpresa; se não fosse pela sombra que surgiu no livro pelas suas costas, não teria sido alertada de jeito nenhum. Ela se jogou para o lado, deixando o livro cair e sentindo uma pontada de culpa quando ele bateu no chão, levantando o braço para proteger o rosto enquanto rolava. Uma linha fina de dor cortou seu antebraço.

Irene se levantou, agradecendo pela saia folgada do vestido de tirolesa, e analisou a outra pessoa. Era uma mulher: estava usando um vestido largo de seda, extremamente inadequado para qualquer coisa que não fosse dormir, o cabelo louro caindo solto sobre os ombros e pelas costas. Em uma das mãos, uma adaga de misericórdia com ponta de agulha. Ela a estava segurando com a ponta para cima, como um lutador com facas, e não na posição mais amadora, com a ponta para baixo. E Irene percebeu, com um medo crescente, que a lâmina tinha uma mancha preta desagradável do punho até a ponta.

O braço de Irene latejou. Certo: veneno. Ela precisava cuidar disso, mas tinha de cuidar dessa mulher antes. Soubera que o *graf* tinha uma amante (foi a primeira coisa que as fofocas do vilarejo mencionaram), mas não sabia que ele a mantinha na sua biblioteca particular.

A mulher mudou o peso de um pé para o outro, observando Irene com cuidado, depois se aproximou para outro ataque, a lâmina se movimentando para cortar e não apunhalar. Ela estava numa posição defensiva, tentando provocar ferimentos na carne em vez de lesões sérias.

Irene bloqueou o golpe da mulher com um movimento de autodefesa. Alguma coisa de uma aula de combate sem armas, anos atrás, num mundo diferente. Irene pegou o pulso dela e girou tanto ele quanto a mão da outra mulher para as costas, ao mesmo tempo em que chutou o joelho dela, forçando-a para o chão.

— Solta — ordenou.

— Bruxa! — cuspiu a mulher. — Pode fazer o pior que conseguir!

Irene tentou não considerar isso como um desafio. Em vez disso, enfiou a mão livre no cabelo solto da outra mulher e bateu a cabeça dela no chão algumas vezes, até ela parar de se mexer.

Seu braço estava doendo de verdade agora. Ela precisava tirar o veneno do corpo, e *rápido.*

Por precaução, ela chutou a adaga para bem longe do alcance da outra mulher, depois ergueu a manga da roupa. Era um corte raso, mas profundo o suficiente para alguma coisa entrar na sua corrente sanguínea.

Irene se ajoelhou.

— **Veneno ou qualquer outra substância na adaga, saia do meu corpo pelo mesmo caminho por onde entrou!** — ordenou.

Um jato súbito de sangue saiu do ferimento, respingando na saia e no chão. Irene trincou os dentes enquanto balançava de tontura, esperando até o fluxo parar antes de transformar a touca em torniquete e atadura. Ela não conseguiu *ver* nenhum veneno no sangue, mas ninguém veria, não é mesmo?

A vozinha do bom senso no fundo da sua mente observou que ela estava se distraindo. Ela precisava amarrar a amante do *graf*, encontrar o livro e sair dali.

Irene balançou a cabeça e se recompôs. Prioridades. Certo.

O exemplar que procurava estava na prateleira abaixo – felizmente, ao contrário do que ela temia, não era o último livro da estante toda. (Às vezes o universo tinha um senso de humor desagradável.) Seu saxão antigo era algo entre péssimo e não existente, mas o título era claro e ela havia verificado antes quais seriam as frases importantes do texto. Era a versão completa de *Heliand* e não as parciais que a Biblioteca já tinha levado deste mundo – a vida de Jesus em versos, em saxão antigo, composta em algum momento durante o século IX. E este, diferentemente das versões de outros mundos, supostamente tinha umas divergências interessantes quanto ao Novo Testamento, o que o tornava único.

Missão cumprida. Agora Irene só precisava sair desse castelo – e desse *mundo.*

A amante do *graf* estava deitada no chão, amarrada e inconsciente. Irene pulou por sobre ela e foi até a porta aberta, o livro pesado embaixo do braço. Ela a fechou, a maçaneta de ferro frio encostando na mão.

Isso ia funcionar ou não? Alcançar a Biblioteca de um dos milhares de mundos alternativos exigia uma coleção suficientemente grande de livros. A biblioteca do *graf* era razoavelmente grande – bem, para esta época e este lugar – e certamente era dedicada à função de ser uma biblioteca e não apenas um espaço de visitação ou um depósito. Sua vida ficaria bem mais fácil se isso *realmente* funcionasse...

— **Abra para a Biblioteca** — ordenou Irene na Linguagem e puxou a porta.

O cômodo do outro lado era tão diferente da escadaria da torre quanto possível. Um enredado de prateleiras de metal cobria as paredes e subia até o teto, firme sob o peso de pilhas de impressos e livros amarrados em cartolina branca reluzente e plástico liso. No centro do salão, um grupo de telas de computador zunia em um Stonehenge eletrônico de torres de servidores, espelhos escuros que refletiam o restante do salão.

No chão, a amante do *graf* ofegou, chocada.

Irene entrou pela porta aberta, mas, antes de fechá-la, se virou para falar com a outra mulher. Parecia injusto deixá-la ali levando toda a culpa.

— Sugiro que você diga a ele que me esfaqueou e eu desapareci com um grito — comentou. — Tem meu sangue no chão e na adaga, afinal. É um bom fim para uma história sobre bruxas... — E fechou a porta, rompendo sua ligação com aquele mundo.

Várias horas depois, Irene tinha depositado o livro no sistema central de coleções da Biblioteca, pelo qual seria entregue ao local adequado para leitura e arquivamento. E, agora que aquele mundo tinha ligações mais fortes com a Biblioteca, ele deveria ser protegido contra as forças do caos. Ela havia tratado o corte no braço com remédios e ataduras mais atuais, tomado várias aspirinas e trocado de roupa. Pois sua próxima localização – seu lar atual – era muito diferente: uma Inglaterra vagamente vitoriana com tendência a energia a vapor, zepelins, libertinos e Grandes Detetives.

E agora ela estava sentada nos aposentos do Grande Detetive. Peregrine Vale era o nêmesis dos criminosos da Grã-Bretanha e – para surpresa de Irene – seu amigo. Para quem ela estava prestes a fazer um pequeno favor.

Um chantagista da alta sociedade tinha esbarrado num documento comprometedor escrito em turco-otomano sobre a disposição das tropas britânicas. E, embora Vale tivesse conseguido colocar as mãos em todo o estoque de documentos privados do chantagista, ele não conseguia ler turco-otomano nem identificar a carta específica. E era por isso que Irene tinha passado por lá. Bem, um dos motivos.

O outro motivo estava sentado à mesa em frente a Vale, examinando a grande pilha de documentos que tinha sido jogada no centro, as lâmpadas de éter o transformando em uma ilustração de um mestre pintor. O cabelo escuro caía descuidado ao redor do rosto; a pele era pálida como mármore, os olhos de um azul tão escuro que espelhavam as profundidades sem luz do oceano e os ossos podiam ser obra de um mestre escultor.

Kai tinha sido aprendiz de Irene. Ele também era um príncipe dragão. Teve de abandonar a carreira que poderia ter tido como Bibliotecário (embora, francamente, Irene duvidasse que ele teria feito a escolha final) por causa de complicações políticas e eles tinham se separado publicamente. Mas declarações públicas de *Infelizmente, você não é mais minha mentora* não envolviam encontros particulares nas casas de amigos em comum. Irene não sabia por quanto tempo eles iam conseguir seguir desse jeito. Por isso ela já estava se preparando para o momento em que a separação teórica se tornaria uma realidade. Mas, por enquanto, ia aproveitar a companhia de Kai pelo tempo que pudesse.

Exceto, é claro, quando a Biblioteca a enviava em missões urgentes. Para ser sincera, ela achou o sincronismo da recente recuperação de *Heliand* um pouco suspeito. Talvez até uma dica sutil de que ela deveria usar seu tempo apenas em assuntos da Biblioteca? Mas a parte boa de dicas sutis é que podiam ser ignoradas, contanto que o trabalho de verdade fosse feito. Ela havia feito o trabalho. Agora tinha tempo para si.

Tecnicamente, Irene tinha um objetivo maior. A gama infinita de mundos alternativos era instável, desviando entre o caos em uma extremidade e a ordem na outra. Entidades em cada ponta desta realidade – os feéricos representando o caos e os dragões buscando a ordem – ameaçavam desestabilizar os mundos em prol de seus objetivos. Elas eram capazes de arrastá-los para a iminência da guerra ou até mesmo destruí-los. Mas a Biblioteca mantinha o equilíbrio entre eles, adquirindo e mantendo (a parte de manter era muito importante) obras únicas de ficção dos diferentes mundos alternativos. Normalmente, sem pedir. Isso tinha um efeito extremamente estabilizador nesses mundos. E as tarefas de Irene como Bibliotecária juramentada eram muito mais importantes do que suas satisfações pessoais.

Por outro lado, havia pouco que ela podia fazer na busca por seu objetivo maior às duas da manhã numa noite enevoada de Londres em dezembro. Assim, ela podia dar uma olhada nos documentos de Vale, tomar uma taça de conhaque e passar o resto da noite conversando com amigos. E, depois, talvez alguma coisa a mais com Kai.

Quando se tratava de satisfações pessoais... Kai tinha deixado bem claro que adoraria compartilhar a cama com ela. Mas não seria adequado ao relacionamento de mentora e aprendiz que os dois tinham. Porém, agora ela não era mais responsável pelo bem-estar dele, então...

As lâmpadas de éter nas paredes tinham sido aumentadas até a claridade total, deixando o preto e o branco do roupão noturno de Kai em destaque e perdurando no colarinho e nos punhos do roupão preferido de Vale. Kai levantou uma das cartas para inspecionar a marca d'água. Ele a cheirou e franziu o nariz.

— Esta não identifica ninguém, nem no começo nem no fim — relatou —, mas fala de romance, o alvo tem cabelo escarlate e o autor tem um gosto infeliz por sândalo.

— Provavelmente uma das irmãs Chisholm — disse Vale sem tirar os olhos do feixe de faturas que estava vasculhando. — Coloque na pilha à minha direita. Se você já se recuperou da jornada, Winters, puxe uma cadeira e nos ajude. Strongrock e eu já começamos, mas eu gostaria de ordenar e arrumar tudo antes do amanhecer para evitar possíveis constrangimentos.

— É sempre uma ideia sensata deixar tudo arrumado — concordou Irene. E se livrar de qualquer evidência comprometedora antes que a polícia pudesse aparecer e vasculhar o local. Ela levou a poltrona livre até a mesa e escolheu alguns papéis. — Foi uma noite interessante? — perguntou a Kai.

Ele deu de ombros.

— Às vezes a vida pode ser cruel. Tive de ficar no telhado enquanto outras pessoas — ele captou o olhar de Vale —, hum, adquiriam papéis. Se tivermos de fazer isso de novo, eu gostaria de ficar com uma parte mais igualitária da tarefa.

— Esse tipo de evento é altamente improvável — disse Vale com firmeza. — Não descambo para ações criminosas, a menos que a causa seja boa e a ação seja absolutamente necessária.

Kai e Irene se entreolharam de esguelha, mas eram sensatos o suficiente para não discordar.

Irene se viu relaxando enquanto vasculhava os documentos. Com seu dever de lado por enquanto, ela estava entre amigos, e isso ainda era uma experiência nova o suficiente para ela não estar completamente acostumada.

Ao longo do último ano ou dois, ela havia se acostumado aos poucos à sensação de ter pessoas em sua vida com as quais podia contar. Nas quais podia confiar. Mesmo que uma delas fosse o maior detetive de uma Londres vitoriana alternativa e o outro fosse um príncipe dragão meio impopular em forma humana. Mesmo que ela devesse ter se separado do príncipe dragão, em vez de se associar publicamente a ele. Mas essa era a vida dela agora, uma permanente atribuição como Bibliotecária Residente deste mundo. Não era o que ela havia planejado.

Mas planos raramente funcionam.

— Irene? — chamou Kai, se virando para olhá-la mais de perto. — Aconteceu alguma coisa?

Ela hesitou, tentando pensar no que dizer. Com um suspiro mental, dispensou o sentimento e voltou aos assuntos práticos.

— Metafísica — disse ela, dando de ombros — e como chegamos ao ponto onde estamos agora. Nada importante.

Rodas de carruagem rangeram e pararam na rua lá fora, e Vale franziu a testa. Ele se levantou e foi até a janela do segundo andar, puxando a ponta de uma cortina para espiar.

— Uma carruagem particular — relatou. — Não é a polícia, nem mesmo Singh. E não é Lady Rotherhyde...

Ele fez uma pausa, parecendo genuinamente surpreso.

— Winters, acredito que seja sua colega Bradamant. Por que ela estaria procurando por você a esta hora?

No andar de baixo, a campainha tocou.

— Não sei — respondeu Irene, saltando da mesa —, mas é melhor eu descer e descobrir. Peço desculpas.

Vale balançou a cabeça.

— Não é importante. Mas vá vê-la, antes que ela desperte a governanta.

Kai meio que se levantou da cadeira, mas Irene fez um gesto para ele ficar no lugar.

— Não deveríamos manter contato, lembra? — recordou a ele.

Kai bufou.

— Como se Bradamant fosse acreditar nisso. — Mas se sentou de novo.

Irene refletiu sobre as virtudes da negação plausível enquanto descia a escada correndo. Tinha esperanças de que Bradamant não estivesse em missão oficial.

A campainha tocou de novo quando Irene chegou ao hall de entrada no pé da escada. Ela se apressou para abrir as trancas e a porta.

Bradamant estava com a mão levantada para apertar a campainha de novo, mas a baixou assim que viu Irene.

— Graças a Deus você está aqui — disse ela. — Tentei seu alojamento antes, mas você não estava lá e não deixou um bilhete.

— Eu não estava esperando visitas — disse Irene, convidando Bradamant para dentro e fechando a porta. A outra mulher estava coberta por um manto grosso de veludo cinza com barra de arminho nos punhos e no colarinho: um pouco fora de época para o mundo e o país em que ambas estavam, mas bem quente e certamente muito estiloso. O cabelo preto reluzia com minúsculas gotas de orvalho da névoa. — Temos uma emergência?

— Temos — respondeu Bradamant. — Mas você não é a única pessoa que estou procurando.

A mente de Irene foi imediatamente até Kai e seu coração afundou. Será que era um tipo de exigência formal de separação? Será que alguém com autoridade tinha decidido forçar um afastamento entre os dois?

— Ah — disse ela, tentando controlar os batimentos. — Quem mais?

— Vale. — Bradamant apontou com a cabeça para a escada. — Fico feliz de ver que ele está em casa. Houve um assassinato, Irene. Precisamos de um detetive, e um dos bons. Ou as coisas vão ficar ainda piores do que você possa imaginar.

CAPÍTULO 2

— Quem morreu? — Irene quis saber. — Alguém que eu conheço? — Ela se sentiu tentada a acrescentar alguma coisa sobre como conseguia imaginar situações bem ruins. Mas deu uma olhada para o rosto de Bradamant e decidiu, só dessa vez, não ser sarcástica. Bradamant, normalmente uma das Bibliotecárias mais tranquilas e controladas que Irene conhecia, estava *preocupada*. Ela podia esperar para ser espirituosa.

A menos que Bradamant lhe desse uma desculpa genuína para ceder a essa vontade.

— Não, você não o conhece — disse Bradamant rapidamente. — Pelo menos, acho que nunca o conheceu. Não é um Bibliotecário. É... olha, posso subir e contar para você e Vale ao mesmo tempo?

— Traga sua colega aqui em cima, Winters! — gritou Vale de sua sala. Obviamente, ele estava escutando.

Irene fez um gesto para Bradamant ir em direção à escada.

— Você conhece o caminho, acho. — Ela trancou a porta e depois seguiu Bradamant escada acima e chegou à sala a tempo de ver Vale e Kai ajeitando as cadeiras apressadamente. Um lençol branco tinha sido jogado sobre a mesa, por cima dos papéis todos, numa tentativa vaga de negação plausível.

Bradamant lançou um olhar frio para Kai.

— E imagino que você estava só de passagem — disse ela.

Kai retribuiu com um olhar igualmente gelado e Irene se lembrou de que os instintos protetores dele em relação a ela envolviam uma certa antipatia por Bradamant – mesmo que as duas tivessem concordado tecnicamente em manter a gentileza por agora.

— Estou visitando meu amigo Peregrine Vale — disse ele.

— Tem algum problema nisso?

Vale analisou os dois com uma expressão que era parcialmente um apelo para os céus lhe darem paciência, mas principalmente uma impaciência aborrecida para eles cortarem o papo furado e entrarem nos detalhes sangrentos.

— Madame Bradamant. Por favor, sente-se. Percebo que você veio recentemente de outro mundo, onde devia estar nevando. — Ele se atirou em sua poltrona preferida. — Strongrock, Winters, sentem-se ou não, conforme preferirem, mas acredito que o assunto dessa senhora é urgente.

— Acredito que não adiantaria nada pedir para falar com você em particular, certo? — disse Bradamant. — E como você sabia da neve?

— Não adiantaria quase nada — respondeu Vale. — E me deixaria extremamente curioso em relação ao motivo de você querer esconder segredos dos meus colegas. Quanto à neve, embora suas roupas tenham tido tempo para secar, as marcas na barra do seu vestido indicam que andou pela neve suja, a qual deixou rastros no tecido quando secou.

Irene sentiu uma pequena faísca de prazer ao ouvir a palavra *colegas,* enquanto se sentava em uma das poltronas livres. Kai se sentou em outra, inclinando-se para a frente com interesse.

Bradamant virou as mãos no colo.

— Antes de começarmos — disse ela —, o que tenho a dizer não pode sair das paredes desta sala. E não estou falando do jornal local. E sim de feéricos, dragões e até mesmo outros Bibliotecários, se eles já não estiverem envolvidos.

— Envolvidos no quê? — perguntou Irene. Ela sempre tentava ficar de fora das questões políticas da Biblioteca, mas uma sensação arrepiante de desgraça sugeria que ela deveria ter prestado mais atenção. O que exatamente ela havia perdido?

Bradamant olhou para os três – Vale, Irene, depois Kai – e respirou fundo.

— Uma conferência de paz acabou de começar — disse ela, as palavras saindo rápido demais, como se estivesse tentando terminar a frase antes que alguém a interrompesse. Ou com medo do que estava dizendo. — Entre os dragões e os feéricos. A Biblioteca está fazendo o papel de mediadora. E pode haver uma chance genuína de *funcionar*.

— E acredito — disse Vale secamente — que devo participar como representante da humanidade. Esses meros mortais comuns que povoam os mundos.

— Você deve estar brincando — disse Bradamant, deixando de lado todo o simulacro de tato. — Eles mal *nos* ouvem. O que o faz pensar que vão ouvir humanos comuns? Não, precisamos de você lá porque o segundo negociador do lado dos dragões foi assassinado e parece que a coisa toda vai desmoronar. Vale, se um dia você achou que devia alguma coisa à Biblioteca, se tem *alguma* consideração pela segurança de outros mundos além do seu, estou lhe implorando para vir comigo e nos ajudar. A Biblioteca pode oferecer tudo que você quiser. Mas precisamos saber quem o matou antes que alguém dê início a uma guerra.

Houve um silêncio sepulcral na sala.

Por fim, Irene disse:

— Quando diabos isso aconteceu? — Ela viu Vale se agitar por causa da vulgaridade. — Desculpem a linguagem — acrescentou apressadamente. — Mas, sério, *como*? Só se passaram alguns meses desde o drama com Alberich. — Essa era a maneira resumida de colocar as coisas. Parecia melhor do que *desde que Alberich tentou destruir a Biblioteca, quase matando todos nós. E minha esperança é que ele esteja morto e continue assim.* — Como raios tudo isso pode ter acontecido desde então, também, e como vocês podem deixar algo assim escondido? — Os dragões e os feéricos vinham de pontas opostas do universo e eram criaturas da ordem e do caos, respectivamente. Os dragões incorporavam as forças naturais puras e os feéricos representavam narrativas metafóricas ficcionais, de modo que eram opostos. E não apenas desgostavam uns dos outros: eles se *odiavam*. Os seres humanos ficavam no meio: posses a serem protegidas ou peças a serem usadas em seus jogos. Embora indivíduos dos dois lados possam ser sensatos e às vezes estejam dispostos a negociar, a ideia de que ambos os lados pudessem estar dispostos a fazer um acordo de paz era algo que Irene nunca tinha sequer considerado, nem em seus sonhos mais espetaculares.

— O que eu quero saber é como isso *pode* ter acontecido! — Kai estava rígido na cadeira como uma estátua esculpida. A cor tinha sumido da sua pele, deixando-o mais pálido que mármore, e seus dedos estavam cravados nos braços do assento, como se ele pudesse quebrá-lo para garantir a realidade como ele a conhecia. — E é *impossível* que alguém da minha espécie possa ter pensado em paz com seres como os feéricos!

— Os dois pontos são válidos — disse Vale. Ele se recostou na cadeira, calmo, com a tranquilidade de um homem que não tinha um risco pessoal imediato nesse assunto. Ou talvez estivesse apenas permitindo que Irene e Kai agissem como para-raios e fizessem as perguntas que ele não saberia fazer. Embora sua voz estivesse toda suave, racional e lógica, seus olhos estavam firmes e desconfiados. — Talvez você devesse começar do início. Supondo que não sejamos necessários imediatamente.

— Temos tempo suficiente para eu explicar a vocês — disse Bradamant. Ela entrelaçou as mãos, impedindo-as de tremer, e se recompondo. — O cenário do assassinato está sendo mantido o mais intocado possível. Foi mexido quando a vítima foi encontrada, mas não foi adulterado desde então.

Kai engoliu em seco, fechando os olhos por um instante como se não quisesse perguntar, mas saiu sem querer.

— Quem é a vítima?

Pode ser alguém que ele conhece, Irene percebeu. *Pode ser um amigo ou alguém da família...* Ela estendeu a mão para tocar no pulso dele por um instante, em um gesto inútil para tranquilizá-lo.

— Lorde Ren Shun — respondeu Bradamant. — Era um vassalo de...

O sibilar profundo de Kai inspirando a interrompeu.

— Ele é o homem de confiança do meu lorde tio Ao Ji! O que ele estava fazendo em um evento como *esse*?

— Bem, isso é parte do problema — disse Bradamant. — Seu tio também está lá. Ele está... — Ela parecia estar se lembrando de alguma coisa extremamente inquietante e apertou as mãos no colo. — Profundamente arrasado.

— Meu lorde tio tem um temperamento difícil — concordou Kai, o tom cuidadosamente neutro, assim como o de Bradamant estava cuidadosamente controlado. — Mas como esse ataque pode ter acontecido?

— Talvez, se você deixar a madame Bradamant contar a história sem interrompê-la, possamos descobrir — sugeriu Vale. Ele estava observando Bradamant sob as pálpebras semicerradas, como se suspeitasse que a história toda era uma farsa mirabolante.

Irene poderia ter concordado com Vale – afinal, Bradamant já tinha mentido para ambos –, mas desta vez ela achava que a outra Bibliotecária estava falando a verdade. Esses indícios de estresse eram um pouco reais demais para serem falsos. E ela conseguia imaginar por que Bradamant estava desequilibrada. Se ela havia estado em algum lugar perto de um rei dragão que perdeu a calma...

Ela foi até o local onde Vale guardava o conhaque, servindo um pouco em quatro taças, e voltou para entregá-las. Bradamant pegou a taça com um sinal de agradecimento com a cabeça, mas Vale e Kai ignoraram as deles naquele instante.

Bradamant bebericou o conhaque e se envolveu no ar de compostura calma de sempre, como se fosse o manto que ainda estava vestindo.

— Vamos desde o começo, então — disse ela. — Tudo remonta a quando Kai foi sequestrado pelos feéricos.

— Para começar uma guerra entre os dragões e os feéricos, era o que eu pensava — disse Vale.

— Isso — concordou Bradamant —, mas, quando o sequestro deu errado, pode-se dizer que isso incitou aqueles dos dois lados que *não tinham* desejado uma. Uma guerra, quero dizer. Quando eles viram o quanto tinham chegado perto de estarem envolvidos em um conflito, um no qual eles *realmente* não estavam interessados, só porque um príncipe dragão tinha sido levado por um par de manipuladores, alguns deles reconsideraram o *status quo*. Começou a parecer uma boa ideia fazer um pacto de não agressão. Ou foi isso que me disseram, vocês entendem. Eu não estava realmente envolvida nas transações iniciais. Só descobri tudo dois dias atrás.

Kai ainda estava franzindo a testa.

— E eu não soube de nada quando visitei a minha família, e isso foi há menos de um mês.

— Deve ter sido mantido sob muito sigilo, até mesmo entre os dois lados — disse Irene. Ela pensou. — Os proponentes iniciais estavam planejando um tratado de paz com seus aliados como um fato consumado depois que fosse combinado e tinham esperança de que eles concordassem?

Bradamant fez que sim com a cabeça.

— Ou pelo menos os instigadores tinham esperança de que os aliados em questão não fizessem tanta objeção. E, depois que um pequeno acordo de paz fosse costurado, outros poderiam ser convencidos com o tempo. Era uma ponte muito vacilante. Mas *era* uma ponte.

Vale assentiu.

— E quando exatamente os dois lados abordaram um ao outro? E quando e por que eles abordaram a Biblioteca?

— Não sei exatamente quando o contato foi feito — disse Bradamant —, mas os representantes dos feéricos e dos dragões fizeram contato com a Biblioteca pouco depois de Alberich ser destruído, querendo que agíssemos como mediadores.

— Você quer dizer depois que eles viram que estávamos em segurança e ele não ia nos eliminar com uma bola de escombros em chamas? — perguntou Irene de um jeito irônico.

Bradamant deu de ombros.

— Pense que a atitude deles foi um elogio a nós, ou a você, por se livrar dele. Em última análise, Alberich era um perigo tanto para eles quanto para nós. O poder da Biblioteca nas mãos de alguém que nem fingia ser neutro? Não é algo que os feéricos nem os dragões admitiriam. — Ela deve ter visto a expressão no rosto de Irene. — Não, eu também não confio em nenhum dos dois lados, mas o que quer que a gente *faça* em relação a isso? Manter nosso orgulho? Ou aceitar a *realpolitik* e fazer o que for possível, com o objetivo de estabelecer um pacto de não agressão que os dois lados assinariam?

— Você está alternando entre *tratado de paz* e *pacto de não agressão* — comentou Vale. — Qual deles você acha que é mais preciso?

Bradamant fez uma pausa, depois deu de ombros.

— Ainda está sendo modelado. Prefiro o primeiro, mas aceito qualquer coisa que conseguirmos. Lorde Ren Shun estava fazendo uma boa parte da negociação. Para ser sincera, ele e o segundo em comando dos feéricos estavam se dando muito melhor do que os dois chefes.

Vale assentiu.

— Uma situação que não é incomum entre os seres humanos. Muito bem. E sua Biblioteca entrou como parte neutra?

— Exatamente. — Bradamant bebericou o conhaque de novo. — Não sei todos os detalhes, não me *contaram* todos os detalhes, mas a ideia original parece ser que íamos organizar o local e agir como árbitros. Os dois lados sabiam que, se jurássemos alguma coisa na Linguagem, teríamos de manter nossa palavra. Desse jeito, eles teriam certeza de que seríamos neutros. E eu acho que haverá cláusulas no acordo final, envolvendo o impedimento de "adquirirmos" livros dos signatários do acordo... O que seria inconveniente. De qualquer maneira, nós acabamos reservando hotéis em Paris, num mundo diferente deste.

— Hotéis? — indagou Vale.

— Três hotéis — respondeu Bradamant com um suspiro. — Um para cada lado e um terceiro onde aconteceriam as negociações. Os dois lados se recusaram a dividir um hotel. E esse foi o mundo mais neutro que conseguimos encontrar.

— "Nós" reservamos hotéis? — perguntou Kai. — Achei que você disse que tinha acabado de entrar na questão.

Bradamant corou, mas manteve o tom estabilizado.

— Os Bibliotecários seniores organizaram. Eu estava usando um "nós" coletivo. Posso continuar?

Vale acenou preguiçosamente a mão para ela continuar.

— Então, pulando os bastidores, que posso contar no caminho para lá, o crime se resume ao seguinte. O segundo negociador dragão, Ren Shun, saiu ontem à noite, sem contar a ninguém exatamente aonde ia. Foi encontrado na manhã seguinte, esfaqueado nas costas num salão de conferências pertencente ao hotel das negociações. Os feéricos foram acusados, lógico.

Houve um momento de espantoso – ou talvez atencioso – silêncio. Kai abriu a boca. Depois a fechou de novo. Por fim, disse:

— Embora o plano pessoal pareça óbvio, eu não esperaria que nenhum feérico fosse tão *burro*. A menos que eles de fato quisessem provocar um colapso nas negociações.

Irene tinha consciência do nível de concessão que isso representava vindo de Kai, que não tinha absolutamente nenhum motivo para gostar dos feéricos e cuja antipatia vitalícia em relação a eles lhe dava todas as desculpas para pensar o pior.

— Imagino que os Bibliotecários que estavam por lá tenham destacado bem essa questão.

Bradamant fez que sim com a cabeça.

— Kostchei, um dos nossos árbitros principais, disse que eles conseguiram convencer Sua Majestade a desistir de tudo imediatamente. Sua Majestade é Ao Ji, chefe do contingente de dragões. Kostchei prometeu, em nome da Biblioteca, que íamos investigar, como parte neutra, e encontrar o assassino.

— E quem apresentou o nome de Vale? — perguntou Irene. Ela estava dividida entre o orgulho por eles terem vindo ao amigo e a preocupação com o bem-estar dele. De jeito nenhum isso poderia ser descrito como algo seguro nem para Vale nem para seu mundo, se as coisas dessem errado...

— Isso eu não sei — disse Bradamant com tanta calma que Irene teve certeza de que ela estava mentindo. — Mas recebi a instrução de levá-lo assim que possível.

Vale franziu a testa.

— Você disse que o assassinato foi descoberto hoje de manhã? Ou ontem, pois já passou da meia-noite?

Irene entendeu o questionamento. Realmente parecia um longo atraso.

Bradamant deixou de lado a taça vazia e estendeu as mãos.

— Eu sei que devíamos ter reagido mais rápido. Mas os primeiros Bibliotecários seniores presentes tiveram de decidir a linha de ação. E depois tiveram de negociar com as partes envolvidas quem, além de Vale, faria a investigação.

As sobrancelhas do detetive se ergueram.

— *Além* de mim? — perguntou ele sem emoção.

— Não foi fácil — disse Bradamant rapidamente. — Todos queriam que seus próprios indicados investigassem. No fim, concordaram com uma equipe de três pessoas que vão ajudar você, uma pessoa de cada grupo. — Ela suspirou. — Eu sei que a conversa parece ter durado horas, em vez de alguma coisa prática ser feita. Mas demorou muito para chegarem a um acordo.

Vale deu de ombros.

— Eu conheço as situações politicamente constrangedoras. Posso trabalhar com isso, contanto que todas as partes entendam que os observadores não devem me atrapalhar.

— Bem, pelo menos um deles deve ser adequado para você. — Bradamant apontou com a cabeça para Irene. — O membro Bibliotecário da equipe é Irene.

— *Eu?* — disse Irene, depois se sentiu tola. Aparentemente, algumas respostas eram impressas nos circuitos do cérebro humano, junto a *Isso não é o que parece*, quando alguém é pego com um cofre aberto e um livro roubado. Sua segunda reação foi de puro alívio, porque ela teria alguma influência: poderia ajudar Vale, *proteger* Vale, e de fato fazer alguma coisa para ajudar a resolver esse desastre. A terceira reação mais cínica foi pensar *por que ela?* — Claro que eles iam querer alguém mais sênior para a missão. E não estou falando apenas dos Bibliotecários que estavam arquitetando isso, estou falando de todas as facções. Posso ser competente, mas ainda sou júnior.

— Sem dúvida os Bibliotecários acreditam que você será capaz de influenciar o meu julgamento, se isso for vantajoso de algum jeito — observou Vale, provando que era tão cínico quanto a própria Irene. — Ou eles acham que ter você por perto vai me convencer a aceitar o caso.

— Mas você *vai* aceitar, não vai? — Bradamant quis saber. Ela claramente não gostava da ideia de que Vale pudesse sequer pensar em dizer não.

— Estou pensando. — Vale esticou os dedos e analisou as unhas de um jeito pensativo. — Todas as três facções precisaram aprovar todos os membros da equipe?

Um pensamento desagradável se esgueirou pela mente de Irene, se espalhando como uma nuvem de tinta na água.

— Kai não é o representante dos dragões, é?

Kai se empertigou na cadeira.

— Mas eu sou o candidato lógico! — protestou ele.

— *Como foi* que você deduziu isso? — indagou Bradamant de um jeito amargo.

— Você teria dito, se fosse. — Irene deixou de lado sua taça ainda cheia de conhaque. — Além do mais, me perdoe, Kai, o único motivo lógico para o seu tio escolhê-lo como representante dos dragões seria se ele achasse que *você* poderia influenciar Vale. — Kai era um dragão muito jovem, no fim das contas: e, mesmo sendo filho de um dos reis dragões, era o mais novo, e Irene tinha ouvido inúmeros dragões o descreverem como "mal nascido" pelo lado da mãe. Ela não tinha pedido uma explicação, mas não parecia uma recomendação, nas atuais circunstâncias.

Isso não significava que ela estava *feliz* de entrar nessa história sem Kai. Longe disso. Mas talvez desse para contornar...

Bradamant aparentemente entendeu o comentário de Irene como concordância com a situação.

— Sinto muito, Kai — disse ela. — Mas eu não esperava encontrá-lo aqui. De acordo com o relatório de Irene, você tinha parado de trabalhar com ela. Eu nem sei o que você está *fazendo* aqui. — Seu olhar para Irene rendeu perguntas incisivas mais tarde.

— Strongrock está me visitando — explicou Vale antes que Kai pudesse declarar sua absoluta liberdade de ir aonde quisesse. — Pode me dizer quem são os representantes dos dragões e dos feéricos, madame Bradamant?

— Não, mas eles devem se encontrar conosco em Paris, no nosso hotel. Suponho que serão competentes.

Mas competentes em quê?, pensou Irene. *Investigadores competentes? Ou políticos competentes que simplesmente vão querer encobrir a situação e garantir que o tratado seja assinado? A menos que o objetivo seja* não *assinar. E, se eu for sincera comigo mesma, o que é mais importante: o crime ou o tratado?* Comece pelo começo. Obter os fatos, depois decidir o que fazer. E esperar que haja alguma coisa em seguida.

— E quais são os *outros* possíveis motivos para o assassinato da vítima? — perguntou Vale.

— O que você quer dizer? — retrucou Bradamant.

Vale fez um gesto impaciente.

— Não tente fingir inocência, madame. Isso não lhe cai bem. Todos concordamos que seria extremamente idiota qualquer membro da facção feérica que busca a paz cometer um assassinato como esse. Mas e os que não querem a paz? E o que *foi* sugerido como motivo?

— Não quero influenciá-lo — disse Bradamant com teimosia. — E provavelmente já falei mais do que deveria na frente de Kai.

O maxilar do jovem dragão formou linhas muito semelhantes às de Bradamant – apesar de nenhum dos dois, pensou Irene, ter gostado de ela falar isso.

— Sou da opinião de que você não falou o suficiente — respondeu Kai.

Irene se levantou.

— Kai — disse ela. — Bradamant tem razão. Esse caso é uma investigação de Vale. Talvez seja melhor nós dois sairmos da sala por um instante, caso ela tenha alguma coisa para contar a ele. Afinal, ela é a cliente. E você e eu podemos discutir aonde você vai depois disso.

Por um longo instante, Kai a encarou. Depois se levantou.

— Como quiser — disse ele. — Meu casaco está no andar de baixo. Vejo vocês todos depois. Vale, espero que consiga resolver essa situação.

— Ela tem uns pontos interessantes — disse o detetive. Seu olhar para Irene sugeriu que ele sabia exatamente o que ela estava pensando e que ele não ia impedi-la. Em vez disso, Vale se inclinou para a frente, em direção a Bradamant, pedindo que ela continuasse. — Motivos... — começou ele.

Irene levou Kai escada abaixo até a porta da frente – e longe do alcance do ouvido de Bradamant, contanto que falassem baixo – antes de se virar para ele.

— Quero você lá — sussurrou ela. — Vale *precisa* de você lá. E acho que seu tio pode precisar da sua ajuda em Paris. Mas você acha que consegue apoiar um tratado de paz como esse?

Na quase escuridão, o rosto de Kai estava perturbado.

— Houve uma época em que eu teria dito não — respondeu ele baixinho. — Os feéricos são criaturas do caos e não fazem bem para a humanidade; nem para ninguém. Mas estou preparado para considerar um pacto de não agressão, se *eles* estiverem dispostos a cumpri-lo. E, se meu lorde tio Ao Ji for a favor, logo ele, entre todas as pessoas, posso seguir as ordens dele.

— Ele não costuma ser a favor dessas coisas? — adivinhou Irene.

— De todos os meus tios, ele seria o mais contrário a isso. Nunca escondeu suas opiniões. Ele odeia os feéricos. Acha que eles são uma poluição que coloca em perigo todos os seres humanos, e nós consideramos que é um dever proteger os humanos que moram nos nossos reinos. Ele adoraria ver os feéricos expulsos da superfície de todos os mundos em que tocaram. — Kai deu de ombros. — Mas talvez tenha decidido que o confinamento é uma estratégia aceitável. E, se ele está disposto a negociar, não posso recusar. O que você tem em mente?

Irene sentiu os lábios se curvando em um sorriso. Kai passara a conhecê-la muito bem.

— Como você o conhece razoavelmente bem, acha que poderia sentir de maneira realista uma necessidade súbita de visitar seu tio?

— Improvável, mas não irreal — avaliou Kai. — Claro que, no instante em que eu aparecer, as pessoas vão suspeitar de um conluio.

— Negação plausível — disse Irene com firmeza. — Tente parecer inocente. Tente muito, muito mesmo. Além do mais, se seu tio achar que você pode influenciar Vale, ele provavelmente vai querer que você fique.

— Você acha que ele vai querer afetar o resultado da investigação?

— Seu tio é um monarca governante. Não vai dispensar uma ferramenta possível, mesmo que acabe não usando. Concorda?

Kai assentiu, concordando.

— E, estando lá, posso garantir que você consiga informações confiáveis. Ou posso lidar com qualquer um da minha espécie que esteja tentando semear a discórdia. Foi por isso que você me arrancou de lá ainda agora, não foi? Para que eu possa ir a Paris o mais rápido possível e já estar lá quando vocês chegarem?

— Mais ou menos — admitiu Irene. — Aquela coisa toda da negação plausível. E suspeito que Bradamant não queira admitir o quanto já contou para você. Veremos. — Ela sabia que Kai, como todos os dragões, podia viajar entre mundos até uma pessoa que ele conhecesse bem, onde quer que essa pessoa estivesse. Ele provavelmente chegaria àquele mundo antes dela e de Vale, já que eles teriam de viajar pela Biblioteca para chegar lá. — Improvise — instruiu ela. — E tente se manter imparcial. Alguém está esperando que você vá a outro lugar?

— O serviçal do meu pai, Tian Shu, escreveu dizendo que me chamaria — admitiu Kai. — Deve querer mais detalhes sobre o evento recente nos Estados Unidos. Mas acho que consigo evitar isso por um tempo...

— Se você tem certeza de que não vai ser um problema — disse Irene. — Não quero que você se meta em encrencas.

— A decisão é minha. E acho que nós dois não devíamos mais ser professora e aluno. Nem superior e inferior.

Irene ficou vermelha.

— Sinto muito — disse ela. — Alguns hábitos são difíceis de cortar.

— Eu seria tolo se não a ouvisse. — Ele a pegou pelos ombros e a puxou para perto, dando um beijo de leve na testa dela. — Tenha cuidado, Irene. Meu lorde tio Ao Ji tem pouca tolerância com impertinência.

Por um instante, Irene se permitiu aproveitar a sensação do corpo de Kai contra o dela e se arrependeu amargamente de abandonar certos planos que tinha feito para o resto da noite. Mas, afinal de contas, havia uma crise.

Quando é que *não havia* uma crise?

— Tome cuidado também. — Ela se afastou, apertando as mãos dele. — Já houve uma morte. Não quero você em perigo. — Ela pensou exatamente no que todos eles estavam se metendo. — Bem, não em *mais* perigo.

— A história das nossas vidas — disse Kai com um suspiro. Ele pegou o casaco no cabide ao lado da porta e saiu para a noite enevoada.

Irene trotou escada acima, na esperança de não ter perdido muita coisa. Ela sabia que Bradamant ia perceber que ela esteve conversando com Kai. Tinha esperança – pelo bem da paz e da não agressão entre Bibliotecários pelo menos pelas próximas horas – de que Bradamant não descobrisse o que ela estava sugerindo. Tinha certeza de que Vale tinha adivinhado (ou, melhor, *deduzido*) o que estava pensando, mas ele ficaria feliz de ter Kai como reforço adicional.

E, quando ela entrou de novo no salão, Bradamant estava dizendo:

— E tem o motivo da Biblioteca.

Irene parou de repente na porta.

— O motivo da Biblioteca? — Ela quis saber. — Que tipo de motivo a *Biblioteca* teria?

— Não estou mais feliz com isso do que você — disse Bradamant com amargura. — Mas Sua Majestade Ao Ji diz que, na noite anterior ao assassinato, Lorde Ren Shun falou alguma coisa sobre um livro misterioso. E, como ele agora está morto... bem, quem mais mataria alguém por causa de um livro?

CAPÍTULO 3

— E você não pode me contar mais nada sobre o lado dos feéricos exceto os pseudônimos dos líderes? — indagou Vale. — A Princesa e o Cardeal?

Em vez de passar um tempo esquadrinhando a Biblioteca enquanto eles a usavam para atravessar entre mundos, Vale era todo profissional. Ele estava disparando perguntas rápidas a Bradamant sobre os detalhes do caso e ficando perceptivelmente irritado com o pouco que ela sabia.

Bradamant encolheu os ombros com raiva.

— Já falei tudo que me contaram. Eu tinha *acabado* de chegar lá quando me mandaram sair de novo para buscar você. Kostchei não teve a oportunidade de me dar um resumo completo. — A raiva dela, suspeitava Irene, era mais da própria ignorância do que de Vale: naturalmente, Bradamant queria saber o que estava acontecendo. Quem não queria?

E a pergunta mais importante de todas, que devia estar perturbando Bradamant tanto quanto perturbava Irene: qual era o livro misterioso que Ren Shun tinha mencionado? Era casual ao assassinato ou sua causa direta?

E o que eles fariam se o assassino *fosse* um Bibliotecário? A reputação da Biblioteca ficaria arruinada para sempre – e sua missão secular seria obstruída a cada oportunidade. E, sem a influência estabilizadora da Biblioteca, os guerreiros dragões e feéricos poderiam estraçalhar os mundos humanos com suas forças oponentes. Irene estremeceu.

— Teria sido um uso muito mais eficiente do tempo se seus superiores tivessem mandado alguém que realmente estivesse envolvido nessa conferência — disse Vale, por fim. — Não quero criticá-la, madame Bradamant, mas você está muito mal informada sobre os detalhes pertinentes desse caso.

Eram três da manhã quando eles saíram da Londres de Vale. Para criar uma passagem para a Biblioteca, precisavam de uma quantidade suficiente de livros. Mas, naturalmente, todas as bibliotecas locais estavam fechadas àquela hora. (Bem, todas as bibliotecas *legalizadas* que Irene conhecia. Talvez Londres tivesse sociedades secretas com bibliotecas altamente ilegais, que estivessem abertas e movimentadas a esta hora da noite. Mas infelizmente Irene não conhecia nenhuma.) Então, em vez disso, os três fizeram uma invasão silenciosa, se esgueirando para a biblioteca pública mais próxima aos aposentos de Vale. Bradamant tinha aberto uma porta de lá para a Biblioteca. Ela recebera uma palavra de comando que lhe dava acesso ao local do transporte de transferência, de modo que os três podiam ser transferidos quase instantaneamente por toda a Biblioteca. O transporte os levou do ponto de entrada até uma porta que se abriria para o mundo em que o assassinato tinha ocorrido.

Agora eles estavam em um impressionante salão da Biblioteca, cujo teto era tão repleto de decoração estilo *art nouveau* em azulejos que quase ofuscava as prateleiras de volumes de lombada preta. A porta do outro lado, seu destino, estava fechada com lacres e correntes. Eles tinham parado, por sugestão de Irene, para decidir aonde ir primeiro.

— A situação deve estar muito ruim, pelo que você falou do mau humor das pessoas — sugeriu Irene com neutralidade. — Não vamos entrar em uma zona de guerra, vamos?

— Claro que não — respondeu Bradamant, talvez um pouco rápido demais. — Todas as partes estão mantendo tudo trancado, para impedir que as coisas piorem. E vamos ser razoáveis em relação a isso: era mais fácil *me* mandar para buscar Vale, e você — acrescentou ela como um complemento —, do que mandar um dos Bibliotecários supervisores daqui, que não o conhecem nem o mundo dele.

— E você certamente não está fazendo nenhuma objeção a estar no meio disso tudo — observou Irene.

— Eu pareço burra? Claro que não estou fazendo nenhuma objeção. Isso é uma mudança séria. Essa situação toda pode afetar permanentemente o modo como trabalhamos. — Bradamant deu uma olhada de esguelha para Irene. — Percebo que você também não está fazendo nenhuma objeção.

— Não estou fazendo nenhuma objeção, só estou *preocupada* — disse Irene. — Isso vai ser maravilhoso, se funcionar. Mas existem tantas maneiras de isso ser um fracasso.

Ela já tinha visto o que dragões e feéricos podiam fazer com o mundo ao redor deles enquanto brigavam uns com os outros ou até mesmo entre si. Terremotos, tempestades, tumultos... Os danos colaterais humanos podiam ser lamentados, mas não seriam considerados importantes. A Biblioteca estava fazendo apostas muito altas aqui. Isso podia dar absolutamente certo ou catastroficamente errado.

— Estamos vestidos adequadamente para o mundo em que vamos adentrar? — perguntou Irene, mudando de assunto. — Não queremos parecer muito deslocados.

— Eu teria falado se houvesse um problema — disse Bradamant. — A moda saltou uns dez anos e espartilhos e anquinhas são adequados às roupas da moda. Para mulheres — acrescentou apressadamente, quando Vale ergueu uma sobrancelha. — Mas você consegue passar desapercebida com o que está vestindo. Só vai parecer um pouco fora da moda. Vale está ótimo. Os botões e o colarinho estão um pouco deslocados, mas as roupas dos cavalheiros são praticamente as mesmas. E vou providenciar para que uma loja local entregue umas roupas prontas no hotel, caso vocês precisem de disfarce.

Irene suspirou e assentiu. Não conseguia pensar em nada positivo em relação a espartilhos e anquinhas, exceto que era possível esconder coisas sob eles. Mas moda é moda e, se eles precisassem andar por Paris fazendo perguntas, era melhor não se destacarem.

— Isso vai ser suficiente — concordou Vale. — Além disso, vou precisar de uma desculpa para convencer a polícia local a cooperar comigo. Acredito que minha reputação não vai significar nada para eles neste mundo.

— Isso já foi resolvido — respondeu Bradamant. — Conseguimos um disfarce para você como especialista em anarquistas, vindo da Inglaterra para visitar.

— Anarquistas? — indagou Irene. — Eu sei que estamos lidando com a realeza, mas por que...

— Não, é um problema atual nesta Paris — explicou Bradamant. — Está em todos os jornais. Não tenho certeza se é uma ameaça séria, mas há burburinho suficiente para podermos usar essa desculpa. Contanto que Vale evite os repórteres que vão tentar entrevistá-lo sobre o assunto, vai dar tudo certo.

Vale fez que sim com a cabeça, numa concordância relutante.

— Muito bem, então. Vamos começar com a cena do crime.

Bradamant hesitou.

— Achei que vocês iam querer falar com os Bibliotecários mais importantes na conferência primeiro, para terem uma visão geral e instruções sobre as personalidades envolvidas.

Vale negou com a cabeça.

— Embora eu certamente queira entrevistas com todos os envolvidos, o mais importante é ver a vítima e suas circunstâncias. O corpo está intocado?

— O máximo possível — disse Bradamant. — Está no Necrotério de Paris. — Ela percebeu o olhar crítico de Vale e suspirou. — Aconteceu no meio de um hotel movimentado, e tivemos de lidar com os funcionários humanos, além dos participantes da conferência. Não podíamos simplesmente trancar o local e dizer que ninguém podia entrar!

— Seria muito mais útil se tivessem feito assim — disse Vale, secamente. — Por favor, nos leve até lá o mais rápido possível.

Bradamant parecia querer contestar, mas fez que sim com a cabeça, de um jeito compreensivo.

— Claro — disse ela. — Só um instante.

Ela enfiou a mão nas dobras do casaco e pegou um pedaço de papel: Irene estava perto o suficiente para ver as palavras escritas na Linguagem, mas não o suficiente para ler. Bradamant encostou o papel na porta lacrada da Biblioteca e disse:

— **Abra.**

Alguma coisa soou, como um sino tocando bem longe. As correntes se soltaram e o lacre desmoronou. Bradamant segurou a maçaneta pesada de ferro e a abriu com certo esforço.

Irene foi a primeira a atravessar, com Vale a um passo atrás de si.

O salão do outro lado era elegante e gracioso, mesmo sob o luar que se esgueirava pelas compridas janelas retangulares. O aroma era de livros velhos e cera: os volumes escuros que ocupavam as prateleiras prometiam inúmeros segredos e Irene ansiou por estender a mão e tocar neles.

Vale parou por um instante, se recompondo, depois fez que sim com a cabeça enquanto Bradamant fechava a porta atrás deles, como se estivesse se firmando para esta nova realidade.

— Você disse que este ponto de saída era na Bibliothèque Nationale? Tem vigias?

— Paguei ao vigia mais cedo — disse Bradamant. — Ele não deve ser um problema. E estamos na parte mais antiga da Bibliothèque Nationale, na Rue Vivienne, ao norte do Louvre e do Rio Sena. Nesta época, eles a chamam de Biblioteca Richelieu.

Vale fez que sim com a cabeça de novo.

— E o local do crime?

— Le Meurice. É o hotel em que a maioria dos Bibliotecários está hospedada e onde estamos fazendo as reuniões. É bem perto daqui: sul em direção ao rio e depois oeste ao longo da Rue de Rivoli.

— Onde é que o restante está hospedado, se não está aqui? — perguntou Irene.

— Os dragões estão no Ritz e os feéricos estão no Grand Hôtel du Louvre — respondeu Bradamant.

Vale franziu a testa.

— Eles não transformaram aquele lugar numa loja de departamentos?

— Talvez no seu mundo — respondeu Bradamant —, mas não aqui. Agora venham. Se vocês *quiserem* dar uma olhada na cena do crime antes de Paris começar a acordar e todas as facções quiserem que vocês as visitem primeiro.

— Não sou eu quem está nos atrasando — disse Vale de um jeito meio injusto. — Pode ir na frente.

Andar por uma biblioteca – qualquer biblioteca – enquanto eles seguiam para o exterior exerceu o efeito reconfortante e estabilizador de sempre em Irene. O fato de esses lugares existirem e serem duradouros era tranquilizador, mesmo que ela mesma fosse temporária como qualquer outro ser humano.

No entanto, não conseguiu evitar perceber que a temperatura estava vários graus mais baixa que no mundo de Vale. Ela esperava o clima frio no inverno, mas estava *gélido*, mesmo em um lugar fechado. Ela esfregou as mãos.

Bradamant percebeu o gesto.

— Preciso alertá-los — disse ela. — Ao Ji tem tendências invernais. Ou seja, quando perde a calma, o tempo esfria. Ele já não estava com um humor muito bom antes. Houve uma nevasca na noite do assassinato e, quando o corpo foi descoberto, bem... Os outros dragões poderiam dizer que ele estava exercitando um sério autocontrole, mas não *me* pareceu assim.

— Espero que Sua Majestade consiga controlar seu humor enquanto é interrogado, senão você vai ter desperdiçado meu tempo — comentou Vale.

Bradamant se encolheu. Ela acelerou, os saltos batendo no piso enquanto os conduzia para fora da biblioteca.

— Por que você está tentando irritá-la? — perguntou Irene baixinho enquanto eles seguiam.

— Irritá-la? — Vale ergueu uma sobrancelha. — Só estou declarando minhas prioridades. Não posso conduzir uma investigação se metade dos suspeitos usam seus privilégios reais e se recusam a responder às minhas perguntas.

— Eu sei disso — concordou Irene — e você sabe disso e Bradamant também sabe disso. E nós dois nos conhecemos bem o suficiente para saber que você não *precisava* fazer o último comentário do jeito que fez. Você conheceu o outro tio de Kai. Sabe como é a fúria dele. Então, por que você a provocou?

— Porque você é confiante demais, Winters — disse Vale.

— Quero saber o que a madame Bradamant não vai nos contar e o que ainda não nos contou.

Irene ruminou aquilo mentalmente por alguns passos.

— Bradamant não é burra — argumentou ela, ainda com a voz baixa. — Ela não esconderia informações de você de propósito se soubesse que eram necessárias. Ela sabe como a situação toda é importante, como é *perigosa*.

— E se ela tiver recebido ordens para isso? — Vale quis saber.

Ele tinha razão. Irene suspirou.

— Não tenho uma resposta para isso. Mas acredito que a Biblioteca quer uma resposta para o que aconteceu. Por que outro motivo eles o chamariam?

— *Uma* resposta, certamente — concordou Vale. — Mas a verdade? Pode ser um bem muito perigoso.

Havia uma carruagem esperando na rua em frente à entrada dos fundos da Biblioteca Richelieu. Claramente estava ali havia horas: o cocheiro aquecia as mãos nas axilas e xingava o clima, e os cavalos expiravam grandes nuvens de vapor no ar frio. A geada cintilava nas pedras de pavimentação e nos peitoris das janelas ao luar. As ruas estavam silenciosas e vazias: talvez porque esta era uma das áreas mais policiadas da cidade ou possivelmente porque a vida noturna tinha se recolhido por causa do frio. Com as ruas vazias e cobertas de neve, Paris tinha uma certa atemporalidade, apesar de partes de sua arquitetura poderem datá-la no intervalo de certas décadas ou séculos, como os amplos bulevares napoleônicos. Mas, sem seres humanos ocupando as ruas, podia ser a Paris de qualquer época. Podia ser imortal.

Vale observava pela janela enquanto os prédios passavam aos solavancos, o rosto com rugas hostis que desestimulavam uma conversa.

— Não entendo por que não deveríamos ir primeiro ao necrotério, para ver a vítima. Nós duas podíamos tramar para conseguir entrar — sugeriu Irene a Bradamant. — Sem contar que fica no caminho. Se tivermos examinado o corpo, isso facilitaria na hora de nos informarem sobre a situação.

Bradamant deu de ombros.

— Concordo com o que você está dizendo e entendo por que Vale quer ver o corpo e a cena do crime antes de fazer qualquer outra coisa. Só que as instruções que recebi foram para levar vocês dois diretamente para um relatório. Antes de qualquer outra coisa. — Ela fechou melhor o casaco, tremendo. — Você, dentre todas as pessoas, deveria entender como é fazer malabarismo com vários conjuntos de instruções.

— Eles ainda estarão acordados a esta hora da manhã?

Bradamant riu com deboche.

— Como eles poderiam dormir, num momento como este?

A carruagem entrou na Rue de Rivoli. Irene sentiu o cheiro dos Jardins das Tulherias à esquerda e do Rio Sena mais além, um odor distante de coisas crescendo, sal e esgoto.

— Algum dos dragões disse se o rio daqui tem um espírito? — perguntou ela.

— Não — respondeu Bradamant —, mas, se tiver, está sendo bem discreto.

Alguns minutos depois, a carruagem parou diante da fachada pálida de um grande hotel, pintada de branco pelo luar e pelos postes de rua. Era uma rua lateral, ao invés da larga Rue de Rivoli, e, dessa maneira, tinha sombras e becos. Sobre a entrada coberta, Irene leu o nome do hotel esculpido em pedra. Janelas retangulares salpicavam a fachada, como selos postais, adornadas por sacadas compridas com balaustrada de ferro que subiam até um telhado a seis ou sete andares acima. Parecia muito elegante, mas não especialmente seguro. Mais uma vez não havia seres humanos por perto: hóspedes, transeuntes, nem ninguém mais. A única coisa viva que Irene viu foi um gato, encolhido em uma fenda e visível apenas quando a luz captava os olhos dele.

Enquanto Bradamant contornava a carruagem para pagar ao cocheiro, Irene aproveitou a oportunidade para perguntar a Vale:

— O que o está incomodando?

— Pois é, o quê? — Vale cutucou uma inocente pedra de pavimentação com sua bengala. Era uma bengala eletrificada, Irene sabia, não apenas um fingimento. — Além das ameaças aos inocentes deste mundo? A possibilidade de uma guerra? A probabilidade de expandi-la ainda mais do que eu posso imaginar? O que *poderia* estar me incomodando, Winters?

— Você já lidou com tudo isso antes — comentou Irene de um jeito suave. — Os riscos são altos, mas não são nada desconhecidos. Aqui entre nós dois, Vale, o *que* o está incomodando?

Vale olhou para a rua vazia. Outra carruagem veio sacolejando, os cavalos pisando com energia, as sombras das janelas da charrete pousando em observadores.

— Essas coisas triviais — disse ele, apontando para a carruagem com a bengala. — No meu mundo, seriam movidas a éter. Aqui? Ainda têm cavalos. Eles não têm zepelins. Mas têm automóveis. Pelo que a madame Bradamant falou, têm comunicação em massa num nível que meu mundo não consegue nem conceber. Pode haver outras diferenças, algumas que não consigo imaginar, porque eu simplesmente não sei o *suficiente*. Como posso *trabalhar* se não conheço os mecanismos básicos de funcionamento de um lugar como este? Em Londres, na minha Londres, eu conheço cada rua, cada beco, cada prédio, cada costume. Na Paris do meu mundo, eu teria pelo menos uma compreensão básica da cidade. Mas aqui... — ele disse abaixando a voz — sou um forasteiro. Possivelmente um forasteiro *incompetente* e posso ser mais perigoso para a investigação do que vantajoso.

— Não vou discutir todas essas questões com você — disse Irene devagar. — Algumas são válidas. Mas a Biblioteca deve ter pesquisado este mundo antes de tentar realizar uma conferência pela paz aqui. Eles devem ter dossiês sobre o tipo de coisa que você precisa saber. Esse pode ser um dos motivos para quererem falar com você antes do início da investigação. E, em termos das *personalidades* envolvidas, você teve tanto envolvimento com dragões e feéricos quanto a maioria dos Bibliotecários. Ou mais. E, no fim das contas... — Ela franziu a testa. — Quem quer que tenha feito isso, teve de obedecer às leis da física. Isso não mudou. Uma facada ainda é uma facada.

— Clichê, mas sensato — disse Vale. A incerteza momentânea dele tinha desaparecido, escondida sob uma superfície tranquila de profissionalismo quando Bradamant se aproximou. — Vamos acabar com as formalidades assim que possível e seguir até a cena do crime.

Metade do hotel estava dormindo a esta hora da manhã. Embora alguns funcionários despertos ocupassem o balcão de recepção principal no saguão coberto de mármore, os corredores estavam vazios e silenciosos, e os grandes salões de jantar e os salões de convenções pelos quais passavam estavam fechados e sem movimento. Irene sabia que, nos bastidores, as lavanderias do hotel estariam atarefadas, as cozinhas se preparando para um novo dia e os empregados ainda acordados e prontos para entrar em ação ao toque de uma campainha. Mas aqui, nas áreas públicas do hotel, dava para acreditar que o prédio todo estava em coma. O silêncio era suficiente para que os passos deles, enquanto passavam por ali, parecessem infringir alguma regra.

— O salão onde ele foi encontrado fica no térreo — explicou Bradamant enquanto seguia na frente —, na lateral que dá para a Rue de Rivoli. Tem janelas acessíveis, mas todas estavam trancadas.

— O que não impediria um Bibliotecário de ordenar as trancas para se abrirem ou se fecharem — comentou Vale.

Bradamant suspirou.

— Sim, e todo mundo sabia disso. O que não ajuda em nada. Embora eu ache que alguém com fios ou cordas pudesse fazer algum tipo de truque para trancá-la pelo outro lado. Não sei. Irene aqui sempre foi a que preferiu a ficção criminal.

— Ficção de *detetives* — corrigiu Irene.

— Tanto faz. Seria possível?

— Pode ser — concordou Vale. — Mas isso deixaria rastros. Você disse que houve uma nevasca naquela noite. Havia alguma marca na neve?

— Até onde todos sabem, Ren Shun foi assassinado enquanto a nevasca ainda estava acontecendo. A neve cobriu todos os rastros, infelizmente.

Vale fez que sim com a cabeça, sem se surpreender. Eles tinham parado em frente a uma porta específica.

— É este salão?

— É — respondeu Bradamant. — O Salão Pompadour. É o principal salão de banquetes do hotel e a gerência está desesperada para limpá-lo. Para ser sincera, acho que parte do motivo para quererem abafar o caso é que não querem admitir que houve um assassinato especificamente nesse salão. Há limites para quanto escândalo e publicidade são bons para um hotel. Mas *primeiro* eu preciso avisar a Kostchei que vocês estão aqui e levá-los ao andar de cima para conversar com os anciões. — Ela soava um pouco melancólica neste momento.

Vale concordou com a cabeça enquanto se ajoelhava e semicerrava os olhos para a fechadura da porta.

— Humm.

— Tenho a chave — disse Bradamant de um jeito solícito.

— E, falando nos meus superiores...

— Dê a Winters — instruiu Vale, pegando uma lente no bolso interno para examinar a fechadura mais de perto. — E vou querer saber quantas chaves desse salão existem e quem tem acesso a elas.

Bradamant hesitou por um instante, depois entregou a chave a Irene como se planejasse fazer isso desde o início. Ela olhou para Irene e Vale, ambos agora concentrados na porta, jogou as mãos para o alto e saiu pelo corredor rodopiando as saias e batendo os saltos.

— Se eu assumo um caso, faço isso de acordo com os meus termos, não os do cliente — observou Vale sem levantar o olhar. — E qualquer evidência aqui deve ser minha prioridade. Essa fechadura não tem nenhum sinal de interferência. Nenhum arranhão nem outras marcas de arrombamento. Deixe--me ver a chave. — Ele a levou até o nariz para encará-la. — Um desenho simples: qualquer chaveiro poderia copiá-la. Humm.

Ele se levantou e virou a chave na porta, abrindo-a. Não havia nenhuma lâmpada acesa no salão. Mas havia luz suficiente dos postes da rua entrando pelas janelas, com cortinas transparentes para mostrar as cadeiras encostadas nas paredes e a mancha escura no chão.

— Fique aí, Winters — instruiu Vale antes que Irene pudesse sequer pensar em entrar no salão. — Onde seriam os controles de luz deste lugar... ah, sim. — Ele deslizou a mão por dentro e à direita da porta e virou alguns interruptores.

Os candelabros se iluminaram em uma explosão de luz branca, deixando a mancha escura no chão em evidência. Todo o resto do salão brilhou – teto e paredes brancas, toalhas de mesa brancas sobre a mesa comprida no centro, madeira pintada de branco nas cadeiras de aparência frágil, janelas espelhadas ao longo de um dos lados do salão, cristais no candelabro, copos arrumados sobre a mesa, e dourado para todo lado –, mas o sangue seco estragava tudo. Ele se espalhava pelo chão azulejado e chegava até a ponta do tapete persa no meio do salão em uma mancha irregular. Não era do tamanho nem do formato de um corpo humano, mas era desconfortavelmente sugestivo. Um retrato de uma mulher usando roupas da corte de alguns séculos atrás os encarava da parede, sua expressão pintada indiferente perante a cena de violência.

Irene apontou para o retrato.

— Antes de você perguntar, não, não consigo fazê-la falar.

— Que pena — disse Vale. — Seria útil ter uma testemunha.

Ele entrou no salão, olhando minuciosamente ao redor, os olhos se desviando até as janelas espelhadas. Era impossível ver através delas: a luz da rua vinha das rosáceas circulares que ficavam mais no alto, como parte da decoração geral.

— É. Interessante. Winters, por gentileza, pode me fazer um favor?

— Claro — respondeu Irene.

— Vá interrogar a equipe enquanto examino este salão. Seja agradável. Preciso saber quem tem acesso ao cômodo, quem tem as chaves, se alguma coisa estranha foi vista, quais foram as circunstâncias da descoberta... você conhece os meus métodos. — A boca dele se curvou em um sorriso fino. — Além do mais, isso dará aos seus superiores a oportunidade de lhe dar instruções enquanto eu não estiver presente.

Irene suspirou.

— Não posso argumentar com você nessa última questão. Boa sorte.

— Sorte é ótimo — disse Vale, indo em direção à mancha de sangue —, mas prefiro ter alguns fatos.

CAPÍTULO 4

Irene virou uma esquina e quase esbarrou em um grupo de homens e mulheres vindo na direção oposta. Eles se movimentavam de maneira silenciosa como tubarões, em uma formação organizada seguindo o líder. E, quando ele viu Irene, levantou a mão e os fez parar de repente.

Irene também parou, confusa com a quase colisão, depois hesitou um pouco mais quando percebeu que o homem à frente era um dragão. Assim como todos os dragões em forma humana que ela conhecera até então, ele era fácil de identificar como tal: havia alguma coisa no rosto e na compleição que ultrapassava os ideais humanos e entrava no reino da perfeição na arte das esculturas. Os outros atrás dele eram humanos, mas estranhamente parecidos em suas características e na altura: dois homens e duas mulheres, todos parecendo semelhantes o suficiente para serem irmãos e irmãs. Os homens estavam usando trajes a rigor, apesar de ser madrugada, e as mulheres, saias escuras sóbrias e paletós combinando. Todos estavam parados com uma postura casual que poderia facilmente se transformar em violência.

As sobrancelhas do dragão se uniram quando ele olhou para Irene.

— Acho que a conheço — disse ele. — Você é a Bibliotecária que atende pelo nome de Irene Winters?

— Sou, senhor — respondeu Irene. — Mas você está em vantagem em relação a mim.

Ele era dourado e marfim como as decorações do hotel – e, embora Irene tivesse uma memória melhor para livros do que para rostos, tinha certeza de que teria se lembrado dele. Os olhos eram de um tom âmbar levemente humano, o cabelo era dourado como a decoração e a pele era pálida o suficiente para quase combinar com o colarinho e os punhos brancos.

— Meu nome é Duan Zheng. Estou aqui para levá-la ao meu lorde Ao Ji, Rei do Oceano Oeste, para que ele possa lhe dar suas ordens. O detetive também está com você?

— Ele está presente, mas examinando a cena do crime — respondeu Irene. Ela não sabia muito bem se gostava do termo *suas ordens*. — E preciso falar com meus superiores primeiro. Se você puder esperar alguns instantes...

— O atraso é inaceitável — interrompeu Duan Zheng. — Percebo que não conhece a etiqueta adequada da corte, mas você tem de se apresentar à Sua Majestade imediatamente. O detetive tem de fazer o mesmo. Você disse que ele estava no Salão Pompadour?

— Acabei de chegar a este mundo — disse Irene. Ela tinha de aliviar essa situação antes que eles interrompessem Vale no meio da investigação ou de dar a Ao Ji mais um motivo para ficar irritado. Felizmente, a noção de hierarquia dos dragões costumava incluir um pouco da aceitação da hierarquia de outras pessoas também. — Vim diretamente aqui para me apresentar aos meus superiores e Vale precisava examinar a cena do crime imediatamente. Peço desculpas se isso for inconveniente para Sua Majestade.

— Suas desculpas foram aceitas — respondeu Duan Zheng com educação. — Você vai nos acompanhar agora. — Ele gesticulou de novo e as duas mulheres do grupo que o seguiam se adiantaram para flanquear Irene. — Vamos chamar o detetive e estaremos a caminho.

— Parece que não fui clara — disse Irene, tentando ignorar a sensação de que as mulheres pareciam prontas para pegá-la pelos cotovelos e arrastá-la. — Ainda não me apresentei aos meus superiores. Preciso fazer isso antes de qualquer outra coisa. E Vale não deve ser interrompido enquanto está trabalhando.

Duan Zheng inclinou a cabeça, parecendo perplexo.

— Você está se recusando a ir conosco? — Parecia genuinamente surpreso.

— Claro que não. — Um formigamento nos nervos desceu pelas costas de Irene. Qual era o nível de perigo da situação se os dragões estavam mandando grupos de reconhecimento armados para um território neutro e exigindo entrevistas particulares com a equipe de investigação? E será que os feéricos estavam fazendo o mesmo? Irene poderia esperar que um grupo parecido saísse da outra ponta do corredor a qualquer momento? — Naturalmente vamos querer todas as informações de Sua Majestade Ao Ji sobre a situação para encontrar e capturar a pessoa que cometeu esse crime atroz. Estou muito feliz por termos nos encontrado dessa maneira. — Isso pareceu aplacar Duan Zheng um pouco. — Mas tenho certeza de que vocês entendem que preciso falar com os Bibliotecários que estão no comando aqui antes de sair do hotel.

Duan Zheng deu de ombros, fazendo os músculos ondularem com o movimento. Ele tinha uma compleição mais pesada do que alguns dos outros dragões que Irene conhecera.

Ela se perguntou qual seria a posição dele no séquito de Ao Ji. Espião de inteligência? Líder da guarda? Agente da lei?

— Eles vão entender que você não tinha escolha — disse ele. — O comando do meu lorde é absoluto. Isso também vale para o detetive. Agora...

— *Não.* — Irene se surpreendeu com a firmeza de sua recusa. Ela deu um passo à frente, entrando no espaço pessoal de Duan Zheng. — Com todo respeito, senhor — ela disse, dando o sinal tradicional de que a pessoa estava prestes a ser bem desrespeitosa —, não é possível contratar o melhor detetive de Londres e lhe dizer como fazer seu trabalho. Ou Vale é um especialista e merece o direito de conduzir sua investigação como achar melhor ou não é, e vocês não deveriam ter solicitado os serviços dele, para começar.

— Ele é um negociante — disse Duan Zheng, com um desprezo que dava a entender sua preferência pela segunda opção. — Ele vai fazer o que lhe for ordenado.

— Ele é um nobre no próprio país — reagiu Irene. — E é um estudioso, não um negociante. Estarei perfeitamente pronta para ir com vocês daqui a cinco minutos, mas insisto que *ele* tenha permissão para trabalhar de acordo com os próprios métodos.

As narinas de Duan Zheng chamejaram. Os dois homens do seu pelotão – sim, Irene decidiu que esse era o melhor termo – se moveram para flanqueá-lo.

— Você, por outro lado, é uma servidora júnior da Biblioteca sem nenhuma posição hierárquica ou importância específica. Acha que tem o direito de se postar aqui e fazer exigências a mim?

Irene o encarou diretamente. Não podia recuar agora. Enfraqueceria a própria posição aos olhos dele e aos de todo o contingente de dragões. A Biblioteca *tinha* de manter sua independência – mesmo sendo a mais fraca das facções presentes, eles não eram subordinados a ninguém.

— Não estou fazendo exigências — disse ela, mantendo a voz neutra. Devia haver algum jeito de amenizar isso. — Estou informando você que minhas ordens são para eu me apresentar aos meus superiores.

Duan Zheng bufou.

— Se você está tentando me fazer pesar a mão, parabéns. Prendam-na...

— Esperem. — Era a voz de uma mulher, vinda do corredor atrás dele. — Duan Zheng, se me dá licença?

Duan Zheng ficou tenso, pressionando os lábios com força suficiente para que ficassem brancos. Depois deu um passo para trás.

— Mu Dan. Obrigado por se juntar a nós.

A mulher se adiantou e chegou ao espaço visual de Irene. Era outra dragoa. O cabelo escuro como mogno estava trançado ao redor do rosto e prendedores de cabelo com pedras preciosas reluziam como uma miríade de estrelas. Ela ainda estava usando casaco e chapéu, diferentemente de Duan Zheng e seu pelotão. E ambos eram carmim profundo, a mesma cor das botas de couro dela.

— Você deve ser Irene Winters — disse ela, oferecendo a mão enluvada. — Permita-me que eu me apresente. Sou Mu Dan e vou ajudá-la nessa investigação.

Irene apertou a mão dela com educação, bem consciente de como tudo tinha chegado muito perto da violência. As formalidades educadas pareciam quase ridículas, dada a presença agigantada de Duan Zheng no ombro dela.

— É um prazer conhecê-la. Lamento pelas circunstâncias.

— Sim, todos nós lamentamos — concordou Mu Dan. — Mas Duan Zheng está correto ao dizer que você deveria se apresentar à Sua Majestade Ao Ji assim que possível. No entanto, entendo que precisa se apresentar aos seus superiores. Cinco minutos são suficientes? — Seu sorriso era amigável, mas não estimulava uma discussão. — Duan Zheng pode escoltá-la até o hotel de Sua Majestade. Enquanto isso, vou me apresentar ao detetive e fazer minhas observações sobre a cena do crime. Representantes dos feéricos também estão aqui, tentando falar com a srta. Winters e o detetive. Mas vou explicar a eles que temos prioridade.

— Suponho que isso será aceitável — disse Duan Zheng de um jeito desagradável. Sua atitude em relação a Mu Dan não era exatamente *rude*, mas não tinha o menor aspecto de deferência. — E pode levar o detetive consigo, assim que ele terminar suas... observações.

— Pode ser que ele demore — explicou Irene.

— E eu também — disse Mu Dan. — Fique tranquila, porque ele estará seguro sob os meus cuidados. Vejo você mais tarde, srta. Winters. — Com um aceno da cabeça para Duan Zheng, ela passou por eles, em direção ao Salão Pompadour.

Duan Zheng a seguiu com o olhar por um instante, depois fez um esforço e voltou sua atenção para Irene.

— Vou escoltá-la até seus superiores — disse ele. — Depois, quando terminarem com você, posso levá-la até meu lorde sem *mais* delongas.

— Que ideia excelente — concordou Irene amigavelmente.

As escoltas humanas se posicionaram atrás deles enquanto Duan Zheng conduzia o caminho pelo hotel num ritmo ligeiro. Ele não parecia querer conversar e seu silêncio absoluto era o suficiente para Irene não tentar fazer nenhuma pergunta.

Ele parou diante de uma porta dourada no primeiro andar e bateu.

— Acho que seus superiores estão aqui. Vou esperar do lado de fora. — As palavras *Não me faça esperar muito tempo* ficaram implícitas no ar.

— Quem é? — gritou uma voz masculina de dentro.

— Irene Winters! — respondeu ela. A cautela a fez acrescentar: — E Duan Zheng, a serviço de Sua Majestade Ao Ji.

— Entre, Irene. — Aquela voz ela *realmente* reconhecia: era sua mentora, Coppelia, que devia ter saído da Biblioteca para essa ocasião. — Sozinha, por favor.

Irene abriu a porta e ofegou com a onda de ar quente que a atingiu. Fechou-a apressadamente, antes que Duan Zheng não pudesse fazer mais do que espiar por sobre o ombro dela e, com a mesma pressa, desabotoou o casaco. Parecia que tinha entrado em uma sauna. As grossas cortinas de veludo estavam fechadas e sobrepostas para cobrir as janelas do jeito mais hermético possível. Uma grande pilha de lenha queimava na lareira, além dos discretos aquecedores que Irene viu nos cantos do cômodo. Além disso, duas das três pessoas no ambiente estavam aconchegadas em poltronas, com xales adicionais sobre os ombros.

Foi em Coppelia que Irene se concentrou. Fazia meses desde que vira sua mentora pela última vez. Em contraste com a decoração e o estofamento de veludo creme, o rosto de Coppelia parecia drenado de toda a cor normal, um tom de mármore marrom morto em vez do carvalho vivo. Novas rugas marcavam ao redor da sua boca e ela levou as duas mãos – a de carne e a mecânica artificial – em direção ao fogo para aquecê-las.

— Irene — disse ela, a voz rouca com a proximidade de uma tosse —, que bom ver você.

Irene mordeu o lábio por um instante antes de conseguir responder. Ela sabia que Coppelia era frágil. Todos os Bibliotecários velhos *eram*. Sabia que era idiotice, mas mesmo assim queria repreender a idosa por se arriscar, por deixar a Biblioteca e se sentar no clima invernal que só ia piorar seu reumatismo. Por fazê-la se preocupar.

— Eu queria que as circunstâncias fossem melhores — disse Irene. — Me diga o que posso fazer para ajudar.

Ela olhou para os outros dois no cômodo. O homem na segunda poltrona, Kostchei, era outro Bibliotecário sênior: tinha um fez[1] de veludo sobre a careca e, embora ainda fuzilasse com o olhar com a mesma ferocidade que ela lembrava, o adorno se pendurava extravagante sobre uma orelha e enfraquecia esse efeito. As mãos estavam entrelaçadas no colo, os nós dos dedos inchados e as veias mostrando o azul através da pele enrugada.

Os dois, aqui fora da Biblioteca, aconchegados contra o frio, pareciam... diminuídos. Fracos. Velhos. Irene não estava acostumada a pensar neles desse jeito. Os Bibliotecários anciões sempre tinham sido seus superiores e, embora ela ficasse frustrada com eles ou desconfiasse deles ou até mesmo os amaldiçoasse de vez em quando, nunca tinha pensado neles como seres humanos *velhos*. A Biblioteca os mantivera atemporais – imortais a menos que decidissem deixar isso de lado e permitir que o fluxo do tempo fosse retomado. Eles tinham se tornado vulneráveis ao saírem para ir a um mundo alternativo como este.

Era tarefa dela fazer com que o risco deles valesse a pena.

Kostchei bufou.

— Você quer saber o que pode fazer para ajudar? Se não tem inteligência para ver o que precisa ser feito, não é a pessoa que queremos para essa missão.

---

1 Gorro cônico, geralmente vermelho, usado especialmente na religião muçulmana por povos do Oriente Médio e do norte da África. (N. da E.)

A simpatia de Irene por ele evaporou.

— Bem, obviamente eu preciso encontrar o assassino e resolver a situação sem deixar que uma guerra ecloda — disse ela, irritada. — Quero dizer *além* disso. Você sabe, no meu abundante tempo livre. E precisamos que esta conversa seja rápida. Duan Zheng quer me levar para ver Ao Ji assim que for possível.

Coppelia ofegou com uma risadinha, quase uma gargalhada.

— Esses são os dois problemas principais, é verdade. Estou feliz de ver que você está se mantendo racional e não se deixando levar por devaneios de ajudar um grande detetive a resolver um assassinato.

— A situação é séria demais para ceder a fantasias infantis — disse Irene, tentando ser sincera. Uma versão mais jovem dela teria achado que esta era a maior aventura do mundo, combinando sua missão de Bibliotecária com o trabalho ao lado de Vale. Mas os riscos eram muito altos para ela tratar isso como um jogo. — E, se esses são os dois problemas principais, qual é o terceiro?

— Descobrir o que Ren Shun quis dizer quando falou de um livro — resmungou Kostchei. — No momento, a situação é que *ninguém* sabe o que ele quis dizer e, aparentemente, Ao Ji foi a única pessoa com quem ele falou sobre esse assunto. A menos que um dos outros dragões saiba, mas permaneça em silêncio. Há representantes de duas outras cortes no séquito de Ao Ji: Li Ming, do Rei do Oceano Norte, e Mei Feng, da Rainha das Terras do Sul.

— E ambos são bem mais diplomáticos do que Ao Ji — comentou o desconhecido em pé atrás da poltrona de Kostchei.

— O que torna uma lástima o fato de que ele agora está planejando conduzir as negociações. Você conheceu Li Ming, não foi?

— Conheci — concordou Irene, com cuidado. O dragão em questão era muito educado, muito político e muito perigoso. E poderoso. Não era apenas representante do Rei do Oceano Norte, era o vassalo de confiança e a mão direita do rei. Na última vez em que eles se encontraram, Irene tinha rejeitado sua proteção bem-intencionada em prol da imprudência, de modo que ela esperava que Li Ming não guardasse rancores. — Embora não tenhamos ficado muito bem na última vez que nos separamos... Ah, droga.

— Algum problema? — perguntou Coppelia.

— Hum, apenas como coincidência, e sem absolutamente nenhuma interferência pessoal ou sugestão minha, Kai pode estar prestes a aparecer aqui para visitar o tio — disse Irene. Ela não estava falando na Linguagem, de modo que podia mentir à vontade. E dava para perceber, pelos rostos ali, que os dois Bibliotecários seniores sabiam que ela mesma tinha enviado Kai. — Tenho certeza de que não vai ferir nossos interesses ter Kai por lá e falando a favor da Biblioteca, mas não sei como ele e Li Ming vão interagir. Por causa dos nossos últimos encontros.

— Ora, isso vai ser interessante — disse Coppelia com um suspiro. — Faça o possível para parecer inocente, criança, ou pelo menos faça parecer uma negação plausível, se você for pega fazendo perguntas a ele pelos cantos.

— Quantos outros Bibliotecários estão aqui? — perguntou Irene.

— Meia dúzia neste hotel — disse o desconhecido — e mais alguns em cada um dos outros dois hotéis, agindo como contatos. A maioria de nós é do escalão sênior: seria considerado um insulto alguém do baixo escalão participar num papel significativo. Embora haja alguns juniores ajudando. — Ele levantou a mão para cumprimentá-la. — A propósito, sou Prutkov. Desculpe-me por não ter me apresentado mais cedo.

— Não temos tempo para cortesias — resmungou Kostchei. — Escuta, garota. Estamos confiando em você para encontrar a solução *certa* para isso. Uma que não piore as coisas. O que você nos relata em particular é uma coisa, mas o que você conta aos dragões ou aos feéricos não deve acender nenhum estopim. Está me entendendo?

Irene sentiu um buraco se abrindo diante de si.

— Você quer um disfarce — disse ela.

— *Quero* a verdade — respondeu Kostchei. — Pode ser que eu *precise* de um disfarce. São duas coisas diferentes. Você percebe o que está em jogo aqui, garota?

— Não sou idiota — retrucou Irene. — Entendo que não podemos nos dar ao luxo de essa conferência pela paz entrar em colapso. Acho que Vale pode até concordar com isso, se necessário. Ele entende como os dragões e os feéricos podem ser perigosos para a humanidade. E para o mundo dele, em especial. Mas estou preocupada, pela minha experiência, que, se basearmos esse tratado em uma mentira, em algum momento ele vai desmoronar.

Coppelia mexeu as mãos: a de carne estava polindo a de madeira.

— Essa é uma objeção válida. Não olhe com essa fúria para ela, Kostchei. Nossos juniores não devem ser punidos por reconhecerem possíveis riscos.

— Não — murmurou Kostchei —, mas eles vão se arrepender se não forem adiante e não cumprirem a missão de qualquer maneira. Vamos lá, garota. Recomponha-se. Você supostamente é boa nessas coisas. O ideal é que seja um assassinato por motivo particular, que não envolva ninguém presente.

Irene considerou possíveis respostas a essa sugestão. Por fim, disse:

— Essa aí não faz sentido.

— Então encontre alguma coisa que faça! — Kostchei bateu no joelho com um som que parecia um tiro de pistola. — Prutkov! Você disse que ouviu os depoimentos das testemunhas, garoto?

— Sim, senhor — respondeu Prutkov. Ele não era um garoto: o cabelo era preto, grisalho nas têmporas, e a idade tinha criado rugas de expressão em seu rosto. Ele apontou com a cabeça para uma pasta grossa sobre uma mesa lateral.

— Vamos entregar ao sr. Vale quando ele *finalmente* chegar aqui. Onde ele está agora?

— Examinando a cena do crime — respondeu Irene. — Eu sei que vocês queriam vê-lo primeiro... mas, por favor, sejam razoáveis. — Ela percebeu o franzido irritado aumentando no rosto de Kostchei. — Ele é o especialista. E vai querer ver o corpo em seguida. Bradamant disse que o cadáver estava no necrotério?

— No Necrotério de Paris — respondeu Prutkov. — Eu sei, eu sei, você é capaz de constranger alguém, mas os subornos *só* funcionam com a polícia local, e pelo menos já pagamos o suficiente para não nos incomodarem aqui. Você pode levar o sr. Vale lá depois de se apresentar a Ao Ji. O inspetor Maillon foi designado para o caso, mas no momento ele acha que os anarquistas são os responsáveis.

— Por que estamos forçando a ideia de que os anarquistas são culpados? — perguntou Irene. — Bradamant já explicou, mas não poderíamos ter escolhido alguma coisa menos politicamente perigosa, como um assassino em série ou um assassino solitário ou sei lá o quê?

— Existem muitos anarquistas por aqui — disse Prutkov — ou, pelo menos, é o que dizem os jornais. E o conceito de "assassinos em série" não é tão conhecido neste lugar e nesta época. Se isso significar que o inspetor não vai nos investigar, é menos uma dor de cabeça.

Irene assentiu.

— Tudo bem. Então — ela levantou os dedos e marcou os itens —, vou investigar o assassinato. Encontrar o assassino. Achar uma solução aceitável. Convencer os outros investigadores a concordarem. Descobrir o que Ren Shun quis dizer quando falou de um livro. Garantir o tratado de paz. — Parecia ridículo contar as tarefas como se estivesse fazendo uma lista, mas isso a ajudava a manter algum tipo de racionalidade e não entrar em pânico com o escopo do que vinha pela frente. — Tem mais alguma coisa que eu deveria saber?

— Tem uma coisa — respondeu Coppelia. Agora foi a vez dela de parecer culpada. — Não estou tentando colocar mais pressão em você, Irene, mas acho que você precisa saber. Parte do combinado, quando estávamos arrumando tudo, era que deveríamos oferecer reféns.

— Reféns?

— É — respondeu Kostchei, claramente impaciente. — Era necessário manter o equilíbrio da confiança. Alguns Bibliotecários seniores são hóspedes das cortes dos dragões ou dos feéricos. Se tudo der errado, não apenas todos nós seremos mortos, e nesse caso, provavelmente não vamos mais nos preocupar com a situação, mas eles também. E, para sua informação, garota, seus pais estão entre esses reféns. Estão em uma das cortes dos dragões. Então mantenha a cabeça no lugar e lembre-se do que é importante aqui. — Ele se inclinou para a frente para grudar os olhos nos dela e seu fez não pareceu mais nem um pouco bobo. — Precisamos de uma resposta que todo mundo aceite. Não me importo com a sua ética. Só me importo com o cumprimento da missão.

Essa nova revelação caiu como um bloco de gelo no estômago de Irene. Ela se sentiu muito descolada do cômodo ao redor.

— Me poupe da encenação — disse ela. — É claro que eu vou cumprir a missão. E *obrigada* — enfatizou as palavras com amargura — por me dar mais essa preocupação, além de todo o resto.

— Foi melhor você saber por nós do que por outras pessoas — disse Coppelia baixinho.

Houve uma batida forte na porta.

— Está pronta para nos acompanhar, srta. Winters? — veio a voz de Duan Zheng.

— Volte para obter novas informações mais tarde — disse Coppelia rapidamente, enquanto Prutkov entregava uma bolsa pesada a Irene. — Isso é para as despesas. E, Irene...

— Ela hesitou. — A conferência pela paz foi realizada em segredo porque tínhamos medo de não poder confiar essa informação a alguns Bibliotecários. O assassinato pode provar que talvez estivéssemos certos. Tenha muito cuidado.

CAPÍTULO 5

O céu estava manchado de vermelho quando eles chegaram ao Ritz Hotel: amanhecia, e Paris já estava totalmente acordada. As ruas, antes tão tranquilas e envolventes, agora estavam cheias de tráfego, com carros motorizados no novo estilo, brigando por espaço com carruagens puxadas por cavalos, e com bicicletas. Mesmo nos arredores refinados do Ritz Hotel, os ruídos da Paris matinal entravam pelas janelas e se insinuavam levemente pelas paredes. O toque estridente das buzinas motorizadas, a algazarra de cascos e o rangido das rodas nas pedras, o som das vozes...

Irene encarou uma porta fechada, flanqueada pelos guarda-costas de Duan Zheng, e ponderou sobre a constante universal humana – e, aparentemente, dracônica também – de *correr e esperar*. Ela havia sido apressada até aqui no instante em que saiu de sua conferência com os Bibliotecários anciões, mas agora só podia ficar sentada aguardando o rei dragão ter disponibilidade para recebê-la. Pelo menos tinham lhe dado permissão para se sentar. Isso lhe deu tempo para remoer exatamente o que teria a dizer aos pais quando os visse de novo.

Finalmente – *finalmente* – a porta se abriu, e um serviçal humano apareceu. Ele fez uma reverência para Duan Zheng e depois para Irene (para surpresa dela) e disse:

— Sua Majestade vai receber a Bibliotecária agora.

O ar frio roçou na pele nua de Irene quando ela entrou na suíte. Era como o primeiro instante em que se sai numa manhã de inverno, antes de ter tempo para acostumar-se ao vigor do ar: o sopro ficou preso na garganta e queimou suas bochechas. Ela tentou não tremer de maneira muito óbvia. Em vez disso, fez uma reverência para o dragão no centro da sala, demonstrando uma medida total de respeito, e aproveitou o momento para se firmar.

Assim como outros dragões monarcas, o cômodo estava cheio do poder de Ao Ji. Era imóvel como um lago congelado e sinistro como o lado escuro da Lua: Irene sentiu a marca da Biblioteca em seus ombros chamejar em resposta, numa queimadura que era quase reconfortante.

— Pode se levantar e se dirigir a mim — disse Ao Ji. Sua voz baixa de tenor podia ser quase amigável, mas Irene sentia o gelo sob ela. — Você é a Bibliotecária que se chama Irene Winters?

— Sou eu, Vossa Majestade — disse Irene, se endireitando.

Ao Ji estava envolto em um roupão pesado de seda branca que combinava com sua pele, seu cabelo e suas escamas: embora estivesse em forma humanoide, não se preocupara em disfarçar sua natureza dracônica. Os olhos eram de rubi intenso, claros como sangue, e as garras nos dedos reluziam como diamantes. Padrões de escama traçavam sua pele como samambaias ou gelo, mais intricados do que os bordados do seu roupão. O cabelo era do mesmo branco-neve da pele, preso em uma trança comprida que expunha os dois pequenos chifres na testa. Apenas os olhos e a boca tinham um choque de cor em contraste com o branco. Era mais pálido que os painéis brancos com molduras douradas nas paredes, mas ele os fazia parecer vulgar em comparação: a suíte era impossivelmente luxuosa, mas, perto dele, mal parecia adequada ao objetivo.

Ele analisou Irene com os intimidadores olhos vermelhos e tomou um gole de chá da xícara que segurava com a mão direita. O vapor subiu da xícara no ar frio.

— Onde está o detetive que você deveria ter trazido consigo?

— Está examinando a cena do crime, Vossa Majestade — disse Irene. Ao Ji nunca tinha se deparado com um assassinato como esse? Talvez não. Talvez ele nem lesse ficção criminal. — Ele achou que era seu dever fazer isso o mais rápido possível.

— Eu ia trazê-lo também, Vossa Majestade, mas Mu Dan disse que eu devia deixá-lo terminar — disse Duan Zheng por trás do ombro de Irene. — Se ela me instruiu erroneamente...

Ao Ji balançou a cabeça, interrompendo Duan Zheng.

— Mu Dan é uma investigadora aclamada. Se ela diz que esse é o procedimento adequado, temos de confiar nela. Você, no entanto, Irene Winters, tem poucas recomendações.

Irene comparou a cortesia adequada e a necessidade urgente de manter Ao Ji de bom humor com o que pensava lhe dar a chance de escapar.

— Então posso perguntar por que Vossa Majestade me aceitou como investigadora neste caso?

A expressão de Ao Ji não mudou.

— Os outros Blibliotecários têm ainda menos recomendações. Vocês são um grupo insignificante e mercenário, que mal conhece suas obrigações e não são confiáveis.

Ele parecia querer algum tipo de resposta a isso.

— Sinto muito se desagradamos à Vossa Majestade — murmurou Irene.

— Você ao menos tem uma noção adequada de dever para com seus pais — continuou Ao Ji. Aquilo era *aprovação* na voz dele? — Disseram-me que você obedece aos seus superiores e arriscou a vida para proteger meu sobrinho da própria tolice dele.

Isso tudo é porque Kai andou dizendo coisas boas sobre mim? Não, isso não pode estar certo. Ao Ji já tinha me aprovado como representante da Biblioteca antes de Kai conseguir chegar até ele.

— Fico honrada com as palavras de Vossa Majestade — respondeu Irene. — Espero que eu possa servir à Biblioteca e a você nesse assunto encontrando quem cometeu esse terrível assassinato.

O líquido na xícara de Ao Ji congelou com um estalo audível quando a temperatura caiu.

— Sim — disse ele, a voz subitamente rouca, amarga com a tristeza pessoal. — Você fez bem de me lembrar das nossas prioridades. O assassino de Ren Shun deve ser encontrado e levado a julgamento. Todos os envolvidos nesse crime vão pagar por isso. Você vai encontrar o responsável, por mais que esteja escondido e por mais alto que seja seu escalão. — Seus olhos eram rubis congelados e grudados no rosto de Irene. A onda fria de seu poder se pendurava sobre ela como uma geleira. — Mesmo que seja da delegação dos feéricos. Mesmo que a culpa seja de um dos seus colegas Bibliotecários. Não vou suportar que a verdade seja escondida de mim.

Irene respirou fundo. O ar gélido alfinetou seus pulmões. Ela assumiu a dor e a usou, se obrigando a continuar de pé em vez de fazer uma reverência ou cair de joelhos, retribuindo o olhar em vez de direcioná-lo para baixo como uma serviçal.

— Vossa Majestade — disse ela, ouvindo as próprias palavras saindo ralas e superficiais diante do poder de Ao Ji —, a Biblioteca quer paz. Somos sinceros ao apoiar essa conferência. Somos inimigos de quem quer que tenha cometido esse crime, seja quem for. Falo com apoio total dos meus superiores. Vamos descobrir a verdade.

Espero, pensou ela, no silêncio de sua mente, onde Ao Ji não podia ouvi-la.

O frio diminuiu aos poucos. Ao Ji deixou a xícara de chá em uma mesa lateral e assentiu.

— Vou cobrá-la pela sua palavra — disse ele. — Agora, conte-me sobre seus próximos passos.

— Os primeiros passos de uma investigação dessa natureza são examinar o corpo do falecido e a cena do crime — disse Irene. — Também vamos precisar saber todas as ações da vítima na noite em que foi assassinada e o que todas as outras pessoas estavam fazendo naquele momento. Eu ficaria agradecida se pudesse me contar o que sabe sobre as ações e as motivações de lorde Ren Shun naquela noite, Vossa Majestade.

Ao Ji cruzou as mãos no colo.

— Nós dois e outros da minha comitiva jantamos juntos aqui neste hotel no início daquela noite. Eu tinha percebido que ele estava perturbado e, quando ficamos sozinhos, perguntei a Ren Shun o que o perturbava.

Irene assentiu para encorajá-lo.

Ao Ji desviou o olhar, em direção a uma das janelas enormes, como se pudesse enxergar o passado.

— Você precisa entender que Ren Shun muitas vezes ouvia coisas que eu não ouvia. Uma das funções dele era trazer essas informações até mim.

Chefe do serviço secreto. Ok.

— Entendo, Vossa Majestade — disse Irene.

— Ele me disse que tinha ouvido duas pessoas conversando no hotel neutro. Não estava seguro da identidade delas, mas tinham concordado que as negociações estavam ocorrendo conforme desejavam. Uma delas usou a frase... — Ele fez uma pausa, tentando se lembrar. — *Tudo está se desenvolvendo como queríamos.* Sim. Foi isso. E a outra pessoa perguntou se, quando tudo terminasse, eles pegariam o livro. E a primeira disse que sim. Eles disseram que a conferência pela paz não era importante de verdade; a coisa realmente significativa era o livro.

Irene engoliu em seco. Tinha de admitir que palavras dessa natureza apontavam para Bibliotecários.

— Percebo por que uma declaração como essa poderia tê-lo perturbado, Vossa Majestade — concordou ela. Um pensamento lhe ocorreu. — Mas ele não reconheceu nenhuma das duas pessoas?

— Não — respondeu Ao Ji. — Mas disse que estavam sussurrando; ele poderia não ter conseguido reconhecer uma voz que reconheceria em circunstâncias normais. Também não tinha certeza do gênero.

Irene assentiu.

— E depois que ele lhe contou isso, Vossa Majestade?

— Fiquei perturbado. — Um véu de nuvens estava crescendo no céu do lado de fora da janela, com filetes finos retalhados se derretendo lentamente e se juntando para formar massas escuras de nuvens cumulus. Mas será que era um eco do humor e do poder de Ao Ji ou apenas coincidência? — Era um novo fator nas deliberações. Eu estava esperando traição dos feéricos, é claro, mas não da Biblioteca.

— Como ele não reconheceu as pessoas, é possível que a negociação toda fosse falsa, com o objetivo de incriminar a Biblioteca? — sugeriu Irene.

Houve um silêncio reverberante. Ao Ji estendeu a mão. Sem uma palavra, um dos serviçais colocou uma nova xícara de chá ali.

Parecia que a ideia era um beco sem saída – até e a menos que Irene conseguisse alguma evidência como suporte.

— Sabe o que ele fez em seguida, Vossa Majestade?

— Infelizmente, não. — As nuvens lá fora se uniram, fazendo sombra na praça parisiense do outro lado da janela. — Ren Shun disse que faria outras investigações mais tarde. Eu me recolhi para dormir. Ele deve ter saído do hotel... mas não sei quando. Nossa última conversa terminou pouco depois das onze da noite. Eu me lembro do relógio nos aposentos dele ter marcado a hora enquanto conversávamos.

Irene assentiu.

— Obrigada, Vossa Majestade. Agradeço pelas informações. Vamos precisar verificar com outras possíveis testemunhas neste hotel para descobrir quando foi que ele saiu.

Ao Ji franziu a testa, mas não a contradisse.

— Duan Zheng — disse ele. — Como podemos conseguir isso?

Duan Zheng fez uma reverência.

— Milorde, acredito que os dois Bibliotecários designados a você já colheram depoimentos dos membros da nossa comitiva, dos serviçais deles e dos funcionários do hotel aqui. Deve ser suficiente.

— Muito obrigada — disse Irene. Ela lançou seu sorriso mais charmoso para Duan Zheng. — Isso vai facilitar para sabermos a quem pedir mais informações.

— Por que você precisa de mais informações do que isso? — Duan Zheng exigiu saber. — O assassinato aconteceu no Le Meurice, não aqui.

Irene não tinha certeza se ele era genuinamente tão ignorante em relação a investigações criminais ou se estava apenas tentando obstruir os princípios gerais.

— Se aconteceu no Le Meurice — disse ela —, pode ser relevante saber a que horas ele saiu daqui e quando poderia ter chegado lá. É tarde demais agora para ter certeza há quanto tempo o corpo estava morto antes de ser encontrado...

A temperatura caiu. Ela sentiu o ar frio apertar sua garganta como uma mão. A expressão de Ao Ji formou rugas de raiva.

— Vossa Majestade, não tenho a intenção de desrespeitá-lo — disse ela rapidamente. — Não tive a intenção de insultar a memória de lorde Ren Shun. É que há um certo vocabulário comumente utilizado nesses casos.

— Talvez — falou Ao Ji, irritado —, mas este não é um caso *comum*. Acho bom você se lembrar disso.

— Como Vossa Majestade desejar — retrucou Irene. Não era o momento nem o lugar para dar uma lição de moral sobre haver milhares de outras vítimas de assassinato e para questionar o que tornava este crime especial etc. Era o momento e o lugar para dizer *sim, senhor* e evitar ser expulsa da investigação. Ou congelada até a morte. — Mas espero que perceba por que precisamos estabelecer exatamente quando lorde Ren Shun saiu deste hotel e se alguém sabe para onde ele foi depois disso.

— Para o Le Meurice, é claro — disse Duan Zheng —, já que foi assassinado lá.

Irene pensou no contorno que estava no chão. Havia sangue, mas será que havia sangue *suficiente?* Será que Ren Shun poderia ter sido assassinado em outro lugar e depois levado para lá? Seria mais fácil transferir um corpo morto do que brigar com um dragão vivo. Pensando bem, havia outras coisas que poderiam acontecer se alguém atacasse um dragão...

— Vossa Majestade — disse ela —, posso lhe fazer uma pergunta?

— Claro — respondeu Ao Ji.

— Percebi que muitos dragões têm algum tipo de afinidade elemental — disse Irene. Ela também descobriu que alguns deles, os mais fracos, *não tinham* e eram sensíveis em relação a esse assunto. Assim, precisava formular essa frase com cuidado até saber de que tipo era Duan Zheng, que estava logo atrás dela. — E eles podem chamar esse elemento para apoiá-los quando estão brigando. Enchentes, por exemplo, ou terremotos. Lorde Ren Shun tinha um desses poderes?

Ao Ji grudou o olhar nela mais uma vez.

— A natureza dele era chuva e água. Mas ele foi esfaqueado nas costas. Foi assassinado por um traidor. Não teve tempo para resistir.

Irene fez uma anotação mental para verificar se houve alguma onda inesperada no Sena naquela noite e assentiu.

— Obrigada, Vossa Majestade. Isso pode ser relevante.

Houve uma batida na porta da suíte. Um dos serviçais humanos que estava de pé em silêncio e andando anonimamente pela suíte se movimentou para atender. Voltou com uma bandeja com alguns bilhetes.

— Vossa Majestade, há uma mensagem para você e uma para a srta. Winters.

Ao Ji deixou a xícara de chá de lado para rasgar o envelope e tirar a carta de dentro.

— É de Mu Dan — disse ele depois de um instante. — Ela está escoltando o detetive para examinar o cadáver de Ren Shun e vai trazê-lo para cá depois, assim que for possível.

Duan Zheng bufou.

— O entendimento dela quanto às prioridades deixa a desejar, milorde.

— Ela tem seus motivos. — As nuvens do lado de fora da janela se uniram de novo, formando uma massa escura sobre Paris.

— Ela teme que possa haver interferência dos feéricos. Imagino que esteja correta. A malícia e a insanidade deles são naturais. Eles vão aproveitar qualquer vantagem que possam conseguir.

Irene abriu seu envelope: reconheceu a caligrafia de Vale na frente.

Winters,

Dizia sua carta:

Fui ao Necrotério de Paris com Mu Dan para examinar o cadáver. Por favor, junte-se a nós assim que possível e traga quaisquer depoimentos de testemunhas que tiver conseguido. Peça minhas desculpas ao rei dragão na linguagem que você achar que ele vai considerar menos repreensível: vou interrogá-lo mais tarde, quando tiver tempo. Vale.

— Sua carta é relevante? — indagou Ao Ji.

— Vale apresenta suas desculpas, Vossa Majestade — floreou Irene. — Ele espera vê-lo assim que possível, mas achou que era urgente investigar o falecido primeiro. Pede para eu me juntar a ele.

— Então vou liberá-la para fazer isso — disse Ao Ji. — Espero que você faça um relatório em breve.

Enquanto Irene murmurava uma concordância educada, houve outra batida na porta. Um serviçal olhou para fora e relatou:

— Seu café da manhã chegou, Vossa Majestade.

Ao Ji franziu levemente a testa. O corpo dele estremeceu e, em seguida, num intervalo menor que uma respiração, um humano normal estava sentado em sua poltrona. Bem, relativamente normal – o cabelo e a pele ainda eram brancos como ossos, os olhos eram vermelhos e o rosto ainda era inumanamente perfeito. Mas as escamas e os chifres tinham desaparecido, e as unhas não passavam do comprimento humano normal. Ele poderia atrair olhares pela coloração, mas não faria isso por nenhuma anormalidade não humana.

— Podem entrar — disse ele.

A porta se abriu com um clique. Dois funcionários do hotel, com os uniformes bem passados e os botões de bronze reluzindo, entraram com bandejas, enquanto um terceiro atrás deles empurrava um carrinho pesado com pratos cobertos e decorado com linho drapeado. Irene saiu do caminho deles, guardando o bilhete de Vale na bolsa. Dava para sentir o cheiro de alguns pratos – pão fresco, algum tipo de risoto de peixe, bacon, canela, café – e seu estômago se encolheu, lembrando que ela não tinha comido desde a noite anterior. Talvez pudesse pegar alguma coisa ao sair do hotel...

— Esperem — disse Duan Zheng de repente. Ele deu um passo à frente e segurou o braço de um dos dois carregadores de bandeja. — Quem é você e qual é seu objetivo aqui?

A pergunta ficou suspensa no ar por um instante. Depois, os dois homens soltaram as bandejas, colocando a mão dentro do paletó e tirando revólveres.

O terceiro homem pegou uma pistola pesada embaixo do linho drapeado e mirou em Ao Ji.

— Morte à burguesia! — gritou ele, com o dedo fincando no gatilho.

Irene o derrubou.

Era uma ação muito deselegante, mas funcionou. O tiro foi desordenado, atingindo alguma coisa sólida – não uma pessoa, pensou ela, já que não tinha ouvido um grito –, e os dois saíram rolando juntos pelo chão. Uma lufada de ar como a estagnação do inverno em forma física gritou do outro lado do cômodo acima deles, e houve um som parecido com madeira quebrando e a batida de uma porta sendo aberta com violência. Irene ignorou, se concentrando em dominar o homem embaixo dela. Ele não estava esperando lutar contra uma mulher e, no início, simplesmente tentou empurrá-la com uma força superior.

Esse foi o único erro que ele teve tempo de cometer. Ela deu uma cotovelada na lateral da garganta dele, depois o empurrou com o rosto para baixo e colocou o joelho na lombar, girando os braços dele nas costas enquanto o homem ofegava tentando respirar.

Quando ela teve um instante para olhar ao redor, os dois outros homens tinham sido derrubados. Na verdade, eles estavam deitados no chão com os membros e os pescoços em ângulos que sugeriam que eles nunca mais iam se mexer.

— Esse também? — perguntou Duan Zheng, apontando para o prisioneiro de Irene com a ponta de um sapato bem lustrado.

Irene percebeu por que ele estava pedindo permissão a Ao Ji.

— Não, espera! — disse ela. — Precisamos de respostas.

E aí ela percebeu que Kai também estava no quarto.

CAPÍTULO 6

— Meu lorde tio! — exclamou Kai. — Você está bem?

Ao Ji bufou.

— Você acha que esses humanos poderiam *me* ameaçar de verdade?

— Bom, não — admitiu Kai —, mas onde há um inimigo pode haver outros.

— E é por isso que não podemos matar esse homem ainda — disse Irene, aproveitando a oportunidade. — Ele pode ser cúmplice do assassino de lorde Ren Shun.

— Faz muito sentido — disse Duan Zheng. — Precisamos interrogá-lo.

— E vamos precisar explicar isso para a polícia de algum jeito — acrescentou Irene, relutante.

— O que há para explicar? — perguntou Ao Ji. — Eles me atacaram. Eu os matei. Autodefesa pessoal é aceitável, pelo código jurídico local.

— Acho que a srta. Winters quer dizer que é melhor evitar atrair mais atenção para a reunião de cúpula, meu lorde tio — explicou Kai. — Será inconveniente se formos obrigados a ir para outro lugar.

Irene percebeu o nível extremo de formalidade de Kai, parecido com a vez em que eles estiveram em julgamento perante a Rainha das Terras do Sul. Aparentemente, a rigidez de Ao Ji se estendia até para a própria família.

— Posso fazer uma sugestão, Vossa Majestade?

— Fale — ordenou Ao Ji.

— Será difícil transportar dois corpos para fora deste hotel sem sermos notados. Mas podemos alterar a cena do ataque para o quarto de um de seus assessores e dizer que ele é quem foi atacado. Isso significa que você não estará pessoalmente envolvido, Vossa Majestade. E, nesse meio-tempo, podemos descobrir por que essa pessoa estava tentando matá-lo.

— É viável, Vossa Majestade — disse Duan Zheng. — Mas precisamos fazer isso antes que algum funcionário do hotel venha investigar o tiro.

— Providencie — disse Ao Ji. — Li Ming ou Mei Feng podem ser a vítima sugerida.

O assassino embaixo de Irene escolheu esse momento para tentar se soltar e ela teve de puxar os braços dele de novo para trás.

— Opressores do povo — rosnou ele. — Querem fugir da lei falsificando evidências!

— *Você* acabou de tentar atirar em nós e está *nos* acusando de descumprir a lei? — reclamou Irene.

— Sirvo a uma lei superior! Uma sociedade injusta como esta deve ser mudada por todo e qualquer meio necessário.

Irene estava consciente de Duan Zheng atrás dela, lidando com a multidão de dragões e serviçais que estavam tentando entrar na suíte, atraídos pelo tiro. Ela o ouviu recrutando os funcionários para carregarem os cadáveres e fingirem o ataque falso. Mas sua atenção estava no homem que estava imobilizando. Já tinha ouvido esse tipo de linguagem...

— Você é anarquista? — perguntou ela.

— *Sou!*

Anarquistas de verdade? Isso era inesperado. Irene realmente esperava que mencionar anarquistas não os tivesse atraído para essa situação. Afinal, os feéricos faziam a vida real se transformar em histórias, e os eventos subsequentes criavam um drama poderoso...

— E por que você nos atacou aqui?

Ele olhou furioso na direção de Ao Ji.

— Todos os monarcas devem *perecer*. O povo da sua terra teria se regozijado e florescido para a liberdade, voltando ao seu estado natural sob...

— Kai — disse Ao Ji. — Imobilize-o. Bibliotecária, um passo para trás. Não quero que você se machuque sem necessidade.

Irene deixou Kai assumir a detenção dos braços do homem e se levantou, recuando. Os outros corpos tinham sido arrastados para fora do quarto e um dos serviçais estava ocupado varrendo do tapete os rastros e outras evidências da luta. *Pelo menos não vou ter de lidar com a polícia tentando prender Ao Ji. Essa é a menor das preocupações.*

Ao Ji deixou a xícara de chá de lado e se levantou. Ele foi até o anarquista impotente, com ar frio fluindo ao redor numa bruma de gelo quase visível.

— Você é um revolucionário — disse ele. — Tentou usar de violência contra mim. Essas duas coisas são dignas de morte. Mas, se confessar tudo que sabe, posso ser misericordioso.

A vontade dele desceu sobre o quarto como uma geada amarga e esmagadora, como a definição do coração do inverno. Irene sentiu até mesmo de longe e sem ser especificamente direcionado a ela: o impulso de se submeter, de obedecer, de implorar por perdão. A marca da Biblioteca nos seus ombros chamejou de novo em resposta, doendo como uma queimadura nova. Os serviçais no quarto caíram de joelhos, baixando a cabeça e tremendo.

O anarquista se retorceu no tapete, lutando em uma tentativa desesperada de fugir daquela majestade gélida, daquele poder absoluto e daquele desprezo.

— Não — ofegou ele, as palavras congelando na boca. — Não, pare, por favor, em nome de Deus...

— Achei que vocês, revolucionários, eram todos ateus. — Ao Ji parou de repente diante do anarquista. — Você não precisa temer o divino. Tenha medo de mim. Diga-me quem está por trás de vocês.

As palavras caíram pelo ar, implacáveis, impossíveis de recusar.

O anarquista estremeceu.

— O... o Teatro... — começou ele.

E aí suas costas se arquearam sob a contenção de Kai, e o sangue escorreu dos cantos da sua boca enquanto os olhos ficavam vidrados. Sua respiração parou de repente, deixando a suíte em silêncio.

Ao Ji virou de costas com um pequeno ruído de desaprovação. A frieza escapou do ar, retornando a algo mais próximo da temperatura normal da sala.

— Inconveniente — disse ele. — Rompeu-se antes que pudéssemos saber mais.

— O que aconteceu? — perguntou Irene. Ela já tinha visto outras mortes e não tinha nenhum motivo específico para sofrer por um homem que estava preparado para matar todos os presentes. Mas, ao mesmo tempo, ver o "interrogatório" de um homem levar à morte, fosse o "interrogatório" físico ou mental, era uma experiência que ela preferia não ter tido.

— Ele tentou resistir a mim. — Ao Ji se sentou. — Mas, além disso, tinha sido influenciado por um dos feéricos.

89

Quando foi compelido por esse poder e pelo meu, sua mente se rompeu e seu coração parou.

O impulso para enxergar isso como uma metáfora para a humanidade, presa entre os dragões e os feéricos, era muito tentador. Irene deixou o pensamento de lado para remoê-lo mais tarde e caiu de joelhos ao lado do corpo.

— Role-o para o lado, por favor, Kai — instruiu ela.

— O que você vai fazer? — perguntou Ao Ji, curioso.

— Procurar pistas — respondeu Irene, vasculhando os bolsos do cadáver. — Evidências de identidade, passagens de metrô, qualquer coisa assim... hum, o metrô já foi construído aqui?

— Está em andamento — respondeu Kai.

Irene teria gostado de perguntar mais a Kai sobre o que estava acontecendo no hotel e ao redor do tio dele, mas isso poderia fazer Ao Ji ter suspeitas inconvenientes (e precisas) sobre o conluio dos dois. Ela simplesmente assentiu e desabotoou o paletó do uniforme do anarquista.

— Humm — disse ela.

— Descobriu alguma coisa? — indagou Ao Ji.

— A camisa de baixo está suja — disse Irene, mostrando a camisa. — Imunda o suficiente para sujar também o paletó, como se ele o estivesse usando por mais do que uma hora ou duas. Os sapatos estão arranhados e gastos: não combinam com o uniforme. Eu concluiria que ele e os amigos invadiram o hotel, roubaram os uniformes e se aproveitaram da entrega do café da manhã para entrar no seu quarto, Vossa Majestade. — Ela terminou de apalpar o homem. As mãos dela estavam latejando de frio. — Uma bolsa de moedas, um maço de cigarros e um canivete. Nenhum papel. Com sua permissão, Vossa Majestade, vou levar esses itens para o caso de Vale conseguir deduzir mais do que eu.

— Concedida — disse Ao Ji. Ele olhou de relance para um serviçal. — Peça para Duan Zheng colocar esse cadáver junto com os outros. Mais alguma coisa, Bibliotecária?

Irene decidiu que os dragões provavelmente conseguiriam lidar com o disfarce quando a polícia chegasse. Precisava seguir com a investigação – e, se demorasse muito mais aqui, Vale poderia ter deixado o necrotério quando ela chegasse.

— Não, Vossa Majestade. Mas, se alguém puder me levar até os Bibliotecários daqui que estão colhendo depoimentos, eu ficaria muito agradecida.

— Kai, providencie isso. — Ao Ji se recostou na cadeira. — E peça para alguém me trazer o jornal.

— Imediatamente, meu lorde tio — disse Kai com uma reverência.

Quando ele e Irene saíram da suíte, Duan Zheng estava se aproximando, seguido por dois de seus serviçais.

— O homem deu alguma informação útil? — indagou. Ele parecia já saber que o terceiro anarquista estava morto.

— Ele mencionou um teatro — disse Irene. — Nada além disso, infelizmente. Significa alguma coisa para o senhor?

— Absolutamente nada — respondeu Duan Zheng com amargura. — Não conheço nenhuma conspiração dos feéricos com esse nome também. E, pelo que sei desta Paris moderna desenfreada, existem centenas de teatros na cidade. — Ele olhou para a porta. — Não posso deixar Sua Majestade desprotegida. Vossa alteza, por favor, se apresente a mim quando terminar o que quer que seja com essa Bibliotecária. Tenho certeza de que posso usá-lo de maneira útil.

— Claro — disse Kai, pegando o braço de Irene e escoltando-a pelo corredor.

Quando estavam longe do alcance de ouvidos, ele respirou fundo e seus ombros relaxaram.

— Ande devagar — sugeriu ele com esperança.

— Ele queria que *você* me levasse aos Bibliotecários que estão aqui? — perguntou Irene baixinho. — Seu tio, quero dizer. Ou simplesmente deve me entregar a um serviçal para obter esses depoimentos?

— Não, ele quis que eu cuidasse disso. — Kai não fez contato visual com ela. — Minha tarefa é obter informações de você.

— Você não vai ser muito bem-sucedido, já que sei muito pouco — observou ela. — Eu mal tive tempo para descobrir alguma pista interessante.

— Acho que meu tio acredita que você, em específico, é inocente. — Kai deu de ombros. — Ele não acredita necessariamente que seus superiores também sejam. E não vamos entrar no potencial de culpa de todos os Bibliotecários que estão por aí. Meu tio está desconfiado. Ele é um monarca. Tem motivos para ser cuidadoso.

Irene gostaria de ter acrescentado *Seu tio é paranoico,* mas teria sido uma grosseria. Além do mais, não era paranoia se todo mundo realmente estivesse atrás de você. E, caso fosse um rei dragão cujo serviçal mais próximo tinha acabado de ser assassinado no meio de uma conferência pela paz e houvesse evidências de duplicidade de Bibliotecários no ar, tudo não passaria de um cuidado justificável.

Evidências *possíveis* de duplicidade de Bibliotecários, lembrou a si mesma com firmeza.

— Está bem — disse ela. — Afinal, meus superiores certamente vão me pedir para obter informações com você. A reciprocidade é um jogo justo. Não vou tomar como ofensa.

— Ela apertou o braço dele de um jeito tranquilizante. — Tem alguma coisa que precisamos fazer em particular, antes de sairmos do corredor?

Kai parecia que queria sorrir, mas não conseguia.

— O clima está ruim — disse ele. — A maioria dos cortesãos aqui acredita, ou diz que acredita, que o assassinato é uma provocação deliberada para tentar interromper as negociações e que eles não vão desistir da conferência. Mas isso não faz ninguém se sentir mais seguro.

— Seu tio acredita em quê?

Kai franziu a testa.

— Não tenho certeza. Ele não me falou. Quer respostas. Não quer ser interrogado. Mas tenho certeza de que ele acha que os feéricos estão por trás de tudo, sejam os que estão aqui na conferência ou nos bastidores.

— Como ele reagiu à sua chegada?

— Melhor do que eu esperava — admitiu Kai. — Ele me considera jovem e frívolo, então eu normalmente passo despercebido. Mas ele realmente pareceu feliz em me ver. Estou pensando se suspeita que meu pai me mandou. Se bem que, se sim, ele não admitiria.

— Seu pai não admitiria se mandasse você ou seu tio não admitiria se suspeitasse disso? — perguntou Irene, tentando desembolar os pronomes.

— A segunda opção — respondeu Kai. — Se bem que, se meu pai quisesse mandar um representante secreto para essas negociações, certamente não me escolheria. Sou inexperiente demais e minha mãe é de uma hierarquia inferior.

— Não sei se você realmente pode continuar se considerando inexperiente — disse Irene de um jeito pensativo. — Na verdade, aposto um bom dinheiro que você tem mais experiência em lidar com feéricos e Bibliotecários do que muitos dragões nobres e da realeza. Já lhe ocorreu como isso pode ser valioso na situação atual?

Kai bufou, parecendo muito com o tio por um instante.

— A maioria desses nobres diria a você que só existe um jeito de lidar com os feéricos.

— A maioria desses nobres precisa mudar de hábitos. *Se* conseguirmos um tratado de paz assinado e selado, tudo vai mudar. Não de uma vez, mas... — Irene nunca tinha considerado esse futuro possível. Era quase assustador. — Talvez seu tio já esteja pensando nisso e o exergando como parte dessa mudança.

Kai ponderou por alguns passos.

— É uma bela ideia — disse ele, relutante. — Mas não parece o que eu conheço do meu tio.

— Ele lhe deu alguma tarefa específica?

— Além de obter informações de você?

— Além disso.

— Acho que ele gostaria de me adicionar à equipe de investigação, mas aí os feéricos também teriam insistido para acrescentar uma segunda pessoa, e os Bibliotecários também, e começaria a ficar ridículo. — Kai deu de ombros. — Claro que, se eu encontrar por acaso com você e Vale mais tarde, podemos compartilhar mais informações. Você vai estar no jantar? — perguntou ele com esperança.

— Em qual contexto?

— Há um grande jantar hoje à noite no Le Meurice. Todo mundo vai participar. E temos a ópera amanhã à noite. Todas as partes devem *interagir*. — O tom de desdém sugeria que qualquer interação por parte dele seria com extremo preconceito e distância.

Uma coisa que Irene estava questionando mais cedo voltou à mente dela.

— Kai, você normalmente consegue identificar quanto de ordem ou caos existe em determinado mundo. Este lugar deveria ser o mais neutro possível. Isso mudou?

Kai franziu a testa.

— Você já viu o tipo de tingimento marmorizado em que alguém derrama cores diferentes de tinta na superfície de uma poça de água, depois usa uma ferramenta para desenhar linhas nas cores até estarem misturadas e formarem um padrão?

— Não, mas acho que consigo visualizar o que você está dizendo. Então esta Paris neste momento está... misturada? Por falta de um termo melhor?

— É o melhor que consigo — admitiu Kai. — Algumas áreas são mais afetadas do que outras, porque as pessoas lá estão intensificando o efeito. Este hotel está muito carregado de ordem no momento, e isso estaria se espalhando por Paris se não fosse pelos feéricos no hotel deles. E vice-versa.

Irene considerou as teorias.

— Se *houvesse* alguém aqui, do lado dos feéricos ou dos dragões, sem ser parte da delegação, mas outra pessoa, alguém poderoso, tentando sabotar as negociações, será que estaria afetando as coisas? Você seria capaz de identificar?

— Não tenho a menor ideia. Provavelmente não, a menos que eu esbarre nessa pessoa. Mas ainda não consegui sair do hotel.

— Bem, se você identificar, me avisa. E quantos lances de escada vamos subir, afinal? Não me diga que o seu tio posicionou os Bibliotecários designados no sótão!

— Não, só no sexto andar. — Kai a conduziu pelo último corredor e bateu em uma das portas. — O que você esperava?

— Não sei o que eu esperava — disse Irene. — Mas acho que eu pensaria que, se os Bibliotecários dele estivessem aqui em cima ontem à noite, nenhum deles teria a menor ideia do que estava acontecendo em outras partes do hotel.

— Se fosse uma aposta, você venceria — disse uma mulher, abrindo a porta. Seu cabelo cinza-chumbo estava preso em um coque apertado com uma mecha branca e ela havia jogado um xale xadrez grosso sobre os ombros fortes, contrastando com o verde-escuro do vestido. — Você deve ser Irene Winters. Entre. Não vamos demorar, vossa alteza. — Ela fechou a porta na cara de Kai antes que ele pudesse tentar colocar o pé no caminho.

— Isso foi meio hostil — disse Irene. — E, sim, sou Irene Winters. Mas não fomos apresentadas...

— Sou Sarashina — disse a mulher. — E não tenho nada específico contra Kai, mas, se ele tiver alguma noção de política, vai saber que precisamos conversar em particular. Aquele ali é Rongomai. — Ela apontou com a cabeça para um jovem que havia dormido todo espalhado pelo sofá, enrolado como uma barraca flácida em vários lençóis. — Ele passou a noite toda correndo pelo hotel, por isso o estou deixando descansar alguns minutos antes de voltar à ação.

— Colhendo depoimentos?

— Exatamente. Afinal, não podemos esperar que os nobres venham *aqui em cima,* não é mesmo? — A luz da manhã entrou pela janela e pousou no rosto de Sarashina, destacando as rugas e as sombras do cansaço. Ela se mantinha rigidamente ereta, com a postura de uma mulher que teria de ser nocauteada antes de se permitir relaxar. — E você está aqui para buscar os depoimentos. E vasculhar nossos cérebros.

— Sente-se — sugeriu Irene, também se sentando. As poltronas douradas de veludo eram mais sólidas do que pareciam. — Precisamos ser rápidas. Não quero que Kai se meta em confusão por demorar muito para me escoltar e tenho de me encontrar com Vale no necrotério assim que possível. O que eu preciso saber?

— Certo, o detetive. — Sarashina se sentou, suspirando. — Basicamente, não sabemos muita coisa. Esta manhã... não, acho que foi ontem de manhã... me desculpe, eu não dormi bem. Todo mundo acordou cedo com Sua Majestade Gelada tendo um surto para saber aonde Ren Shun tinha ido e por que não estava lá, com o café e o jornal e a agenda do dia. Então, quando todo mundo estava começando a entrar em pânico de verdade, veio a notícia do Le Meurice de que tinham encontrado o cadáver lá. Pânico imediato. Acusações imediatas. Lorde Pingente de Gelo, no térreo, declarando imediatamente que a coisa toda era uma conspiração dos feéricos e indagando se alguém podia lhe dar um bom motivo para não destruir toda a delegação de mentirosos.

Irene se encolheu.

— Sei que isso vai ficar entre estas quatro paredes, mas eu gostaria que você parasse de apelidá-lo desse jeito.

— É um mecanismo de defesa — disse Sarashina. — Você já teve de compartilhar um hotel com um rei dragão por alguns dias? Não? Então não me critique. Enfim, imediatamente houve uma conferência de alto escalão no Le Meurice e todo mundo passou a maior parte do dia tentando descobrir como investigar e quem deveria fazer isso. E, ao mesmo tempo, você sabe, mentindo para a polícia. Não que já estivéssemos nesse ponto. Kostchei avisou que Rongomai e eu deveríamos pegar depoimentos de todo mundo neste hotel enquanto as pessoas ainda se lembravam do que tinha acontecido. — Ela cobriu um bocejo. — Incluindo os funcionários do hotel. E os serviçais humanos. E os dragões. Quer a má notícia? Todos os dragões juram que ficaram aqui no hotel a noite toda. Absolutamente ninguém sabe aonde Ren Shun foi. E ninguém sabe o que ele estava aprontando.

— Você não é a única com más notícias — disse Irene. — De acordo com Ao Ji, Ren Shun ouviu uma conversa interessante um dia antes de ser assassinado. Uma conversa que *poderia* ser entendida como implicação de Bibliotecários numa conspiração para manipular as negociações.

Sarashina a encarou por um instante.

— Suponho que não haja nenhuma outra evidência corroborando isso — disse ela —, já que, você sabe, ainda estamos *vivos*.

Irene assentiu.

— Foi claramente uma tentativa de armar contra nós — disse ela com firmeza.

— Ah, mas é claro! — concordou Sarashina. — Eles acham que somos *tão* incompetentes assim?

— Parece alguma coisa em que a delegação dos feéricos poderia estar envolvida? Não encontrei nenhum deles. Ainda.

— Irene esperava que eles não se sentissem ofendidos por ela começar visitando a delegação dos dragões. Ela tinha de ir a *algum lugar* primeiro.

— Definitivamente não — disse Sarashina. — A Princesa Feérica é genuinamente a favor do tratado de paz. É o arquétipo que ela se sente compelida a seguir. Você sabe como são os feéricos. Ela não podia fazer *nada* além disso e ser quem ela é. Acho que não *poderia* fazer nada que prejudicasse as negociações. Quanto ao Cardeal, ele pode estar aprontando alguma coisa... na verdade, provavelmente está aprontando alguma coisa. É a natureza *dele*. Mas não importa o que seja, se for ele, teria de ser alguma coisa maliciosa e inteligente.

— Ora, ora. — disse Irene. — É um desses. — Ela havia conhecido um feérico que caíra no arquétipo calculista. Não tinha sido uma experiência agradável para nenhum dos envolvidos. Nem para Kai, que fora sequestrado; nem para Irene, que correu um perigo muito sério; e muito menos para o próprio feérico, porque Irene o tinha matado.

— Mesmo assim, se ele estivesse aprontando alguma coisa, não poderia ser *tão* descarado, porque isso seria burrice. E ele não é burro. Humm. O que mais preciso dizer? Os Bibliotecários no hotel deles são Blaise e Medeia. Você os conhece?

— Acho que me lembro de uma Medeia que estava começando a estudar quando saí como artífice — disse Irene, vasculhando o cérebro —, mas nunca interagimos. Eu só me lembro do nome dela.

— Vocês provavelmente não terão tempo para sentar e conversar. Nossos Bibliotecários coletaram depoimentos, mas não sei o que mais eles podem acrescentar. — Sarashina deu de ombros. — Acho que foi por isso que contratamos um detetive. Recuem e deixem os especialistas trabalharem, é o que eu sempre digo.

— Minha vida é dolorosamente cheia de experiências de aprendizado em que eu tive de me tornar especialista em cima da hora — disse Irene. — Estou ansiosa para poder descansar por alguns anos, em algum momento, e tentar me esquecer delas. Mas você está certa, o tempo é curto e preciso me concentrar nos depoimentos. Muito bem. — Ela estalou os dedos metaforicamente. — Você me deu sua opinião sobre a situação atual. Suponho que tenha colocado uma visão geral com os depoimentos, certo?

Ela percebeu que estava assumindo o controle da conversa e interrogando Sarashina, uma Bibliotecária mais experiente e uma mulher mais velha, como se tivesse direito de fazer isso. Mas, o pensamento veio de repente, ela *tinha* esse direito aqui. Precisava poder interrogar todo mundo. Até mesmo outros Blibliotecários.

Mas Sarashina fez que sim com a cabeça, sem decidir ou sem querer desafiar a autoridade de Irene.

— Minhas considerações e as de Rongomai estão incluídas, em detalhes. Estão no forro da pasta executiva, para o caso de alguém, como Duan Zheng, querer ver os depoimentos antes de você sair do hotel.

— Qual é a posição de Duan Zheng? — perguntou Irene.

— Ele se porta como chefe de segurança.

— Você está certa — disse Sarashina. — Só que, com Ren Shun fora do caminho, ele teve de ocupar a posição *dele* também. Secretário pessoal, chefe do serviço secreto, braço direito, caixa de ressonância etc. Provavelmente é por isso que não está fazendo muita confusão com o fato de o Príncipe Kai aparecer; isso significa que Duan Zheng pode evitar as tarefas de secretário pessoal, pelo menos. Ele está um pouco estressado, no momento. Não force a barra.

— Obrigada pelo aviso.

— Meus comentários sobre todos os outros estão nas minhas anotações. — Sarashina se levantou e se espreguiçou, massageando a lombar. — Droga, ninguém avisa, quando somos mais jovens, quantas dores você vai sentir quando envelhecer... Boa sorte, Irene. Pelo bem de todos nós.

— Uma última pergunta. Em termos de espionagem, o quanto você diria que este hotel é seguro?

— Quase nada — admitiu Sarashina. — Conversas particulares dentro dos quartos provavelmente são seguras o suficiente, mas em qualquer lugar como um salão público ou corredor, onde um serviçal pode escutar? Ou alguém disfarçado de serviçal ou outro hóspede? Você tem de partir do pressuposto de que a conversa seria comprometida. Mas os outros hotéis têm o mesmo problema. Todo mundo está no mesmo barco. A segurança da conferência pela paz deveria se basear na confiança mútua e em ninguém saber que ela estava acontecendo até tudo estar assinado e selado.

E essa confiança está derretendo como gelo no verão, refletiu Irene.

Kai estava esperando no fim do corredor, encarando o céu listrado de nuvens pela janela.

— Pronta para ir? — perguntou ele.

Irene assentiu.

— Me desculpe por fazê-lo esperar aqui fora — disse ela, sentindo necessidade de se desculpar pelo comportamento de Sarashina.

Ele simplesmente deu de ombros.

— Meu tio entenderia que ela precisava falar com você em particular. E ele não espera que eu escute pelo buraco da fechadura.

— Claro que não — concordou Irene. — É para isso que servem os criados. — Ela tinha certeza de que Ao Ji não faria nenhuma objeção a espionar os Bibliotecários. Provavelmente havia uma lista velada de que tipo de espionagem era adequada para cada escalão na sociedade dos dragões. Os príncipes tentavam enganar e obter segredos de seus conhecidos; os guarda-costas ameaçavam testemunhas e eliminavam evidências; os serviçais ouviam pelos buracos de fechadura...

Kai a chamou num canto pouco antes de eles chegarem ao saguão da entrada principal do hotel.

— Dê um jeito de Vale entender como isso é importante — disse baixinho. — As pessoas *gostavam* de Ren Shun. Muitos amigos dele terão interesse pessoal em descobrir o que aconteceu. Vão guardar ressentimentos.

— Eu aviso a ele — disse Irene, com uma sensação de vertigem. *Mais uma variável para fazer malabarismo...* — E tome cuidado também. Se alguém estiver tentando afundar o tratado de paz matando pessoas importantes, você é um alvo possível. E fui eu quem trouxe você para cá — disse ela de um jeito melancólico.

Kai sorriu.

— Você acha que ia conseguir me manter afastado? Você não é mais responsável por mim, Irene.

— Talvez não — concordou ela —, mas ainda espero que você se jogue no chão se eu gritar para você se proteger.

— Ah, mas isso não é exatamente receber ordens. É apenas bom senso.

— E você vai tomar cuidado? — Ela viu a testa dele franzir mais. — Kai, alguém acabou de tentar assassinar o seu tio. *Nos aposentos dele.* Acho que não podíamos ter uma prova melhor de que nenhum lugar é seguro. E você não vai estar sempre perto do Sena, com água suficiente à disposição e capaz de invocar o espírito do rio para ajudar. — A afinidade elemental pessoal de Kai era com a água, como Irene sabia por experiência anterior.

— Paris tem um excelente sistema de esgotos — disse Kai — e a água lá embaixo ainda está correndo, apesar de não ser exatamente cheirosa. Eu verifiquei. Confie em mim, Irene. Eu aprendi com você.

— Esse é um dos motivos para eu estar preocupada — admitiu Irene de um jeito triste.

Ele beijou a mão dela e a escoltou até uma carruagem.

— Para onde, madame? — perguntou o cocheiro.

— Necrotério de Paris — respondeu Irene. — O mais rápido possível, por favor.

— Não se preocupe, madame — disse o cocheiro, orientando os cavalos para o fluxo do tráfego. — Ninguém lá vai se levantar e sair correndo.

— Esperamos que não — disse Irene.

Afinal, dragões e feéricos possivelmente assinando um tratado de paz já era uma coisa impossível acontecendo antes do café da manhã. Por que não mais algumas, já que ela estava ali?

CAPÍTULO 7

O Necrotério de Paris ficava atrás da imponente Catedral de Notre Dame em Ile de la Cite, no meio do Sena. Era um monumento aos processos seculares da morte, construído à sombra de uma catedral que comemorava a ressurreição e a vida. E essa era uma das ironias que ocorriam em qualquer cidade grande, quando o espaço acaba e os prédios são obrigados a encostar em ombros inadequados. Enquanto Irene descia da carruagem e pagava ao cocheiro, foi difícil avaliar se as multidões contínuas estavam mais interessadas na religião ou em ficar boquiabertas com cadáveres.

Admirar os mortos parecia uma atração muito esquisita para ela. Mas gendarmes[2] do lado de fora da entrada dos três arcos do necrotério seguravam a multidão, encurralando-a em uma fila que seguia pelo arco mais à esquerda, depois saía pelo arco mais à direita: a porta central dos três ficava fechada. Sobre ela, palavras reluziam frias na luz da manhã, com um brilho adicional provocado pela geada: *Liberdade!*

---

[2] Militar pertencente a um tipo especial de corporação, o qual tem o encargo de velar pela ordem e segurança pública na França e em alguns outros países. (N. da E.)

Igualdade! Fraternidade! Vendedores de rua serviam às multidões, oferecendo comida e jornais.

Todas as classes sociais pareciam estar presentes, desde homens e mulheres elegantes da cidade, usando cartolas e sobretudos bem cortados ou peles, capas e regalos, até as classes média e trabalhadora, com roupas mais práticas – e mais remendadas. A única semelhança era que todos estavam agasalhados contra o frio. O vento serpenteava violentamente ao longo do Sena como se estivesse seguindo a água e as pessoas que esperavam para entrar juntavam as mãos e mudavam de um pé para o outro, sem querer ficar paradas no ar fustigante.

Irene entrou na fila, a precaução pedindo a ela para se misturar em vez de entrar na frente e convencer o gendarme dali a deixá-la furar a fila. Suas roupas estavam fora de moda – a saia era cheia demais, o casaco com corte reto, a cintura meio larga – mas não o suficiente para destacá-la de um jeito perigoso. Ainda mais pensando-se na amostragem da sociedade que esperava para entrar no necrotério e ver os cadáveres. Assim, ela esperou na fila e ouviu as fofocas ao redor. Nada especialmente incomum: política, anarquistas, o preço do pão, a nova mania da bicicleta, uma subida de balão iminente, o balé na Ópera de Paris, a nova peça de Maurey no Grand Guignol.

Quando acenaram para ela entrar no necrotério, o cheiro misturado de amônia e desinfetante grudou na garganta de Irene e a fez tossir. Não foi a única visitante a fazer isso. Alguns estavam se apressando até um estande no canto do salão amplo para comprar pastilhas para garganta e cigarros. Mas a maioria da multidão estava mais morbidamente interessada na atração principal do necrotério.

Os cadáveres.

Pessoalmente, Irene preferia usar seu tempo com um bom livro. Mas, nos dois lados do grande saguão central, atrás de janelas de vidro grosso, havia placas inclinadas com corpos em exposição: alguns nus, com as roupas penduradas atrás, outros ainda vestidos. No frio denso do prédio, ainda mais pungente que as geadas do inverno lá fora, os mortos estavam deitados imóveis e serenos atrás do vidro, a carne pálida e imutável como mármore. Os passantes os encaravam, discutindo-os, e ninguém se preocupava em baixar a voz em respeito. Os pais ajudavam os filhos a olharem para os mortos anônimos. Afinal, o propósito teórico dessa exibição era identificar esses corpos – todos os passantes, jovens ou velhos, estavam apenas cumprindo seu dever cívico ao analisá-los em detalhes, especulando sobre quem poderiam ser e o que os trouxera a este lugar...

Pelo menos Irene podia ter certeza de que Ren Shun não estaria exposto com esses outros corpos. Afinal, ele era um cadáver *identificado*.

Precisava encontrar Vale e Mu Dan: eles deviam estar mais para dentro do necrotério. Mais gendarmes estavam protegendo as portas que levavam além do saguão principal. Ela se aproximou de um deles com esperança.

— Com licença, *monsieur*. Estou aqui para me encontrar com o detetive inglês.

O alvo dela pareceu inexpressivo. Seu companheiro, por outro lado, se iluminou.

— Ah! Você está falando daquele da Scotland Yard?

— Esse mesmo — concordou Irene. Afinal, seria uma probabilidade restrita haver *dois* detetives ingleses andando pelo necrotério neste momento. — Ele lhe disse que eu estava vindo?

— Disse, madame. Ele explicou que uma moça ia se juntar a ele em breve. — O gendarme baixou a voz. — Seu nome, por favor?

— Irene Winters — respondeu ela baixinho. Ninguém exceto os gendarmes parecia estar ao alcance do ouvido, mas como ter certeza?

O gendarme fez um sinal com a cabeça e se virou para o colega.

— Yves, vou escoltar essa senhora. Vai levar apenas um instante.

Mais para dentro do necrotério, longe da sala de exibição pública, a temperatura ficou um pouco mais tolerável. Outras pessoas passaram por eles nos corredores – gendarmes, trabalhadores com aventais pesados, jovens carregando livros didáticos e discutindo medicina, uma senhora com um esfregão e um balde –, mas ninguém olhou duas vezes para eles.

O gendarme a conduziu escada acima, depois parou para dar uma olhada por entre uma porta aberta. Irene olhou sobre o ombro dele: era uma pequena sala de aula com uma mesa de mármore no meio, localizada para captar a luz de duas janelas grandes.

— O salão de dissecação, madame — explicou o gendarme. — Ah! Encontramos. — Vale e Mu Dan levantaram os olhos e pararam de conversar. — Sua colega, *monsieur*! — anunciou o gendarme, como se ele mesmo tivesse trazido Irene do outro lado de Paris.

— Ah, Winters — disse Vale, sem se levantar. — Você demorou.

— Coisas aconteceram — disse Irene rapidamente — e a maioria delas é relevante. Me dê licença por um instante. — Ela colocou uma moeda na mão do gendarme com um sorriso e fechou a porta na cara dele. — Este lugar é seguro?

Mu Dan deu de ombros. Ela fechou o caderno que estava segurando e o guardou no casaco.

— Acredito que sim. O que aconteceu?

— Uma tentativa de assassinar Sua Majestade Ao Ji — disse Irene. Ela deixou a pasta executiva de lado com alívio. Um hotel inteiro de depoimentos era *pesado*. — Sem sucesso. Três homens, aparentemente anarquistas. Dois deles morreram no ataque e o terceiro teve um ataque cardíaco ou um derrame ou algo assim enquanto Ao Ji o interrogava. Ao Ji disse que o homem estava sob influência dos feéricos. Estou com os pertences dele para você examinar, Vale. — Ela pensou se deveria mencionar Kai e decidiu ficar de boca fechada até saber um pouco mais sobre Mu Dan.

— Fizemos alguns progressos — explicou Vale. Ele apontou com a cabeça para um conjunto de portas de armário na parede oposta. — Mu Dan e eu examinamos o corpo de lorde Ren Shun. E concordamos com o legista local: ele foi assassinado por uma faca enfiada por trás, diretamente no coração. O agressor tinha aproximadamente a mesma altura dele. Não há sinais de drogas no organismo e nenhum ferimento ou escoriação nos pulsos. Na verdade, nenhum outro ferimento em lugar nenhum, o que é interessante. Eu concluiria que ele foi pego de surpresa e não teve nenhuma chance de resistir.

— Eu também — disse Mu Dan com firmeza. — Embora, é claro, não se possa julgar a que efeitos mentais ele pode ter sido exposto.

— Por favor — disse Vale com um aceno da mão. — Você me disse na última meia hora que apenas os dragões mais fracos podem ser afetados pela manipulação de feéricos dessa maneira.

— Pode haver exceções — disse Mu Dan. — E se um feérico verdadeiramente poderoso estivesse envolvido...

Essa claramente era uma discussão contínua, que já tinha passado por diversas repetições.

— Talvez seja melhor eu contar o que aconteceu — interrompeu Irene rapidamente. Ela pegou os pertences do anarquista na bolsa e os colocou sobre a mesa em frente a Vale enquanto repassava rapidamente o depoimento de Ao Ji e os detalhes da luta.

Mu Dan e Vale escutaram com muito interesse. A sala pareceu ficar mais silenciosa enquanto Irene chegava à parte sobre exatamente o que Ren Shun tinha escutado.

— Tem certeza disso? — Mu Dan finalmente perguntou.

— Tenho certeza de que Ao Ji me contou que foi isso que Ren Shun contou a ele — respondeu Irene.

— Que fraseado cuidadoso — refletiu a dragoa. — Você é advogada, além de Bibliotecária, srta. Winters?

— Não — disse Irene de um jeito agradável. — Eu só acho que, neste momento, por causa das possíveis consequências, se alguém chegar às conclusões erradas, precisamos ser muito claros na distinção entre fatos e boatos. E pode me chamar de Irene, se quiser.

Mu Dan piscou, um pouco surpresa.

— Obrigada. Eu... entendo seu argumento. Não tenho a menor vontade de dar início a um desastre. Mas, se não pudermos confiar na palavra de Sua Majestade, em quem poderemos confiar?

— Não estou questionando a palavra de Sua Majestade — disse Irene rapidamente. Estava em um campo minado. Ela não queria dizer alguma coisa que pudesse insultar sem querer Ao Ji ou Mu Dan. — Só estou observando, para registro, que seria muito bom ter informações sobre o que Ren Shun escutou, e de uma fonte mais direta.

Vale estava calado, vasculhando os pertences do anarquista e levantando-os para examiná-los.

— Na verdade, Winters, *tem* uma coisa que ainda não compartilhamos com você.

Irene enrijeceu.

— O quê? — ela quis saber.

— Um bilhete no bolso interior do colete de Ren Shun. Está com Mu Dan. Infelizmente está em grego, exceto pela palavra *Inferno* em inglês, e está manchado de sangue e água. Meu grego remonta à época da escola, e Mu Dan não sabe nada, então ainda não conseguimos tirar muito sentido do bilhete.

— Você podia ter falado alguma coisa *mais cedo* — repreendeu Irene.

— A tentativa de assassinato era mais urgente — disse Mu Dan de maneira tranquilizante. — É preciso priorizar. Você sabe ler em grego?

— Sei — respondeu Irene, estendendo a mão cheia de esperança. — E, enquanto estamos fazendo isso, Ren Shun foi assassinado no local onde foi encontrado ou o corpo foi movido?

— Movido — disse Vale. — Isso estava bem claro pela falta de sangue no salão. Ele foi colocado ali depois de morto. As manchas nas roupas sugerem que o corpo foi levado para o hotel durante a nevasca daquela noite: havia neve presa nas dobras do casaco e da camisa e ela influenciou o fluxo de sangue da ferida enquanto derretia.

— Isso faz parecer muito mais uma tentativa de incriminar os Bibliotecários e prejudicar as negociações — disse Irene.

Mu Dan inclinou a cabeça, pensativa.

— Suponho que seja natural você ter algum preconceito.

A mistura de preocupação e raiva que estava fermentando dentro de Irene havia muitas horas finalmente entrou em ebulição.

— Sim — respondeu ela, a mão caindo na lateral. Sua voz estava fria. — Acho que sim. Afinal, só estou metida numa situação em que a minha organização, minha *família*, pode ser acusada pelos dois lados de tentar sabotar as negociações pela paz em escala mundial. "Mundial" é a palavra correta?

Me perdoe se eu não tenho uma palavra conveniente para "afetar vários mundos de uma ponta do universo até a outra". Normalmente não lido com situações nessa escala. É totalmente plausível que uma mera humana como eu possa estar *preocupada* com esse tipo de coisa. E suponho que seja bem razoável eu estar abalada por *emoções pessoais* em uma situação na qual meus pais são reféns e poderiam ser assassinados se a Biblioteca for culpada por isso.

Ela deu um passo em direção a Mu Dan.

— Vou cooperar de todas as maneiras possíveis para descobrir quem cometeu esse assassinato e para impedir que uma guerra aconteça. Mas, por favor, me desculpe se eu tenho um certo... *preconceito natural...* em relação a ter esperanças de que a Biblioteca seja inocente.

Mu Dan piscou. Suas pálpebras tremularam como as de uma cobra.

— Seus pais — disse ela. — Perdoe-me. Não vou dizer que falei de maneira injusta, mas falei com grosseria. Ofereço um pedido de desculpas irrestrito.

Irene controlou seu temperamento. Um pedido genuíno de desculpas de um dragão era raro. Os dragões não voltavam atrás e, especialmente, não com alguém que não fosse um dragão. Mu Dan tinha percorrido metade do caminho ao lhe oferecer um pedido de desculpas irrestrito. Era dever de Irene como Bibliotecária, e como adulta, responder.

— Aceito suas desculpas — disse ela. — Vou tentar controlar meu preconceito. Todos vamos precisar fazer isso, acho. Espero que o membro feérico da nossa equipe faça o mesmo, quando se juntar a nós.

Mu Dan fungou, mas conseguiu controlar o próprio preconceito e se absteve de falar alguma coisa rude em voz alta.

— *Quando* eles decidirem entrar em contato conosco.

— Se quisermos ser justos, não fomos fáceis de encontrar — disse Vale. Ele deixou de lado a última moeda da bolsa do anarquista. — Nossa próxima parada provavelmente deve ser o Grand Hôtel du Louvre. É lá que a delegação dos feéricos está hospedada, acho?

Mu Dan se remexeu de um jeito desconfortável.

— Vocês podem ter uma recepção melhor se chegarem lá sem mim — disse ela. — Por outro lado, não quero ser negligente na minha missão.

E, pelo terceiro lado, refletiu Irene, *o Grand Hôtel vai estar bem pesado em direção ao caos. E, como uma criatura da ordem, você vai se sentir desconfortável, no mínimo, no instante em que passar pela porta.*

— Essa nossa investigação vai ser desconfortável, não importa o que façamos — disse ela. — Vamos deixar o representante dos feéricos do lado de fora do Ritz, se voltarmos lá para interrogar alguém da delegação dos dragões? Ou vamos deixar você do lado de fora do Grand Hôtel du Louvre quando visitarmos os feéricos? Até que ponto estamos prontos para fazer concessões? E até onde *devemos* ir?

Vale se recostou.

— Minha opinião, Winters, é que não deveríamos fazer absolutamente nenhuma concessão. Eles me contrataram para conduzir uma investigação. E ela vai ser nos *meus* termos. E, se nenhum dos dois lados estiver preparado para tolerar a presença do investigador do outro lado, sou obrigado a questionar a veracidade decisiva desse tratado de paz.

— Pode ser que você esteja certo — admitiu Mu Dan. E mudou de assunto. — Descobriu alguma coisa pelos pertences do assassino?

— Muito pouco — disse Vale em tom lamentoso. — Certas peculiaridades dos dentes, já que ele tinha o hábito de mastigar as moedas do bolso. Seu canivete era muito bem cuidado e também muito usado, sugerindo uma violência frequente. Possivelmente uma das gangues de rua locais. Os Apaches, como são chamados.

— Indígenas americanos? — perguntou Mu Dan. — Só consegui dar uma olhada rápida na história deste mundo, mas não esperava encontrá-los aqui em Paris.

— O termo é usado para se referir a toda a subcultura criminal daqui — disse Vale. — Isso, pelo menos, é igual no meu mundo. Ladrões, batedores de carteira, rufiões e especialmente as gangues de rua. Não tenho certeza da derivação; Winters sem dúvida pode pesquisar o assunto, se estiver curiosa. Nesse caso, apenas indica que o assassino é um habitante reconhecido e violento das ruas de Paris. Infelizmente, isso não é um indicador de nenhuma gangue específica. Posso continuar?

Mu Dan assentiu.

— Os cigarros são de uma marca que não conheço. — Isso claramente irritava Vale. — Mas, pelo maço, dá para supor que são de Paris, *desta* Paris, e baratos. Vou conseguir descobrir mais coisas pelos corpos quando eles forem trazidos para a autópsia. A polícia local pode ser capaz de identificá-los. Falando nisso, Winters, devo me preocupar com o modo como eles morreram? Teremos perguntas constrangedoras?

— Deve se resumir a trauma físico durante uma tentativa de assassinato — disse Irene. — E um ataque cardíaco ou derrame, no caso do dono dos pertences que você tem aí. Qualquer irregularidade sobre temperatura corporal provavelmente vai ter desaparecido quando eles forem examinados.

— Ela sentiu um certo arrependimento (mas não exatamente culpa) pelo fato de as mortes terem acontecido. Os humanos arrastados para batalhas entre dragões e feéricos raramente se davam bem.

Ela desistiu de elucubrar. A melhor maneira de impedir outras mortes – e manter seus pais vivos – era descobrir o que estava acontecendo e garantir que o tratado de paz fosse adiante.

Um guia de resolução de problemas quase esquecido surgiu na mente dela: *Escreva o problema. Pense muito. Escreva a resposta.* Não foi muito útil.

Um punho bateu com força na porta – depois, sem uma pausa para a resposta, a pessoa do outro lado a abriu com um empurrão.

Um gendarme enorme entrou com violência, seguido de três colegas. Estavam mais bem vestidos do que aquele que guiou Irene mais cedo: os botões de bronze nas túnicas e a insígnia nos quepes brilhavam muito, e as calças tinham uma prega perfeita. Infelizmente, também pareciam muito menos simpáticos do que o colega.

— Você é o detetive inglês? — perguntou o que estava no comando.

Vale ficou de pé.

— Sou. Estou trabalhando com o inspetor Maillon no assassinato do Le Meurice.

— Foi o inspetor Maillon que mandou a gente levar você para um interrogatório — disse o gendarme. Ele mordeu o bigode por um instante, seu olhar analisando Irene e Mu Dan. — E vamos levar suas galinhas também. Imagino que ele queira falar com elas também.

Mu Dan inclinou a cabeça ao ouvir essa vulgaridade, seus olhos quentes de raiva.

— Cheguei a Paris *depois* que esse assassinato aconteceu, então não há nada que eu possa falar ao inspetor Maillon sobre o assunto. Estou hospedada no Ritz. Se o inspetor quiser falar comigo, pode me procurar lá.

O gendarme bufou.

— Talvez você não saiba, madame, mas Paris é uma república, atualmente. Não temos tempo para esse tipo de comportamento afetado. Se não vier por vontade própria, você será presa. — Ele se virou para o camarada. — Albert, as algemas, por favor!

Ora, isso escalonou muito rápido. Irene normalmente usaria a Linguagem para convencer os gendarmes de que eles tinham algum tipo de permissão assinada e selada para ir embora, mas esse efeito ia passar em algum momento e só levantaria mais suspeitas no longo prazo.

— Tenho certeza de que minha amiga não quis dizer isso — disse ela rapidamente. — Não há necessidade de tomar tais medidas.

— Estou no comando aqui, madame — rosnou o gendarme. — Vou tomar todas as medidas que eu achar necessárias. — Atrás dele, os colegas policiais alinharam os ombros e um deles, Albert, supostamente, tirou um par pesado de algemas de dentro da túnica. — Você, madame — disse ele, apontando para Mu Dan. — Seus pulsos, *agora.* Não toleramos desrespeito com a polícia.

— Isso seria bem verdadeiro — disse Vale —, mas tem uma coisa que eu acho que deveria mencionar.

— E o que é? — exigiu o gendarme.

— Vocês todos são impostores. — O punho de Vale atingiu o gendarme no ângulo do maxilar, fazendo o outro homem cambalear para trás, os braços girando enquanto tentava recuperar o equilíbrio, e seus olhos ficaram vidrados.

Com um rugido, os outros três gendarmes atacaram o detetive, sacando os cassetetes. Vale pegou sua bengala na mesa e recuou, atingindo um dos homens no estômago e depois batendo na testa do segundo.

— Winters, queremos interrogar esses homens! — gritou ele. Parecia uma excelente ideia.

— **Quepes, cubram os olhos desses homens!** — ordenou Irene na Linguagem. — **Cassetetes, quebrem!**

Os três homens que encurralavam Vale foram abruptamente incomodados pelos quepes obscurecendo suas visões e ficaram sem armas porque seus cassetetes se estilhaçaram nas suas mãos.

Mu Dan segurou pela nuca o gendarme falso que tinha sido chamado de *Albert,* os lábios dela tensos com o ranger dos dentes, e literalmente o tirou do chão antes de jogá-lo do outro lado da sala. Ele atingiu a parede com um estrondo, sacudindo a cabeça enquanto escorregava para se esparramar no chão, e suas algemas tilintaram ao lado.

O primeiro gendarme – o comandante desse pequeno pelotão de sequestro, supôs Irene – tinha conseguido voltar a focar os olhos. Ele pegou um apito no cinto e o soprou. O guincho resultante rasgou o ar, alto o suficiente para ser ouvido em salas distantes.

— Ajuda! — gritou ele. — Criminosos! Ataque! *Anarquistas!*

Passos pesados vieram pelo corredor lá fora e mais gendarmes entraram na sala, procurando alvos e, naturalmente, seus olhos se fixaram nos não gendarmes. O tempo se movia com a lentidão do pânico enquanto Irene recuava até a parede, levantando as mãos numa tentativa de demonstrar o quanto era inofensiva. Embora ela conseguisse afetar a mente dessa quantidade de pessoas com a Linguagem – com alguma dificuldade, admitia –, não podia fazer *nada* muito público com ela aqui. Isso poderia ter consequências que variavam entre eles serem presos e arruinar toda a conferência pela paz.

Vale gritou alguma coisa, mas o grito se perdeu na confusão de berros. Mais gendarmes o estavam cercando. Mu Dan tinha recuado até a parede, aparentemente não querendo sair no soco com metade da polícia de Paris, mas sem nenhuma outra ferramenta conveniente para lidar com a questão. O primeiro sequestrador tinha se aproximado aos poucos do amigo inconsciente e o estava puxando para ficar de pé. Um líquido escorria para o chão do local onde um frasco na túnica do homem tinha quebrado. Irene sentiu o cheiro a vários passos de distância. Clorofórmio.

Uma combinação de medo e raiva se incendiou no seu cérebro e lhe deu uma ideia. Ela não sabia a palavra amônia na Linguagem, mas...

— **Fedor de gás, intensifique dez vezes** — gritou ela.

Suas palavras se perderam na gritaria geral, ignorada pelos gendarmes e pelos sequestradores – mas o ar a escutou. Ela mal teve tempo suficiente para puxar o casaco e cobrir a boca.

O fedor era como ácido; atravessava todas as tentativas de ignorá-lo, queimando as narinas e os pulmões de um jeito pior do que engolir água salgada. Os combatentes de ambos os lados pararam de lutar, se dobrando para tossir e levar a mão à garganta.

Os impostores abriram caminho até a porta, empurrando gendarmes engasgados e confusos, e saíram para o corredor. Irene procurou ajuda ao redor, mas Vale estava preso pela multidão nos dois lados da sala e Mu Dan estava tossindo ainda mais do que o gendarme comum, as lágrimas escorrendo pelo rosto dela. Nenhuma ajuda viria dos dois.

Irene abriu caminho pelo cerco de gendarmes, seguindo o rastro dos impostores.

— Parem! — gritou ela atrás deles, disparando quando chegou ao corredor e a densidade de pessoas mudou de impossivelmente compactada para apenas abarrotada. — Parem aí, seus impostores! Ladrões! Assassinos!

Os sequestradores, ainda tossindo, não diminuíram a velocidade e, infelizmente, ninguém tentou impedir os gendarmes falsos a pedido de Irene. Ela levantou as saias e acelerou, se esquivando de um grupo de estudantes e mais dois gendarmes que estavam tentando entender o que estava acontecendo.

— Com licença — ofegou ela ao desviar da senhora que limpava os corredores do necrotério, mal conseguindo evitar de se embolar com o esfregão e o balde. Passos atropelados atrás dela indicavam que também estava sendo seguida. Ótimo, uma gendarmaria adicional podia ser útil. A perseguição estava indo para os fundos do prédio. Será que ela ousaria ter esperança de encurralar os sequestradores?

Infelizmente, não. Havia uma porta dos fundos. Irene saiu cambaleando por ela bem a tempo de ver o último sequestrador desaparecendo por uma escadaria estreita a pouca distância, que parecia levar aos intestinos da terra. Ela pegou pela manga um dos gendarmes que tinha conseguido alcançá-la.

— Para onde aquilo vai? — exigiu saber.

— Para o esgoto — tossiu ele.

Irene estava preparada para perseguir agressores armados pela rua, mas o bom senso lhe disse para não mergulhar nos esgotos desconhecidos de Paris. Especialmente porque os sequestradores poderiam ter se reagrupado e estar esperando por ela.

— Droga — resmungou.

— Existem passeios regulares, se a madame quiser visitar os esgotos — outro gendarme entrou na conversa.

O primeiro suspirou.

— Jacques, cala a boca. Madame, pode fazer o favor de nos acompanhar até lá dentro? Temos algumas perguntas que gostaríamos de fazer.

— Não será necessário — disse uma nova voz vinda de trás deles.

Irene se virou e viu Vale e Mu Dan, acompanhados de um gendarme com significativamente mais insígnias no quepe e na túnica do que os outros. Seu bigode também era notável pelo vigor e pela ferocidade, se espalhando pelas bochechas e costeletas como uma onda grisalha.

— Sou o inspetor Maillon — disse o recém-chegado. Ele bateu os calcanhares, pegou a mão de Irene e a beijou de um jeito pró-forma, depois se virou de novo para Vale. — Sua assistente é corajosa, mas muito insensata... Imagine perseguir *anarquistas* como se fossem um bando de patos. Temos tido muitos desaparecimentos de mulheres jovens, ultimamente.

— Ela estava tomada por uma raiva virtuosa — disse Vale de maneira reconfortante. — Tenho certeza de que nunca seria tão imprudente normalmente. Agora, sobre o novo incidente anarquista no Ritz. Acredito que os corpos estão sendo trazidos direto para cá para fazer autópsia, certo?

O inspetor Maillon assentiu com entusiasmo.

— Que afortunado termos você por perto! Fiquei muito impressionado com seus depoimentos. Juntos, tenho certeza de que vamos dissecar esse ninho de infâmia.

Vale assentiu.

— Você me permite um instante com minha colega?

Ele puxou Irene para o lado junto com Mu Dan.

— Acredito que serei de uso mais imediato aqui, onde posso examinar os corpos e ter acesso aos registros do inspetor — disse baixinho. — A madame Bradamant me deu uns documentos de identificação falsos para explicar minha presença e me abonar como representante da Scotland Yard. Vou levar seus documentos para analisar também, Winters. Nesse meio-tempo, sugiro que você vá até o hotel dos feéricos, descubra o que eles têm a dizer e conheça o representante deles. Eu me juntarei a vocês assim que possível.

Mu Dan já estava assentindo, mas Irene balançou a cabeça.

— Não estou convencida de que essa é uma boa ideia — disse ela. — E se esse grupo tentar sequestrar você de novo?

— Acho que é mais provável que Mu Dan fosse o alvo deles — disse Vale. — E me perdoe, senhora, mas você certamente é a mais inconfundível de nós três.

Mu Dan deu de ombros e os prendedores de cabelo com ponta de diamante cintilaram.

— Pode ser verdade, mas agora eles também sabem quem são vocês. Se forem atacados quando deveríamos estar os três juntos...

Vale olhou furioso para as duas, irritado.

— Vocês duas querem me proteger com bolinhas de algodão? Parece que nenhum lugar nesta cidade é seguro. Mal conseguimos andar como um trio o dia todo. Estou avisado agora, Winters. Não serei pego de surpresa outra vez. E não fui *eu* quem tentou perseguir quatro agressores sozinho.

Irene percebeu que ele não ia ceder nessa questão.

— Muito bem — disse ela. — Sugiro que nos encontremos no Le Meurice, que é terreno neutro. Vocês só terão de fazer uma visita de cortesia a Ao Ji depois que discutirmos a situação.

— Combinado — disse Vale e voltou para o inspetor Maillon antes que Mu Dan pudesse discutir.

Irene se virou para Mu Dan.

— Parece que nossa próxima parada é no Grand Hôtel du Louvre. Espero que eles estejam preparados para nós.

— *Você* está assumindo a liderança dessa investigação, Irene? — indagou Mu Dan com cuidado.

— Já que alguém tem de fazer isso — disse Irene —, sim. Estou sim.

CAPÍTULO 8

O trânsito está abominável — reclamou Mu Dan, olhando pela janela da carruagem. — Achei que, com bulevares tão largos, haveria menos congestionamento. Talvez fosse mais rápido ter ido a pé.

As ruas estavam cheias com uma mistura de veículos: carruagens puxadas por cavalos iguais à que elas estavam usando, carruagens puxadas por cavalos empilhadas com fardos de mercadorias e até mesmo alguns ônibus de dois andares puxados por cavalos – mas também alguns poucos carros motorizados. E bicicletas. As bicicletas entravam e saíam do meio do tráfego, pilotadas por homens e mulheres, com as mulheres até ousando usar calças: vairões no fluxo de veículos, mas ainda se movendo mais rápido que os peixes maiores. As calçadas não estavam tão cheias, mas eram salpicadas de barracas e quiosques, e algumas cafeterias tinham mesas e cadeiras espalhadas atrapalhando os transeuntes. Até mesmo na temperatura invernal do momento havia pessoas sentadas segurando xícaras de café ou copos de alguma coisa mais forte e fumando cigarros.

— Podia ser pior — disse Irene. — Podíamos estar em Nova York. Acho que pegamos o horário de pico do meio da manhã. — E ela tinha a suspeita sorrateira de que o cocheiro não estava nem tentando ir rápido. Ele provavelmente achava que elas eram turistas que adorariam uma chance de ver o máximo possível de Paris.

Mas pelo menos não estava tentando sequestrá-las.

Irene decidiu tirar vantagem da oportunidade. Isso era o máximo de privacidade que elas iam conseguir.

— A gente devia conversar — disse ela. — Se vamos trabalhar juntas e confiar uma na outra, provavelmente é uma boa ideia trocarmos informações.

Mu Dan, que estava olhando pela janela, se virou para encarar Irene.

— Você é muito mais metódica do que eu esperava.

— Eu sei que ninguém ouve coisas boas quando faz essa pergunta, mas *o que* você esperava?

Mu Dan pareceu um pouco envergonhada.

— Por causa da quantidade de proezas no seu registro, eu esperava alguém um pouco mais parecido com os feéricos. Peço desculpas pelo insulto, mas, com o que você conseguiu realizar, eu não achava que você seria tão prática.

— A praticidade ajuda muito quando se trata de realizar coisas — retrucou Irene. — Se eu saísse numa jornada heroica, provavelmente ia começar fazendo uma lista das coisas que ia precisar nessa jornada. Incluindo alguns livros para ler nas partes chatas.

Mu Dan deu uma risadinha.

— Algum gênero específico?

— Minha preferência pessoal é ficção de detetives, mas eu leio de quase tudo — disse Irene. — E a sua?

— Distopias — respondeu Mu Dan. — Acho que a ficção criminal é próxima demais da vida real para mim.

— Quer dizer que você é investigadora profissional? Eu não sabia que a sociedade dos dragões tinha essas coisas. E peço desculpas se isso for ofensivo de algum jeito. Eu simplesmente não sei muita coisa sobre a sociedade de vocês.

— Sou juíza investigadora — concordou Mu Dan —, mas normalmente não investigo *dragões*. Sou chamada com mais frequência para examinar uma situação entre as hierarquias humanas que servem aos dragões. Você provavelmente sabe que governamos mundos? Bem, meu tipo não lida exatamente com as minúcias da profissão pessoalmente. Seria ridículo. Impossível, na verdade. Os humanos lidam com os negócios do dia a dia e depois... — Ela apontou para uma pirâmide. — Depois os dragões lidam com esses humanos. Mas, de tempos em tempos, alguma coisa fica complicada. Conspirações. Traições. Rebeliões. E, nesses casos, os nobres podem decidir chamar um investigador independente para descobrir a verdade.

— Você fala os nobres — comentou Irene. — Não os monarcas?

— Ah, não sou de um escalão alto o suficiente para *isso*.

Uma coisa que Irene meio que tinha percebido mais cedo voltou ao foco.

— Você sabe — disse ela —, normalmente, quando um dragão se apresenta, ele dá o nome e acrescenta "a serviço de fulano de tal". Tem algum motivo para você não ter feito isso mais cedo?

— Você *é* esperta — disse Mu Dan, parecendo genuinamente satisfeita, em vez de, como Irene temia, irritada. — E você está certa. Não estou a serviço de ninguém.

— Como isso é possível na sociedade dos dragões?

— Sendo muito boa na sua profissão — disse Mu Dan — e evitando dívidas políticas. Minha família, Rio Verde, para sua informação, não fica muito feliz com isso, mas... — Ela deu de ombros. — Ainda encontram maneiras de me tornar útil para eles.

Irene sabia que família, ou clã, era um dos eixos da sociedade dos dragões, com as outras sendo a realeza e as cortes. Seria fácil um dragão ficar preso entre essas duas lealdades. A liberdade de ter apenas *uma* pode ser muito tentadora para alguns dragões – exceto pelo modo como pode deixá-los sozinhos e desprotegidos. Mu Dan certamente era incomum.

— A patronagem pode ser algo muito constrangedor — sugeriu Irene com neutralidade. — Depois que você entra, muitas vezes não consegue sair.

— E a Biblioteca não tem esse tipo de coisa? Uma meritocracia pura?

Irene gostaria de dizer que não, mas não seria o quadro todo.

— Ela tenta — respondeu finalmente —, mas faz diferença com quem você trabalhou ou quem foram seus tutores. Mas vamos mudar de assunto, antes de ficarmos pessimistas demais em relação a tudo. Você está com aquele bilhete que mencionou mais cedo? O que está em grego?

— Estou. — Mu Dan enfiou a mão na bolsa e entregou a ela um pedaço de papel dobrado. — Tome cuidado com ele. Vale vai querer examiná-lo de novo, quando tiver acesso a um equipamento melhor.

— Espero que Bradamant esteja providenciando isso. Ela sabe de que tipo de coisa ele precisa.

Irene desdobrou o papel. Era, pela sua visão amadora, um papel de carta de boa qualidade; o tipo que um dragão do alto escalão poderia usar ou que um hotel caro poderia fornecer.

— Bem, está em grego — analisou ela. — Mas as manchas de sangue não ajudam.

— Estava no bolso do peito de Ren Shun — observou Mu Dan. — O sangue empoçou sob ele enquanto jazia morto. Temos sorte de estar legível.

— Faz sentido. — Irene levou o papel até perto dos olhos para ver melhor o ponto em que a mancha de sangue atravessava uma parte do texto. — Temos informações sobre lorde Ren Shun saber escrever alguma coisa em grego?

— Não temos — respondeu Mu Dan. — E essa é uma pergunta importante.

Irene assentiu.

— Diz... Heródoto. Os... *Os mitos.*

— Sim, foi isso que Vale achou — confirmou Mu Dan. — Mas a única obra de Heródoto que ele conhecia era *Histórias.*

Irene franziu a testa.

— Claro... alguns livros são escritos em vários mundos alternativos, mas outros não são escritos em mais do que um... — Mas ela nunca tinha ouvido falar de nenhum outro livro de Heródoto. Seu livro *Histórias,* escrito no século V a.C., sobre as origens das Guerras Greco-Persas, ficou famoso o suficiente para ele conquistar o título de Pai da História. Mas a Biblioteca não colecionava livros de história, e sim de ficção. Se esse bilhete se referia a outro livro de Heródoto, imagina como esse livro seria raro? E o que um Bibliotecário poderia fazer para colocar as mãos nele? — Preciso verificar os registros da Biblioteca ou falar com um Bibliotecário que saiba mais de literatura grega do que eu. O resto do manuscrito... — Ela franziu a testa para o bilhete, tentando identificar o que estava escrito sob as manchas de sangue.

E seu estômago afundou quando percebeu qual era a primeira parte do restante do manuscrito. A transcrição de uma carta e um conjunto de números: Beta-001. *B-001. A classificação que a Biblioteca usaria para designar um mundo alternativo específico. Mas isso significa...*

— Sim? — indagou Mu Dan, no intervalo deixado pelo silêncio.

Irene esperava evitar tomar decisões sérias sobre lealdade e confiança até estar bem adiantada na investigação, se precisasse tomar alguma. Agora estava encarando uma dessas, sem ter como pedir conselhos a Bibliotecários mais seniores. E, se ela alegasse ignorância agora, mas dissesse a verdade a Mu Dan mais tarde, Mu Dan sempre saberia que Irene tinha mentido nesse momento. E esse não era o tipo de coisa que gerava confiança.

Se contasse a Mu Dan o que o manuscrito dizia, Irene poderia estar incriminando a Biblioteca nesse assassinato. Mas, se mentisse para Mu Dan, Irene estaria retendo informações da investigação e isso poderia danificar a confiança da facção dos dragões na Biblioteca. E o manuscrito *podia* nem ser uma designação da Biblioteca. Podia ser mera coincidência.

Decisões, decisões.

Irene fez sua escolha.

— Essa parte diz *Beta-001* — explicou. — Pode ser uma designação da Biblioteca para um mundo específico.

Mu Dan se afastou dela, os olhos cintilando com um vermelho que não tinha nada a ver com a luz fora da carruagem.

— Isso é sério? — quis saber.

— Perceba que eu disse *pode ser* — Irene recuou. — Não é. E isso não contradiz minha teoria de que alguém pode estar armando para a Biblioteca. Pode até reforçá-la.

Mu Dan assentiu devagar.

— Concordo que ter um bilhete incriminando a Biblioteca, encontrado no bolso da vítima, pode ser um pouco ostensivo demais para ser real. Mas às vezes... — Ela escolheu as palavras com cuidado. — Às vezes a resposta óbvia é a verdadeira.

— Podemos classificar isso como um fato observado e continuar com a investigação por enquanto? — sugeriu Irene.

— A numeração significa alguma coisa? — perguntou Mu Dan, sondando uma questão que Irene tinha esperança de que ela evitasse. — Não sei como seu sistema funciona, mas o "um" significa que foi o primeiro mundo desse tipo investigado?

— Acho que sim — respondeu Irene, desconfortável. — E eu realmente preciso consultar meus superiores para ter mais informações sobre isso. Ou é uma grande pista genuína ou uma mentira enorme, mas, de qualquer maneira, precisamos de mais dados antes de criar hipóteses.

— Isso é sensato — concordou Mu Dan. — Tem mais alguma coisa?

— Bem, você não precisa que eu traduza a palavra "Inferno". — Irene apontou para a palavra em questão sem tocar de fato no papel, aliviada por ter mudado de assunto. — E depois mais números: trinta e nove, dois, dezessete. Significa alguma coisa para você?

Mu Dan balançou a cabeça.

— Não. Vale falou que talvez tivesse uma ideia, mas queria fazer uns interrogatórios antes. Alguma coisa sobre ter certeza de que um lugar específico existia neste mundo assim como no dele. Vale é muito adaptável, para um humano.

— Ele é um parceiro do mesmo nível nesta investigação — disse Irene. — Achei que você e ele estavam se dando bem, mais cedo. — Uma pontada de ciúme a surpreendeu, e ela percebeu que desejava que *ela* estivesse lá no lugar de Mu Dan.

— Fiquei agradavelmente surpresa. — Mu Dan deu um súbito sorriso encantador. — Você não tem ideia de quantas vezes me pediram para trabalhar com o cientista ou o juiz de estimação de alguém. Eles sabem ser tão inflexíveis, tão dogmáticos... e às vezes tão *burros*. Seu Vale é um verdadeiro deleite. Eu me sentiria tentada a mantê-lo. Se ele não estivesse sob sua proteção, é claro. Podemos conseguir fazer alguma coisa, agora.

E ali, refletiu Irene, estava um resumo elegante da posição fundamental dos mortais aos olhos dos dragões. *Eu me sentiria tentada a mantê-lo.* Mu Dan certamente era educada e poderia até fazer exceções em casos incomuns, mas no fim ela tinha os mesmos preconceitos que qualquer outro dragão. Os seres humanos eram ferramentas. Os mortais jamais teriam a mesma autoridade dos dragões.

Irene afastou a mente de uma contemplação do preconceito institucional e se lembrou de uma coisa que estava pensando.

— Posso fazer uma pergunta que talvez seja pessoal?

— Certamente — respondeu Mu Dan.

— Existem lendas de dragões em muitas culturas diferentes: chinesa, japonesa, coreana, persa, do tipo clássico da caça ao ouro no oeste; até mesmo histórias de criaturas semelhantes como serpes. E, apesar disso, todos os dragões que conheci até hoje ou ouvi falar têm um nome chinês. Não quero ser bisbilhoteira, mas estou curiosa.

A expressão de Mu Dan era reservada, mas não ofendida nem hostil.

— Não sou tão velha assim e não sou estudiosa de história. Mas posso dizer que os monarcas estabelecem o estilo do restante da minha espécie. Se houve outras questões no passado que foram... apagadas, digamos assim, não as conheço. Acho que não posso falar mais do que isso.

— Essa é uma resposta muito sensata e agradeço por ela — disse Irene. Ela ignorou o fato de que *Acho que não posso falar mais do que isso* podia ser entendido de várias maneiras sem ser de fato uma mentira. — Em parte, eu pergunto porque posso precisar conhecer mais sobre os dragões antes que tudo isso acabe.

— Pensando no meu ofício, não posso me opor.

A pergunta final na mente de Irene era uma que poderia ser interpretada do jeito errado. Ela já tinha ofendido com perguntas mal formuladas. E a fonte do poder de um dragão parecia ser um assunto particular.

— Pelo bem da nossa defesa mútua, posso perguntar se você tem afinidade com algum elemento específico?

— Terra — respondeu Mu Dan. — E o que jaz sob ela. Não sou tão forte quanto alguns, mas, com o tempo e a situação a meu favor, posso ser útil de alguma maneira. Mas você já demonstrou que é rápida com essa sua Linguagem. Acho que, entre nós duas, seremos um tanto... eficazes. Também pelo bem da nossa proteção mútua, posso perguntar até que ponto vai essa sua Linguagem? Você consegue comandar a faca que cometeu esse assassinato a voar para a mão do assassino ou fazer o morto falar conosco? Existe algum tipo de palavra definitiva para a vida ou a morte?

— Eu poderia dizer a uma faca para voltar à mão de quem a usou, se nós a tivéssemos — disse Irene. — Mas não temos a faca que cometeu esse assassinato e, se o assassino tinha algum juízo, deve tê-la jogado no Sena.

— E o resto?

— A Linguagem tem limites — disse Irene. Ela se questionava como seria tentador se ela *pudesse* simplesmente dizer a alguém para morrer. — Funciona muito melhor em coisas do que em pessoas. Não posso mandar alguém dormir nem matar a pessoa com apenas uma palavra. — Ela deu um leve sorriso. — Isso faz você se sentir mais segura comigo?

A carruagem parou e o cocheiro bateu no teto com a ponta do chicote.

— Aqui estamos, senhoras: o Grand Hôtel du Louvre.

Elas saíram cambaleando e Irene olhou para a fachada do hotel enquanto Mu Dan pagava ao cocheiro. O hotel era enorme, um castelo de quatro andares em pedra creme-dourada. Ele seguia pelo comprimento da rua e uma multidão de carruagens se abrigava na frente, esperando pelos clientes. As vitrines eram aninhadas em uma longa sucessão de arcos, seus conteúdos parecendo adequadamente caros para o tipo de cliente que o hotel atendia.

E, o mais interessante, não havia gelo no prédio; nem mesmo nas fendas sombreadas das pedras. Muito curioso.

Mu Dan fez uma careta, massageando a testa enquanto a carruagem saía sacolejando.

— Isso vai ser desagradável — disse ela com resignação.

— Não consigo sentir nada — comentou Irene, hesitante. Ela sabia que podia esperar que a marca da Biblioteca reagisse a um ambiente de alto nível de caos, mas isso não estava acontecendo... bem, pelo menos por enquanto. — A influência dos feéricos aqui é ruim o suficiente para deixar você mal?

Mu Dan hesitou.

— Provavelmente não. Só infeliz. Você se importa de assumir o comando? Com ou sem trégua, acho que vai ser mais bem-vinda aqui do que eu.

— Podemos tentar — disse Irene e liderou o caminho até o saguão.

Agora que era o fim da manhã e não o meio da noite, suas roupas fora da moda e seu cabelo curto atraíam olhares. Mu Dan estava vestida de maneira mais adequada – ou, pelo menos, vestida de maneira mais *cara* e, portanto, uma cliente mais comum para um local como este.

No entanto, o átrio era enorme e elas se perderam facilmente na multidão enquanto abriam caminho em direção à recepção do hotel. No alto, um amplo teto de vidro em padrões geométricos vazava a luz natural para o salão abaixo, auxiliado pelas lâmpadas no globo de vidro pendurado. Escadarias de mármore subiam pela parede em curvas sinuosas para se unir à sacada que cercava o salão e ofereciam um ponto de vista conveniente para espectadores ociosos, que se apoiavam nas balaustradas de ferro e fofocavam.

Elas estavam a meio caminho da recepção quando Irene viu uma coisa que meio que já era esperada. Alguns dos ociosos curvados sobre a sacada estavam apontando para as duas e discutindo-as com súbita animação.

— Não olhe agora — murmurou Irene —, mas acho que fomos vistas.

— Onde? — Mu Dan seguiu a inclinação da cabeça de Irene em direção àquela parte da sacada. — Ah. Quem você acha que são?

— Bem, ou são feéricos que a reconheceram como dragoa ou são membros do grupo de sequestradores de hoje cedo — disse Irene de um jeito criterioso. — Devemos ir até lá para descobrir? — Ela não queria deixar Vale trabalhando sozinho por mais tempo do que o necessário. A situação simplesmente era perigosa demais.

— Ia poupar algum tempo — concordou Mu Dan.

Os dois homens estavam no topo da escada quando Irene e Mu Dan os alcançaram: eles tinham percebido que seriam abordados e prestativamente foram encontrar as duas mulheres. Essa abordagem significava que realmente eram feéricos ou serviçais dos feéricos, e não anarquistas oportunistas.

O homem no comando falou primeiro. Ele e o companheiro estavam vestindo cinza, parecendo profissionais em ternos de boa qualidade, mas a gravata dele era verde e a do outro era roxa. Ele se dirigiu a Mu Dan.

— Pode se explicar, por favor?

O gelo penetrou na voz de Mu Dan.

— Quem são *vocês*, para eu ter de me explicar?

— Somos muitas coisas, madame — disse Verde —, mas basicamente *não* somos dragões. Certas regras de conduta foram combinadas. Você está prestes a quebrá-las.

Antes que Mu Dan pudesse apresentar suas credenciais em tons que seriam adequados numa declaração de guerra, Irene deu um passo à frente.

— Com licença, cavalheiros — disse ela. — Sou uma Bibliotecária. Meu nome é Irene Winters. Essa mulher, Mu Dan, está me acompanhando e estamos aqui como parte da investigação conjunta do assassinato de lorde Ren Shun. Agradeço a cooperação de vocês.

Verde e Roxo fizeram uma pausa e se entreolharam. Por fim, Verde disse:

— Você pode provar isso?

Irene desejou ter recebido um tipo de salvo-conduto para esfregar na cara deles. Infelizmente, tudo que tinha era a marca da Biblioteca, e não pretendia se despir num local público para eles poderem ver seus ombros nus.

— Estamos aqui para levar o membro feérico da equipe de investigação — disse ela. — Não me disseram que eu precisaria de uma identificação. Achei que todos aqui estariam bem informados.

Mais uma pausa para Verde e Roxo se entreolharem, perplexos. Felizmente, Mu Dan ficou calada e não piorou a situação.

— Por que não nos levam para ver alguém superior a vocês? — sugeriu Irene, ficando impaciente. — Tipo o Cardeal?

— Vocês querem ver o Cardeal? — gaguejou Verde.

— Por que eu não ia querer ver o Cardeal?

— Porque ele é o *Cardeal* — respondeu Verde, em tons que sugeriram que Irene não deveria precisar perguntar. O equilíbrio anterior dele tinha falhado. — Ele não deve ser incomodado. Está ocupado. Coisas terríveis acontecem com pessoas que invadem o tempo dele.

Roxo passou o polegar na garganta, em um gesto significativo.

Irene se conformou em aparentemente ter dado de cara com a mosca do cavalo do bandido em termos de representantes dos feéricos. *Por favor,* ela rezou para qualquer deidade que pudesse existir, *que o feérico da equipe de investigação seja outra pessoa. Qualquer outra pessoa.*

— Ótimo — disse ela, paciente. — Então por que não nos levam para ver o secretário do Cardeal ou seu guarda-costas ou assistente ou qualquer pessoa adequada?

— Ah, *certo* — disse Verde. — Você devia ter falado isso antes. Venham conosco, por favor.

Ele as conduziu pela multidão serpenteante, com Roxo na retaguarda do grupo – não, refletiu Irene, que qualquer uma das duas tivesse alguma intenção de fugir. Ela olhou de relance para Mu Dan, bem a tempo de ver a outra mulher secando o suor da testa.

— Você está bem? — perguntou Irene baixinho. O burburinho da multidão impediria Verde ou Roxo de ouvi-la. Ela tentou expandir as próprias percepções, para ver se conseguia sentir alguma aura de caos no lugar. Mas não havia suficiente, pelo menos por enquanto, nem para fazer a marca da Biblioteca formigar. A presença dos feéricos neste hotel aparentemente estava se mantendo discreta.

— Tolerável, por enquanto — respondeu Mu Dan. — Você reparou na temperatura?

Irene levou um instante para entender.

— Sim — respondeu ela, surpresa. — Está quase quente aqui dentro. — Talvez não fosse tanto porque os feéricos estavam se manifestando para impor a própria realidade, mas sim mantendo longe a influência de Ao Ji. Qualquer que fosse o motivo, Irene ficou grata pela trégua no frio invernal.

Verde continuou seguindo pelo hotel, passando por vários serviçais de aparência normal e carregadores que ficavam tensos quando o grupo se aproximava, depois relaxavam de novo com um sinal casual de Roxo. Eles passaram por afrescos que iam do chão e depois se espalhavam pelo teto, e por candelabros quase enfeitados demais para suportar o próprio peso. O lugar todo exalava riqueza e bom gosto, mas de um jeito diferente do ouro e branco dramático do Le Meurice ou das cores temáticas e do luxo elaborado do Ritz. Irene só podia ter esperança de que isso melhorasse o humor da delegação dos feéricos.

Porém, conforme adentravam mais, ela começou a sentir o poder dos feéricos que estavam hospedados ali. Era como estar na panela do sapo escaldado da parábola. Em um instante não havia nada com que se preocupar e tudo estava bem – e, de algum jeito, imperceptivelmente, elas tinham entrado em uma zona de alto nível de caos. Sua influência era forte o suficiente para fazer a marca da Biblioteca coçar e arder, sem Irene ter percebido quando ocorreu a transição. Ela deu mais uma olhada de esguelha. Mu Dan estava com uma cor febril nas bochechas e a testa dela estava enrugada, como se estivesse lutando contra uma dor de cabeça, mas não diminuiu o passo.

Verde bateu em uma porta de aparência aleatória, depois a empurrou com violência.

— Bibliotecária e uma dragoa para ver você — anunciou.

— Faça as duas entrarem — veio uma voz lá de dentro.

E Irene de repente percebeu que conhecia a voz.

Ela entrou rapidamente no quarto, meio ansiosa para ver se sua hipótese era verdadeira e meio querendo saber do pior o mais rápido possível – porque, se fosse quem pensava que era, essa pessoa poderia ter um ressentimento significativo contra ela.

A mulher lá dentro estava sentada atrás de uma escrivaninha coberta com pilhas de papel, mas se levantou quando elas entraram. O cabelo estava preso em um coque bem feito e, embora suas feições fossem atraentes, eram tão insossas que teria sido difícil descrevê-la depois. Embora seu vestido cinza-perolado fosse bem cortado e adequado ao período, era feito para a pessoa se misturar discretamente nos bastidores, e não para se destacar. Poderia ser uma ilustração de roupa de secretária em um livro didático. Luvas de seda combinando cobriam suas mãos.

— Clarice! — disse ela, dando um passo à frente e estendendo a mão direita. — Ou devo dizer Irene?

— Provavelmente é melhor usar Irene neste momento — respondeu Irene, apertando a mão da outra mulher. Ela sentiu o plástico duramente moldado e o metal através da luva de seda. — Sterrington. Há quanto tempo.

Tinham se passado vários meses desde o incidente em que Kai fora sequestrado e Irene precisara personificar um feérico júnior para resgatá-lo. Tinha conhecido várias pessoas naquela excursão, e Sterrington era uma delas. Claro que a feérica tinha se aliado ao outro lado naquela vez e tinha ajudado a caçar Irene por toda Veneza. E sua mão quase foi arrancada em uma explosão nesse processo.

Irene realmente esperava que Sterrington *não fosse* o tipo de feérico que guarda ressentimento. Ela parecia o tipo de pessoa que via as coisas em termos de lucro e prejuízo, na última vez. Uma verdadeira... mulher de negócios. Sua esperança era de que isso não tivesse mudado.

— Vocês duas se conhecem? — indagou Mu Dan. Não parecia satisfeita.

— Já nos encontramos — admitiu Irene. — Mu Dan, me permita apresentar Sterrington. Sterrington, essa é Mu Dan, a representante dos dragões na equipe de investigação. — Tecnicamente, ela deveria apresentar a pessoa de escalão mais baixo à de escalão mais alto primeiro, mas não fazia ideia de quem era qual na situação atual. Possivelmente, como Bibliotecária na equipe de investigação, ela era de um escalão mais alto que todo mundo. Ora, ora, esse pensamento não era assustador?

Nenhuma das duas tentou apertar a mão da outra.

— Bom dia — disse Mu Dan.

— Bom dia — respondeu Sterrington.

— Claro que, anteriormente, nos encontramos numa grande correria — disse Irene, tentando preencher a lacuna na conversa. — Não tivemos tempo para fazer muito mais do que trocar nomes. Sinto muito por as coisas terem terminado de um jeito tão, hum, inconveniente para você, Sterrington. — Isso era verdade: Irene não tinha absolutamente nenhum arrependimento quanto ao que acontecera com os clientes de Sterrington, mas conseguia simpatizar com ela.

— Ah, não se preocupe com isso. É só uma daquelas coisas que acontecem no trabalho. — Sterrington voltou a se sentar, parecendo genuinamente despreocupada, como se o assunto anterior não fosse mais importante do que fechar uma conta bancária ou não aparecer para um almoço marcado. — Bem, por que não puxa uma cadeira e me explica como posso ajudar você hoje?

Havia uma cadeira adicional, além da que Sterrington estava ocupando. Irene e Mu Dan se entreolharam.

— Serei breve — disse Irene, fazendo um gesto em direção à cadeira para Mu Dan. Não tinha certeza se confiava em Sterrington, mas não precisava de confiança para trabalhar com ela. — Estamos aqui para investigar a morte de lorde Ren Shun. Gostaríamos de juntar o representante dos feéricos à nossa equipe. Eu também gostaria de encontrar os Bibliotecários, os que estão hospedados aqui, para poder pegar seus depoimentos. E qualquer outra pessoa que tiver informações para nos dar sobre o assassinato. E se *você* sabe de alguma coisa, este seria um excelente momento para compartilhar.

Sterrington pegou uma caneta-tinteiro e brincou com ela de um jeito pensativo.

— Claro que estou naturalmente ansiosa para dar a você toda a cooperação possível. Não só por causa da investigação, mas pelo quanto sou grata por tudo que você fez por mim.

— *Como é?* — disse Irene.

— Depois da sua fuga, consegui usar as informações que eu tinha para alavancar minha posição. — O sorriso de Sterrington realmente parecia genuíno. — Eu me tornei extremamente valiosa para várias pessoas de altos escalões. Isso me permitiu fazer essa reposição. — Ela flexionou a mão direita enluvada. — E consegui subir na carreira muito mais rápido do que tinha planejado. Os prós superam em muito os contras. Na verdade, se você quiser fazer uma sessão de lavagem de roupa suja em algum momento mais tarde para discutir melhor o assunto...

Irene não precisou olhar para Mu Dan, agora sentada, para saber o que isso estava fazendo com sua credibilidade aos olhos dela. Nenhum dragão ficaria entusiasmado para confiar em uma Bibliotecária quando uma feérica estava ali dizendo o quanto lhe era agradecida e queria trabalhar com ela. Sterrington estava detonando deliberadamente a posição de Irene. E Irene não podia deixar que ela continuasse.

Então ela sorriu em resposta.

— Estou contente por você ter se dado tão bem por conta própria. Você considera que me deve um favor?

A caneta na mão de Sterrington parou de se mexer no meio do giro.

— Bem, você sabe — disse ela —, não sei se eu iria *tão* longe. Se um feérico admitisse que devia um favor, ele *teria* de pagá-lo em algum momento.

— Ah? — falou Irene, com indiferença. — Mas você acabou de dizer que estava muito agradecida e como eu tinha sido útil.

— Não a ponto de dever um favor — disse Sterrington de um jeito seco, eliminando toda a efusividade.

— É uma boa ideia ajustar a dimensão desse tipo de coisa antes que alguma de nós comece a julgar mal a situação — disse Irene, deixando o próprio sorriso desaparecer. — Não somos hostis uma com a outra. Isso é bom. Vamos manter assim. E, nesse meio-tempo: o membro da equipe dos feéricos, os Bibliotecários, os depoimentos e qualquer outra informação?

— Tudo em andamento — afirmou Sterrington. Ela deixou a caneta de lado. — O membro feérico da sua equipe de investigação está sendo informado da situação. A propósito, onde está seu detetive humano?

— Ele está investigando uma tentativa de sequestro de nós três.

— Bem, claramente *nós* não estávamos envolvidos nisso — disse Sterrington rapidamente. — Pode me dar mais detalhes?

Mu Dan finalmente falou.

— Para que você possa nos manter aqui por mais tempo ainda? Acho que não. Somos uma equipe ativa, não um tipo de comitê moribundo.

— Isso é muito agressivo! Nem todos os comitês são moribundos.

— Mesmo assim, Mu Dan tem razão — disse Irene. Se precisassem brincar de "bom policial, mau policial" para passar por Sterrington, Irene ia entrar no jogo. Pelo menos ela era a boa policial. — Sterrington, você sabe como a situação é urgente. Não é eficiente ficarmos sentadas aqui esperando. Se tivermos de ir embora e voltar mais tarde, certamente faremos isso.

Sterrington franziu a testa.

— Não estou *tentando* ser inconveniente. A situação é complexa.

— Então talvez você possa explicá-la? — sugeriu Irene.

— O membro feérico da sua equipe está recebendo informações da Princesa — disse Sterrington. — Não posso atrapalhar. E seus Bibliotecários estão jogando xadrez com o Cardeal. Também não quero invadir essa atividade. Nenhuma das duas situações vai melhorar com interrupções.

— Nem vai melhorar com nós duas sentadas aqui esperando. — Irene se inclinou para a frente, colocando as mãos na borda da mesa. — Entendo que você precise de uma *boa* desculpa. Aqui está uma. Hoje mais cedo, antes do café da manhã, alguém tentou assassinar Sua Majestade Ao Ji. Alguém que poderia estar sob influência dos feéricos. Ele foi impedido, é claro, mas você não acha que deveríamos fazer de tudo para garantir que ninguém vai tentar fazer a mesma coisa aqui?

Sterrington abriu a boca e a fechou de novo, claramente analisando as implicações políticas.

— Você devia ter falado isso antes.

Irene deu de ombros.

— Até hoje de manhã, já tivemos uma tentativa de assassinato e uma tentativa de sequestro. E ainda nem é meio-dia. *Podemos* acelerar as coisas?

Sterrington chegou a uma conclusão.

— O Cardeal precisa saber disso, mesmo que signifique interromper seu xadrez. — Ela ficou de pé. — Sigam-me.

CAPÍTULO 9

As cortinas na suíte do Cardeal eram de veludo carvão, tão escuras que eram quase pretas. A janela dava para um jardim interno em algum lugar no hotel, uma distante paisagem iluminada pelo sol com troncos pálidos pelo inverno e caminhos de cascalho. Mas, dentro da suíte, a sombra era mais profunda e mais intensa do que qualquer falta de luz. Ela se agarrava aos cantos do quarto e asfixiava as cores das paredes e do carpete. Vendava a visão e abafava o som.

O mais esquisito era que, apesar de toda a escuridão, Irene ainda conseguia *enxergar* muito bem. Os dois homens sentados no centro do quarto jogando xadrez eram perfeitamente distintos, não estavam obscurecidos nem escondidos. A sombra era mais metafísica do que real e girava ao redor de um dos jogadores de xadrez. O Cardeal. Irene percebeu que o outro jogador devia ser o Bibliotecário que tinha ido ao encontro, mas era difícil olhá-lo – não por alguma qualidade *dele*, mas porque o Cardeal atraía a atenção como um ímã.

O caos era profundo no quarto, intenso o suficiente para fazer a marca da Biblioteca de Irene doer muito. Ela endireitou os ombros e esperou. Cada respiração de Mu Dan sibilava como se saísse por entre dentes trincados.

— Milorde — disse Sterrington, dando um passo à frente e fazendo uma reverência. — A Bibliotecária Irene Winters e a representante dos dragões Mu Dan estão aqui para vê-lo.

O Cardeal desviou o olhar do tabuleiro de xadrez. E, do outro lado, o Bibliotecário desmoronou para a frente com um suspiro de alívio, os ombros encolhidos enquanto encarava as peças. As sombras pareceram recuar um pouco, como se a luz do sol tivesse tocado no quarto e trazido um sorriso ao rosto do Cardeal.

— Minhas queridas jovens — disse ele. — Que prazer vê-las. Ouvi muitas coisas boas sobre vocês e sei que tenho confiança no seu trabalho.

Irene mordeu deliberadamente a língua. A dor atravessou a cortesia, a cordialidade, a *plausibilidade* das palavras do Cardeal, como um beliscão quando alguém está prestes a adormecer. Mas um medo mais profundo corria por debaixo da dor: ela ouviu os ecos de outro homem no discurso do Cardeal, viu sombras dele no rosto dele. Lorde Guantes. O feérico que sequestrou Kai e tentou forçar uma guerra. Um manipulador, que brincava com seres humanos como o Cardeal jogava com peças de xadrez. O homem que ela havia matado e que faltou pouco para destruí-la antes disso. Por um instante, a garganta dela ficou seca, e não conseguia encontrar nenhuma palavra – adequada ou não.

— Apreciamos sua atitude graciosa — disse Mu Dan, disfarçando a hesitação de Irene. O tom dela era educado, mas tenso. — Pedimos desculpas por ter interrompido seu jogo. Tivemos alguns contratempos que você precisa saber.

Mu Dan continuou com um resumo dos eventos do dia até então – *até então,* pensou Irene, desconfortável, enquanta recuperava seu equilíbrio mental. A culpa a consumia. Sabia que deveria assumir um papel mais ativo na conversa. Lorde

Guantes estava morto. Ela o *matara*. Não podia deixar o passado controlá-la desse jeito.

Irene percebeu que Mu Dan não tinha mencionado o que estava escrito no papel encontrado no bolso de Ren Shun, omitindo isso na categoria geral de *investigações em andamento*. Isso também convinha a Irene. Ela queria discutir o assunto com seus superiores antes que qualquer pessoa investigasse melhor.

Mu Dan parou, hesitante.

— Acho que isso é tudo. Mas você entende como a situação é urgente.

— Claro — disse o Cardeal, e mais uma vez seu tom estava impregnado de uma preocupação paterna. — Acredito que vocês tenham feito a coisa certa ao me trazer isso diretamente. Vou melhorar nossa segurança aqui e notificar a Princesa assim que possível. Obrigado por me avisar, milady. Agradeço por isso.

O gesto de reconhecimento de Mu Dan com a cabeça foi muito cuidadoso, como se ela não confiasse no próprio julgamento.

— Agora, se não se importa, eu gostaria de ter uma conversa particular com Irene Winters. Se todo o resto puder aguardar lá fora, tenho certeza de que será apenas um instante.

A calma de Irene, conquistada com dificuldade, começou a ser destruída lentamente. Não havia um jeito bom de recusar isso. E ela não conseguia pensar nem em um jeito ruim, exceto sair correndo do quarto aos berros.

— Claro — disse ela, a voz automaticamente educada. — Estou a serviço de vossa eminência.

— Sente-se — disse o Cardeal, enquanto os outros saíam em desordem do quarto. Ele apontou para a cadeira que o outro Bibliotecário estava ocupando um instante antes. — E, sinceramente, "vossa eminência"? Não sei se mereço essa honra.

Irene se deixou cair na cadeira, desejando ter uma desculpa para continuar de pé. Era fácil demais relaxar quando estava sentada.

— Bem, as pessoas o chamam de "o Cardeal", senhor — retrucou ela. — Peço desculpas se estou usando o pronome de tratamento errado.

O Cardeal fez um gesto gracioso com uma das mãos. Um anel pesado brilhou com um vermelho intenso sob a luz do sol.

— O respeito sincero é suficiente. Não vou insistir.

Irene tentou se concentrar no rosto dele. Uma vez ela havia conhecido – bem, tinha estado na presença de – um feérico muito poderoso, e sua aparência se alternava entre diferentes imagens, como os fotogramas de um filme antigo, passando de uma forma arquetípica para outra. O Cardeal era mais sossegado: ele definitivamente era um homem, velho, e seu cabelo era branco. Ou cinza. Ou grisalho. E ele tinha barba, ou não tinha, ou talvez um bigode, e estava usando um terno social, ou talvez roupas eclesiásticas ou...

Com um esforço, ela cruzou as mãos no colo: teria sido uma demonstração muito fácil e muito óbvia de nervosismo mexer nas peças de xadrez.

— Seria possível o senhor controlar o seu poder? Não é conclusivo para uma conversa significativa. Não da minha parte, pelo menos.

— Naturalmente. — Sua perspectiva do Cardeal se estabilizou, como a imagem de um aparelho de TV entrando em foco, e de repente o homem sentado em frente a ela não era mais estranho do que qualquer outro ser humano. *Muito menos estranho do que um dragão*, sussurrou alguma coisa no fundo da sua mente. *Muito mais próximo do que eu sou...*

— Obrigada — respondeu Irene, agradecida. — Como posso ajudá-lo, senhor?

O Cardeal acariciou o cavanhaque. Era do mesmo tom de castanho grisalho do cabelo. Seus roupões eram escuros e vagamente eclesiásticos.

— Acredito que temos alguém conhecido em comum.

— Está falando de Sterrington?

— Uma serviçal e dependente. Ainda não é minha conhecida. Não, eu estava pensando em um conhecido mais antigo, um ex-pupilo meu. Quando você o conheceu, ele se chamava Lorde Guantes.

O estômago de Irene deu uma cambalhota e afundou. Ela precisou de toda a compostura para manter o rosto sem emoção e a voz calma. Lembrou-se de um momento em Veneza quando quase perdeu o controle e concordou em servir a Lorde Guantes – e em trair todos os juramentos que tinha feito. Só a intervenção de Vale a salvou.

— Ele parecia estar num lado político diferente do seu, vossa eminência, se o senhor for a favor da paz. Ele estava tentando começar uma guerra.

— Pode perceber que eu disse *ex*-pupilo. — O Cardeal balançou a cabeça com tristeza. — É uma pena quando um aprendiz em quem se confiava, que parecia ter entendido verdadeiramente os princípios de poder e manipulação... cai. Ou fracassa.

— O senhor queria que ele tivesse sucesso? — arriscou Irene.

O Cardeal pensou na pergunta.

— No geral, não. Prefiro um jogo mais estável. — Ele deu um tapinha significativo no tabuleiro de xadrez. — Jogos de estratégia, que têm regras estabelecidas e evitam qualquer semelhança com a sorte, me agradam muito mais do que as cartas ou os dados. Gosto de saber onde estão todas as peças. Gosto de saber o que é *possível* num jogo. Não gosto de ser surpreendido. Concorda, srta. Winters?

Uma dor de cabeça pressionou a testa de Irene como uma atadura muito apertada, tentando se esgueirar pelas têmporas e por trás dos olhos. Sua boca se abriu para concordar.

Ela se beliscou de novo, os dedos mordendo a palma da mão.

— Até certo ponto — disse ela. — Trabalho em situações nas quais acontecem eventos aleatórios. Não posso *proibi-los* de acontecer. Só posso fazer concessões e lidar com eles quando acontecem.

— Interessante. — Ele se recostou, analisando-a. — Então você aceita seu *status* de peça, e não de jogadora.

— Não foi isso que eu disse — discordou Irene.

— Por outro lado, foi isso que eu entendi. Por favor, não fique chateada. Acho que é importante *entender* de fato o que você é. Esse foi o erro de Lorde Guantes. Ou melhor, um deles. Ele não conseguiu ver o escopo geral do tabuleiro e se envolveu na ação direta.

Irene decidiu que seria enforcada quer fosse uma ovelha ou um carneiro.

— Se o *senhor* está vendo o escopo geral do tabuleiro, pode me dizer quem matou lorde Ren Shun?

— Posso lhe dizer de quem eu suspeito — respondeu o Cardeal sem se abalar. — Não é a mesma coisa, mas vai servir, por enquanto.

Por um instante, Irene ficou eufórica. Depois a cautela apareceu. Pode ser apenas mais um caso de apontar o dedo para o outro lado.

— E quem é?

O Cardeal se inclinou para a frente.

— Já ouviu falar da Condessa Sangrenta?

As palavras ficaram soltas no ar como uma profecia sinistra. As sombras pareceram congelar nos cantos do quarto. O calor do hotel recuou e um frio percorreu a espinha de Irene.

Ela se recompôs.

— Historicamente... Ouvi falar da Condessa Erzsébet Báthory ou Elizabeth Báthory, que era conhecida por esse nome. Em alguns mundos, pelo menos. — Não era necessário dizer que a história nem sempre progredia do mesmo jeito em todos. — Essa senhora tinha uma péssima reputação. Mas, em termos de problemas imediatos, ela não foi um deles. E não sei se quero que seja.

— Às vezes todos precisamos encarar as coisas que vão contra nossas inclinações naturais. Eu não poderia deixá-la ir embora, srta. Winters... — Ele fez uma pausa antes de acrescentar: — Sem alertá-la sobre ela.

A pulsação de Irene, que tinha disparado no meio da frase, diminuiu de novo quando ele terminou de falar. *Ele está tentando me aterrorizar de propósito do jeito mais simpático e agradável possível?* Infelizmente, a resposta devia ser *sim*. Esse era o tipo de pessoa – o tipo de feérico – que ele era. O feérico mais poderoso não conseguia sair de seu arquétipo – ou, discutivelmente, estereótipo. Seria quase impossível ele ter uma conversa com qualquer pessoa sem transformá-la num complexo jogo de poder. E Irene tinha muito a perder.

— Você está insinuando que ela não era um ser humano?

— A mulher original era — disse o Cardeal de maneira prudente. — Mas a lenda não. Lendas e folclores e histórias sobrevivem aos seres humanos. Elas persistem. E os da minha espécie podem incutir a impressão que quiserem nas mentes humanas. A senhora que atende pelo título de Condessa Sangrenta vive de acordo com sua lenda. A tortura, as execuções, o banho de sangue, a adoração ao diabo... quando ouvi um boato de que ela estava vindo a Paris para atrapalhar as negociações de paz, tenho certeza de que você consegue entender como fiquei preocupado.

Irene vasculhou mentalmente tudo que sabia sobre Erzsébet Báthory. Infelizmente, os poucos fatos dos quais se lembrava eram mais um folclore sangrento do que uma história genuína... embora, pelo que o Cardeal estava dizendo, o folclore sangrento era uma orientação melhor para essa feérica do que qualquer coisa que pudesse estar na história real. Condessa húngara do século XVI. Pelo que dizem, torturou centenas de virgens e jovens até a morte e se banhou no sangue delas para preservar a juventude. Levada a julgamento, foi sentenciada e confinada pelo resto da vida. Esse *não era* um resumo animador.

— Ela se opõe à paz?

O Cardeal sorriu.

— Você está certa. Ela prefere uma situação instável, porque isso lhe dá muito mais oportunidades para se entregar aos seus apetites. Uma mulher ambígua. Supostamente, ela até negociou com o seu Alberich.

— Entendo. — Irene não tinha nada específico contra a adoração ao diabo, mas o resto da lista parecia desfavorável o suficiente em si. E qualquer um que tivesse lidado com Alberich, o primeiro e pior traidor da Biblioteca, era alguém para ser evitado com um preconceito extremo. — Hum, exatamente *quando* o senhor soube que ela estava vindo para cá?

— Um ou dois dias atrás — respondeu o Cardeal, em tons que negavam todas as possibilidades de contradição. — E, é claro, foi apenas um *boato*. Eu não queria provocar um temor desnecessário sugerindo que alguém da minha espécie tinha descoberto nossa reunião altamente secreta de algum jeito. E que ela poderia querer atrapalhá-la de todas as maneiras necessárias. Pense nas consequências se o boato fosse falso. As negociações poderiam ter sido atrasadas de um jeito permanente.

Irene abriu a boca para dizer: *ao contrário de alguém ser assassinado e as negociações terem sido definitivamente atrasa-*

das? Mas fechou a boca de novo. Ele estava contando coisas demais a ela. Chefes do serviço secreto e manipuladores não entregavam os fatos com essa facilidade. Ou ele estava mentindo e isso tudo era um rastro falso ou a estava preparando para que ela agisse como seu peão. Mas nenhuma das opções era atraente.

— Que situação difícil, senhor — disse ela, tentando parecer solidária. Ou crédula. Ou, pelo menos, neutra. — Concordo que, se ela está aqui em Paris, obviamente é uma suspeita. — As palavras do inspetor Maillon ecoaram no fundo da sua mente. *Temos tido muitos desaparecimentos de mulheres jovens, ultimamente...* — O senhor tem alguma informação a mais?

— Infelizmente, minhas linhas de investigação são limitadas enquanto estou neste mundo. — Ele mexeu a mão de novo. A luz no anel piscou e captou o olhar de Irene, que teve de se forçar a desviar o olhar. — Muitos dos meus agentes já morreram para me trazer essas informações. Quando a Condessa Sangrenta entra em ação, ela é cruel. Não deixa vivo ninguém que *possa* fornecer informações. Se ela estiver em algum lugar aqui em Paris, deve estar bem escondida. — Ele parou para pensar. — Ela costuma estar associada a uma mulher mais velha, sua enfermeira e professora idosa. Esse pode ser um caminho válido para você explorar.

Irene estava pronta para aproveitar o fio mais frágil de evidências, mas até para ela isso era frágil demais. Decidiu por uma abordagem direta. Podia ser mais eficiente do que tentar acompanhar um arquétipo de manipulador no próprio jogo dele.

— Vossa eminência, o senhor me deu todas essas informações, mas poderia ter compartilhado todas elas antes, quando o assassinato foi descoberto. Garanto que a Condessa Sangrenta pode ser responsável, mas por que *me* contar? E por que aqui e agora?

— Você não quer uma vitória pessoal? — indagou baixinho o Cardeal. — Não seria útil você conseguir resolver esse caso e obter a paz que deseja? Eu conheço a sua história, srta. Winters. Seu nome é muito sugestivo, não é? Acredito que você possa até merecê-lo. Eu quase sinto que nós dois devíamos ter uma história, como mestre e agente. Ou talvez isso deva ser o futuro.

A boca de Irene estava seca. Ela conhecia as histórias de Dumas sobre *Os três mosqueteiros* tão bem quanto o Cardeal – como a Milady de Winter tinha sido uma das agentes mais eficientes (e erráticas) do Cardeal Richelieu e como terminou morta. Irene não tinha absolutamente nenhuma vontade de se unir ao Cardeal dessa maneira. Não era nem culpa *dela* o fato de ter ficado com o pseudônimo *Winters* – Kai era o culpado por isso, meses atrás, escolhendo codinomes para os dois às pressas.

— Já prestei juramento a outro lugar, senhor — respondeu ela. — E, embora eu realmente queira a paz, sim, é para o bem de todos, e não apenas o meu.

— É mesmo. — O tom do Cardeal implicava que ele não acreditava nela. — As histórias que ouvi sobre você sugerem que você tem motivos muito pessoais para a paz e as alianças.

— A Biblioteca é neutra — disse Irene rapidamente.

— A neutralidade pode envolver alianças com ambos os lados ao mesmo tempo. O equilíbrio é uma coisa maravilhosa, srta. Winters. Cheques e saldos devedores, recompensas e ameaças...

— Meus pais já são reféns dessas negociações. — Mais uma vez, Irene sentiu a sombra do medo roçar nela. Será que eles estavam seguros? O que aconteceria a eles se, que os deuses nos livrem, os dragões se sentissem ofendidos ou a tentativa de tratado fracassasse? — Não preciso de mais estímulos.

— Seus pais? — disse o Cardeal de um jeito pensativo. — Ouvi uma história diferente... — Ele diminuiu a voz de um jeito sugestivo.

— Meus pais de todas as maneiras que importam. — Irene percebeu o tom gélido na própria voz. Ela tinha questões sobre a sua linhagem, e como tinha sido adotada, e por que seus "pais" tinham mentido para ela. Mas esse era *o ponto:* ainda eram seus pais; eles a criaram e a amaram. A genética não era importante. O afeto e a proteção eram as coisas verdadeiramente significativas.

Ele assentiu lentamente.

— Como eu disse mais cedo, acho que é muito importante entender verdadeiramente a si mesma. E já vi que você faz isso. Vamos analisar o assunto por outra perspectiva, então, srta. Winters. Você reconhece que eu tenho um alto investimento pessoal no resultado dessas negociações?

— Eu diria que isso é óbvio, senhor — respondeu Irene com cuidado.

— Então. — Ele se inclinou para a frente. As sombras se aproximaram mais ao redor dos dois. A marca da Biblioteca de Irene doía como uma queimadura nova com o aumento do poder dele. — Pense na minha reação se elas fracassarem. Eu teria sofrido uma perda pessoal, em termos de reputação e recursos. Teria de tomar providências muito claras para corrigir isso. Não vou perder meu tempo ameaçando a destruição física do jeito que meus parceiros potenciais nesse tratado fariam. Serei mais *produtivo.*

Eles agora estavam juntos na escuridão, a mil quilômetros de distância de qualquer outro lugar, da segurança prometida ou da esperança de resgate. A luz do dia do outro lado das vidraças estava muito distante. Irene poderia estar em uma masmorra, esquecida pelo resto do mundo, sem nada ao qual se agarrar exceto a voz do Cardeal e o brilho dos olhos e do anel dele.

Sou sua única esperança de segurança, disse a presença dele num nível mais profundo do que o pensamento consciente. Era mais sutil do que todas as tentativas de dominação de Lorde Guantes e mais irresistível. *Sou o medo do que pode acontecer a você e a promessa de tudo que deseja. Eu puno todos os que me decepcionam, mas protejo os meus.*

— Os Bibliotecários são trunfos valiosos. — A voz dele era tão paciente quanto o tempo em si e tão inexorável quanto.

— Existem alavancas que podem ser puxadas para obrigá-los a fazer alguma coisa. A segurança dos mundos que eles amam. O bem-estar dos amigos. O medo por si mesmos. Prometo a você que vou *colecionar* Bibliotecários, srta. Winters, para aliviar as minhas perdas, se eu fracassar. Sou muito bem informado. Eu os encontrarei, onde quer que eles tentem se esconder. E você será a joia da minha coleção. A primeira entre os meus agentes. Minha protegida. Minha demonstração para todos que se opuserem a mim de que não aceito perdas levianamente.

O ar estava tão denso dentro do quarto que parecia coagular dentro dos pulmões de Irene e ela teve de se esforçar para respirar. A última fagulha de luz queimou no tabuleiro de xadrez entre eles: as peças e os quadrados brancos estavam pálidos como osso e os pretos pareciam escuros como o vácuo.

— Não — disse ela.

— Não?

— O jogo ainda não acabou. — Ela se obrigou a não olhar para o anel, a levantar os olhos e encontrar os dele. — Se o senhor tentar me destruir aqui e agora, vai arruinar a investigação. Isso vai sabotar as negociações de paz. O senhor precisa de mim como eu mesma, não como sua agente ou seu peão. Se os dragões acharem que o senhor me comprometeu, não vão confiar em nada do que eu descobrir. — Sua lógica era uma luz e uma parede contra o fluxo de medo que tecia uma teia no quarto como um ninho de aranha. Ela se agarrou a essa lógica, colocando tijolo sobre tijolo a cada palavra que dizia. — Entendo seu alerta e o aceito. O senhor queria me deixar com medo? Foi bem-sucedido, vossa eminência. Foi absolutamente bem-sucedido. Mas nós dois sabemos que o senhor vai me deixar sair deste quarto incólume.

O Cardeal sorriu. Era paternal, compreensivo, uma bênção contra a crueldade do mundo. Também era a expressão de um homem que sabia que estava no controle da situação, e não perdendo uma batalha, e apreciava a esperteza rápida de Irene.

— Gosto muito de conversar com jovens como você. Isso me dá esperança para o futuro. E, tendo em mente o que acabei de dizer, srta. Winters, entende por que não posso sair por aí alertando a todo mundo sobre a Condessa Sangrenta?

Tudo se encaixou na mente de Irene.

— Porque, se o senhor contar, eles vão supor que é mais uma trama dos feéricos. Mas, se eu descobrir isso de maneira independente e puder provar, os dragões vão acreditar nas minhas descobertas. — Isso dependia de o outro lado ser paranoico e desconfiado... e a lógica era distorcida e evasiva. O que era, refletiu Irene, esperado, vindo do Cardeal.

— Sim.

A escuridão recuou, e o caos e o poder diminuíram no quarto. Mais uma vez, eram dois seres humanos sentados com um tabuleiro de xadrez entre ambos.

Ou, refletiu Irene, duas entidades que pareciam humanas. O Cardeal certamente não era humano. Mas ela era... não era? Até que ponto uma pessoa podia mudar e continuar sendo humana?

Ela se afastou das digressões filosóficas – ou distrações divagantes, dependendo do quanto alguém podia considerar úteis essas linhas de pensamento – e baixou a cabeça.

— Obrigada pelos seus conselhos, vossa eminência. Agradeço pelo seu tempo e pela sua atenção. — *E espero evitá-los pelo resto da vida, se for possível.* — Se me der licença, vou reunir o restante da equipe e os depoimentos das testemunhas e seguir meu caminho.

— É claro. — Ele acenou em direção à porta. — Por favor, me perdoe por não acompanhá-la. Um velho como eu gosta das oportunidades de ficar sentado. E peça a Sterrington para se juntar a mim, se puder fazer essa gentileza.

— Certamente, senhor — disse Irene.

Ela não saiu correndo do quarto, mas se sentiu consciente do alívio avassalador quando fechou a porta ao sair.

Mu Dan segurou o braço dela e Irene se encolheu antes de conseguir se impedir.

— Não faça isso! — exigiu.

Mu Dan não a soltou. Estava com uma pasta executiva na outra mão.

— Estou com os depoimentos — disse ela. — Precisamos sair daqui. Agora.

— Por quê? — Irene entendia que Mu Dan estava descontente na atmosfera com um alto nível de caos, mas ainda havia perguntas que ela precisava fazer às pessoas neste hotel.

— Olha, se você tem de ir, posso ficar um pouco mais...

— Não, *agora* — insistiu Mu Dan. Os dedos dela apertaram o antebraço de Irene com uma força dracônica e ela começou a arrastá-la pelo corredor. — Explico daqui a um instante, mas não podemos nos arriscar a sermos pegas...

— Ah, bem na hora. — A voz na ponta distante do corredor era familiar demais. — Minha ratinha preferida e sua mais nova amiga.

Mu Dan sibilou, irritada.

O homem em pé ali seria uma ilustração perfeita para qualquer revista escandalosa da época. Seu terno elegante era do mesmo tom de cinza do vestido de Sterrington mais cedo, mas de algum jeito sugeria um excesso libertino – uma implicação que Irene sabia que era muito bem justificada. O cabelo pálido estava preso e afastado do rosto em um rabo solto, garantindo que todos os espectadores pudessem apreciar toda sua bela face, e um sorriso excessivamente familiar se demorava nos seus lábios.

— Que sorte eu tê-la encontrado. Mais alguns minutos e eu poderia tê-la perdido totalmente.

— Lorde Silver — disse Irene sem emoção. Ela não acrescentou *Que prazer vê-lo,* apesar de ser a coisa educada a fazer. Na verdade, realmente queria que ele entendesse que não era prazer nenhum. Como o feérico mais poderoso na Londres de Vale, os dois já haviam interagido, e nunca foram interações confortáveis. A reputação merecida de libertino e patife notório também não ajudava. E, embora ele tivesse o título de Embaixador de Liechtenstein, de acordo com Vale, na verdade era o principal espião do país na Inglaterra. — Eu não esperava vê-lo aqui.

— Tenho certeza que não. — Silver deu passos prazerosos em direção a elas, com a cartola balançando na mão. — Mas felizmente vamos nos ver muito no futuro próximo.

— Vamos? — Uma suspeita aterrorizante se solidificou de repente. — Não me diga...

Silver sorriu com doçura.

— Sou o representante dos feéricos na equipe de investigação. Isso *vai* ser interessante, não acha?

CAPÍTULO 10

Irene olhou ao redor da mesa e, por um instante, se deu ao luxo de imaginar que conseguiria escapar da situação atual. Ela era boa em roubar livros. Era boa em *ler* livros. Não era, nem forçando muito a imaginação, *remotamente* qualificada para organizar essa equipe e negociar com diplomacia.

Infelizmente, parecia que todos os outros eram menos qualificados ou interessados do que ela. Vale e Mu Dan estavam analisando as pilhas de depoimentos de testemunhas. Silver estava esparramado na poltrona, bebericando um coquetel. E linhas de demarcação tinham sido visivelmente traçadas sobre a mesa com documentos e copos depositados: este lado para trabalhar, aquele lado para beber. O sol da tarde adentrava inclinado pela janela e fazia os copos cintilarem lindamente.

Irene se resignou à realidade.

— Talvez, agora que estamos todos no mesmo lugar, possamos recapitular nossas descobertas — sugeriu ela. O "mesmo lugar" mencionado era o Le Meurice, o terreno teoricamente neutro e a sede lógica para a equipe de investigação.

— Você primeiro, ratinha — disse Silver com um aceno do copo. O líquido se agitou e quase se derramou. Irene sentiu o cheiro da mistura de conhaque e absinto. — Eu mal molhei os dedos do pé na água até agora.

— Pode começar, Winters — murmurou Vale, mal tirando os olhos dos documentos. — Garanto que estou prestando atenção.

— Suponho que compartilhar algumas informações pode ser útil — concordou Mu Dan. Seu tom sugeria que a palavra importante aí era *algumas* e que, se Silver esperava uma revelação completa, ia ficar esperando até a próxima Era do Gelo.

Que, por causa do clima e da temperatura atuais, podia não estar tão longe. Ao Ji devia estar de mau humor. *Será que ele tinha algum outro humor*, Irene se perguntou, irritada.

Foco, lembrou a si mesma.

— Todo mundo aqui nessa mesa se conhece, certo?

— Dois de vocês eu já conheço — disse Silver de um jeito solícito —, mas a juíza investigadora ali é comparativamente nova para mim. — Ele levantou o copo na direção de Mu Dan. — Estou ansioso para conhecê-la com todos os detalhes interessantes.

— Nossa tarefa atual é mais importante que nossas circunstâncias pessoais — disse Mu Dan de um jeito recatado. — Posso garantir que não tenho o menor interesse na sua libertinagem.

Antes que Silver pudesse responder, Irene deu um soco na mesa.

— Por favor — disse ela, e os dois se viraram para olhá-la. — Podemos, pelo menos por enquanto, concordar que resolver esse assassinato é mais importante que nossos sentimentos pessoais em relação uns aos outros? Não, não é apenas *mais* importante. É a coisa *mais* importante de todas. De outro modo, as negociações pela paz estarão encerradas. — Ela tinha de encontrar um jeito de conseguir alguma cooperação genuína deles. Tentou pensar em canais de persuasão. — Lady Mu Dan, eu sei que você quer encontrar a pessoa que assassinou seu compatriota. Lorde Silver, eu sei, pelo seu passado, que você prefere a guerra à paz. Quanto a mim... a Biblioteca colocou sua reputação em risco aqui e meus pais são reféns pela segurança desse acordo. Tenho *tudo* a perder.

Silver deu de ombros.

— Por mais que eu quisesse conhecer seus pais um dia, minha querida Irene, o bem-estar da Biblioteca não é minha preocupação principal. E, embora eu realmente prefira a guerra à paz, não sou fanático...

— O que o Cardeal vai fazer se você fracassar? — interrompeu Irene. — Para ser mais exata, o que ele vai fazer com *você?*

A boca de Silver se retorceu como se ele tivesse mordido um limão e, por um instante, o copo tremeu na mão dele.

— Bom, aí você pode estar certa.

Irene decidiu não forçar mais. Não precisava humilhá-lo ativamente, por mais que isso pudesse ser divertido e ele fosse fazer isso com ela se as situações fossem invertidas.

— Nossa posição, então: os fatos básicos. Lorde Ren Shun foi assassinado. Uma tentativa de assassinato foi feita contra Sua Majestade Ao Ji. Por fim, alguém tentou nos sequestrar, isto é, Vale, Mu Dan e eu, enquanto estávamos visitando o necrotério.

— Concordo até aí — disse Mu Dan de um jeito pensativo. — Você acha que esses pontos estão conectados?

— Logicamente, pode haver alguma conexão entre o assassinato e o ataque a *nós,* mas será que o ataque a Ao Ji também está ligado a tudo? Ou alguém está sendo oportunista?

— Por que todos vocês estão me olhando? — reclamou Silver.

— Você é a maior autoridade que temos sobre os motivos e as ações dos feéricos — disse Irene bruscamente. — *Se* é que foi um feérico...

Mu Dan inspirou ruidosamente por entre os dentes. Não foi exatamente um sibilar, mas isso servia até um exemplo melhor aparecer.

— Você está sugerindo que *dragões* podem estar por trás disso?

— Parece improvável... — começou Irene.

— É impossível — resmungou Mu Dan. Seu olhar furioso para Silver do outro lado da mesa sugeriu que, embora ela pudesse considerar a possibilidade enquanto estivesse falando sozinha com Irene, certamente não aceitaria isso na frente de um feérico. — E você já disse que Sua Majestade percebeu um cheiro de interferência feérica na mente do assassino. Por que você está levantando questões onde elas não existem?

— Estou considerando todos os possíveis pontos de vista, para podermos dizer que os consideramos — respondeu Irene. — Se pudermos dizer definitivamente que nenhum dragão poderia estar envolvido, ótimo, maravilhoso, fantástico! Depois podemos assinar, colocar uma fita e entregar e, só para deixar claro, não tenho nenhum problema com isso. Mas teremos pessoas das três facções vasculhando nossas descobertas como se... — Ela caçou um exemplo. — Como se nossas vidas estivessem em risco. E talvez estejam. E estou jogando os Bibliotecários no grande pote de suspeitas, só para esclarecer. De qualquer modo, vamos tentar descobrir como e por que eles podem ter tentado assassinar Ao Ji. Talvez fosse apenas um assassinato falso para fazê-lo confiar em mim, por que eles sabiam que eu ia tentar impedir? Já pensou nisso?

— Já — respondeu Mu Dan.

— Ah.

— Mas, depois de a conhecer, não consigo imaginar você se envolvendo conscientemente numa operação como aquela — acrescentou Mu Dan. Ela deve ter achado que sua fala era tranquilizadora.

Irene, que tinha alguma certeza de que poderia estar conscientemente envolvida numa operação como aquela, sem nenhum medo, apenas assentiu.

— Está bem, então. Admito que, já que Sua Majestade detectou influência feérica no anarquista, houve um feérico envolvido em algum ponto. No entanto, isso não exclui a possibilidade de *outra pessoa*, seja ela dragão ou Bibliotecário, cooperar com esse feérico. Se bem que, se todos estão cooperando tão bem para atrapalhar as negociações pela paz, não sei por que eles não podem simplesmente concordar em continuar e assinar o tratado de uma vez... — Ela percebeu que estava desviando do assunto. — E agora vamos entrar em áreas mais específicas, que são de alto nível de segurança. Me deem licença por um instante.

— Ela mudou para a Linguagem. — **Todos os equipamentos eletrônicos ou mágicos que estão escutando ou dispositivos de transmissão ao alcance da minha voz, explodam.**

Nada aconteceu.

Vale franziu a testa.

— Você acha que isso foi estritamente necessário, Winters? Entendo que este mundo ainda não inventou nada que seja capaz dessas realizações. E a magia não funciona aqui. Ou pelo menos foi o que me disseram.

— Não há nada que impeça alguém de trazer um dispositivo de outro mundo onde ele *já* foi inventado — disse Irene. Ela teve um encontro desagradável com uma arma de choque alguns meses antes, numa situação em que não tinha o menor motivo para esperar isso. — E, quanto à magia, é melhor prevenir do que remediar.

Silver se inclinou para a frente, os olhos semicerrados.

— O fato de você estar chegando a esses extremos é muito interessante, minha ratinha. Sugere que tem alguma coisa muito suculenta para compartilhar conosco.

— Várias coisas, até agora — disse Irene. — Além de qualquer outra coisa que qualquer outra pessoa nesta mesa queira mencionar. Vou começar com o lado feérico. Lorde Silver, já ouviu falar de uma pessoa conhecida como Condessa Sangrenta?

Silver ficou totalmente imóvel. Era como observar um felino – um especialmente elegante, claro – congelar no meio de um passo, ao mesmo tempo em que considera uma nova variável que entrou na situação e cogita se deve fugir, ignorar ou virar a mesa.

— Se eu disser que sim — arriscou ele —, estarei me incriminando de algum jeito?

— Cooperação — disse Irene, cansada. — Por favor.

— Já ouvi *falar* dela. — A ênfase de Silver foi muito nítida. — Não tenho absolutamente nenhuma vontade de chegar perto dessa senhora. As diversões dela são muito mais drásticas do que as minhas. Ela é esbanjadora. Perigosa. E, antes que a juíza investigadora possa perguntar, sim, ela é mais poderosa do que eu.

— Isso é algum tipo de referência à Condessa Elizabeth Báthory? — perguntou Vale. — Ou Erzsébet ou qualquer que seja a pronúncia correta? Achei que tinha sido estabelecido que a maioria dos depoimentos no julgamento dela eram suspeitos e que, embora seu caráter pessoal fosse abaixo do ideal...

Silver estava balançando a cabeça.

— Detetive, aprecio seu zelo pela precisão, mas a senhora em questão é mais do que apenas fatos. Ela é uma história. O feérico que adotou o arquétipo dela já usou todas as piores variantes possíveis dessa história. Sim, antes de você me interromper, estou falando de todas ao mesmo tempo, embora isso envolva algumas inconsistências lógicas. E ela é *real*. Gosta de situações de guerra e desordem porque isso lhe dá mais oportunidades para se entregar aos seus gostos.

— Como vocês todos — observou Mu Dan.

— Não. Na verdade, não. Posso destacar as circunstâncias atuais dos mundos para vocês? Estamos todos em guerra uns contra os outros? As esferas estão em constante estado de batalha e destruição? — Silver fez uma pausa. — Bem, talvez um pouco. Essas coisas realmente acontecem. Mas temos a mesma quantidade de pessoas que preferem um ambiente pacífico. O Cardeal gosta disso porque assim consegue colocar a mão em mais jogos. A Princesa gosta disso porque é da natureza dela ser doce, delicada, gentil, virtuosa, nobre, amante da paz... — Ele interrompeu a lista de adjetivos com certo esforço. — Me perdoem. Ainda estou sofrendo pela entrevista com ela de hoje de manhã. E eu gosto disso porque assim posso curtir a vida. Admito que minhas diversões às vezes podem ser *um pouco* questionáveis, mas pelo menos não faço virgens sangrarem até a morte para encher minha banheira.

— Faz sentido — disse Irene com pressa. As declarações do Cardeal mais cedo pareciam ter sido confirmadas. — Então, se nos dissessem que a Condessa Sangrenta está aqui e está interferindo com as negociações, qual seria sua reação?

— Sair da cidade — disse Silver sem hesitar.

Mu Dan engoliu alguma coisa que podia ter sido uma risadinha.

Irene desejou ter uma bebida. Podia ajudar.

— Quero dizer, você acha que essa ideia é plausível?

— Ah. Você devia ser mais precisa, minha ratinha. — Silver parecia estar recuperando seu equilíbrio. — Esse é um jeito interessante de colocar as coisas. Eu diria que se ela *soubesse* que

160

as negociações estavam acontecendo, é totalmente plausível que tentasse interferir. Quem falou dela para você, para começar?

— O Cardeal — respondeu Irene.

— Mas ele não contou a mais ninguém — disse Mu Dan, pensativa.

— A posição dele foi que, se contasse a todo mundo, ninguém acreditaria, e as pessoas simplesmente iriam supor que ele só estava tentando atribuir o assassinato a um conhecido bicho-papão — explicou Irene. — Ele queria que eu encontrasse provas de que ela estava aqui para poder convencer a todos. E, sim, estou ciente de que isso não significa que ele estava dizendo a verdade.

— Você não poderia fazê-lo jurar falar a verdade? — sugeriu Vale.

Silver deixou o copo de lado.

— Detetive, isso pode funcionar em alguém com o *meu* nível de poder. Mas barganhas precisam ter o mesmo valor.

— E isso significa o quê, exatamente?

— Que, se você quiser que alguém do nível de poder do Cardeal prometa dizer a verdade, é bom ter alguma coisa de igual valor para oferecer em troca. Eu realmente preciso entrar em detalhes?

A centelha de expressão que passou pelo rosto de Vale sugeriu que várias possibilidades tinham vindo à sua mente, e nenhuma delas era boa.

— Aprecio o alerta — disse ele. — Então, pensando de modo geral, não temos como ter certeza de que ele ou a Princesa está dizendo a verdade.

— Bem, a Princesa costuma ser sincera — disse Silver, pensativo. — Ela pode mentir, mas seria apenas sob circunstâncias muito específicas. Proteger uma pessoa amada, por exemplo.

— Então, se a Condessa Sangrenta estivesse aqui em Paris — disse Irene, tentando arrastar a conversa de volta para o tópico original —, onde deveríamos procurar por ela?

Silver deu de ombros.

— Algum esconderijo onde pudesse comandar seus lacaios a levarem vítimas para ela. Eu mal tive a chance de explorar esta Paris, até agora.

— Mas, se *foram* os homens dela que tentaram assassinar Sua Majestade — começou Mu Dan, depois levantou a mão para impedir que Irene a interrompesse. — E, sim, eu sei que isso é uma suposição, mas pelo menos é possível. Nesse caso, sabemos que há um teatro envolvido, pelo que o assassino deixou escapar.

— Isso é alguma coisa — concordou Silver, contrariado. — Supondo que *esteja* conectado. Mas há alguns milhares de teatros em Paris, contando os que parecem *cubículos,* claro. Esses são muito pequenos e envolvem principalmente o retrato estético de uma atriz no palco no processo de tirar as roupas. Surpreendida no banho, tentando escalar um muro, atacada por uma mosca, talvez vocês saibam o tipo de coisa...

Mu Dan e Irene se entreolharam.

— Provavelmente não é um *desses* — disse Irene com firmeza.

— Agora, se estivéssemos nos meus lugares de sempre, no mundo do detetive, eu poderia simplesmente procurá-los na minha agenda — disse Silver, cheio de melancolia. — Mas, aqui, não sei necessariamente onde ficam e se são interessantes.

— É um caminho de investigação — disse Irene. — E, além do mais, temos outra pista. Uma que ainda não é de conhecimento público.

Mu Dan pegou o papel que tinha sido achado no bolso de Ren Shun e Irene fez a tradução, se virando para Vale em seguida.

162

— Mu Dan disse que você tinha uma ideia sobre a referência ao Inferno no bilhete?

— De fato. — Vale esticou os dedos. — Você já ouviu falar do *Cabaret de l'Enfer*, Winters? Tenho certeza de que Silver já.

— O nome não me faz pensar em nada — admitiu Irene. Ela traduziu mentalmente do francês para o inglês: *Cabaret de l'Enfer*, o Cabaré do Inferno. — É bem conhecido?

— É famoso — disse Silver. — E, sim, tenho certeza de que existe neste mundo. Fica em Montmartre, no Pigalle, o mesmo bairro do Moulin Rouge. Um lugar maravilhoso. O porteiro se veste de Mefistófeles, os garçons todos se vestem de diabos, alguns truques mágicos e ilusionismos para entreter os clientes e, é claro, as bebidas são esplêndidas. Sim, se tivermos de fazer turismo pelos pontos noturnos de Paris, eu certamente o recomendaria. — Mas ele estava franzindo a testa, como se alguma coisa mais estivesse importunando sua lembrança, e deu um olhar de esguelha para Irene. Ela o ignorou com a facilidade da prática.

— Mas o que são os números? — perguntou Mu Dan. — Uma data e uma hora? Um sinal de reconhecimento ou algum tipo de código?

— Os números são trinta e nove, dois, dezessete — disse Irene. — Eles não se encaixam em uma data ou hora. Suponho que poderia ser um sinal de reconhecimento com pergunta e resposta, mas, se for, não tem como a gente saber a quem ele deve ser entregue. A menos que se refira a uma mesa no *Cabaret de l'Enfer?*

— Improvável — disse Silver. — Acho que o lugar não comporta trinta e nove mesas e certamente não comporta trinta e nove lugares em uma das mesas. Pode ser que a gente precise mandar uma isca e ver quem testa o sinal.

— Sua disposição para ser voluntário foi notada — disse Irene secamente. — Mas, mesmo assim, é uma pista.

— Existem outros caminhos — interrompeu Vale, se virando para Mu Dan. — Por exemplo, ainda precisamos considerar o próprio Ren Shun. Que tipo de pessoa ele era? Será que alguém tinha rancor dele?

Mu Dan bateu com uma unha na mesa enquanto pensava, escolhendo as palavras cuidadosamente.

— Ele era uma daquelas pessoas de quem quase todo mundo gostava — disse ela finalmente — e tinha de ser assim. É sempre difícil lidar com monarcas, por isso muitas vezes é necessário que os primeiros-ministros e seus serviçais mais próximos sejam mais, digamos, acessíveis. Bem, não estou dizendo que lorde Ren Shun era o melhor amigo de todo mundo, mas era fácil de lidar. Não tentava abusar da sua posição. Mas também não tentava fingir que todo mundo recebia seus favores ou estava no mesmo nível que ele. Vocês devem conhecer pessoas assim: aquelas que alegam que não há nenhuma necessidade de mudança social, porque naturalmente todo mundo sobe até sua posição *adequada* e os que ficam presos na base devem *merecer* estar ali.

— Sua majestade Ao Ji me pareceu esse tipo de pessoa, para ser sincera — disse Irene com cuidado.

Mu Dan deu de ombros, um nítido movimento de insatisfação.

— A realeza normalmente é assim. Por que eles deveriam fazer objeções a um sistema que lhes dá tantas vantagens?

Silver abriu a boca para dizer alguma coisa, depois mudou visivelmente de ideia e bebericou seu drinque.

— Ele parece ter um incomum espírito de generosidade... — começou Vale.

— Para um dragão? — interrompeu Mu Dan de um jeito agressivo.

— Para um aristocrata, eu ia dizer. — Vale se encostou na cadeira. — Isso criou algum inimigo para ele?

— Ah. — Mu Dan hesitou, e desta vez olhou para Irene.

— Não um *inimigo* em si, mas tem uma pessoa com quem ele não se dava muito bem.

— Alguém que eu conheço? — perguntou Irene.

— Lorde Li Ming, a serviço de Sua Majestade Ao Shun.

Irene piscou.

— Li Ming? Sério?

— Você parece surpresa — observou Mu Dan. — Por quê?

— Li Ming sempre me pareceu... bem, eu não diria *legal,* mas certamente racional, educado e prático, não um tipo que guardasse um ressentimento com tanta paixão a ponto de cometer um assassinato... — *Embora ele seja muito, muito bom em garantir que os desejos de Ao Shun sejam realizados,* lembrou Irene.

— Não consigo ver por que ele não se daria bem com outro dragão que você descreveu como acessível, generoso e prestativo.

— Assuntos de família — disse Mu Dan brevemente.

Irene procurou um jeito de abordar isso com tato, mas desistiu.

— Me perdoe, mas esse é um daqueles casos que seria inadequado você dizer mais do que isso ou é só que você não *sabe* mais do que isso?

Por um instante, Mu Dan ficou em silêncio. Irene se perguntou se a dragoa estava fazendo o tipo de cálculo que ela mesma tinha feito mais cedo, sobre até exatamente qual ponto podia confiar nos colegas investigadores e o que deveria contar a eles. Por fim, Mu Dan disse:

— Ouvi alguma coisa sobre um desentendimento público quando os dois se encontraram pela última vez. Mas acho que pode ter alguma coisa além disso. *Acho,* não *sei,* e seria uma péssima ideia algum de nós fazer sugestões sem embasamento sobre isso em público.

Irene fez uma anotação mental para verificar as fontes da Biblioteca e o olhar abstrato de Silver sugeriu pensamentos semelhantes.

— Isso é razoável — disse ela.

— E, já que estamos examinando todos os lados, o que você acha da referência à Biblioteca naquele bilhete? — disse Mu Dan de um jeito agradável. — Ou da referência aos *Mitos de Heródoto*?

— Não sei — admitiu Irene. — Preciso fazer algumas perguntas sobre a existência desse livro. Eu te disse logo no início. Não estou tentando *esconder* isso. — *Bem, não muito,* pensou ela. *E, se ele estiver por aí e for único, eu prefiro ler antes de entregá-lo a outra pessoa.* — Mas eu gostaria que mantivéssemos alguns detalhes da nossa investigação entre nós até sabermos um pouco mais.

— Guardando segredos, srta. Winters? — Silver tinha trocado o *ratinha* depreciativo de sempre pelo sobrenome de Irene. Isso significava que ele estava falando sério. — Entendo muito bem. Mas estou surpreso de você estar pedindo publicamente para concordarmos com isso.

— Estou tentando evitar dar início ao pânico — disse Irene. — Ou possivelmente dar início a uma fuga. Até estarmos prontos para isso. Se a Condessa Sangrenta *estiver* por trás do que está acontecendo, por exemplo, como ela vai reagir se descobrir que sabemos sobre ela?

— Você está sugerindo que alguém das delegações é um traidor — disse Mu Dan de um jeito pensativo. — E pode ser de qualquer delegação.

— Existem muitas maneiras de comprometer uma pessoa — disse Irene. — Chantagem. Ameaças a alguém que a pessoa ama. — Ela sabia um pouco demais sobre *essa* opção.

— Subornar serviçais, vasculhar a lata de lixo, alegar que

você é um agente secreto de hierarquia mais alta do lado deles; alguém poderia até ter sido convencido a trazer dispositivos eletrônicos. Embora eu admita que parece inadequado para alguém que está interpretando o papel de uma condessa medieval sádica. Contar à Sua Majestade Ao Ji ou ao Cardeal ou ao meu superior direto é uma coisa. Mas espalhar essas outras informações... Vocês entendem o que quero dizer?

— Eu *gosto* de você quando está assim — comentou Silver. Seu sorriso preguiçoso sugeria outros gostos e Irene enrijeceu os ombros para resistir às fantasias que acompanhavam a fala. Só porque o arquétipo dele de sedutor libertino geralmente não era violento, isso não significava que ele não era perigoso. — Aguçada, inteligente, estimulante...

Irene reprimiu a vontade de arrancar o copo da mão dele e sacudi-lo.

— Foco, por favor, Lorde Silver. Não temos o dia todo para desfrutar da companhia uns dos outros.

— Ah, eu concordo. — Ele a analisou sob as pálpebras baixas. — Faz todo sentido. E eu nunca gostei de compartilhar segredos, de qualquer maneira. Bem, qual é o próximo item de interesse que espreita nos seus lábios?

— Isso é mais uma hipótese do que um fato definitivo — disse Irene com cuidado, meio que de olho em Mu Dan. Se houvesse a possibilidade de alguém na mesa saber alguma coisa sobre a questão que ia levantar, ou de se irritar com ela, seria Mu Dan. — Eu sei que houve outro assassinato recente de dragão. Ministro Zhao, a serviço de Ya Yu, a Rainha das Terras do Sul.

Vale enrijeceu.

— Não foi o que desencadeou sua última missão? — perguntou ele. — Strongrock mencionou isso.

— Desencadeou, sim, como se acendesse um rastro de pólvora — concordou Irene. — Estou me perguntando até que ponto isso pode ser relevante.

Silver deu de ombros.

— O nome não significa nada para mim. Como deveria ser relevante?

— Estou teorizando. Admito que não sei nada sobre o assassinato do Ministro Zhao, além do fato de que aconteceu. Mas dois assassinatos num período tão curto? Coincidência ou podem estar interligados? Ya Yu tem interesse nesse tratado de paz. Mei Feng está aqui e acho que ela é a serviçal mais confiável da Rainha. — Irene pensou no sincronismo da sua última missão, resgatando outro Bibliotecário que tinha sido arrastado para um concurso de poder nas cortes dos dragões. — E Ya Yu estava muito ansiosa para ocupar o cargo do Ministro Zhao assassinado *antes* dessa conferência pela paz. É possível que a morte do ministro também fosse uma tentativa de alguém sabotar a conferência antes mesmo de ela acontecer?

Houve silêncio ao redor da mesa. Mu Dan acabou falando.

— Irene, não estou dizendo que você está errada. Acho essa linha lógica muito interessante e pode até haver motivos para acreditar nela. Mas as evidências sobre a morte do Ministro Zhao devem estar seladas. É muito improvável que a gente consiga obtê-las só pedindo.

— Mei Feng está no Ritz — disse Irene de um jeito pensativo. — Tenho certeza de que ela pode nos dar qualquer informação de que precisarmos.

— Se é que ela tem alguma — observou Vale. — As investigações devem ter sido exaustivas. Se eles tivessem um suspeito ou alguma prova, já não teriam agido baseados nisso?

— Mas e se eles quisessem evitar uma briga direta com os feéricos? — sugeriu Silver. — Vamos teorizar. Não, vamos *adivinhar* que eles descobriram que alguém da minha espécie cometeu o assassinato. Mas, nesse caso, essa declaração despertaria a opinião pública e inflamaria as hostilidades. Seria ainda mais difícil negociar a paz nessas circunstâncias. Sua Majestade pode ter evitado isso abafando a coisa toda.

— Possivelmente. — admitiu Mu Dan. — Deixe que *eu* fale com Mei Feng. Posso apresentar nossas ideias sobre o assunto. Ela vai poder nos dizer se nossa linha é válida ou se o assunto já foi resolvido e mantido em silêncio.

— Se a Condessa também estivesse lá, ela dificilmente seria sutil sobre o assunto — observou Silver.

Mu Dan assentiu.

— Vou cuidar disso.

Silver terminou seu copo.

— Já que você vai me dar ordens, minha ratinha, o que quer que eu faça?

— Acho que, entre nós, você é quem conhece Paris melhor — disse Irene, depois de pensar por um instante. Ela olhou para Vale e Mu Dan, e ambos assentiram. — Se conseguir encontrar algum rastro da Condessa Sangrenta na cidade ou alguma informação sobre esse "teatro" que foi mencionado, isso seria extremamente útil.

— Posso tentar — disse Silver. Ele deixou o copo de lado e se levantou. — Imagino que vamos nos encontrar de novo hoje à noite.

— Você não vai estar ocupado? — perguntou Vale, insolente.

— Você não soube? — Silver ergueu uma sobrancelha, apreciando o momento. — Todos nós vamos ao jantar de hoje à noite. Isso *vai* ser interessante.

Ele se arrastou até a porta, parando ao lado da cadeira de Irene para se inclinar e roçar um beijo na bochecha dela, enquanto ela corava e tentava se afastar.

Não foi bem a distração que normalmente seria. O calor usual da presença dele tinha diminuído, talvez deliberadamente, e ele murmurou no ouvido dela:

— Conversamos depois. Em particular. Você sabe por quê.

Ela nem teve tempo de engolir em seco ou exigir uma resposta antes de ele sair.

— Não entendo por que *ele* é o representante dos feéricos nessa investigação — disse Mu Dan, fungando. — Alguém mais acadêmico ou experiente teria sido muito mais útil.

Irene se recompôs. Muito deliberadamente, não esfregou o ponto do rosto onde os lábios de Silver tinham roçado na sua pele.

— Talvez por ele conhecer Paris? — sugeriu. Mas a pergunta de Mu Dan a incomodou. Devia haver feéricos cujos arquétipos tendessem à investigação. Por que um *deles* não tinha sido chamado?

— Pelo menos ele é uma figurinha carimbada. — Vale empilhou os documentos. — Winters, preciso vasculhar os aposentos de Ren Shun e interrogar alguns funcionários do hotel. Mu Dan tem a própria linha de investigação. Podemos nos encontrar hoje à noite e comparar as anotações, se nenhuma crise interferir.

Mu Dan assentiu.

— Espero que haja tempo para discutirmos nossas descobertas antes desse jantar obrigatório. O que você vai fazer, Irene?

— Repassar os depoimentos — respondeu ela — e fazer minhas perguntas por aqui, agora que posso passar mais do que cinco minutos com meus superiores. Vou descobrir o que significa aquela referência a Heródoto e se Beta-001 é uma designação de mundo. Se tivermos de ir a esse jantar à noite, eu certamente estarei bem ocupada até lá.

Ela guardou um pensamento nostálgico pelo que Kai estava fazendo – e esperava não tê-lo jogado em um ninho de víboras.

CAPÍTULO 11

A batida na porta fez Irene tirar os olhos dos papéis.
— Pode entrar! — gritou, esperançosa. Ela *quase* desejava outro assassinato para fugir de relacionar depoimentos.

Prutkov entrou e fechou a porta silenciosamente. Com um suspiro de alívio, ele se sentou em frente a Irene.

— Tenho certeza de que você estava querendo dar uma palavra comigo — disse ele.

— Sim — respondeu Irene. Ela não viu nenhuma necessidade de rodear o assunto. — Muito. Mas me falaram que Coppelia e Kostchei estavam em reuniões, e eu não sabia a quem mais poderia me reportar.

— Isso é fácil — disse Prutkov. Ele se recostou na cadeira de um jeito confortável. — Meus deuses, como é bom não estar assando nem congelando. Eu admiro nossos anciões, mas eles têm reumatismo, e eu não. E você pode se reportar a mim.

— Você lembra que eu só o conheci hoje, certo? — disse Irene.

— Na presença de Coppelia e Kostchei, e ambos me trataram como um Bibliotecário e um subalterno honesto e confiável — disse Prutkov. Ele não perdeu o sorriso.

Irene se recostou e o analisou. Poderia ter qualquer idade entre quarenta e uns sessenta anos bem conservados, embora isso não dissesse absolutamente nada sobre a idade real dele. Ninguém envelhecia na Biblioteca. Anos podiam se passar. Séculos. Ele tinha um ar confortável de experiência, como um tio muito viajado, mas a roupa era insípida, por isso não dava nenhuma pista sobre sua personalidade. Seu único traço de individualidade estava nos acessórios: as abotoaduras e o clipe de gravata pesados de vidro opalescente da Tiffany. Não eram caros o suficiente para denotar ostentação, mas certamente eram uma escolha pessoal. Ela não tinha como identificar as motivações dele – mas, como ele disse, estava lá mais cedo com os superiores dela e claramente trabalhando com eles. *Por que* Irene deveria suspeitar?

— Entendido — disse ela. — Por favor, não se ofenda. Parece que estou encontrando vários Bibliotecários que nunca tinha conhecido antes. Não devia ser tão esquisito, já que existem centenas de nós; de jeito nenhum poderíamos conhecer todos os nossos irmãos e irmãs. Mas... — Ela deu de ombros. — Ainda parece um pouco estranho. Como se houvesse correntes políticas nos bastidores, que eu nunca vi entre *nós*.

Prutkov deu de ombros como ela.

— Confie, mas verifique. É um princípio sensato para a vida. Pelo menos você não me pediu para tirar a camisa a fim de ver minha marca da Biblioteca.

— Como você disse, Coppelia e Kostchei provaram que você é um de nós.

— Ah, sim. Só mais um dos órfãos da Biblioteca.

Havia *significado* suficiente no tom dele para Irene não perder a referência. Ela só tinha descoberto recentemente que era adotada e que os dois Bibliotecários que acreditava serem seus pais... não eram. Ainda estava tentando aceitar isso. Mesmo que outros Bibliotecários tivessem pais fora da Biblioteca e os tivessem deixado para trás anos antes, pelo menos eles sabiam quem os seus pais *eram*.

— Você está bem informado — observou ela.

— Fui o pupilo de destaque de Melusine.

— Foi? — perguntou Irene, percebendo o verbo no passado.

— Ela sugeriu que eu encontrasse outro caminho para a carreira. Achou que eu era furtivo demais. E, vamos ser sinceros, havia uma ausência de progressão ali. Melusine está no topo de sua pequena pirâmide pessoal de poder e não tem a menor intenção de sair do lugar.

Irene entendia isso. Melusine, a chefe de segurança da Biblioteca e que andava de cadeira de rodas, dificilmente abriria mão de sua posição. O que preocupava Irene era o fato de Melusine se referir a *outra pessoa* como furtiva demais. Era um caso sério de sujo falando do mal lavado. E, se fosse verdade, Irene precisava tomar cuidado com o que Prutkov dizia – ou, melhor, com o que ele *não* dizia.

— Então você está cuidando da segurança nessa missão específica? — perguntou ela.

— Exatamente. — Prutkov pareceu satisfeito por ela juntar os pontos tão rápido. — Kostchei e Coppelia estão no comando, é claro — havia alguma coisa um pouco enfática demais nesse *é claro?* —, mas estou supervisionando os detalhes e as partes práticas. Este mundo permite a tecnologia, o que abre certas linhas interessantes, e estamos tirando vantagem disso. Embora, *é claro,* não estejamos colocando grampos de escuta em nenhuma reunião. — Ele colocou um certo grau de esforço em *é claro,* insinuando o oposto absoluto. — Sendo assim, se tiver alguma pergunta, ficarei feliz em ajudar.

— Obrigada. Mas não sei se é mais urgente eu contar o que descobrimos ou fazer *muitas* perguntas a você.

Prutkov secou a testa de um jeito teatral.

— Você me convenceu de que *é* a pessoa certa para essa missão, Irene. A maioria dos Bibliotecários teria ido direto para a segunda opção, sem sequer considerar a primeira.

— Vamos começar pelo início, então — disse Irene, sentindo um brilho de prazer. Era legal ter o bom senso dela *apreciado,* não apenas como fato consumado. — Foi isso que descobri até agora...

Meia hora depois, Irene se recostou na cadeira e terminou a xícara de café. Tinha esfriado. Prutkov a interrogou minuciosamente e provocou novas perguntas na mente dela.

— Percebo que o fato de termos nos separado não foi necessariamente a opção mais segura — disse ela. — Mas parecia a mais eficiente, e todo mundo sabe que precisa ter cuidado agora.

— Além do mais, se vocês todos se separarem, isso pode atrair mais sequestradores, o que seria uma fonte de informações muito útil — concordou Prutkov. — Eu aprovo. Bom trabalho. Sua vez de perguntar, acho. Depois podemos decidir o que fazer a seguir.

— Uma coisa que me preocupa especificamente é a referência a B-001 — disse Irene. — Aquele pedaço de papel no bolso de Ren Shun claramente era uma designação da Biblioteca...

Prutkov franziu a testa.

— Acho que você está certa na sua suposição anterior. É uma tentativa sofisticada de nos incriminar. Alguns dragões e feéricos sabem do nosso sistema de classificação de mundos. Seria mais fácil imaginar que um número baixo parece importante. Talvez seja uma pena que você tenha contado aos outros, mas pelo menos mostra nossas intenções honestas. Vou passar essa referência e o título para alguns dos nossos pesquisadores da Biblioteca e eles tentarão encontrar alguma coisa relevante. Se vale de alguma coisa, já ouvi falar de um livro de Heródoto com esse nome. Era uma coleção de mitos e fábulas. Mas só aparece em poucos mundos e é extremamente raro. Pode compartilhar isso com a sua equipe, se achar que ajuda. Mas acho que não é significativo o suficiente para subornar um Bibliotecário. Nem se houvesse um pior cenário possível e tivéssemos um Bibliotecário cujo desejo específico fosse Heródoto.

Irene fez que sim com a cabeça, mais calma, apesar de ainda estar um pouco atormentada pela ideia de colocar as mãos em um livro quase exclusivo. *Apenas um impulso humano normal,* tentou garantir a si mesma. *A pessoa nem precisa ser Bibliotecária para se sentir assim...*

Ela se recompôs.

— Está bem, então. Coisas práticas. Quantos Bibliotecários estão atualmente em Paris, com que tipo de reforço posso contar se eu precisar agir? Temos reservas que podemos trazer por meio da Biblioteca?

A expressão de Prutkov de aprovação satisfeita murchou e secou no rosto, como um vídeo em câmera lenta de uma flor perdendo a cor e o frescor.

— Bom, você não acha que essa é uma abordagem mais *agressiva* do que realmente precisamos considerar? Deveria liderar uma equipe de investigação, não um tipo de... — Ele procurou as palavras mais adequadas. — Um tipo de *força de ataque.*

— Se uma feérica extremamente agressiva e belicosa e com o hábito de torturar e assassinar tiver se instalado em Paris, vamos precisar de uma força de ataque — observou Irene. — Especialmente se ela for proativa em relação a isso.

— *Bem mais proativa do que estamos sendo,* ela não conseguiu evitar o sentimento. — Não podemos nos arriscar a ter mais nenhum diplomata assassinado. E eu também não gostaria de ser assassinada ou sequestrada.

— Acho que não estamos olhando para o quadro geral — disse Prutkov de um jeito pensativo. — Certamente, o que você está descrevendo seria lastimável, mas, pelo lado positivo, definitivamente colocaria a culpa onde ela merece ser colocada. E você não acha que um esforço conjunto dos dois lados seria mais temático aqui do que um triunfo da Biblioteca? Mais simbólico do que o que estamos tentando realizar?

— Em comparação com o risco de mais assassinatos e de um dos lados sair das negociações? — Irene fez uma pergunta retórica. — Não. Quero dizer, concordo que uma força-tarefa conjunta para eliminar uma feérica belicosa interferente, supondo que ela *exista*, e isso tudo não seja uma pista falsa, seria esplendidamente simbólico. Mas não estou convencida de que deixar a equipe de investigação seguir com isso é um risco justificável. Sem falar na possibilidade de que alguém em um dos lados esteja alimentando a Condessa ou algum outro suspeito com informações. Pode haver outra pessoa por aí ligada a esse assassinato, no fim das contas. Pode haver *qualquer número* de partes suspeitas por aí. Mas se ela for culpada e souber que foi descoberta provavelmente vai fugir. Ou armar uma emboscada. Nenhuma das duas opções seria boa. Acho que seria melhor se pudéssemos trazer nosso pessoal, tantos quantos forem necessários, para investigar minuciosamente e depois apresentar o resultado como fato consumado.

— O que você diz é muito válido, mas o julgamento final não cabe a você. — Prutkov sorriu de um jeito reconfortante. — Não se preocupe. A situação está sob uma análise do alto escalão e posso dizer que a Condessa Sangrenta é exatamente o tipo de suspeita que esperávamos que você descobrisse. Eu sabia que era uma decisão certa trazer você para o caso.

Irene sentiu – não pela primeira vez na carreira – a sensação estonteante do solo firme desabando atrás dela e deixando-a de costas para um precipício.

— Quanta autonomia eu tenho? — ela quis saber.

— Você obedece à Biblioteca, não é? O que significa que você está sob o meu comando. A menos que queira que eu vá pegar isso por escrito com Kostchei ou Coppelia. Isso pode levar um pouco mais de tempo, mas garanto que as ordens serão as mesmas.

— Não estou tentando questionar sua autoridade — disse Irene com firmeza. Era verdade. Se, ou quando, chegasse o momento em que ela tivesse de questionar a autoridade dele, não seria um caso de *tentar*. — Peço desculpas se dei essa impressão. Mas estou preocupada com as consequências se isso tudo azedar.

— Você está com medo de a deixarem levar a culpa?

— Tenho muitas outras coisas para temer, antes mesmo de chegarmos a esse ponto. Meus pais, por exemplo. — Ela viu a expressão de Prutkov mudar e levantou a mão para interrompê-lo. — Sim, eu *sei* que sou adotada, mas isso não muda como me sinto em relação a eles. E os outros Bibliotecários que são reféns? Ou o risco maior para a Biblioteca? E para este mundo?

Prutkov se inclinou para a frente e diminuiu a voz até se tornar um murmúrio.

— Irene, você ficaria surpresa se soubesse que temos planos para tirar os reféns do perigo, se as coisas derem errado? Assim como você, não queremos perder nossos Bibliotecários.

Um peso que ela não tinha conseguido expressar totalmente pareceu sair do coração de Irene. Ela se sentiu caindo para a frente de tanto alívio.

— Essa é uma ótima notícia — sussurrou.

— Não conte a ninguém — alertou Prutkov. — Nem toque no assunto com outros Bibliotecários. Parte do motivo para os dragões e os feéricos estarem trabalhando conosco é que nos dispusemos a ceder reféns. Se eles achassem que era apenas um gesto vazio da nossa parte... — Sua careta deixou claro como a vida deles ia valer pouco.

Irene assentiu.

— Entendi. Vou ficar de boca calada. Além do mais, mesmo que vocês tenham armado isso, não é como se eles estivessem *seguros.*

— Não — concordou Prutkov. — Você está certíssima. — Ele hesitou, depois pareceu tomar uma decisão. — E merece saber por que não posso simplesmente pedir reforços. Você tem alguma ideia da quantidade atual de Bibliotecários ativos no campo?

— Não — admitiu Irene. — Eu poderia supor que existem alguns milhares.

A certeza escapou dela quando Prutkov balançou a cabeça lentamente.

— Pelo menos mil? — ela chutou.

— Provavelmente existem quinhentos Bibliotecários atualmente ativos em campo e capazes de lidar com situações perigosas ou violentas — disse Prutkov. — E, desses Bibliotecários, talvez uns duzentos tenham conexões com os dragões ou os feéricos que poderiam comprometê-los. Não estou dizendo que não são confiáveis, mas sim que não podemos confiar a eles informações sobre a conferência pela paz. A *única* maneira pela qual conseguimos fazer isso funcionar foi restringir as informações sobre o assunto a um mínimo absoluto. Mesmo entre o nosso pessoal. Os dragões e os feéricos estão fazendo o mesmo; é por isso que há tão poucos deles aqui. Não posso simplesmente estalar os dedos e conseguir uma dezena de Bibliotecários competentes para lhe dar apoio. Aqueles que são realmente bons no seu trabalho, como você, estarão no meio dos próprios projetos de alto risco. Levaria dias para se desligarem e chegarem aqui.

— Não pode haver tão poucos de nós — comentou Irene, horrorizada. — Quando estive na Biblioteca recentemente, vi muita gente...

— Estudantes — disse Prutkov. — Ou anciões aposentados. Ou pessoas que sofreram lesões, como Melusine, sérias o suficiente para impedi-las de trabalhar no campo. Não me entenda mal, não quero criticar a capacidade dos nossos irmãos e irmãs que ficaram prejudicados na linha de frente. Mas, numa cadeira de rodas, de melhor tecnologia que ela seja feita, é muito mais difícil roubar livros. É necessário ser razoável com essas coisas. E essa não é uma informação que possamos permitir que escape. Tem de ser mantida em segredo. Mesmo com aqueles que consideramos nossos amigos. Se os dragões ou os feéricos suspeitarem que somos fracos... — Ele inclinou a cabeça, avaliando a reação dela. — A questão agora, claro, é o que vamos fazer com isso.

Irene não sabia bem como estava se sentindo. Nunca tinha pensado na quantidade total de Bibliotecários. Sempre tinha suposto vagamente que era alguma coisa na linha de *não o suficiente, mas conseguimos nos virar,* e deixou isso de lado. Assim como muitos julgamentos apressados anteriores, essa abordagem agora estava mostrando suas falhas.

— Percebi que muitos Bibliotecários não gostam de recrutar nem de serem mentores — comentou. Ela mesma sempre tinha sido mais entusiasta da parte do trabalho relacionada a *roubar livros e lê-los.* Nunca tinha pedido para ter Kai como aprendiz, por mais que tivesse passado a gostar dele.

— Verdade — concordou Prutkov. — Não selecionamos com base nesses traços de personalidade. Selecionamos com base em tendências obsessivas e alto nível de habilidades. O problema é que não podemos continuar fazendo isso. E essa é só a ponta do iceberg. As coisas estão mudando. — Sua voz se estabilizou numa cadência persuasiva. Esse claramente era um discurso que ele já tinha feito. — Mesmo antes do ataque de Alberich, o número de Bibliotecários estava diminuindo. As mortes e os ferimentos que ele provocou nos custaram uma centena de agentes. E agora pode ser que estejamos nos dirigindo a uma situação em que seremos efetivamente desnecessários.

— Tem certeza de que essa é a palavra certa?

— De que outra maneira você chamaria, se os dragões e os feéricos vão se manter nas suas extremidades da realidade? O equilíbrio dos mundos não vai estar mais sob ameaça. Não vamos precisar roubar livros para estabilizá-los.

Irene sentiu que essa era uma visão simplista demais da situação. Assinar um tratado de paz pode ser um importante passo à frente, em termos de evitar guerras, mas não ia interromper o conflito intrínseco entre os dois lados. Sem falar que apenas *alguns* deles iam assiná-lo.

Mas Prutkov claramente queria que ela concordasse com essa questão, e ela queria descobrir aonde ele estava indo com o argumento.

— Entendo o que você quer dizer — disse ela, deixando a testa franzir. — Você está pensando num futuro possível em que ambos os lados poderiam alegar que as coisas estavam equilibradas e a Biblioteca não é mais necessária. Que eles não precisam de nós, Bibliotecários. Um futuro em que dragões e feéricos podem até unir forças para nos dividir metaforicamente e compartilhar os lucros. Por assim dizer.

— Isso — disse Prutkov. Ele não tentou discordar dela, e isso deixou Irene seriamente preocupada. — É, podemos considerar que esse é o pior futuro possível. E que há outras alternativas que não são muito melhores. Irene, a Biblioteca está em número menor e com menos armas. Precisamos pensar em diferentes estratégias futuras. Precisamos estar dispostos a mudar.

— Ouvi outros Bibliotecários dizendo que precisamos mudar — disse Irene com cuidado. Ela queria que Prutkov continuasse falando, mas concordar diretamente com tudo que ele dissesse ia parecer suspeito.

Alguma coisa dentro dela se retorceu de um jeito desagradável com o pensamento de que estava lidando com um Bibliotecário – um dos *dela* – do mesmo jeito que elogiaria e mentiria para um inimigo para obter informações.

Que diabos Prutkov estava aprontando? Ela precisava *saber*.

— Alguém específico? — perguntou ele casualmente. — Achei que você ficava de fora da política.

— Penemue. Foi alguns meses atrás. — Irene deu de ombros. — Ela tentou me abordar, mas, no instante em que ouviu falar que eu estava em liberdade condicional, desistiu. Talvez nem me considerasse útil o suficiente. Ela estava fazendo uma algazarra por uma representação e uma orientação mais democráticas e esse tipo de coisa. Mas foi no meio do ataque de Alberich à Biblioteca. Uma batida de carro iminente não é o momento para discutir sobre quem está dirigindo.

— Penemue tem uma visão simplista demais da situação, mas não está totalmente errada — disse Prutkov. — Ela só está errada em relação ao que precisa ser feito, como e quem deve fazer.

— Na minha percepção, isso não deixa muito escopo para ela estar certa. — Irene estava com a sensação de andar por um campo minado. Tinha suposto que Prutkov queria essa conversa para ela poder contar *a ele* os fatos importantes em particular. Agora suspeitava que a privacidade era mais para o benefício dele; Prutkov não queria que ninguém ouvisse o que ele estava dizendo *a ela*.

— Ela está certa no sentido de que alguma coisa precisa ser *feita!* — Prutkov bateu com a palma da mão na mesa, um gesto que fez Irene se lembrar de Kostchei. — Temos que mudar. Não podemos nos dar ao luxo de nos tornarmos desnecessários. E, felizmente para nós, há um espaço esperando para ser ocupado.

— Continue — disse Irene devagar. — Estou interessada.

— Os dragões e os feéricos nunca vão ser *tão* próximos. Mesmo que a cultura deles permitisse, eles não toleram os mundos uns dos outros. — Prutkov ignorou convenientemente o fato de que mais cedo ele estava sugerindo que todos poderiam ser aliados próximos o suficiente para dispensar a Biblioteca. — Existe um lugar para nós no meio. Estamos vendo o início disso agora. Somos os negociadores, os pacificadores. Podemos ter uma *influência* real sobre eles, dessa maneira. — Ele olhou diretamente nos olhos de Irene. — Você já se perguntou qual poderia ser nosso propósito fundamental?

— Nunca pensei nesses termos — disse Irene. — Sempre estava ocupada com o que aparecia diretamente na minha frente.

— Então você devia ter pensado mais adiante — repreendeu Prutkov, como se fosse professor dela. — Escopo. Potencial. Olhar para a frente e planejar o futuro. Talvez a ideia fosse mantermos a paz segurando as rédeas de ambos os lados. Se eles confiarem em nós, podemos persuadi-los a trabalhar separadamente conosco. Podemos usar essa oportunidade, Irene. Podemos *usá-los.* Já vi os registros do seu trabalho com

Kai enquanto ele era seu aprendiz. Eu sei que você entende o que quero dizer. — Ele se inclinou para a frente com o ar de quem compartilha uma intimidade. — Os dois lados estão presos à própria natureza deles. Somos humanos. Podemos ser *mais* do que isso. A Biblioteca pode crescer. Ela pode manter a paz, em vez de apenas roubar livros pelas beiradas da criação. Mas, para que isso aconteça, eles têm de depender de nós. Têm de confiar em nós. Têm de *precisar* de nós.

Irene conseguia sentir o sangue correndo frio. Suas mãos enrijeceram no colo. Será que Prutkov tinha passado todo o seu tempo na Biblioteca? Ele nunca tinha *conhecido* de fato um dragão ou feérico poderoso? Será que ele pensava que eles sempre eram receptivos à razão como estavam sendo agora? Será, ela se perguntou numa linguagem mental que ameaçava cair na profanidade, que ele era completamente incompetente?

— Isso é brincar com fogo — disse ela. A cautela implorava para que amenizasse a linguagem e fizesse alguns elogios. — Aprecio o que você está dizendo. Fico muito lisonjeada por me ver como parte do futuro da Biblioteca. Mas o que você está sugerindo é uma aposta muito arriscada. Deixando de lado as questões da moralidade... — E ela tinha muitas questões, pensando bem. Quando as pessoas começavam a falar em *usar* outras pessoas, normalmente estavam contemplando uma estrutura de poder com elas mesmas no topo. Não era isso que Irene queria para a Biblioteca. *Nunca* tinha sido o que ela queria para a Biblioteca. Mas se obrigou a continuar a frase. — Tenho muitas preocupações com a parte prática dessa ideia.

Prutkov franziu a testa.

— Você está em dúvida. Eu entendo. Mas quero você comigo, Irene. Você demonstrou que é parte do futuro da Biblioteca. Não quero que seja deixada para trás...

— Sou cautelosa — disse Irene. Ela percebeu o significado duplo por trás das palavras dele. A cenoura lhe fora oferecida: o outro lado da moeda era a vara, a ameaça de ser deixada de fora dos planos dele. — Eu sempre achei que era uma boa estratégia. A situação atual é altamente volátil e eu estou no meio dela. Sou dispensável?

— Por que você está me fazendo essa pergunta?

— Porque *todo o resto do mundo* é. — Irene queria desviar a discussão de *Junte-se a mim para cometer algo que parece demais com traição* antes que Prutkov pedisse para ela se comprometer de um jeito ou de outro. — Ou, melhor, o resto da equipe de investigação parece ser de pessoas sem as quais os superiores conseguem viver. O Cardeal tem rancor de Lorde Silver e provavelmente ficaria feliz em vê-lo destruído. Mu Dan não está a serviço de ninguém, de modo que Ao Ji pode desprezá-la sem nenhuma consequência. Isso não me tranquiliza. Estar no meio desse grupo me faz sentir que há um alvo nas *minhas* costas também. E me preocupo com quem pode tê-lo colocado ali.

— Existem muitos bons motivos para você ter sido chamada para liderar a equipe — disse Prutkov com calma. — Nenhum deles significa que você é dispensável de algum jeito. Não estou negando que é uma missão de alto risco, mas isso você já sabe. Qualquer Bibliotecário que está no meio disso tudo está correndo perigo. Você, eu, Coppelia, Kostchei, Bradamant... Isso me lembra de designar Bradamant para ajudá-la em algumas áreas. Falei para ela conseguir roupas adequadas para você e Vale usarem hoje à noite e em geral. Não apenas roupas da moda, mas feitas para garantir que possam correr ou lutar, se houver alguma confusão.

— Isso vai ser útil — disse Irene, feliz por ter menos um problema com o qual se preocupar. Não *queria* gastar seu tempo em um jantar político naquela noite, mas, se tivesse de ir, preferia estar vestida de acordo. — Vou agradecer a ela mais tarde. Alguma chance de eu ter a ajuda dela agora, com esses depoimentos?

— Não neste minuto, mas vou mandá-la mais tarde, se ela estiver disponível. — Prutkov hesitou, como se estivesse remoendo alguma coisa na mente. — Eu sei que ela tem umas irregularidades no registro e não tem a sua experiência em lidar com dragões, mas acho que Bradamant podia se dar bem sob a sua supervisão. O que você acha?

E lá estava mais uma cenoura, feita para apelar para os piores instintos de Irene. *Uma chance de supervisionar sua antiga mentora, que tornou sua vida extremamente desagradável.* Ela também sabia como Bradamant ia se sentir com toda a situação. Afinal, isso seria parte do apelo, se Irene fosse o tipo de pessoa de desfrutar esse tipo de vingança...

... mas não era. Era?

— Estou ansiosa para trabalhar com ela — disse Irene com neutralidade. — Mas Bradamant é uma agente experiente. Tenho certeza de que não precisa da minha supervisão.

— Então vamos só dizer que vou garantir que ela saiba que tem de seguir as suas ordens numa emergência. — Prutkov sorriu de maneira encorajadora para Irene. — Você precisa confiar mais no seu julgamento. Depois que nós identificarmos o atual esconderijo da Condessa Sangrenta, podemos coordenar um ataque com todo mundo envolvido e resolver essa situação pelo nosso benefício mútuo.

Irene ficou pensando exatamente a quem Prutkov estava se referindo quando falou *nós* e *nosso*. As três facções presentes? Ou apenas Prutkov e ela, numa pequena conspiração particular? Também estava preocupada com a avidez dele para conectar tudo à Condessa, como se ela fosse a culpada óbvia. Onde estavam as evidências?

— Ainda existem muitos fatores não resolvidos entre o agora e o depois — observou ela. — Não temos nenhuma prova significativa de que *é* a Condessa. Nem de que ela está aqui, na verdade. Precisamos de mais informações. E o assassinato do Ministro Zhao? Será que também está conectado?

— Vou fazer o máximo para investigar pelo meu lado — prometeu Prutkov, com uma insinuação que fez Irene se lembrar de que ele tinha sido pupilo de Melusine. — Vou começar os interrogatórios. Mas espero que faça o mesmo pelo seu lado. Entendo que Lorde Silver teve um interesse pessoal em você no passado. Se fosse para fazê-lo falar, acho que você não poderia... — Ele ergueu uma sobrancelha, deixando a frase morrer de um jeito sugestivo.

— Claro que não — disse Irene com firmeza e rapidez.

— Achei que você seria profissional em relação a isso. — Prutkov conseguiu soar decepcionado com ela.

— Não sou burra o suficiente para pular na cama com um feérico cujo arquétipo pessoal é de "sedutor libertino" — disse Irene de maneira intensa. — Isso é atrair confusão. É quase tão sensato quanto jogar xadrez com o Cardeal. Não tem absolutamente nenhum cabimento desafiar alguém na área em que a pessoa é especialmente talentosa. Só é possível perder.

— Bem, espero que consiga alguma coisa com o príncipe Kai — disse Prutkov dando de ombros. — Precisamos saber o que o tio dele está pensando. Confio que você não vai deixar nenhum sentimento pessoal atrapalhar. Já demonstrou que consegue mantê-lo sob controle. Faça o que for necessário.

Ele se afastou da mesa, se preparando para ficar de pé.

— Mais alguma pergunta?

Irene engoliu algumas que estavam fervilhando na sua boca, mas não conseguiu se controlar totalmente. Esse homem – esse *Bibliotecário* – deveria estar do seu lado.

— Até que ponto você espera que eu vá?

Prutkov piscou, a expressão dele agradavelmente perplexa, como se não conseguisse entender a pergunta.

— Irene, você já roubou para a Biblioteca. Já matou pessoas. Quando digo para fazer o que for necessário, quero dizer exatamente isso. Estou um pouco surpreso por você estar levando tudo isso de um jeito tão pessoal. Achei que você tinha profissionalismo.

— Tenho princípios — disse Irene, sem conseguir suprimir a fúria gelada na voz.

— Você também tem ordens — retrucou Prutkov. — Lembre-se do *motivo* de tudo isso. Lembre-se do que está em jogo. — Ele ficou de pé. — Volto a você mais tarde com qualquer informação que conseguir coletar. Mantenha-me informado, por favor.

Irene não se levantou enquanto ele saía da sala. Isso teria sugerido um nível de respeito que ela não poderia dizer nem remotamente que sentia.

As pilhas de papel estavam à sua frente, esperando que voltasse a elas. Muitos dados sobre idas e vindas, mas nenhum era o que *precisava*.

Ela sempre achou que podia confiar nos seus superiores na Biblioteca. Acreditava que, se eles tivessem de sacrificá-la, seria relutantemente e por um bom motivo. Nunca tinha conhecido um do qual desconfiasse tão de imediato. Não tinha gostado de Bradamant – temia que a outra Bibliotecária a usasse –, mas nunca duvidara que Bradamant acreditava e servia de verdade à Biblioteca. Prutkov, por outro lado...

Se o futuro da Biblioteca estiver em risco aqui, quero de verdade que ela seja o que Prutkov quiser fazer dela?

Mas, com todas as consequências possíveis, posso me arriscar a fracassar?

Ela não tinha nenhuma resposta.

CAPÍTULO 12

Irene abriu um pouco a cortina do seu quarto e espiou a rua lá embaixo. O véu de flocos de neve borrou sua visão, mas ela conseguia ver a fileira de carruagens e carros motorizados deixando os convidados.

— Você está desperdiçando seu tempo — disse Bradamant de sua poltrona. — As pessoas de escalão mais alto dos dois lados serão as últimas a chegar. Sabe como essas coisas funcionam.

— Claro — disse Irene, controlando a própria irritação. Ela estremeceu com o ar frio que entrava pelas bordas da janela, mas não estava disposta a sair dali e fechar a cortina. — E eu tomei ciência de que Duan Zheng e Sterrington estavam fazendo varreduras de segurança agora mesmo. Pelo que sei, ainda estão fazendo. — Ela estremeceu, mas não era só de frio. — Quando penso em todas as coisas que podem dar errado...

— Espero que não haja jacarés ciborgues desta vez — disse Bradamant com a testa franzida.

— É, acho que podemos agradecer por este mundo não usar esse tipo de tecnologia. — Irene desistiu de reconhecer os convidados pelos guarda-chuvas ou pelos casacos e soltou a cortina. — Eu preferia estar lá embaixo, ajudando com as verificações de segurança.

— Você já disse isso várias vezes. Existe uma coisa que é limitar o estilo de outras pessoas e deixá-las nervosas olhando por sobre o ombro delas, Irene. Mesmo que você esteja liderando a equipe de investigação.

— Coordenando — corrigiu Irene. Ela queria que esse ponto ficasse absolutamente claro. — Por que não descemos de qualquer maneira? É melhor chegar cedo do que atrasar.

Bradamant ergueu uma sobrancelha perfeitamente moldada.

— Você não vai me contar até que ponto está controlando tudo?

Irene tentou avaliar quanto do humor da outra mulher era uma irritação genuína e quanto era o sarcasmo habitual.

— Não concordamos que íamos pelo menos *tentar* cooperar uma com a outra?

Bradamant deixou de lado seu jornal e ficou de pé, com uma resposta claramente na ponta da língua. Em seguida, pareceu murchar e deu um leve suspiro.

— Irene, eu sei que você não teve essa experiência pessoal, mas é só um *pouco* difícil aceitar ver outras pessoas sendo promovidas antes de você e catapultadas para posições que, para ser totalmente sincera, não tenho certeza se elas são competentes para administrar. Me permita um instante de irritação. Prometo que serei muito sorridente lá embaixo.

— Você não está me tranquilizando de que é confiável — disse Irene. — Pode ser a nova maneira de demonstrar honestidade confessar toda essa... irritação pessoal, depois dizer que é minha melhor amiga na frente de testemunhas. Mas não me deixa confortável.

— Seu conforto não é preocupação minha — retrucou Bradamant dando de ombros de maneira esplêndida. Os ombros e pescoço brancos eram lindos à luz das lamparinas: o tipo de coisa que seria poeticamente descrito como semelhante a um cisne. E tanto ela quanto Irene estavam usando a última moda em vestidos de festa, o que significava ombros nus e peitos quase de fora, cinturas finas apertadas por espartilhos e saias compridas com caudas que exigiam um manuseio cuidadoso. Irene estava usando chamalote verde-escuro e Bradamant, um preto bordado cintilante. Irene se arrependeu de não terem chegado a tempo da moda anterior, que envolvia camadas muito mais pesadas de tecido e corpetes altamente protetores, sem falar das mangas e ombros bufantes que podiam esconder um arsenal. Ela não tinha vergonha do próprio corpo especificamente, mas, numa situação como essa, qualquer grau de cobertura teria sido bem-vindo, por mais que fosse ilusório.

Ainda mais com Silver e Kai presentes. As palavras de Prutkov mais cedo ainda provocavam dor, como um espinho na mente dela, e a faziam se encolher mentalmente sempre que pensava nelas.

— Se meu conforto é irrelevante, qual é sua preocupação? — perguntou Irene, se afastando de um pensamento indesejável.

— Ajudar você — disse Bradamant. — Resolver esse assassinato. Impedir uma guerra. Posso lhe dar uma lista, se tiver se esquecido. Já que fui designada para ajudá-la. — Desta vez, não havia dúvida sobre sua irritação; as palavras tinham ferrões.

Irene olhou ao redor, procurando um jeito de aplacar o temperamento da outra Bibliotecária. *Maldito Prutkov. Eu não queria isso.*

— Olhe — disse ela —, já nos conhecemos há alguns anos. Sei que você não tem uma opinião das melhores sobre mim — ela disse, levantando a mão para impedir Bradamant, antes que alguma observação espirituosa fosse inserida na conversa —, mas, sério, você acha que tenho a capacidade ou o interesse político para tentar planejar deliberadamente tudo isso? Seja razoável. Não estou em contato com outros Bibliotecários, nem interessada na estrutura de poder da Biblioteca, nem tentando subir de posição. Estou *feliz* como Bibliotecária Residente.

— Com benefícios adicionais — acrescentou Bradamant de um jeito dissimulado. Mas uma franzida de testa estava assombrando suas feições. — Admito... você pode estar certa. Posso acusá-la de muitas coisas, mas tentar burlar o sistema não é uma delas.

— Quando você tiver terminado de me destratar com elogios falsos... — murmurou Irene. Ela queria muito perguntar a Bradamant qual era a opinião dela sobre Prutkov. Mas agora estava incomodada por uma nova emoção: paranoia. Como é que Prutkov reagiria se esse tipo de pergunta fosse levado a ele? Não tinha feito nada de *errado,* afinal. O simples fato de ter opiniões pessoais sobre o futuro da Biblioteca não era um crime em si.

Irene gostaria de ter xingado. Tinha coisas suficientes com que se preocupar sem acrescentar a paranoia à lista.

— Vamos descer — disse ela. — Se Vale tiver chegado, eu gostaria de ter a chance de falar com ele antes de estarmos todos sentados.

Com um sinal positivo da cabeça, Bradamant a seguiu até o corredor e escada abaixo. Irene sentiu a confusão metafísica no ar ao redor, a mistura de ordem e caos pela presença das duas delegações, e estremeceu com uma sensação que não tinha nada a ver com o frio.

O jantar tinha sido apressadamente realocado do Salão Pompadour para o Salão Tuileries, com a desculpa de que seria pedir demais à delegação dos dragões para socializar no salão em que o corpo de Ren Shun tinha sido encontrado. (Na verdade, pelo que Irene sabia, ainda não tinham conseguido limpar o contorno do corpo do chão.) Era sensato, mas também complicava uma ocasião já complexa. Os dragões e os feéricos estavam sendo incentivados a entrarem no salão assim que chegavam, mas os corredores ainda estavam cheios de pessoas aproveitando a oportunidade para trocar algumas palavras – e, suspeitou Irene, sem querer entrar no Salão Tuileries e suportar os dois lados se encarando. Os serviçais humanos de ambos os lados giravam e serpenteavam, criados e criadas pessoais e guarda-costas, tentando não se afastar muito da presença de seus superiores.

— Por favor, andem, *se* não se importarem. Ah, é você. — Irene se virou e viu a Bibliotecária Sarashina logo atrás. Diferentemente de quando a viu pela última vez, no hotel dos dragões, Sarashina parecia elegantemente formal com um quimono preto cuja austeridade só era aliviada por cinco pequenas insígnias brancas de família e um cinturão de brocado estampado em ouro. — Pode me ajudar a esvaziar o corredor? O hotel deixou algumas salas de recepção disponíveis para todo mundo que não for jantar de fato. E as duas estão lotadas. Deus nos ajude se o alarme de incêndio soar.

— Você precisa ser tão pessimista? — resmungou Bradamant. Ela claramente conhecia a outra mulher. — E, como você está aqui, Ao Ji já chegou?

— Não tive essa sorte. Acho que ele e a Princesa estão envolvidos num jogo não oficial de quem-consegue-mostrar--que-é-mais-importante-chegando-mais-tarde, não que nenhum deles admita isso. — Sarashina se virou para Irene. — Seu amigo Vale está aqui. Ele foi até o Salão Pompadour para verificar alguma coisa.

— Obrigada — disse Irene, agradecida, e fugiu antes que pudesse ser arrastada para o controle de multidões.

O Salão Pompadour estava silencioso, isolado da algazarra dos corredores pelas portas grossas e cortinas pesadas. Vale estava ajoelhado, examinando o contorno no chão – *ainda* presente –, e tinha acendido todas as luzes para ter o máximo de iluminação.

— Alguma novidade, Winters? — comentou ele quando ela fechou a porta.

— Nenhuma nova tentativa de assassinato nem de sequestro, se é isso que você quer saber — respondeu Irene de um jeito seco. — E estou vendo que sobreviveu à atenção de Sua Majestade.

— Ele tinha pouco tempo para mim — disse Vale. — Felizmente, eu tinha poucas perguntas para ele; por enquanto, pelo menos. Posso ter mais depois.

Irene ficou parada ali, encarando-o.

— Eu queria poder ajudar mais — disse ela finalmente.

Isso era o mínimo. Quando era mais jovem, ela adorava ficção criminal e se imaginava ajudando grandes detetives em seu trabalho – encontrando o fragmento crucial de evidência ou fazendo a dedução vital. E agora aqui estava ela, no meio de uma investigação de assassinato, incapaz de fazer mais do que ficar por perto e falar de política enquanto Vale fazia o *trabalho* de verdade.

Era uma pílula amarga de engolir; mais ainda porque um componente infantil dela estava lamentando perder todas as partes boas. Às vezes, Irene desejava poder editar as partes mais insignificantes da sua personalidade. E isso não era um jogo. Era mortalmente sério.

— Não se critique, Winters — aconselhou Vale. — Neste momento, você está fazendo exatamente o que eu preciso.

— Que seria...?

— Qual é aquele termo que Strongrock usa? Ah, sim, "calculando as interferências". — Vale se endireitou e se levantou, espanando a sujeira dos joelhos. Alguém tinha dado a ele uma roupa de festa imaculada: ia se misturar perfeitamente com todos os outros cavalheiros em preto e branco. — Eu acharia impossível conduzir uma investigação com dignitários de ambos os lados exigindo constantemente atenção e respostas. Você é absolutamente vital para essa situação em que nos encontramos. Além do mais, tem certo grau de autoridade sobre Lorde Silver e Lady Mu Dan, que eu não tenho. Não se critique pela falta de aptidões que você nunca teve.

Irene tinha começado a se parabenizar por fazer alguma coisa útil e fazê-la bem, quando a última frase perfurou sua autoestima.

— Precisamos nos preparar para entrar no jantar — disse ela secamente. — Os chefes vão chegar a qualquer minuto.

— Estou ansioso para observá-los. Ah, para sua informação, Strongrock e eu investigamos o tal *Cabaret de l'Enfer* mais cedo, seguindo aquele bilhete do bolso de Ren Shun.

— Por que não me levaram junto? — Irene exigiu saber, se sentindo deixada de fora.

— Você estava analisando os depoimentos — disse Vale vagamente. — E um grupo grande demais teria chamado atenção. Não tema, Winters, você não perdeu nada. Strongrock relatou um nível mais alto que o normal de caos e parece que uma cartomante idosa estava frequentando o local ultimamente, alegando ser uma bruxa, mas não havia mais nada para descobrir. Nenhum porão secreto. Nenhum assassinato. Nada exceto uns cavalheiros bem mal vestidos em veludo vermelho e drinques caros. Strongrock ficou bem decepcionado.

— Mesmo assim — murmurou Irene. Tinha uma suspeita sorrateira de que os homens estavam tentando protegê-la ao evitarem de levá-la junto. *Ela* não era a pessoa por aqui que precisava de proteção. Mas, se tentasse levantar essa questão, eles simplesmente negariam. Relutante, decidiu deixar para lá. — Uma última coisa, Vale...

— Sim? — perguntou ele, oferecendo o braço a ela.

— Tenha cuidado com Prutkov — disse Irene, pegando-o. — Não estou dizendo que ele não é confiável, mas acho que está vendo vantagens pessoais nessa situação toda.

— Eu nem precisava de um aviso para ter cuidado com *isso* — comentou Vale, fazendo Irene questionar o que Prutkov já tinha dito a ele. Mas aí estavam na porta do Salão Pompadour e no meio da massa de pessoas inundando o Salão Tuileries, e não havia mais tempo para uma conversa particular.

O Salão Tuileries era outra extravagância em dourado, cristal e branco: os diversos candelabros brilhavam claros demais para se ter uma visão confortável. Os reflexos nos espelhos enchiam o salão até o ponto de explosão com desconhecidos elegantes e grupos de pequenas mesas espalhadas por todo o comprimento. Irene não se surpreendeu ao ver que os Bibliotecários ocupavam a seção central, com dragões de um lado e feéricos do outro. A conferência pela paz podia estar progredindo, mas era difícil imaginar que ela decorresse tão bem que feéricos e dragões quisessem sentar-se às mesmas mesas.

O ar estava denso o suficiente para sufocar. Não era apenas o calor e a tensão de várias dezenas de pessoas no mesmo salão, nem mesmo a mistura de aromas – perfume, tabaco e pitadas do jantar vindouro –, mas a sensação do poder unificado, pesado e apertado como uma sauna a vapor. Era, Irene se viu imaginando, como estar em uma banheira com água quente saindo de um lado e água gelada do outro, em uma centena de jatos minúsculos. Sua marca da Biblioteca formigou com a ferroada do poder. Mas, ao mesmo tempo, havia alguma coisa estimulante em estar no meio de tudo aquilo. Era como um microcosmo do universo, com a ordem de um lado e o caos do outro, todos confinados em um único salão.

Ela olhou por baixo das pálpebras para Vale a fim de ver como ele estava aguentando – afinal, ele era humano. Possivelmente o único humano não Bibliotecário no salão, além dos garçons e serviçais. Certamente o único mortal que tinha alguma chance de afetar o resultado dessa conferência.

— Você está bem? — murmurou ela.

— Nada importante — respondeu Vale, o que, vindo dele, provavelmente significava que estava com uma dor de cabeça latejante, mas conseguia lidar com ela. — Me diga: é provável que haja algum risco nesse jantar?

— Temos pessoas de todos os três grupos na cozinha verificando a comida — respondeu Irene. Ela e Vale encontraram seus assentos. Os dois estavam na parte inferior do grupo central de mesas, convenientemente um ao lado do outro, e se sentaram. O salão estava cheio de conversas sussurradas. Não seriam ouvidos. — Acho que não há risco de envenenamento.

— Não é bem isso: eu estava pensando em riscos com o tipo de coisa que você chama de metafísica. — O olhar de Vale percorreu todas as pessoas presentes: os dragões, tão perfeitos em suas formas humanas quanto estátuas, e os feéricos, como ilustrações em uma história que ela ainda tinha de ler. E os Bibliotecários no meio, bem mais comuns do que os dois lados, certamente humanos, envelhecendo e imperfeitos. Os diferentes tons de pele e cores de cabelo entre os convidados faziam tudo parecer altamente multirracial e multicultural; e era, refletiu Irene. Mas não do jeito que um espectador parisiense poderia imaginar. — Pelo que você falou no passado sobre caos e ordem, é seguro ter tantas pessoas dos dois extremos da bússola tão próximas?

— Foram tomadas precauções — disse Irene. — Este hotel todo foi semeado com textos escritos na Linguagem que afirmam a estabilidade e o equilíbrio. Eles estão ajudando a neutralizar qualquer possível intensificação de poder ou qualquer reação inconveniente. Foi o que Bradamant me falou. Não podíamos andar por aí escrevendo a Linguagem nas paredes, é claro. Os funcionários iriam reclamar. Mas podíamos escrever em pedaços de papel e escondê-los por toda parte. Este hotel provavelmente é o ponto mais estável de Paris no momento. Possivelmente neste mundo todo.

— O que aconteceria se alguém colocasse essas coisas ao redor da casa de Lorde Silver no meu mundo? — perguntou Vale, pensativo. — Por puro interesse científico, é claro.

— Ele provavelmente só ia pedir a um serviçal para remover ou desfigurar o papel — disse Irene em tom de lamento. — O que está escrito pode ser apagado, infelizmente.

Em seguida, houve um murmúrio vindo das portas nos dois lados do salão, e de repente todos ficaram em silêncio e se levantaram. A tensão aumentou mais um pouco no estômago de Irene, enquanto o poder entrou no salão sobre pés humanos, de ambas as portas ao mesmo tempo. Todo mundo se desmanchou em reverências e cumprimentos, como se estivessem se movendo de acordo com as orientações de um maestro invisível. O ar frio fluiu nos ombros de Irene pela direita – por onde Ao Ji tinha entrado no salão; ela não precisou olhar para verificar –, mas à esquerda parecia ter ficado mais suave e mais quente, como se tocado pela primavera e se adaptando ao verão.

Ela não tentou olhar diretamente para os recém-chegados. Em vez disso, olhou para um dos espelhos em frente. A curiosidade a fez tentar ver a Princesa primeiro e ela duvidou – só um pouco – se o que estava no espelho era um reflexo verdadeiro da realidade. Porque ele era difícil o suficiente de aguentar.

A Princesa brilhava, mesmo no salão claro, como um diamante em meio a meros cristais ou como o Sol no meio das estrelas. Não era uma claridade visível – ela estava muito mais intensamente *ali*. Todos pareceram desaparecer no segundo plano em comparação. Ter uma impressão visual clara dela era ainda mais difícil do que ver o Cardeal com precisão. Seu cabelo podia ser de qualquer cor entre louro e preto-corvo e branco-gelo ou vermelho-fogo, e sua pele podia ser de qualquer tom entre ébano imaculado e bochechas rosadas ou pálida como a neve. A única coisa clara na Princesa era sua beleza e – Irene odiava admitir, mas isso a tomou em ondas – a genuína *delicadeza* da mulher feérica. Ela era doce, inocente, profunda, sincera, e tudo isso era *verdade*. Ela era o tipo de donzela que pararia para ajudar uma senhora idosa sem pensar duas vezes. Provavelmente passaria sete anos de boca fechada e fiando para salvar seus irmãos – como dizia o conto de fadas – ou qualquer outro parente. Todos os sapos que se aproximassem dela se transformariam em rosas e diamantes no mesmo instante.

Irene afastou a mente dessas excentricidades e se obrigou a dar um passo mental e emocional para trás e olhar *ao redor* da Princesa e também diretamente *para* ela. Estava sendo escoltada pelo Cardeal, que vestia um manto preto simples num contraste perfeito ao vestido vistoso dela – *claro como a Lua e as estrelas,* a mente de Irene completou com o texto de histórias antigas, apesar de não ter certeza de qual era a cor ou o estilo dele.

Na outra ponta do salão, Ao Ji seguia altivo até seu assento. Estava usando seu traje cerimonial completo, do tipo que Irene tinha visto uma vez no irmão dele: um manto branco, ornado com brocado, com cinto de seda e punhos escarlate que combinavam com seus olhos. Kai estava a um passo atrás, usando um traje noturno parisiense, a cabeça baixa e claramente presente como acompanhante e não como um tipo de membro da família do mesmo nível. A lufada de vento frio que os seguia deixou cristais de gelo nos espelhos e provocou arrepios nos ombros desnudos das mulheres.

O Rei Dragão e a Princesa Feérica chegaram aos seus assentos no mesmo instante. Ambos se sentaram simultaneamente.

Em um farfalhar de saias e fraques, os convidados reunidos os seguiram. Os garçons circulavam em silêncio, enchendo taças com champanhe. O borbulhar do líquido foi, por um instante, o único som no salão.

E então Kostchei ficou de pé.

— Nobres convidados — começou ele, a voz rouca, humana e velha. — Estamos reunidos neste momento...

Irene se desligou dele enquanto vasculhava o salão, livre por um instante das lentes análogas de poder. Os dois Bibliotecários na sua mesa eram da sua idade ou mais jovens – ela reconheceu um deles daquela manhã, Rongomai, assistente de Sarashina, e imaginou que o outro devia ser o correspondente dele do hotel dos feéricos. Dava para ver Sterrington entre os feéricos do outro lado do salão, usando luvas compridas que disfarçavam suas mãos e seus braços, e Verde e Roxo (ela precisava descobrir o nome deles em algum momento) estavam por perto, com Silver seduzindo a mulher ao lado dele. Na parte dos dragões, Duan Zheng estava sentado convenientemente perto da mesa de Ao Ji – mais provável por segurança – e à mesma mesa de Mu Dan. Li Ming e Mei Feng estavam na mesa de Ao Ji. Li Ming estava usando um traje masculino, combinando com seu gênero escolhido, enquanto Mei Feng usava um vestido ametista que a envolvia em nuvens de seda num roxo profundo. Kostchei, Coppelia e Prutkov estavam todos sentados juntos ao que devia ser a mesa dos Bibliotecários principais no centro do salão.

Tudo parecia sob controle. Ela tentou não expressar o pensamento de um jeito claro demais para si mesma, com medo de poder atrair um desastre, mas, por enquanto, nada estava dando errado...

Kostchei terminou seu discurso – uma peroração insípida sobre as virtudes da paz e elogios a todos os presentes, presumivelmente com conteúdo censurado por causa dos garçons locais – e houve aplausos. Muitos aplausos. Conforme os aplausos ecoavam pelo salão, Irene se perguntou se o problema era que ninguém queria ser o primeiro a *parar* de aplaudir.

Felizmente, os garçons resolveram o assunto entrando com bandejas e tigelas. Quando Irene baixou as mãos e as estendeu para pegar o champanhe, se virou para a mulher que estava à mesa e ela não conhecia. O cabelo vermelho intenso – pintado? – estava preso num nó alto, contrastando com o azul-acinzentado simples do vestido e das luvas.

— Infelizmente ainda não fomos apresentadas — começou Irene.

— Ah, não se preocupe com isso — disse a mulher. — Meu nome é Medeia. Estou trabalhando sob o comando de Blaise, o contato no hotel dos feéricos, mas você provavelmente já sabe disso, e ele disse que, se eu a visse antes dele, deveria agradecer você.

— Por quê?

— Você o salvou de outro jogo de xadrez com o Cardeal naquele momento em que chegou. Não é que ele não goste de xadrez, muito pelo contrário, mas com o Cardeal? — Medeia estremeceu e ajeitou os óculos de armação dourada. — Os jogos são tão *significativos*. Fico feliz de não ser notada por ele.

— Bem que eu queria — murmurou Irene. Mas uma tigela de sopa com aroma muito atraente tinha sido colocada na frente dela, e as considerações práticas da fome estavam superando as preocupações metafísicas sobre a influência feérica. — Você e Rongomai já conheceram Vale?

— Eu interroguei o sr. Rongomai, mas ainda não tive a chance com a madame Medeia — disse Vale. — Já que estamos sentados à mesma mesa, fico feliz com a oportunidade. A menos que haja mais algum discurso, claro.

— Aposto dez para um que teremos um discurso depois de cada prato — disse Rongomai — e vinte para um que todo mundo vai fazer um discurso durante o café e o conhaque.

Irene pegou a colher.

— Existem coisas piores na vida do que aguentar discursos depois do jantar. Tenho quase certeza de que nem mesmo os feéricos conseguiriam usá-los como armas.

Um garçom se materializou atrás do ombro dela.

— Srta. Winters? — murmurou ele.

— Sim, sou eu — disse Irene, deixando a colher de lado. — Posso ajudar?

— Um pequeno problema lá fora, se a senhorita puder.

— Devo ir? — perguntou Vale, partindo um pãozinho ao meio.

— Só mandaram chamar a srta. Winters — explicou o garçom. — Instruções do sr. Prutkov.

— Voltarei o mais rápido possível — disse Irene, ficando de pé. Adeus às coisas estarem sob controle. Ela devia saber que estava desafiando o destino.

Um dos serviçais humanos de Duan Zheng estava esperando em frente ao Salão Tuileries, num traje noturno que era mais profissional do que ornamental. Duan Zheng sem dúvida estava protegendo Ao Ji.

— Srta. Winters? Peço desculpas por tirá-la do jantar, mas temos um problema e ficaríamos agradecidos pela sua ajuda.

— Como posso ajudar? — disse Irene, indo direto ao ponto. Apesar do potencial problema e do fato de que ela estava fugindo de prováveis horas de tédio, uma pequena parte de sua mente não conseguia evitar de pensar com nostalgia naquele prato de sopa parado no seu lugar à mesa. Ela estava *com fome.*

O homem pareceu aliviado.

— É possível, não é certo, entende, mas possível, que haja veneno em algumas comidas. O sr. Prutkov disse que você devia ser chamada, se houvesse algum tipo de perigo ou emergência. Espero que possa nos ajudar...

CAPÍTULO 13

*V*eneno. O pensamento afastou todas as irritações menores, com seu potencial de desastre.

— Sim, claro, você fez o certo em me chamar — disse Irene rapidamente. — Onde está a comida, e o que é?

— Está na cozinha — respondeu o homem. — É um prato de maçãs, enviado do Grand Hôtel du Louvre, ou, pelo menos, foi isso que o mensageiro disse.

— Ele ainda está aqui?

— Não, foi embora depois de fazer a entrega. Infelizmente foi dado aos funcionários do hotel, e não ao meu pessoal, por isso eles não o detiveram.

Irene assentiu.

— Me leve até a cozinha e às maçãs. Pode chamar Vale também?

O homem franziu os lábios.

— Seu superior Prutkov disse que, se mais alguém além de você fosse chamado, isso poderia provocar um distúrbio. As pessoas vão ficar preocupadas.

— As pessoas vão ficar preocupadas de qualquer maneira — murmurou Irene. Ela entendia a questão, mas não gostava dela, embora não estivesse preparada para desafiar Prutkov abertamente. Pelo menos não por enquanto. — Muito bem. Me mostre a situação. E como devo chamá-lo?

Ele piscou por um instante.

— Meu nome é Hsien, srta. Winters.

O nome pessoal dele, supôs Irene.

— E seu nome de família? — perguntou ela enquanto o seguia.

— Não é importante. — O tom dele afastou qualquer possibilidade de mais perguntas sobre esse assunto. — A cozinha é por ali e depois aqui, pronto, chegamos.

Sons e cheiros e calor tomaram Irene quando ela entrou no salão comprido. Era claramente um lugar em que as pessoas *trabalhavam,* ao contrário da perfeição em ouro e branco das partes do hotel às quais os hóspedes eram confinados. Homens e mulheres em roupas brancas engomadas – que ótimo ver uma divisão igual do trabalho – estavam debruçados sobre bancadas e fogões, ocupados demais para lhe dar alguma atenção. Facas reluziam e batiam em tábuas de corte enquanto carnes e vegetais eram reduzidos a pedaços. Não havia conversa casual, só idas e vindas rápidas de perguntas e respostas. O lugar estava cheio de pratos completos e parcialmente montados, carnes, peixes e vegetais crus e cozidos, pratos sendo freneticamente esfregados nas pias. O ambiente e as pessoas zuniam com a atividade, apertados como uma caixa de música com corda demais, funcionando de acordo com a própria melodia interior e vibrando com a energia presa. Panelas e frigideiras chiavam em intervalos ao longo dos topos dos fogões e o calor vinha jorrando toda vez que um dos cozinheiros abria uma porta lateral.

Em um dos cantos sombreados do salão, Irene percebeu uma pequena tigela com cabeças de peixe deslocada no chão, ao lado de um cesto com um lençol dentro. Mas não havia nenhum sinal de seu ocupante – ele provavelmente tinha sido enxotado da cozinha enquanto a refeição era feita.

— Ali — disse Hsien, conduzindo Irene até a ponta de uma das mesas compridas. Um de seus colegas guarda-costas estava observando cuidadosamente um prato de maçãs, como se fosse uma bomba por explodir. O caixote de onde tinham sido tiradas estava no chão ao lado e Irene fez uma anotação mental para pedir que o guardassem para uma avaliação posterior de Vale. — O que você precisa fazer? — perguntou Hsien.

Irene inspecionou as maçãs. Eram espécimes lindas, num tom intenso de vermelho e lustrosas. Ela não reconheceu a variedade, mas não tinha certeza de quais existiam na França neste período, de qualquer maneira. Elas brilhavam na bandeja de porcelana branca como se dissessem: *Morda-me.*

— Suponho que não havia nenhum cartão ou carta com elas?

— Só uma orientação verbal de que eram para "a senhora do Grand Hôtel du Louvre" — respondeu Hsien.

— Temos alguma prova de que elas estão realmente envenenadas? — Irene fez uma pausa, pensando em como isso parecia ingênuo. — Bom, além de todas as outras circunstâncias suspeitas que cercaram a entrega.

— Entrega anônima, irrastreável e anormalmente atraente? — Hsien deu de ombros. — Admito que não tenho nenhuma prova real, mas...

Irene assentiu.

— Está bem. Preciso de uma pinça, uma tigela limpa e um prato pequeno.

Hsien fez um sinal com a cabeça para o colega, que imediatamente pegou os itens nas bancadas de trabalho próximas, ignorando os olhares furiosos dos cozinheiros.

— O que você pretende fazer?

— Um teste. — Irene usou a pinça para colocar uma das maçãs, a mais lustrosa, no prato, depois devolveu as outras para o caixote que as trouxe. — Por favor, tire esse caixote do alcance do ouvido. Vou usar a Linguagem para verificar se esta tem veneno, como uma amostra aleatória. Se der positivo, podemos analisar as outras mais tarde com mais minúcia. Isso é satisfatório?

As sobrancelhas de Hsien se retorceram. Ele pareceu um pouco surpreso por alguém pedir sua opinião, mas assentiu.

— Isso parece lógico. Eu me curvo à sua liderança.

— Ótimo. — Irene observou os chefs. Ninguém estava olhando. Ela esperou Hsien tirar as outras maçãs do alcance, depois levou a tigela em direção à maçã lustrosa. Era difícil escolher as palavras sem saber qual era o veneno ou se havia mesmo um veneno, mas fez o possível. — **Que qualquer substância que não seja parte natural dessa maçã, que tenha sido adicionada com a intenção de torná-la venenosa ou nociva, saia da fruta e caia nessa tigela que estou segurando.**

Ela não tinha certeza total se queria ou não que alguma coisa acontecesse. A situação seria bem mais fácil se tudo não passasse de um alarme falso.

Mas aí um feixe de líquido preto saiu em espiral da maçã, deslizando pelo ar e caindo na tigela que ela estava segurando. A maçã se liquefez, enrugando em si mesma e se dissolvendo num saco de mingau dentro da casca. O som do líquido viscoso sendo coletado no fundo da tigela foi inaudível por causa do barulho mais alto da preparação de alimentos. Todos os chefs estavam atentos ao trabalho. Só Irene e Hsien viram o veneno sair da fruta e formar uma poça preta borbulhante de lama.

— Você consegue identificar? — Hsien perguntou atentamente.

— Não — admitiu Irene.

Ela estava agradecida por eles terem pegado isso, mas o breve momento de alívio foi ofuscado pelo conhecimento definitivo de que um envenenador estava à solta. Mesmo que fosse alguém fora do hotel, com uma tendência à dramaticidade. Pensando bem, maçãs envenenadas faziam parte de um conto de fadas muito específico... Uma pergunta para Silver mais tarde, talvez.

— Acho que é melhor colocar as maçãs restantes e esse veneno em quarentena para Vale examinar mais tarde e manter todas as precauções atuais — disse ela, se concentrando na situação presente. — Isso é quase óbvio demais. Fico pensando se foi feito para induzir uma garantia falsa e nos fazer *pensar* que temos tudo sob controle. Estou supondo que você e o pessoal da segurança dos feéricos estão vigiando bem este hotel e esta cozinha?

— Claro — respondeu Hsien sem hesitar por um instante. — E estamos vigiando o pessoal deles também. Em caso de traição.

Assim como eles sem dúvida estão vigiando vocês pelo mesmo motivo.

— Ótimo — disse Irene. Ela olhou ao redor do salão, pensando até que ponto *era* seguro. — Quantas entradas existem para este salão?

Hsien apontou para várias portas enquanto falava.

— Tem o frigorífico ali. Aquele arco na outra ponta dá para um lance de escada que vai para a adega. E aquela à esquerda é o depósito, que tem uma porta externa que sai direto, pela qual eles trazem os suprimentos, mas já temos um guarda lá. É a única que posso dizer que definitivamente não foi usada por nenhum assassino.

Irene fez que sim com a cabeça, entendendo a geografia do local.

— E imagino que não haja nenhuma outra saída do frigorífico nem da adega?

— Exatamente — concordou Hsien. — Temos uma área selada. Todas as entradas e saídas têm de ser trazidas pelas portas principais por onde passamos. Pedi a Wei para vigiar: só garçons e chefs e funcionários do hotel passaram por ali.

E você e todos os outros seguranças, claro, pensou Irene. Mais uma possibilidade para considerar.

— Vocês estão tendo algum problema com os humanos que trabalham para os feéricos? Alguma dificuldade para cooperar com eles?

Hsien hesitou, parecendo que queria *ter* alguma coisa concreta da qual reclamar, depois deu de ombros.

— Eles conhecem o trabalho e estão tão preocupados com seus mestres quanto nós estamos com os nossos. Podemos trabalhar com eles. Se houver alguma confusão, não vai ser causada pela *nossa* parte.

— Certo. — Irene entregou a tigela de veneno a ele. — É melhor eu voltar para o jantar, antes que alguém suspeite que tem alguma coisa errada. Me chame se precisar de mim.

Afinal, com uma tentativa de assassinato já tão adiantada esta noite, talvez houvesse outras...

De volta à mesa, eles já tinham terminado o prato de peixe e chegado às entradas. Um garçom, bem treinado demais para comentar sua reaparição, lhe serviu um filé mignon. Vale lançou um olhar inquisitivo para ela. E não foi o único. Metade das pessoas no salão elegante estavam olhando na direção dela, embora algumas conseguissem disfarçar melhor do que outras. Kai aparentemente estava dedicando sua atenção total à conversa com o tio, mas Irene viu seus olhos se moverem na direção dela em um dos espelhos.

— Alguma coisa séria? — indagou Medeia. — Algum problema?

— Nada importante — respondeu Irene, sabendo que até um sussurro poderia ser ouvido.

No entanto, ela havia pedido um lápis e um papel emprestados a Hsien lá fora e parado por um instante para escrever um resumo da situação. Ela passou o bilhete dobrado para Vale por baixo da mesa e comeu uns bons pedaços de filé mignon enquanto ele lia discretamente.

— Espero não ter perdido nada aqui.

— As pessoas estão apenas desfrutando da comida e do vinho, acho — comentou Rongomai. — O novo plano é deixar todo mundo bêbado para eles não terem vontade de brigar? Acho que eu li isso em algum lugar: mitologia egípcia, talvez? O mito de Bastet ou Sekhmet, ou um daqueles deuses leão ou gato: os conspiradores embebedaram a deusa com cerveja misturada com corante vermelho, que ela achou que era sangue? Ou foi Hator?

— Não, Sekhmet — corrigiu Medeia. — Os dragões bebem sangue?

— Não que eu tenha reparado — disse Irene —, mas eu tento não provocá-los.

Ao lado dela, Vale tinha ficado tenso, como um cão de caça em posição. Ele se obrigou a relaxar, guardando o bilhete num bolso.

— Concordo que não é nada importante — disse ele para Irene, apontando para o bilhete. — Não consigo pensar em nenhuma outra ação que eu teria tomado. Vou inspecionar os itens mais tarde.

Parte de Irene queria dizer *Danem-se as consequências,* e arrastá-lo para verificar a situação agora, mesmo se isso deixasse o restante do salão em pânico. Mas sua noção de perigo a alertou sobre como era frágil a paz temporária. Era um milagre eles terem conseguido colocar dragões e feéricos no mesmo salão para jantarem juntos. Mesmo que em mesas separadas. Não podiam arriscar a trégua sugerindo – não, confirmando – que havia um envenenador à solta.

Irene assentiu com a cabeça para Vale, depois se virou para Rongomai.

— Posso perguntar onde você fez essas tatuagens faciais? — perguntou ela. — São muito impressionantes, mas devem ser um pouco inconvenientes às vezes.

— Esse é o jeito educado de falar — respondeu Rongomai de uma maneira alegre. Ele fatiou os vegetais no prato. — Meu supervisor teve um ataque quando as viu. Observou que elas me tornariam reconhecível, como se eu mesmo não tivesse percebido isso. Uma pena.

— Você está dizendo que as fez deliberadamente para não ter de fazer nenhum trabalho com disfarce? — perguntou Medeia.

— Bem, não foi minha motivação principal, mas eu definitivamente poderia chamar de vantagem adicional.

— Com licença, srta. Winters. — Alguém do grupo de Hsien estava de novo no ombro de Irene. — Se puder nos acompanhar por um instante...

Com um suspiro, Irene baixou o garfo e a faca, deixando seu filé mignon pela metade para trás, e o seguiu para fora do salão, consciente de todos os olhos sobre ela ao sair.

— O que foi, desta vez? — perguntou a Hsien assim que a porta estava fechada em segurança. — Outra tentativa de envenenamento?

— Não, é outra coisa, desta vez. — O desempenho anterior dela parecia ter lhe dado alguma credibilidade aos olhos de Hsien. Ele estava falando com ela agora como uma colega, e não com a cautela de antes. — Outro caixote foi entregue. Do Ritz, desta vez. Ou, mais uma vez, *supostamente* veio de lá. Os homens que o trouxeram foram embora assim que alguém assinou a entrega. E antes que pudéssemos interrogá-los. Pelo menos, não o trouxemos para dentro.

— Acho que é melhor você colocar alguém esperando na porta, para o caso de mais alguém tentar fazer entregas anônimas e ir embora antes de ser interrogado — sugeriu Irene. Mas as possibilidades estavam disparando pela sua mente, cada uma mais aterrorizante que a anterior. — Mais veneno? Animais selvagens? Aranhas? Uma bomba?

— Eles disseram que era um bolo. — Hsien deu de ombros. — Ainda não tiramos do caixote.

— Está bem. — Irene desejou que os poderes dos Bibliotecários incluíssem visão de raio X. — Acho que podemos concordar que é altamente improvável que seja um bolo de verdade, certo?

— Sua lógica concorda com a minha. Estou relutando em abrir, no caso de dispararmos alguma coisa, mas, se tiver um mecanismo de relógio dentro...

— Sim. Precisamos abri-lo agora. Alguém me consegue uma capa ou um casaco?

Alguns minutos depois, eles estavam do lado de fora, nos Jardins das Tulherias, do outro lado da rua do hotel, com a neve caindo delicadamente ao redor e cintilando em flocos momentâneos de esplendor no brilho dos lampiões do jardim. O outro membro do atual grupo tinha se apresentado como Erda e era chefe do grupo de segurança dos feéricos. Era desconhecida para Irene, com cabelo dourado nórdico e ombros e braços musculosos como uma valquíria.

Eles se posicionaram a uma distância segura do caixote. Ele estava a quase um metro de distância, coberto com diversos avisos para manusear com cuidado e poderia conter qualquer coisa. Como tudo o mais nesse clima, estava adquirindo uma cobertura de neve. *Ao Ji ainda deve estar de mau humor. Uma pena, já que todo o resto parecia estar indo muito bem.* A capa emprestada era pouco útil contra o frio e Irene sentia as sapatilhas de seda ficando úmidas conforme a neve se derretia sob seus pés, mas ela quase acolheu positivamente as sensações físicas. Elas a distraíam de todos os motivos potenciais para ter medo.

Listou-os deliberadamente, citando-os e depois empurrando-os para o lado para se concentrar na atual emergência. *Meus pais são reféns. O Cardeal na delegação dos feéricos me prometeu um destino pior do que a morte – sim, definitivamente pior do que a morte – se eu fracassar. Ao Ji não vai apenas revidar contra os meus pais, mas também contra mim e todos os Bibliotecários aqui e em toda Paris, se não conseguirmos encontrar o assassino. Vale está em perigo por todos os lados, se as coisas derem errado. Alguém – possivelmente a Condessa Sangrenta, possivelmente alguém totalmente desconhecido – parece querer envenenar todo mundo. E meu supervisor atual é um idiota arrogante que acha que pode manipular a situação.*

— O que fazemos agora? — perguntou Erda.

Irene tinha relutantemente chegado à conclusão de que as equipes de segurança dos dois lados eram chefiadas por pessoas que não tinham problema com o escopo do emprego, mas precisavam de uma orientação firme quando se tratava de alguma coisa atípica.

— Por favor, fiquem para trás: não façam nada a menos que eu lhes diga, a menos que as circunstâncias exijam uma ação imediata.

Outro motivo para agradecer pelo frio e pela neve: ninguém, exceto os desesperados, estava andando pelos Jardins das Tulherias numa noite como esta, e nenhum deles estava por perto. Irene estalou mentalmente os dedos e escolheu as palavras.

— **Sem ativar nenhum mecanismo ou gatilho interior, pregos, no caixote na minha frente, saiam, e tábuas, caiam para o lado e revelem o que está dentro.**

Devagar e em silêncio, as tábuas caíram na neve, como os segmentos de uma caixa de quebra-cabeças, revelando um grande objeto pálido semiescondido por camadas de musselina.

— Nada de cobras — disse Erda com satisfação. — Eu odeio cobras.

— Elas podem estar escondidas lá dentro — disse Hsien.

— Najas, talvez, esperando para sair no instante em que o bolo fosse aberto. Esse seria um truque bem feérico.

Erda lhe lançou um olhar furioso de esguelha que dava para perceber mesmo sob a neve.

— Cavalheiro, senhora — disse Irene, cansada —, vocês se importam? Vamos resolver isso antes que mais alguma coisa possa acontecer. — *E antes que eu morra de fome,* pensou. O gosto daquele filé mignon comido pela metade ainda perdurava com nostalgia em sua boca.

Ambos ficaram em silêncio e decidiram encarar o objeto coberto de musselina em vez de olhar um para o outro.

— **Musselina que envolve o objeto na minha frente, solte-se e caia no chão** — continuou Irene.

O tecido desabou em dobras, como se mãos invisíveis estivessem exibindo reverentemente o conteúdo. Sob o tecido havia um bolo.

Era um bolo muito impressionante. Ele quase reluzia com a própria radiação. Era uma confecção de algodão-doce e glacê, projetado para parecer um palácio real, ornamentado com joias de açúcar e uma faixa de profiteroles cobertos de chocolate que imploravam para ser devorados. (Ou talvez fosse apenas a fome de Irene falando. Era difícil identificar.) Pétalas de rosas e violetas cristalizadas formavam um padrão intricado no topo, cercadas de frisos de cobertura esculpida com cuidado e torres pálidas de açúcar. Um leve aroma de laranja – Cointreau? – o cercava, perceptível até mesmo da distância a que Irene e os outros estavam. Os flocos de neve caindo ao redor eram o toque perfeito.

— Alguém se esforçou muito para fazer isso — disse Irene. — Você acha que é possível rastrear quem fez?

— Podemos tentar — respondeu Erda. Ela enfiou a mão na capa e tirou uma câmera eletrônica anacrônica, depois deu a volta ao redor do bolo, tirando fotos de diferentes ângulos. O flash brilhou sem dó e Irene teve de desviar o olhar.

— Vou imprimir no nosso hotel — explicou ela, guardando a câmera outra vez. — Podemos justificar as fotos como uma nova técnica de impressão. Vou dar um jeito de você e o sr. Vale receberem cópias.

— Obrigada — disse Irene, agradecida. Usar uma tecnologia anacrônica em um mundo alternativo era sempre arriscado: sua tendência era não confiar nela, porque, sem a infraestrutura física para fazer reparos ou a capacidade de recarregar itens, podia ser mais complicado do que prático. Mas seria útil. Um trabalho manual como esse bolo tinha de ser reconhecível.

Ela fungou de novo. Talvez fosse sua imaginação, mas parecia haver alguma coisa além do cheiro de laranjas no ar. E os aromas naturais do jardim e do Sena, é claro, mas o frio amargo e o gelo diminuíam os dois até certo ponto.

— Vocês estão sentindo algum cheiro? — perguntou ela aos outros.

Eles franziram a testa e deram de ombros.

— Talvez — sugeriu Erda. — Não tenho certeza.

— Está suspeitando de gás? — perguntou Hsien.

— Seria uma armadilha lógica.

— Então me permitam liberá-lo. — Ele colocou a mão dentro do paletó, recebendo de Erda uma reação semelhante ao tremor que ele sentiu mais cedo em resposta à câmera, e tirou uma faca, jogando-a no bolo. A lâmina girou no ar e atingiu solidamente entre dois profiteroles, rasgando o glacê e chegando ao interior.

O vapor que escapou de lá era de um verde-amarelado malicioso e asqueroso sob os lampiões do jardim, e o fedor imediato fez todos recuarem. O gás fluiu pelo chão na direção deles, formando vagalhões apavorantes.

Irene nunca tinha estado sob ataque de gás, mas as lembranças de piscinas de natação limpas com cloro lhe disseram qual devia ser o tipo.

— **Vapor tóxico, volte para o bolo e fique lá dentro!** — ordenou apressadamente.

— Fechar novamente o glacê? — sugeriu Erda, enquanto o gás fluía de volta, deixando um rastro chamuscado ao redor do buraco.

— Seria apenas temporário. Precisamos descartar esse negócio. — A Linguagem funcionava com gás, mas só temporariamente: não ficaria onde foi colocado, a menos que houvesse um jeito melhor de selá-lo lá dentro. Seria melhor descartar o negócio todo, se isso fosse possível. Irene vasculhou o cérebro em busca de lembranças das aulas de química na escola. O cloro reagia com quase tudo, ela se lembrava disso. — Fiquem todos bem para trás, para o caso de isso dar errado, por favor.

A velocidade com que todos recuaram ainda mais foi gratificante. Era legal quando as pessoas prestavam atenção às suas ordens.

— **Neve no chão ao redor do bolo, derreta** — disse ela. —
Vapor venenoso — ela desejou saber qual era a palavra para
cloro na Linguagem —, **saia do bolo e se dissolva na água.**

Mais uma vez o gás fluiu para fora, com mais partes do
bolo pendendo e dissolvendo no caminho, mas, ao mesmo
tempo, a neve ao redor desabou em si mesma, se dissolvendo
na água. Felizmente, o chão estava congelado o suficiente
para a água não escorrer de imediato. O gás se fundiu e se
alterou, se movendo como uma coisa viva enquanto serpenteava para as poças crescentes, que subiam e borbulhavam
enquanto os produtos químicos reagiam.

— Se eu tivesse tentado fazer isso na escola, eles teriam
me obrigado a usar uma capela de exaustão — disse Irene
sem pensar. Isso estava consumindo mais energia do que esperava. Ela cruzou os braços, os dedos enterrados nos ante-
braços enquanto se concentrava. A vegetação congelada no
chão murchou e ficou amarela enquanto o líquido clorídrico
a consumia. Buracos se formaram no piso conforme o ácido
escorria mais para baixo. Algumas toupeiras iam levar um
choque desagradável. O bolo cedeu, desabando em si mesmo
num lamaçal borbulhante de glacê estragado com manchas
amarelas, os profiteroles desmoronando e as torres de açúcar
tombando.

— Você fazia esse tipo de coisa na escola regularmente?
— perguntou Hsien. Irene não tinha certeza se seu tom era de
choque ou inveja.

— Bem, de vez em quando. Com tubos de ensaio e tal.
Não com a Linguagem, e não com bolo. — Irene observou a
última parte do gás dissolver na água. Fragmentos de vidro se
projetavam nos restos da comida. — Acho que o gás devia
estar em frascos de vidro fino dentro da estrutura do bolo. No
instante em que alguém enfiasse uma faca ali...

— Você provavelmente está certa — disse Hsien. — Felizmente não seria um perigo para os meus lordes, mas mesmo assim...

A fúria contrabalançou o cansaço e a fome de Irene. Isso não era apenas um plano para estragar a aliança e provocar quem sabe quantas mortes a mais no processo; era uma tentativa de assassinato que teria atingido os funcionários do hotel acima de tudo. Seria um garçom ou um chef que ia cortar o bolo, e os garçons reunidos ao redor para distribuí-lo quando o gás saísse. Seriam seres humanos inocentes e comuns que teriam sofrido.

Ela não tinha certeza se gostava ou não de Hsien e Erda, mas *realmente* não gostava de quem estava por trás disso. Fosse a Condessa Sangrenta ou algum *outro* vilão totalmente inesperado escondido em Paris. Ou alguma tramoia maliciosa do Cardeal. Ou... tanto faz. Havia possibilidades demais e *fatos* de menos.

— É melhor voltarmos para o hotel — disse ela. — Alguém pode vigiar a evidência até Vale ter uma chance para examiná-la e depois descartá-la?

— Vou pedir para o meu pessoal fazer isso — disse Erda. Ela olhou para os danos ao redor. — Não queremos ser os culpados. Os jardineiros provavelmente vão pensar que o envenenamento em massa seria melhor do que danificar esse solo.

Irene concordou, espanando a neve do cabelo e dos ombros enquanto eles voltavam para o hotel. E Erda realmente tinha resumido o problema básico. Todo mundo aqui via os danos ao seu interesse específico como mais significativo que o dano aos dos outros. Qualquer que fosse a dimensão dele.

— Esperem — disse Hsien, estendendo um braço para barrar o caminho de Irene.

Uma sombra cobria a calçada ao redor do hotel. A princípio poderia ser apenas a escuridão simples, mas, enquanto os três estavam parados ali, ela se moveu, deslizando pela calçada como água. Dezenas – não, centenas – de olhinhos cintilavam no escuro, minúsculos e cruéis, captando a luz dos postes de rua.

O carpete de ratos se propagava pela rua em direção a eles, devagar o suficiente para fazer o sangue congelar e permitir uma compreensão total da situação. Eles estavam se movendo para cercá-los.

CAPÍTULO 14

Irene se viu recuando, passo a passo, sem conseguir tirar os olhos dos ratos. Nunca tinha tentado correr de roedores, mas não tinha certeza se ia vencer. Ainda mais usando essas sapatilhas finas e um vestido longo. E havia alguma coisa neles que tornava impossível desviar o olhar: havia uma *presença* que os unia, que os amarrava e usava seus olhos para encarar seus alvos. Não era uma presença remotamente saudável: ela conjurava pensamentos retorcidos desagradáveis de sangue e escuridão. Sentia o gosto do caos no ar, mais potente do que esgoto, mais venenoso do que cloro.

— Talvez se conseguíssemos chegar ao Sena... — sugeriu Hsien baixinho.

Uma pequena onda de movimento passou pelos ratos, como se eles conseguissem ouvi-lo e entendê-lo perfeitamente bem. Eles correram mais rápido.

Um plano desesperado se formou na cabeça de Irene. Ela segurou o braço de Erda – meio que para chamar sua atenção, mas também para mantê-la onde estava. Os ratos tinham de estar na posição certa para isso funcionar.

— Poderia ser a Condessa Sangrenta comandando os ratos? — perguntou ela.

— É ela. — Erda estava mantendo a compostura, mas seus olhos estavam arregalados de medo e seu braço estava tenso sob a mão de Irene. Dos três, ela provavelmente era quem tinha a melhor ideia do que estavam encarando, e estava claramente apavorada. — Quem *mais* poderia ser? É exatamente o tipo de coisa que ela faria. Dizem que uma vez ela trancou pessoas numa masmorra, para os ratos comerem.

— Me fala *o que* ela é! — Irene sacudiu o braço de Erda. — Eu preciso saber!

— A rainha das bruxas — sussurrou Erda —, a invocadora de demônios, a anciã que lava a pele no sangue de donzelas, a senhora das masmorras, a...

Os ratos diminuíram o passo e voltaram a rastejar, se espalhando pela rua em uma ampla onda de pelos, olhos e dentes rançosos que se propagava. *Exatamente como eu pensava,* refletiu Irene secamente. *Nenhum feérico poderoso jamais perde a chance de ouvir outra pessoa falando sobre ele.*

Mas isso os colocou onde ela queria: quase todos na rua.

— **Rua, segure os ratos!** — gritou ela no volume mais alto que conseguiu, forçando as palavras a saírem o mais rápido possível.

Os ratos explodiram em movimento quando as palavras de Irene na Linguagem queimaram o ar, se apressando na direção deles, mas ela foi – bem – precisa. As pedras fluíram como se fossem água, apertando as perninhas com garras e retorcendo os corpos. Um coro de guinchados repugnante ecoou enquanto as criaturas se contorciam e puxavam as pedras que agora os seguravam.

Um dos ratos tinha conseguido atravessar a rua a tempo e correu em direção a eles. A faca de Hsien o prendeu ao chão.

— Estou impressionado, srta. Winters — disse o serviçal dos dragões. — Eu não tinha percebido... srta. Winters?

Irene estava desmoronando com o esforço de vários usos da Linguagem em pouco tempo. Ela se apoiou em Erda, grata pelo apoio da outra mulher.

— Me deixe recuperar o fôlego — murmurou. — Alguém tem aspirina?

Mas alguma coisa estava cutucando sua mente além da chegada de uma dor de cabeça. Alguma coisa estava errada aqui. Não, não exatamente *errada;* mas estava *deixando passar* alguma coisa.

Erda fez um ruído de choque e repulsa.

— Não sei se temos tempo — disse ela.

Irene se obrigou a olhar para cima. Os ratos estavam mordendo as próprias patas presas, tentando rasgar a pele para se soltarem. O estômago dela se retorceu de náusea.

— Isso é... repulsivo.

— *Ela* os controla — gritou Erda, se recompondo. — E eles podem estar infectados com doenças. Não podemos deixar que nos mordam. Hora de recuar...

— Não — disse Irene rapidamente, tentando se concentrar. Sua cabeça doía. Ela podia tentar afundar os ratos mais fundo no asfalto, mas isso poderia nocauteá-la. Eles estavam investidos com o poder caótico: estaria lutando contra isso, além da natureza da realidade. Sua primeira tentativa tinha sido difícil o suficiente; ela não sabia se teria sucesso na segunda. — Vamos contorná-los e voltar para o hotel. Eles não podem entrar lá.

— Tem certeza? — perguntou Hsien. Ele estava com uma nova faca entre os dedos.

— Se eles pudessem, estariam aqui nos perseguindo? — Irene se abaixou para segurar o vestido e correr. — Malditas sapatilhas!

— Eu a levo — disse Erda para Hsien. — Você nos protege. — Ela pegou Irene e a pendurou com facilidade sobre o ombro, sem se preocupar em pedir a opinião dela antes.

— Agora — concordou Hsien. Os dois começaram a correr, indo de lado pelo asfalto e em direção à entrada do hotel. Irene sacolejava no ombro de Erda, tentando controlar a sensação crescente de náusea. Carregar alguém como um bombeiro poderia ser um jeito mais eficiente de levantar a pessoa do que pegá-la nos braços, mas era muito menos agradável. E isso lhe dava uma visão dos ratos rasgando a si mesmos para escapar da pedra, deixando ossos e carne para trás, se arrastando atrás de Erda e Hsien com bocas ensanguentadas e olhos alucinados.

Ela realmente, *realmente* esperava estar certa em relação ao hotel ser um local seguro.

Erda levantou suas saias com a mão livre e saltou correndo por cima de uma massa serpenteante de ratos. Ela quase tropeçou quando caiu, mas Hsien segurou seu cotovelo e a estabilizou. Houve gritos de estímulo à frente deles, mas Irene não conseguiu ver o que estava acontecendo. Os ratos estavam se movendo de novo, agora mais rápidos, fluindo na direção deles e deixando rastros de sangue na pedra e na neve.

E aí Erda e Hsien estavam cambaleando para a área da recepção do hotel, e os funcionários estavam se reunindo ao redor deles com murmúrios de choque e pavor, oferecendo ajuda. Erda deixou Irene escorregar do seu ombro, pousando-a no chão de novo, e alguém colocou um copo de conhaque na mão de Irene. Ela o engoliu antes da ideia de veneno sequer passar pela sua mente. Isso a ajudou a se firmar. Olhou para as portas do hotel, fechadas com segurança. Os ratos não estavam tentando entrar.

Os funcionários do hotel pediram desculpas, jurando que nada assim tinha acontecido antes, que a polícia certamente faria alguma coisa em relação a isso ou a brigada de incêndio ou alguém, de qualquer maneira. Irene fez uma anotação mental de que outro Bibliotecário talvez precisasse ir lá fora mais tarde e usar a Linguagem para alisar a superfície da rua, antes que alguém fizesse perguntas constrangedoras.

Mas, agora que estava fora de perigo imediato e tinha um instante para pensar, sua sensação de que estava deixando alguma coisa passar se esclareceu.

— Hsien — disse ela baixinho, puxando o homem para o lado e chamando Erda. — Erda. Seria justo dizer que todas as ameaças até agora, hoje à noite, foram, bem, não *seguras,* mas administráveis? Coisas que conseguiríamos resolver, se dedicássemos tempo e atenção suficientes a elas?

Erda franziu a testa.

— Não tenho certeza se conseguiríamos resolver todas tão bem sem sua ajuda, mas você pode estar certa. Por quê?

— Estamos sendo enganados — disse Irene com brutalidade. — Controlados. Distraídos. Nossa atenção está sendo concentrada em ameaças menores enquanto nosso inimigo está aprontando outra coisa. Alguma coisa mais séria. — Ela olhou de um para o outro, mas nenhum dos dois discordou; estavam assentindo devagar.

— O que você acha que ela está tentando? — perguntou Hsien. Ele não precisava explicar quem era *ela.* Mu Dan deve ter repassado suas suspeitas em relação à Condessa Sangrenta.

— Precisamos estar preparados para alguma coisa grande e em massa, só por garantia — disse Irene. — Mas não tenho certeza...

Ela franziu a testa, tentando fazer as peças que giravam na sua cabeça se encaixarem em uma forma reconhecível. Os ratos, zunindo com poder caótico e malícia, mas incapazes de entrar no hotel. Por quê? Por causa das proteções da Biblioteca? Mas a delegação dos feéricos tinha conseguido ir e vir sem nenhum problema. Havia algum *outro* motivo para os ratos não terem tentado entrar? *A rainha das bruxas,* Erda a tinha chamado assim. A Condessa Sangrenta era uma feérica e Irene sabia que os feéricos poderosos conseguiam infundir seu poder em animais drasticamente adequados.

Mas o que os ratos tinham *feito* de fato? Bem, eles tinham atraído a atenção de todo mundo para *fora* do hotel...

Seus olhos se arregalaram, em choque. Ela se lembrou do cesto de gato vazio na cozinha. O gato, por tradição, é próximo das bruxas. O arco que dava para a adega. E o fato de que, com os anarquistas, um inimigo já tinha provado que conseguia usar os esgotos de Paris para se movimentar por debaixo da superfície...

— A ameaça pode estar na adega — disse ela bem baixinho. — Seja lá o que for. Não sei, mas tenho de verificar. Estou prestes a desobedecer às instruções de Prutkov. Preciso de Vale, Mu Dan e Silver ou, se não conseguir encontrá-los, outra pessoa *competente* de ambos os lados, e preciso deles agora.

— Além do mais, o pano de fundo político da sua mente apontava que, além da ajuda física e metafísica direta, ter testemunhas de ambos os lados poderia ser útil num futuro próximo, se Irene descobrisse o que temia encontrar no andar de baixo.

— O mais rápido possível. Estarei lá embaixo na adega.

— Sozinha? — quis saber Hsien.

— Não temos *tempo*. — Irene tirou a capa e jogou para ele, espanando a neve do cabelo. — Eu levo alguém do pessoal de vocês, se encontrar com eles no caminho, mas temos que vasculhar o local *agora*. E, se não houver nada na adega, vamos examinar o restante do hotel. Já passamos do ponto de nos preocuparmos em perturbar o jantar. Se eu estiver errada, eu vou assumir a culpa. *Agora,* por favor!

Ela colocou autoridade na voz e eles reagiram, disparando até o salão de jantar. Irene segurou as saias do vestido e correu para a cozinha, deixando um rastro de pegadas molhadas. Se ela estivesse certa e a Condessa tivesse um plano maior pronto para colocar em ação, não era uma questão de *se* ela ia fazer, mas *quando*.

A cozinha ainda estava tranquila. Bem, tecnicamente não estava tranquila, era uma colmeia de atividade com um zumbido constante de ruídos. Seria mais preciso dizer que não era uma cena de assassinato sangrento ou nenhum outro tipo de distúrbio violento. Aspargos estavam sendo cortados, frangos estavam nos estágios finais do assado e o patê de *foie gras* estava sendo cuidadosamente posicionado em pratos artisticamente decorados.

— Madame, aconteceu alguma coisa? — quis saber a assistente de Hsien. Ela estava de olho nos cozinheiros, mas a entrada de Irene tinha sido apressada o suficiente para sinalizar que alguma coisa estava errada.

— Alguém desceu para a adega? — perguntou Irene baixinho.

— Não, madame. Todos os vinhos para o jantar foram tirados mais cedo e ainda não houve nenhuma necessidade de pegar mais garrafas. — A mulher deu uma olhada furtiva para a passagem em arco. — Tem algum motivo...

— Pode ter. Como é a iluminação lá embaixo?

— Elétrica, madame, como o resto do hotel.

— Ótimo. Precisamos investigar lá embaixo com urgência. Você pode ser dispensada de supervisionar aqui ou precisa estar de vigia?

A mulher hesitou. Irene de repente percebeu como devia parecer suspeita: tinha chegado ali sozinha, sem Hsien para lhe dar apoio, e estava exigindo que a mulher deixasse seu posto designado para acompanhá-la.

— Tudo bem — disse ela. — Fique de olho nas coisas aqui em cima. Vou descer: mande Hsien e qualquer outra pessoa para lá assim que eles chegarem.

A mulher assentiu, nitidamente aliviada.

— Farei isso, madame.

Quando Irene passou pelo cesto do gato, olhou para ele. Ainda estava vazio, exceto por uma dispersão de pelos pretos na manta.

A passagem em arco se abria diante dela. Irene acendeu o interruptor e começou a descer a escada de pedra sob o brilho súbito da luz. A construção era mais antiga do que a nova construção dourada e de madeira no andar superior: pertencia a uma Paris que negligenciava o tempo e era construída para durar. O ar lá embaixo era mais frio do que na parte principal do hotel, batendo na pele em correntes de ar gelado e provocando arrepios em seus ombros e braços nus.

A escadaria curta levava a uma sequência de adegas que eram enfileiradas com prateleiras de garrafas e barris pesados. Apesar das melhores tentativas de ventilação, havia um amargor no ar: a memória de vinho e conhaque, porto e licores, e os ecos de todo o álcool que transpirava dos barris ou pelas rolhas.

Irene fungou de novo. Dava para sentir agora. Tinha sido abafado por todas as proteções de segurança da própria Biblioteca e pelas presenças importantes no banquete acima, mas, agora que estava aqui embaixo e mais próxima, dava para sentir que estava presente. Não era um cheiro nem um toque nem uma sensação física, mas ela estava consciente daquilo, e a marca da Biblioteca formigava em resposta. Alguma coisa – alguém – que pertencia ao caos estava ali embaixo na adega com ela.

E, se a pessoa tinha percebido as luzes serem acesas e ouvido os passos de Irene na escada, sabia que estava prestes a ter companhia.

O lugar estava silencioso. Nada se mexia. Nada pingava.

Se eu fosse uma ameaça, o que eu seria... A primeira resposta que lhe veio à mente foi uma bomba. E, se um bombardeador estava tentando pegar o máximo de convidados do jantar, a bomba estaria localizada embaixo do Salão Tuileries. Irene se orientou mentalmente e seguiu para essa parte da adega.

E aí as luzes se apagaram.

Irene avaliou suas opções: acender as luzes de novo, usando a Linguagem e forçando um confronto, ou tentar andar pelo local na escuridão profunda com um inimigo em seu encalço?

Alguma coisa roçou atrás da sua perna.

Irene engoliu uma arfada de choque, dando um salto para a frente. Isso resolveu a questão. O confronto aberto era preferível a tentar se esquivar de alguém que claramente conseguia enxergar no escuro.

— **Luzes, acendam!** — ordenou ela.

As luzes voltaram a se acender, mas agora estavam mais fracas, como tochas queimadas pela metade, lançando sombras em todos os cantos. Não havia nenhum sinal do que tinha roçado na sua perna. O silêncio encheu o ar: um silêncio faminto, expectante.

Dois relógios faziam tique-taque na cabeça de Irene. Um deles era o tempo até seus reforços chegarem. O outro era até a bomba teórica – ou qualquer coisa que poderia estar ali embaixo – disparar.

Se a Condessa – ou quem quer que fosse o inimigo – *estava* direcionando os ratos, teria visto Irene lá fora. Agir de maneira inocente não faria nenhum bem. Era melhor jogar com apostas mais altas.

Antes de perceber que era uma péssima ideia, ela gritou:

— Condessa Sangrenta? Milady? Solicito uma audiência.

Ainda não havia nenhum som, mas as luzes começaram a piscar e se apagar uma por uma atrás de Irene e de ambos os lados, deixando apenas um corredor de iluminação à sua frente. O convite era claro.

Irene seguiu o caminho iluminado, pegando uma garrafa de conhaque em uma das prateleiras por onde passou. Ela se sentia mais confortável com um objeto sólido na mão, que poderia servir como arma. As luzes se apagavam quando ela passava e a escuridão a envolvia por trás. Um farfalhar no chão, que mal dava para escutar, a fez olhar para a esquerda: um gato malhado coberto de poeira saiu de trás de uma prateleira de garrafas para caminhar ao lado dela. Mais gatos saíram das sombras, se espremendo por baixo de barris ou descendo das prateleiras mais altas. Eles se moviam ao redor dela numa escolta silenciosa, conduzindo-a para a frente, roçando no vestido e olhando para ela com olhos claros indecifráveis.

Irene chegou a uma passagem em arco na última adega e parou ali, olhando para o cômodo adiante. Uma corrente de ar puxou seu vestido e se enroscou nos seus ombros, fazendo-a estremecer. A ficha caiu: devia haver algum tipo de abertura na parede dessa adega, se o ar estava se movendo. Podia ser uma saída para os esgotos ou a adega de algum outro prédio ao lado ou do outro lado da rua. Mas, desse ângulo, tudo que ela conseguia ver era mais pilhas de garrafas...

A luz piscou vermelha no fim do cômodo e Irene viu a mulher em pé ali.

O cabelo dela poderia ser dourado à luz do sol, mas, nessa luz fraca, sob as lâmpadas incandescentes, era cobre queimado, trançado e coroado com uma touca carmim. Ela estava usando a roupa formal rígida do século XVI, com um enorme franzido de renda e mangas bufantes brancas, saia rodada carmim e corpete de renda. As únicas partes da pele que apareciam eram as mãos e o rosto. Era muito bonita. Ninguém poderia discordar disso. Mas alguma coisa na palidez e na pureza da sua pele era insalubre; fez Irene pensar em lírios e fungos crescidos em túmulos e alimentados por cadáveres. Assim como Irene, a mulher estava cercada por um séquito de gatos. Eles se encostavam nas pernas dela, as bocas abertas em um ronronar silencioso, como se ela fosse inebriante como erva-de-gato.

Ela era deslumbrante, e Irene teria ficado mais impactada se o dia não tivesse sido uma cavalgada de pessoas fazendo das tripas coração para impressioná-la. Entre reis dragões e a nobreza feérica, ela estava esgotada, e sua capacidade de se admirar e de se apavorar estava quase exaurida. Quase, mas não estava; tinha o suficiente para ficar sensatamente receosa.

— Madame — disse ela e fez uma reverência. O importante era ganhar tempo. Ou, talvez, até conseguir negociar uma trégua? Provavelmente era um pensamento ilusório, mas nunca saberia se não *tentasse*. — Tenho a honra de me dirigir à Condessa Elizabeth Báthory de Ecsed?

A mulher parecia vagamente satisfeita.

— Sim. Mas, se você já sabia quem eu era, por que veio passear aqui embaixo com tanta coragem?

— Para falar com você, é claro — mentiu Irene. — E eu só segui os gatos.

— Eles dizem que uma vez eu lancei um feitiço para invocar uma nuvem com noventa gatos para atormentar meus inimigos. — A Condessa apontou para os animais que a cercavam. — Pode ser um exagero. Mas eles sempre foram meus companheiros.

Irene levantou a garrafa em sua mão.

— Posso lhe oferecer um drinque, talvez?

— Eu nunca bebo... conhaque. — A Condessa franziu os lábios, um pouco irritada consigo mesma. — Pobre de mim, como é difícil evitar clichês! Mas eu certamente não vou aceitar nenhum alimento nem presentes que você me ofereça.

— Então, por que você está aqui?

— Você sabe perfeitamente bem. — O ar cheirava a sangue e poeira. — Estou aqui para destroçar essa tentativa lamentável de paz.

— O que não entendo — disse Irene, se aproximando — é por quê. — Sua garganta estava seca de medo. Sentia como essa mulher feérica era poderosa: cada passo em direção a ela era como se aproximar de uma naja, só havia segurança se a cobra decidisse não atacar.

A Condessa balançou a cabeça e seu cabelo se soltou da touca e das tranças, voando ao redor do rosto como a juba de um leão. O rosto permaneceu imóvel, perfeito como uma máscara.

— Você sabe o que significa ser parte de um ciclo? — perguntou ela.

Irene piscou.

— Como é?

— Sou Elizabeth Báthory. — A Condessa passou as mãos pelo cabelo, alisando-o de volta. Seu vestido estava mudando para uma roupa feminina mais jovem, menos ornamentada e com um rufo menor. Por um instante, sua pele pareceu natural e não feita de alabastro frio. — Sou ela quando era jovem e inocente, casada com um homem mais velho que foi para a guerra. Sou ela quando envelheceu e teve de governar o estado com uma vara de ferro. Eu não podia tolerar nenhuma deslealdade, nenhuma dissidência. Fui cruel porque governantes *eram* cruéis, donzela. Sou a Elizabeth que foi falsamente acusada e que morreu na escuridão, presa no próprio castelo, com dia após dia para aprender a odiar o mundo além daqueles muros. E também sou a Elizabeth que foi sinceramente acusada e que se banhava no sangue de virgens para ser jovem de novo e que ficou velha e enrugada sem esse sangue. Sou a rainha das bruxas e a torturadora, proprietária da dama de ferro de Nuremberg. Sou todas essas coisas ao mesmo tempo. Está me entendendo?

Irene não tinha certeza absoluta se *entendia,* mas estava desenvolvendo algumas teorias tenebrosas sobre o que acontecia com os feéricos que tinham de incorporar partes contrastantes de um arquétipo ao mesmo tempo. A insanidade era o mínimo.

— Madame — disse ela —, entendo tudo isso, mas não vejo por que você deveria querer a guerra em vez da paz.

Os olhos da Condessa eram de um marrom escuro profundo, do mesmo tom de sangue seco e velho em uma roupa branca.

— Não há verdade na paz — disse ela. — A paz é, no mínimo, um breve interlúdio entre as hostilidades. Os tratados que podem ser assinados não passam de mentiras. O campo de batalha é mais honesto. O que vocês estão tentando construir aqui não vai durar e você vai ser culpada por isso quando tudo desabar. Dê-me seu nome.

— Não — disse Irene. Ela teve de se forçar a recusar; as palavras da Condessa vieram com um impulso de obediência, com um vestígio de medo e dor prometida. Ela deu um passo mais para perto. O fluxo de gatos ao redor dos seus pés se misturou com a multidão que cercava a Condessa.

— Você está vindo para as minhas mãos — disse a Condessa. — ... Está esperando seus amigos chegarem para salvá-la? Eles vão ficar perdidos nessas adegas por um século, se eu desejar. — Desta vez, seu sorriso era aguçado e penetrante, cheio de desejo pelo sofrimento alheio. Essa era uma mulher que podia sangrar as vítimas até a morte e se banhar no sangue delas. — Você fala como uma heroína. Vamos ver se consegue sofrer como uma.

As palavras continham uma promessa de tanta dor que, por um instante, Irene ficou presa, congelada onde estava. O reconhecimento inesperado atravessou o medo e lhe deu voz.

— Achei que íamos evitar os clichês.

A Condessa ergueu uma sobrancelha insolente.

— Isso é de *Os mistérios de Udolfo* — explicou Irene. — Se quiser me ameaçar, por favor, seja original.

O ar pareceu congelar ao seu redor, apertado como um laço na garganta.

— Não zombe de mim — disse a Condessa muito baixinho, cada palavra uma faca afiada. A cor drenou da pele dela e a roupa escureceu até ficar preta: agora ela estava pálida como gelo num necrotério, usando um vestido preto mortal, que se misturava com as sombras. — Pequena Bibliotecária, aqui embaixo comigo na escuridão, totalmente sozinha... você não tem nenhum respeito? Não tem humildade? Não tem medo? Eu juro, dou minha palavra, que serei mais *original* do que você possa imaginar.

Provavelmente não é uma boa ideia provocar a Condessa Sangrenta, Irene lembrou a si mesma, baixando os olhos.

— Me perdoe — murmurou ela. — Sou uma Bibliotecária. Os livros são nosso negócio.

Mas alguma outra coisa tinha chamado sua atenção. Enquanto a Condessa estava mudando seu aspecto e sua aparência, como o Cardeal fizera mais cedo, e como outro feérico poderoso que Irene tinha visto uma vez, havia alguma coisa translúcida nela. Ela era apenas uma fração... irreal. O cheiro de sangue que cobria a adega estava centrado nela, mas não vinha *dela.* Não usava nenhum perfume. Era como se fosse um holograma ou uma projeção.

E não havia portas na parede atrás dela; conseguia ver isso, mesmo na luz fraca. Além da entrada que Irene tinha usado, essa adega não tinha aberturas largas o suficiente para um ser humano passar.

Mas agora que Irene estava *olhando,* havia uma pequena abertura recente na parede em um dos lados, no nível do chão, a menos de trinta centímetros de altura. Os tijolos espalhados ao redor sugeriam que tinha sido aberta pelo outro lado. Era pequena demais para uma mulher.

Mas grande o suficiente para um gato.

E os gatos roçando nas pernas de Irene, se esfregando nela, os olhos captando a luz enquanto a encaravam, eram reais.

— É verdade que faz um tempo desde que me diverti com uma Bibliotecária — refletiu a Condessa. — Vai ser interessante ver se vocês ainda se quebram com a mesma facilidade.

O plano incompleto de Irene saltou de *talvez* para *imediato*. A Condessa parecia uma mulher que não estava disposta a perder mais tempo antes de chegar à etapa de *estripar* da conversa.

— Agora sou eu que quero uma bebida — disse Irene. Ela levantou a garrafa. — **Rolha da garrafa de conhaque na minha mão, saia.**

A rolha saiu como se a garrafa de conhaque fosse uma garrafa de champanhe sacudida e quicou no teto, caindo em algum lugar num canto.

— Você vai descobrir que não é um analgésico tão bom quanto espera — disse a Condessa. Ela ficou tensa por um instante enquanto Irene usava a Linguagem, depois relaxou de novo quando as palavras ficaram claras.

— Veremos — disse Irene, e levantou a garrafa. — Mas o que estou me perguntando neste momento é...

— Sim? — indagou a Condessa.

Irene virou o conhaque em cima dos felinos, balançando a garrafa de modo que o álcool se espalhasse num arco.

— **Conhaque, limpe esses gatos da influência do caos!** — ordenou.

Os gatos gritaram quando o líquido os atingiu. Teria sido mais eficiente – mais simbólico – usar água pura como agente, mas, nessas circunstâncias, Irene só podia esperar que o conhaque funcionasse. Era uma cadeia lógica de raciocínio: os gatos eram as únicas coisas que poderiam ter entrado e saído dali e, de algum jeito, estavam agindo como agentes da Condessa para projetar a vontade dela neste lugar. Então, teoricamente, se Irene conseguisse *interromper* essa ligação, a

Condessa não seria mais capaz de ter acesso ao hotel. Era tudo uma lógica perfeitamente sólida, e Irene desejou desesperadamente que estivesse correta.

O som dos gatos gritando era quase pior que vozes humanas sentindo dor. Os ruídos desesperados *não eram* humanos; eram criaturas que não entendiam o que tinha sido feito com eles ou por que as ações de Irene doíam tanto. Eles rolaram no chão, se embolando e arranhando uns aos outros, e alguma coisa se ergueu do corpo deles: alguma coisa como um relâmpago ou uma luz fosforescente ou o primeiro brilho de luz numa lâmpada incandescente. Ela seguiu em direção à Condessa e por dentro dela, chamejando em seus olhos.

Irene se viu cambaleando, querendo cair de joelhos, quando o enorme esgotamento das suas palavras na Linguagem a atingiu. Ela estava deliberadamente se opondo a uma força antiga e poderosa do caos que queria manter tudo como estava. A Condessa piscava e sumia e reaparecia como as imagens vibrantes de um rolo de filme, tentando manter sua presença.

Irene se desequilibrou, mas se manteve ereta. *Tem pessoas demais dependendo de mim para eu deixá-la vencer.* Era uma promessa para si mesma, uma amarração autoimposta à própria vontade que era tão real quanto qualquer coisa que a Linguagem podia fazer. A ideia de todo mundo sentado acima dela, sem saber o que estava acontecendo, a fez dar um passo à frente, e ela jogou o resto do conhaque na cara da Condessa.

— **Criatura do caos, saia deste prédio!**

A Condessa congelou, subitamente achatada e bidimensional como um quadro. Seu rosto era uma máscara de raiva, branco e morto como um osso.

A escuridão se fechou ao redor de Irene enquanto a última luz se apagava.

CAPÍTULO 15

Irene caiu de joelhos, exausta, soltando a garrafa vazia. Sabia que ainda estava consciente – pelo menos, achava que sim. Como era possível saber se ela mesma estava consciente ou não só pensando na questão?

Ela se recompôs, respirando fundo e tentando fazer a cabeça parar de girar. Estar na escuridão desse jeito piorava tudo: não havia nada visual ao que se agarrar. Os gatos ainda estavam ali – sentiu o pelo quente na mão quando a estendeu –, mas tinham parado com aquele grito terrível. Estavam deitados, espalhados no chão como trapos surrados, mal se mexendo.

Prioridades. O que era mais importante? Ela precisava fechar a abertura na parede.

— **Tijolos que vieram do buraco na parede, voltem para o seu lugar e o fechem.**

O som de tijolos raspando um no outro reverberou pela cabeça dela como um terremoto. Irene sinceramente pensou em vomitar. O único motivo para não perceber como a dor de cabeça estava forte era o silêncio em comparação. Seu nariz estava sangrando e ela nem sabia quando isso tinha começado.

Ela apertou a ponte do nariz com força. Foi isso que lhe ensinaram nas aulas de primeiros socorros. Ou era para ela se deitar de costas com gelo no nariz e enfiar algodão?

Foco, disse a si mesma de um jeito agressivo.

— **Luzes, acendam** — testou.

Nada aconteceu.

Bem, isso era uma chateação. A combinação da influência da Linguagem e do poder caótico deve ter queimado um fusível em algum lugar, e nem mesmo a Linguagem conseguia acender as luzes se a luz fosse incapaz de ser acesa. Ela se ergueu e deslizou um pé para a frente, tentando evitar tropeçar em gatos semiconscientes enquanto tateava em busca de uma parede.

— Winters! — veio um chamado distante.

Era a voz de Vale. Ela soltou um grande suspiro de alívio, junto com uma fração de irritação por ele não ter chegado cinco minutos antes.

— Aqui! — Irene gritou em resposta, depois se encolheu e levou a mão à cabeça de novo.

Ela ouviu várias pessoas se aproximando, não apenas Vale – passos apressados, saias farfalhando. A luz interrompeu a escuridão e Irene protegeu os olhos do brilho súbito de lanternas manuais.

— Você está bem, Winters? — perguntou Vale.

— Passável — respondeu Irene. — A Condessa ficou pior. Mas ela já foi embora daqui. Acho. Eu a expulsei. — Ela olhou ao redor do ambiente à luz de lanternas. Nenhum sinal de explosivos. Nenhuma pilha de dinamite. Nada óbvio. — Vocês passaram por alguma coisa esquisita no caminho até aqui?

Mu Dan olhou por sobre o ombro de Vale, vasculhando o ambiente com as narinas chamejantes.

— Este lugar fede a caos — opinou ela. — E a conhaque. E por que há gatos para todo lado?

— De algum jeito, a Condessa estava usando-os para se manifestar. — Irene abriu caminho pelo carpete vivo de felinos. — Não vamos matá-los. Por favor. Acho que não foi culpa deles.

— Você pode garantir que eles estão seguros agora? — perguntou Mu Dan. — Não podemos nos dar ao luxo de arriscar.

— Que interessante. — Silver apareceu por trás de Vale e levantou a lanterna que estava segurando para inspecionar o chão. Ele mexeu em um dos gatos com a ponta de um sapato polido como um espelho; para tristeza de Irene, o gato não o atacou. — Este lugar certamente foi o foco do poder, mas parece que temos uma *pequena* falta de evidências.

— Bem, peço desculpas por não ter prendido a senhora em correntes de ferro, esperando sua inspeção... — Irene mordeu o lábio e parou antes de continuar. Não havia tempo para isso. — Eu desci aqui porque achei que quem estava provocando tanta confusão estava tentando atrair toda a nossa atenção para fora, o que significava que eles não queriam que olhássemos para dentro e aqui embaixo. Encontrei a Condessa neste cômodo, junto com uma multidão de gatos. Vocês estão vendo os gatos. E havia um buraco na parede, do tamanho de um gato, mas eu o bloqueei. Mas meu medo é que ela tenha plantado algum tipo de bomba aqui na adega ou feito *alguma coisa* que vai ser... ruim. — *Ruim* era uma palavra modesta para a situação atual, mas teria de servir. — Então acho melhor vasculhar essas adegas. Agora.

Silver franziu a testa e olhou para o relógio de pulso.

— Você tem algum compromisso? — alfinetou Mu Dan.

— Não — disse Silver. — Mas faltam cinco minutos para meia-noite. Se eu fosse o tipo de pessoa que quisesse ser desnecessariamente dramática...

Um calafrio percorreu a espinha de Irene. Porque *é claro* que um feérico lunático, belicoso e sedento de sangue dispararia explosivos à meia-noite. O que poderia ser mais adequado?

— Precisamos nos apressar — disse ela com urgência.

Vale assentiu. Sem precisar combinar, os quatro se separaram, Silver e Mu Dan correndo para a frente para verificar as adegas dos dois lados. Irene saiu tropeçando atrás de Vale, olhando para a direita e para a esquerda com a luz da lanterna dele.

— Quanto tempo até consertarem as luzes? — perguntou ela.

— Ninguém sabe — respondeu Vale secamente. — Precisamos de muita persuasão para nos deixarem descer aqui com lanternas. Falando nisso, Winters, peço desculpas pela demora...

— Aqui! — gritou Mu Dan, à frente e à direita. Vale saiu em disparada; Irene o seguiu.

Mu Dan apontou, muda, para a pequena adega lateral que tinha encontrado. Fios emaranhados saíam de diversos pontos nas pilhas de garrafas de vinho – e de trás – e iam até um ponto central, onde estavam enrolados em um mostrador de relógio. O segundo ponteiro estava se movendo em silêncio, mal visível por trás da rede de detonadores.

— Para trás — disse Vale, assumindo o comando. — Winters, você pode fazer alguma coisa em relação às condições de iluminação?

Irene não conseguia acender as luzes, mas talvez fosse capaz de melhorar as lanternas que todos estavam segurando.

— Me dê sua lanterna — disse ela, estendendo a mão. — **Lanterna que estou segurando, aumente sua luz até iluminar os arredores como se fosse meio-dia.**

A lanterna ficou cada vez mais forte, focalizando as madeiras e os tijolos da velha adega e lançando as sombras de todos num contraste nítido nas paredes e no chão.

— Levante-a — disse Vale. Ele franziu a testa. — É, foi o que achei. Para trás, todos vocês. Winters, me mantenha ilu-

238

minado. Não use a Linguagem. — Ele passou cuidadosamente por cima de um fio que Irene nem tinha notado estar atravessado na entrada da adega, depois se ajoelhou perto do mostrador e dos detonadores ao redor. Enfiando a mão no paletó, Vale tirou uma pequena caixa achatada do tamanho de um kit de manicure. Mas as ferramentas ali dentro eram chaves mestras, e não lixas e cortadores de unha.

— Devemos evacuar o hotel enquanto ele está trabalhando? — perguntou Mu Dan. Ela estava vestindo seda carmim escura lisa, com um colar de diamantes que combinava com os prendedores de cabelo. — Se isso der errado...

— Só temos um minuto e meio, de qualquer maneira — disse Silver atrás de Irene. — Nunca conseguiríamos fazer isso a tempo.

— Você está muito calmo com isso — comentou Irene.

— Minha querida ratinha... — Ela odiava esse apelido. Era muito *diminutivo,* de todas as maneiras. — Confio no detetive aqui para conseguir fazer o trabalho. É a natureza dele, afinal. Além do mais, sinceramente não me vejo morrendo assim. Quer saber como eu me vejo morrendo?

— Não — Irene e Mu Dan responderam ao mesmo tempo.

Irene não conseguia tirar os olhos do mostrador de relógio e do segundo ponteiro se arrastando lentamente ao redor dele. O segundo ponteiro era do tipo que dava pulinhos para a frente, em vez de se mover devagar. Segundo após segundo contado.

— Posso parar o relógio... — ofereceu ela.

— Se eu quisesse isso, teria pedido — disse Vale, sem levantar o olhar. Ele pegou outra gazua e a deslizou atrás do relógio. Todos estavam tão silenciosos que os minúsculos sons de metal contra metal eram audíveis. — Embaixo de um hotel cheio de Bibliotecários? Ela deve ter montado uma armadilha contra o que vocês podem fazer.

Irene sabia que isso era verdade. Tinha encontrado esse tipo de armadilha antes – e o fato de a Condessa ter passado um fio na entrada já demonstrava que ela era capaz de pensar desse jeito. Mas, se chegasse a cinco segundos e Vale não tivesse desarmado o cronômetro, será que valia o risco?

Sua boca estava ressecada. Ela engoliu em seco, tentando limpar a garganta. Dez segundos. Nove. Oito.

Ela ainda sentia o cheiro de sangue de antes. Sua lanterna iluminava sem dó, afastando as sombras reconfortantes. Cada segundo parecia se estender mais e mais. Sete. Seis. Cinco.

Se ela não parasse o relógio com a Linguagem agora, o hotel todo podia ir para os ares na explosão. Pessoas iam *morrer.*

Irene mordeu o lábio com força suficiente para doer. Ela confiava em Vale.

Quatro. Três.

O segundo ponteiro parou.

Vale se apoiou nos calcanhares e começou a guardar seus utensílios.

— Uma pecinha maléfica — disse ele com calma. — Uma das mais complexas que já vi. Pode me dar mais alguns detalhes sobre seu encontro com essa Condessa, Winters?

Irene repassou uma breve descrição do encontro. Era um alívio saber, finalmente, quem era o inimigo.

— Mas por que ela colocaria a bomba aqui? — perguntou ela. — Não é tão perto do Salão Tuileries.

— Não — disse Mu Dan de um jeito pensativo. — Mas acho que é embaixo do Salão Pompadour.

— O que provoca perguntas interessantes sobre o quanto a Condessa sabe sobre o jantar de hoje à noite. — Vale se levantou. — Acho que devemos voltar para o andar de cima.

Irene viu que Mu Dan estava franzindo a testa.

— Aconteceu alguma coisa? — perguntou ela.

— É uma pena — disse Mu Dan com cuidado —, uma pena muito grande não termos conseguido ver essa sua Condessa.

Uma incerteza súbita tomou Irene. Ela percebeu que estava se parabenizando subconscientemente pelo fato de não só eles terem afastado a Condessa e desarmado a bomba, mas de agora terem uma prova real de sua existência.

— Como é? — disse ela, na esperança vazia de ter entendido errado.

— Não estou tentando ser deselegante — esclareceu Mu Dan. — Concordo que este lugar fede a caos.

— Podemos ter um *pouco* menos de preconceito nos nossos verbos? — sugeriu Silver. Mas sua postura estava tensa e sua objeção era claramente mais pelo bem da desonestidade do que uma contradição genuína.

Mu Dan fez uma pausa para encará-lo furiosa antes de continuar.

— Percebo um tipo de interferência caótica aqui embaixo. Possivelmente feérica. Mas não temos provas, além da sua palavra, de que essa Condessa teórica armou a bomba. Quanto às evidências do que você estava fazendo aqui embaixo... bem, a encontramos no meio de uma pilha de gatos bêbados!

— Eles não estavam bêbados, só estavam ensopados de álcool — começou Irene irritada, depois percebeu que estava discutindo a questão errada. Uma sensação de traição estava se fazendo bem presente. — Está bem, admito que isso não parece muito melhor. Mas por que você está tentando contestar o que eu disse?

Mu Dan olhou de Silver para Vale, como se esperasse que um deles desse a resposta, e não ela. Nenhum dos dois falou. Ela se virou de novo para Irene.

— Porque é do seu interesse, e do interesse da Biblioteca, ter uma terceira parte tentando sabotar as coisas. E até agora não tivemos nenhuma prova real do contrário...

— Quer dizer além da tentativa de sequestrar você hoje mais cedo? — vociferou Irene. — Ou do gás cloro no bolo entregue ao hotel? Ou dos ratos lá fora?

O rosto de Mu Dan podia ter sido esculpido em pedra, mas seus olhos estavam quentes de raiva.

— Sou uma juíza investigadora imparcial. Esses eventos aconteceram, mas onde está sua prova de um gênio do mal por trás de tudo?

— Você está dizendo — perguntou Irene com muito cuidado, engolindo a vontade de gritar na cara da outra mulher — não, me perdoe, você está *sugerindo* que podemos ter armado tudo isso para fornecer evidências falsas de que a Condessa existe e está aqui?

— Estou dizendo — retrucou Mu Dan, com a mesma medida de raiva e moderação na voz — que, neste momento, não podemos provar nem relatar nada diferente.

Irene estava inspirando para dizer exatamente o que pensava disso, quando a escolha de palavras de Mu Dan levantou uma bandeira vermelha. Talvez Irene não fosse a única tendo de lidar com gerentes irracionais nessa missão.

— "Relatar" — disse ela com cuidado. — Humm.

Houve um brilho momentâneo de alívio nos olhos de Mu Dan.

— Não estou dizendo que eu não ia *gostar* de ter essas provas, você entende.

— E você? — Irene se virou para Silver. — Tem alguma opinião sobre o assunto que gostaria de compartilhar conosco?

— Modos, modos — murmurou Silver. — Só porque você teve uma experiência de quase morte com um parente poderoso meu aqui embaixo na adega, sozinha, e nem bebeu nada do conhaque, isso *não* significa que pode descontar em mim. A posição oficial do meu superior é que a Condessa existe, mas ele reconhece, não, vamos até o limite, ele *insiste* positivamente que tenhamos provas diretas disso. E seria mais prova do que apenas seu testemunho, um odor prolongado de caos e muitos gatos.

— Estamos omitindo uma coisa aqui — disse Vale de um jeito pensativo. — Winters sempre me garantiu que os Bibliotecários conseguem se obrigar na Linguagem a dizer a verdade. Tenho certeza de que isso torna o depoimento dela tão confiável quanto eu acredito que seja.

Irene estava prestes a agradecer a ele por esse apoio, mas aí percebeu a possível falha.

— Deixe-me adivinhar — disse ela, resignada. — Certas pessoas, certas pessoas de alto escalão, que não podemos mencionar, porque eles não vão querer ser citados quanto a isso, vão dizer que o problema é que isso se apoia em "os Bibliotecários dizem...", para início de conversa. Ou que de algum jeito eu fui enganada e que estou sinceramente dizendo a verdade, mas estou errada no que digo. Ou *alguma coisa*. E nada vai ser aceitável, exceto provas tão grandes e evidentes que daria para afundar o *Titanic* com elas.

Vale não se deu ao trabalho de perguntar o que era *Titanic*. Ele era melhor em priorizar do que Irene.

— Bem — disse ele bruscamente —, então é melhor encontrarmos essa prova. Começamos rastreando a dinamite de manhã e qualquer outra evidência que possa ter surgido. Você disse alguma coisa sobre um bolo e cloro, Winters?

— Sim — disse Irene. Ela estava voltando da beira do desespero. Era uma barreira temporária na estrada, não uma queima total de pontes. — Erda, da equipe de segurança dos feéricos, tem fotografias. É capaz de conseguirmos rastreá-lo. E as maçãs envenenadas também.

— Você devia ter falado isso antes — Mu Dan repreendeu Irene, enquanto eles voltavam para a escada. — Quando vou poder inspecioná-las?

— Espero que assim que ela revelar as fotos — disse Irene. — Acho que ela vai ter de voltar para o hotel deles para isso.

A cozinha ainda estava ativa, apesar de ter chegado à etapa da sobremesa, e os garçons estavam carregando tigelas de pêssegos nadando em gelatina. O estômago de Irene roncou, lembrando-a que, até agora, ela tinha conseguido evitar quase todos os pratos.

— Você acha que conseguimos nos esgueirar de volta sem ninguém notar? — perguntou, esperançosa.

— Ah, *monsieur* Vale! — Era o inspetor Maillon, com neve derretida pingando da capa, seguido de alguns gendarmes, com Prutkov, Duan Zheng e Sterrington logo atrás *deles,* e a procissão toda seguida de alguns garçons tentando desesperadamente expulsá-los da cozinha. — Tivemos outro surto desse comportamento anarquista desprezível! Normalmente eu não tiraria um homem de seu jantar, mas seu hotel estava no caminho da cena do crime e isso pode estar conectado com o ataque a você de hoje mais cedo.

— O que aconteceu? — perguntou Vale.

O barulho de facas cortando, gelatina chapinhando e álcool sendo servido tinha diminuído o suficiente para a cozinha toda ouvir a conversa. As palavras do inspetor Maillon eram audíveis no cômodo todo.

— Uma explosão na Biblioteca Richelieu, senhor! Ao toque da meia-noite. Pequena, nenhuma destruição séria, mas, mesmo assim, um ato espantoso de vandalismo e anarquia!

244

Estou a caminho de lá imediatamente e pensei em convidá-lo para me acompanhar.

Irene sentiu a cor escorrendo do rosto. Ela deixou a lanterna de lado na superfície horizontal mais próxima antes que a derrubasse. Tinha fracassado ainda mais do que pensava. A Condessa devia ter um ataque duplo programado e Irene só percebeu metade dele. Havia *fracassado*.

No fundo da mente, ela estava semiconsciente da discussão intensa, depois Vale apareceu na frente dela.

— Winters, preciso... Winters, você está bem?

Com o que parecia um esforço grande o suficiente para abalar Paris, Irene se recompôs.

— Vamos investigar a explosão?

Vale baixou a voz.

— Para ser preciso, Winters, *eu* vou. O inspetor e este mundo todo parecem achar inadequado arrastar mulheres para esse tipo de situação. Vou levar Silver também: ele me garante que consegue localizar qualquer sinal de interferência feérica. Sinto dizer que você e Mu Dan vão ter de lidar com as coisas aqui. De manhã eu conto o que descobrimos.

Irene pensou em protestar. Depois olhou para o inspetor Maillon e analisou seu nível de preconceito de gênero. Oscilava entre bigode eriçado e sobrancelhas indignadas. Ela podia insistir em ir com eles, mas isso tomaria um tempo precioso e a disposição do inspetor em cooperar poderia enfraquecer diante do que ele considerava demandas irracionais. Ela teria de se esgueirar mais tarde.

— Estarei aqui — disse Irene com certo esforço. — Boa sorte.

Com um movimento da cabeça, Vale saiu, e o grupo deles estava se arrastando – ou, mais precisamente, sendo arrastado pelo chef principal, que já estava cheio de todos – para o corredor. Irene olhou melancólica para Vale e Silver, que estavam desaparecendo junto com o inspetor e seus gendarmes, mas depois foi empurrada contra a parede por Prutkov.

— Irene — disse ele. — Explique o que está acontecendo, por gentileza. E por que você chamou as pessoas para saírem do jantar formal, apesar das minhas instruções específicas para não fazer isso.

Irene teria preferido dar seu relatório para ele em particular, e não na frente de pessoas dos dois lados, mas pelo menos isso a distraiu dos pensamentos sobre a Biblioteca Richelieu em ruínas. Ela se agarrou como um talismã à descrição do inspetor como *pequena* e repassou os eventos da noite até então o mais rápido possível.

Os lábios de Prutkov enrijeceram enquanto ela continuava.

— Entendo — disse ele finalmente, e se virou para Duan Zheng e Sterrington. — Devo pedir que aceitem minhas desculpas pela situação e pela falta de qualquer evidência óbvia sobre o que aconteceu. Claramente, nossa reação a essa ameaça toda foi inadequada. Vamos rever a situação e estamos preparados para colocar outro Bibliotecário no comando da investigação, se seus representantes preferirem trabalhar com outra pessoa. — *Alguém que não tenha errado e demonstrado sua incompetência,* seu tom deixava claro.

Irene já tinha sido culpada por situações e sido deixada para assumir a culpa antes, mas raramente de um jeito tão público. Uma dezena de respostas diferentes borbulharam na boca dela e tentaram sair, desde o infantil *Isso não é justo!* até o mais adulto *De jeito nenhum alguém poderia ter previsto isso!* até a transferência de culpa *Você mesmo se recusou a me dar mais ajuda.* Ela quase literalmente sentiu o gosto de bile enquanto mantinha a boca fechada e engolia em seco. Contradizer Prutkov em público só ia enfraquecer a posição da

Biblioteca. Os dragões iam considerar como comportamento impróprio. Os feéricos veriam como uma demonstração de fraqueza potencial que eles poderiam explorar. De qualquer maneira, falar alguma coisa seria um erro. Ela sabia disso. Era – ah, como odiava esse termo agora – *profissional* o suficiente para ficar de boca fechada.

Apesar de que, se ela fosse capaz de fazer telepatia naquele momento exato, a cabeça de Prutkov teria entrado em ebulição por dentro e explodido.

Duan Zheng e Sterrington se entreolharam, calculando. Irene imaginou que eles estavam analisando as chances de conseguir alguma vantagem nas negociações pela situação atual. E é claro que havia a possibilidade de estarem esperando o outro começar, para poder discordar.

E quem a Biblioteca colocaria no lugar de Irene? Bradamant, talvez, ou outra pessoa trazida de fora. Irene cruzou as mãos nas costas de um jeito manso e começou a traçar planos para voltar à investigação. Vale ia falar com ela, não ia? É *melhor* que falasse. Normalmente, ela poderia ter relaxado e presumido que a Biblioteca sabia melhor o que estavam fazendo e que alguém mais capaz do que ela assumiria a missão...

Irene se surpreendeu ao descobrir que, pela primeira vez, não acreditava nisso. Ela *era* a pessoa certa. Tinha contatos dos dois lados. O resto da equipe estava preparado para trabalhar com ela. E a Condessa agora sabia sobre ela e a considerava uma inimiga pessoal – o que, neste caso, praticamente garantia que Irene seria um alvo. Isso era, de certo modo, bom, se é que ser caçada por uma sádica sedenta por sangue, torturadora e amante de gatos podia ser considerado bom. Isso lhes dava uma pista.

E os pais dela estavam em perigo.

Irene *não podia* deixar que a tirassem do caso. Mas, conforme os segundos passavam e o medo congelava dentro dela, Irene sabia que era totalmente possível.

Sterrington foi a primeira a falar.

— Não vemos motivo para pedir uma mudança da representação da Biblioteca na equipe de investigação.

— Nem nós — disse Duan Zheng. Ele olhou de esguelha para Sterrington, como se estivesse irritado por ter a mesma opinião de uma feérica. — Mu Dan, me acompanhe: meu lorde espera um relatório.

O corredor esvaziou, deixando Prutkov e Irene sozinhos.

— Humm — disse ele. — Isso transcorreu tão bem quanto se esperava.

— É mesmo? — comentou Irene. Ela lembrou a si mesma que eles ainda estavam em um corredor público e podiam ser ouvidos, e que dar a Prutkov sua opinião livre e total sobre a liderança e o tratamento adequados de subordinados que tiveram o tipo de noite que ela teve não era uma boa ideia. Só muito tentadora. — Fico feliz por ouvir isso.

Ele deu um tapinha no ombro dela.

— Bem, é claro que não íamos tirar você do caso. Mas tenho certeza de que você entende que eu tinha de fazer a oferta.

Teria sido reconfortante acreditar nele. Teria sido tranquilizante. Mas Irene só confiava nele até o ponto em que confiava em gelo fino para segurar seu peso. Um passo em falso e ela estaria por baixo, enquanto ele murmurava coisas tristes sobre o fracasso dela.

— Claro — concordou ela, usando o mesmo tom que ele. — Foi uma situação desconfortável.

— Fico feliz por você entender. — Prutkov sorriu para ela, os olhos parecendo vidro inexpressivo. — Agora, se me dá licença, preciso ter certeza de que as coisas estão sob controle...

E ele estava voltando para o Salão Tuileries.

Irene olhou para baixo. Poeira e pelos de gatos manchavam suas saias na altura do joelho e abaixo. Suas sapatilhas noturnas pareciam estar em farrapos. As luvas estavam sujas e rasgadas. Ela ainda sentia o cheiro dos vestígios de sangue e cloro. Uma dor de cabeça cruel estava apertando suas têmporas. Ela absolutamente não era uma companhia adequada para um jantar político educado. E estava exausta.

Subir a escada até seu quarto pareceu durar uma eternidade. O cansaço tinha se instalado nos ossos e a cada passo ela era lembrada de como tinha dormido pouco na noite anterior. *Não tenho mais vinte anos,* pensou amargamente, *e, pelo jeito que as coisas estão indo, não tenho nem certeza se vou viver até meu próximo aniversário...*

Ela bateu a porta do quarto com força ao entrar e chutou as sapatilhas para longe, fazendo-as cambalear pelo quarto. O ato de pura violência fez com que se sentisse um pouco melhor. Tirou as luvas, tremendo quando o ar frio subiu pelos braços e pensou na possibilidade de tomar um banho.

Houve uma batida na porta.

Irene a abriu e viu Kai parado ali. Estava com uma bandeja em uma das mãos e, mesmo com a tampa, ela sentiu o cheiro de sopa quente e pão fresco.

— Posso entrar? — perguntou ele.

Ela hesitou, apesar de seu estômago encolher, lembrando o quanto estava faminta.

— Tenho certeza de que seu tio vai ficar muito irritado se descobrir que você está agindo como garçom. — Ela sabia que estava inventando desculpas, talvez desculpas esfarrapadas, mas já tinha passado por coisas demais naquela noite. A situação já era frágil o suficiente como estava.

Kai baixou a voz.

— Falei com Duan Zheng. Eu sei o que aconteceu hoje à noite. — Uma raiva bruta surgiu na voz dele e por um breve instante seus olhos ficaram vermelhos-dragão, como rubis com uma chama por trás. — Eu também devia estar lá!

Irene inspirou fundo, engolindo a vontade de concordar com ele.

— Quando planejamos que você viria para encontrar seu tio, nós dois sabíamos que isso significaria trabalhar com ele, em vez de necessariamente trabalhar comigo. O objetivo é fazer o tratado ser assinado. Certo?

— Irene.

— Sim? — Ela tentou erguer a sobrancelha de um jeito tranquilo, mas nunca tinha sido boa nisso.

— Olhe nos meus olhos e me diga na Linguagem que você não queria que eu estivesse lá.

— Kai. — Irene contou até cinco em silêncio. Não sabia se conseguiria chegar a dez. E não conseguia olhar nos olhos dele. — Vou deixar uma coisa clara para você. Uma noite em que encarei ratos, gases venenosos, feéricos malignos e um superior inútil e egoísta *não é* uma noite para me fazer perguntas emocionalmente reveladoras sobre o nosso relacionamento.

Mais um silêncio e Irene se perguntou se Kai estava usando a própria versão particular de contar-mentalmente-até-cinco. Mas aí sua expressão clareou e ele disse:

— Tem razão. E eu tenho uma coisa para você. — Ele ofereceu a bandeja.

— Você não vai entrar? — Ela ia gostar de conversar com ele, no mínimo.

Kai tossiu.

— Bem, para ser totalmente sincero... me *sugeriram* que eu devia seduzir você para obter mais informações. E, como você disse, foi uma noite difícil. Não quero piorá-la.

250

— Sério? — Irene viu seu ânimo melhorar. — Bem, só para constar, também me mandaram seduzir você.

Kai franziu a testa.

— Esse tipo de ordem envergonha a pessoa que a deu.

Irene se sentiu tentada a concordar.

— Mas e você?

— Foi só uma sugestão — respondeu Kai. — É bem diferente.

— Bem, eu não vou obedecer às ordens — retrucou ela e pegou a bandeja, dando um passo para o lado para ele poder entrar.

A dor de cabeça estava sumindo. A exaustão também. O que ela queria, neste momento, era estar com alguém em quem pudesse confiar. Kai pode ter recebido ordens para agir contra ela. Irene aceitava isso. Mas ele era sincero. Não ia mentir. E ela precisava – não, *queria* – desesperadamente dividir isso com ele, só por uma noite. Pelos próprios motivos dos dois, entre eles, e por nenhuma razão além dessa.

— Estou dispensada pelo resto da noite. Deixaram isso bem claro para mim. O que acontece agora é entre nós dois, como indivíduos.

— Mas e amanhã? — retrucou Kai, dando um passo esperançoso à frente.

— Amanhã é outro dia — disse Irene.

Ela o convidou para entrar e trancou a porta.

CAPÍTULO 16

Os sonhos de Irene tinham sido tranquilos como a neve caindo lá fora: disformes e indistintos, mas silenciosos e nada ameaçadores, livres, por enquanto, do medo, do desespero e da preocupação. Quando abriu os olhos, tentando descobrir por que tinha acordado, os únicos barulhos eram o fogo estalando e a respiração de Kai ao seu lado na cama.

Em seguida veio o estrondo de novo, apagando os últimos fragmentos de sonolência. Alguém estava esmurrando a porta do quarto. Na verdade, "esmurrando" era um eufemismo. Alguém sem a menor consideração pelos adormecidos neste quarto – ou nos quartos ao redor – ou possivelmente o corredor inteiro estava socando a porta.

— Winters! — Era a voz de Vale. — Winters, você está acordada?

— Com certeza estou, agora — murmurou Irene, cambaleando para fora da cama. Um cinza pálido emoldurava a janela, escapando pelas bordas das cortinas grossas. Ela acendeu a luz e piscou com a iluminação súbita; o relógio de ouro falso no consolo da lareira dizia que eram sete da manhã. Ela balançou a cabeça, se recompondo, e olhou ao redor procurando o roupão. — Estou! — gritou ela, mais alto. — Me dá um instante...

Kai tinha acordado e estava sentado na cama, o cabelo preto despenteado, mas a compostura intocada.

— Devo ser visto aqui? — perguntou ele baixinho.

— Tenho notícias sobre a explosão — explicou Vale do outro lado da porta. — Lorde Silver está comigo. Podemos nos juntar a você?

Isso respondeu à pergunta de Kai sem Irene ter de falar. Seria ruim o suficiente aguentar as farpas verbais de Silver sobre o assunto de com quem Irene poderia escolher dividir a cama. Mas confirmar diretamente para ele que ela estava dormindo com alguém da delegação dos dragões, quando isso poderia ser relatado para o Cardeal...

Irene apontou para Kai, depois para o banheiro.

— Só um instante, por favor — ela gritou para Vale, envolvendo o roupão ao redor do corpo. Ainda estava tremendo de frio; agora que tinha saído da cama, a temperatura invernal era muito mais palpável e seu roupão era tipo um penhoar de renda, e não de flanela pesada. Ela pegou a colcha da cama para jogar sobre os ombros também.

Kai saiu da cama e pegou suas roupas na cadeira, onde as tinha deixado. Ele tocou na mão de Irene por um instante – um reconhecimento e um desejo de que eles tivessem tempo para mais – e foi rapidamente para o banheiro da suíte, fechando a porta.

Irene cambaleou até a porta do quarto, manuseando suas múltiplas camadas com alguma dificuldade, e a abriu. Vale e Silver estavam em pé no corredor. Ambos ainda estavam usando as roupas da noite passada. Vale parecia um pouco esfolado nas bordas; estava com o ar de um homem que certamente precisava dormir, mas estava ocupado demais para pensar nisso no momento e simplesmente tiraria o atraso mais tarde. Ela o tinha visto ficar acordado por dois ou três dias seguidos, depois recuperar o sono de uma vez depois que o caso do momento era resolvido. Ela invejava esse talento dele.

Silver, por outro lado, parecia no auge do vigor, os olhos brilhando e a cartola inclinada de um jeito jovial. Sem dúvida, pensando na sua agenda habitual – acordar no meio da tarde, depois sair para festejar e ceder à libertinagem até a madrugada –, isso não era incomum para ele. Ou talvez seu entusiasmo se devesse apenas por ver Irene de roupão de renda. Ela envolveu a colcha melhor no corpo.

Vale entrou a passos largos sem esperar um convite formal e se jogou em uma das cadeiras frágeis. Silver o seguiu, se instalando com mais graciosidade.

— Está bem frio aqui dentro — comentou. — Espero que você tenha encontrado um jeito de se manter aquecida na noite passada.

Bem, esse nível de insinuação acabava com as perguntas sobre Silver saber ou não da presença de Kai. Irene ignorou o comentário e se ajoelhou para mexer no fogo.

— Você disse que tinha informações sobre a explosão — observou ela por sobre o ombro na direção de Vale.

— Tenho — concordou o detetive. Ele tirou as luvas e esfregou as mãos uma na outra. — Vou dizer o seguinte sobre o clima atual: qualquer um que estivesse nas ruas ontem à noite ou hoje de manhã tem um motivo. Infelizmente, isso resultou em menos testemunhas do que o normal, pelo menos foi o que o inspetor Maillon me informou.

— Menos do que o normal? — Irene pegou a cadeira restante, se aconchegando sob a colcha. Ela gostaria de ter se vestido, mas essa informação era mais urgente e, no humor atual, Vale mal perceberia se ela estivesse nua e pintada de azul, a não ser que fosse para verificar as decorações dela em busca de relevância para o caso atual. — Vida noturna de Paris, suponho?

— Infelizmente abreviada neste momento — concordou Silver.

Vale assentiu.

— Temos testemunhas de *quando* as explosões aconteceram, sim, explosões, Winters, e por favor não me interrompa com perguntas, vou chegar aí num instante. Pequenas cargas foram colocadas em diversos cômodos da Biblioteca Richelieu, a maioria ligada a assuntos sobre o *ancien régime:* histórias, linhagem, qualquer coisa. Um dos outros cômodos foi por onde entramos quando chegamos a este mundo, que infelizmente agora está além da salvação. Claro, para o inspetor Maillon, isso só confirma a teoria anarquista, embora ele tenha observado que achava a atividade quase óbvia demais.

Irene massageou a testa.

— Provavelmente é. Levando em conta que é um ataque a uma biblioteca, e não a um lugar mais significativo em termos de realeza ou autoridade, podemos supor que é apenas alguém usando o movimento anarquista para acobertar seus ataques contra a conferência pela paz? Em vez de uma atividade anarquista genuína? Se bem que, se o inspetor está percebendo que alguma coisa está estranha, podemos ter ainda mais problemas. Prefiro não enfrentar a gendarmaria parisiense, além de todo o resto.

— O inspetor provavelmente vai ficar satisfeito com a história atual, contanto que nenhum outro motivo convincente se apresente. E, como não podemos ter certeza, a balança da probabilidade me parece estar pendendo para o lado de esse ataque estar ligado à conferência. — Vale se inclinou para a frente. — O que nos leva ao próximo item. Por quê? Por que instalar explosivos na Biblioteca Richelieu e não em algum lugar mais útil? É verdade que a Condessa *tentou* explodir este hotel, mas, se a motivação principal dela era atacar a delegação dos dragões, não faria mais sentido atacar o Ritz? Acho que você precisa reavaliar as prioridades dela, Winters. As evidências sugerem que ela está alvejando os facilitadores dessa aliança potencial bem como os participantes. Seus superiores estão bem protegidos?

Irene rejeitou o impulso imediato do medo, se obrigando a pensar de maneira prática.

— Acredito que sim — disse ela devagar. — Além de Prutkov e Bradamant, há uma meia dúzia de outros Bibliotecários neste hotel. Eles tomaram precauções. — Embora houvesse poucas precauções que pudessem ser tomadas contra uma assassina que não se importava se sobreviveriam ou não, contanto que cumprissem a missão. O pensamento a arrepiou mais do que o ar gelado. Ela o afastou e partiu para a análise lógica. — Mas atacar a Biblioteca Richelieu não é muito... — ela procurou as palavras — *eficaz*. Mesmo que isso rompesse a Travessia direta entre este mundo e a Biblioteca, não ia impedir que Bibliotecários conseguissem forçar uma conexão e ir para lá a partir de outra coleção de livros daqui. Tenho certeza de que existem outras bibliotecas em Paris que serviriam. Ou a Condessa está muito mal informada...

— O que é possível — interrompeu Vale. — Ela pode ter achado que estava impedindo que você fugisse.

Irene fez que sim com a cabeça, reconhecendo o argumento.

— Ou talvez ela achasse que ficaríamos assombrando o local como morcegos, em vez de dormir nos nossos quartos de hotel. Embora seus esforços de espionagem argumentem contra isso. Ignore essa teoria. — Ela franziu a testa, pensando. — Ou é mais uma distração.

— Do quê? — Vale quis saber.

— Não sei. E isso me preocupa.

Silver estava observando os dois, pensativo. Então, falou:

— Eu gostaria de ter uma conversa particular com a srta. Winters.

O fato de ele a estar chamando pelo nome, e não por um apelido irritante, era quase tão perturbador quando o fato de querer uma *conversa particular* com ela.

— Acho que não tenho nada a dizer que não esteja disposta a compartilhar com Vale — disse Irene com cuidado.

— Acho que tem, sim. — Os olhos dourados de Silver cintilaram, por um instante tão desumanos quanto o olhar de qualquer dragão enquanto a analisava. — Detetive, você tem a minha palavra de que não pretendo fazer nenhum mal à srta. Winters. Mas todos nós temos nossas lealdades particulares, não é? Eu gostaria de discutir um pequeno assunto com ela longe de você. Ela pode decidir se quer ou não compartilhar depois.

Vale franziu a testa.

— Sua escolha, Winters — disse ele, jogando a decisão no colo de Irene.

— Você pode esperar no banheiro com o príncipe Kai — sugeriu Silver, prestativo. — Podem comparar anotações, se quiserem. Conte o que você percebeu durante os eventos da noite que ainda não me contou.

Vale lançou um olhar de pura antipatia para ele.

— Garanto que não escondi nenhum assunto de *você* em especial. Se estive silencioso em relação a alguns pensamentos meus, é porque quero ter mais informações primeiro.

— Uma pena que isso não possa ser dito por todo mundo neste... hotel — murmurou Silver. — Então, srta. Winters? Sua decisão?

Irene queria ter tido a chance de pensar nisso antes e, preferivelmente, de estar totalmente vestida. Mas isso obviamente estava relacionado ao comentário de Silver da noite anterior, de que eles iam "conversar depois". O depois tinha chegado. E ela queria saber o que ele estava pensando. Relutante, ela fez que sim com a cabeça.

— Como quiser, Lorde Silver. Peço desculpas, Vale. Espero que não demore muito.

Vale se levantou.

— Confio que você não vai forçar sua galantaria em Winters — disse ele com frieza para Silver.

— Para uma situação em que todo mundo está falando sobre confiar uns nos outros, vocês dois têm pouquíssima confiança em mim — disse Silver. Ele se apoiou nos pés de trás da cadeira, embora, Irene percebeu, tenha tomado cuidado para o móvel frágil não ceder e jogá-lo no chão de maneira indelicada. — Vou tentar ser breve. Embora isso possa depender da srta. Winters.

Vale bufou e entrou no banheiro.

Irene puxou a colcha ao redor mais uma vez. Estava agradecida por qualquer coisa que a protegesse dos olhos de Silver. Eles eram extremamente bons em expressar os sentimentos dele, e neste momento estavam transmitindo uma mensagem de que ele gostaria de vê-la nua.

— Então? — perguntou ela.

— Eu é que devia estar perguntando isso. — Silver se permitiu um sorriso lânguido. — Pela primeira vez, srta. Winters, acho que tenho *você* sob o *meu* domínio, e não o contrário.

A garganta de Irene estava seca.

— Não entendo.

— Quer fingir ignorância? Compreensível. Não quer estar numa situação em que tem de admitir para mais ninguém o que disse. — Silver deu um sorriso penetrante. — Eu entendo isso. Você pode se comprometer a falar a verdade na sua Linguagem, enquanto eu posso comprometer meu nome e meu poder. Sério, srta. Winters, minha ratinha, temos tanta coisa em comum.

Irene devia saber que a nomenclatura educada não ia durar. De certo modo, isso facilitava as coisas: ela podia simplesmente ficar irritada e usar isso para afastar pensamentos mais suaves sobre os olhos dele, a pele, os lábios... Droga, ele a estava incomodando apesar de tudo que ela sabia sobre ele.

— Vou adivinhar que você acha que tem alguma evidência sobre mim ou a Biblioteca que eu não quero que seja compartilhada — sugeriu ela.

— Que hipotético. Mas sim. — Ele baixou a voz o suficiente para não ser ouvida com facilidade através da porta do banheiro. Sem dúvida Kai e Vale estavam fazendo o máximo para ouvir. — Alguma coisa nesse sentido. Entendo seu desejo de manter silêncio. A pergunta é: até que ponto você está preparada para *me* manter em silêncio?

O coração de Irene afundou. Ela estava operando o tempo todo com o princípio de que a Biblioteca era inocente na morte de Ren Shun. Mas, se Silver sabia de alguma coisa que provava o contrário, então...

Sua mente disparou freneticamente pelas alternativas possíveis e todas vinham com a mesma resposta. Ela não tinha escolha. A Biblioteca estava em perigo. A vida dos pais dela estava em perigo. Silver a prendera em uma armadilha e cada segundo que passava via o sorriso dele aumentar enquanto apreciava o silêncio dela.

Ele podia estar mentindo. Isso tudo podia ser um grande blefe. Mas ela acreditava quando ele dizia que queria que o tratado fosse assinado. O Cardeal – e a Princesa – o prenderam por esse lado. Qualquer que fosse a tentativa de armação, não estava tentando afundar as negociações.

Talvez ela pudesse usar isso.

— O Cardeal vai ficar satisfeito se você compartilhar essa informação em público? — perguntou ela.

Silver deu de ombros.

— Certamente não. Mas existem vários tipos de pessoas a quem posso contar, sem tornar as coisas *públicas*. Incluindo o próprio Cardeal. Eu *ainda* não contei a ele. E vamos ser razoáveis, minha ratinha. A informação pode ser liberada de várias maneiras. Algumas são mais danosas que outras.

Irene sentia a parede metafórica nas costas. Estava ficando sem espaço de manobra. Ela engoliu em seco, reunindo os pensamentos. Silver tinha todas as cartas. Ele obviamente achava que o que sabia era significativo o suficiente para ela ter de fazer um acordo. Mas o que *poderia* ser tão danoso... e por que ele supunha que ela já sabia o que era?

— Vamos supor que estou preparada para concordar — disse ela com cuidado. — Mas tenho uma condição.

Silver estendeu a mão para pegar a dela. O dedos dele acariciaram a parte inferior do pulso, de um jeito tão possessivo que parecia que já era dono dela.

— Muito bem, ratinha. Então só falta negociar o preço.

Irene trincou os dentes, tentando ignorar o impulso da presença dele. Esse impulso a fazia acreditar que estava aquecida e confortável, macia como cera moldada e pronta para relaxar nos braços dele. Ela respirou fundo o ar frio. *A temperatura está congelante. Esse homem não é meu amigo.*

— Qual *é* o segredo? — perguntou.

Os olhos de Silver semicerraram e os dedos apertaram o pulso dela.

— Não tente ser engraçada.

— Não estou tentando. — Irene viu que o tinha desequilibrado, e isso ajudou a recuperar a própria estabilidade. — Aceito que você tem uma informação. Ou acredita que tem. Estou preparada para negociar. Mas estou sendo muito sincera quando digo que não sei o que é.

Kai e Vale provavelmente estavam com o ouvido colado na porta do banheiro. Ela ficou pensando em quanto tempo ia demorar para eles decidirem que precisava de proteção, quisesse ela ou não.

— Ratinha — disse Silver, se levantando para ficar sobre ela —, eu sei, por experiência, que você é muito boa em blefar. Isso não vai funcionar aqui e agora. Quero que você tome uma decisão.

Irene soltou a mão e se levantou para encará-lo, olho no olho. Ela deixou a colcha na cadeira. O ar frio a ajudava a se concentrar, mantinha a mente clara e livre dos interesses acalorados do corpo.

— Não acredita em mim? Vou convencer você. **Eu juro na Linguagem que não sei que informação é essa que você tem.**

Suas palavras ficaram penduradas no quarto como a corda de um órgão. Silver deu um passo para longe dela, balançando para trás como um leopardo. Por um instante, quase rápido demais para ser percebido, seu rosto ficou cheio de indecisão, depois ficou calmo e gracioso de novo, mas Irene tinha visto a incerteza dele. Era a expressão de um gato alegando que não estava tentando pegar o creme, depois de ter sido encontrado no meio da louça estilhaçada em uma cozinha destruída.

Uma batida adorável veio do corredor.

Irene correu até a porta e a abriu.

— Sim? — indagou.

Mu Dan estava parada ali, totalmente vestida, com neve fresca no chapéu e no casaco.

— Ah, que bom — disse ela. — Fico feliz por você já ter acordado. Posso entrar?

— Certamente — disse Irene. Ela decidiu que seu melhor passo neste momento era manter Silver desequilibrado. Jogar uma dragoa na mistura certamente ia ajudar.

Silver se jogou de volta na cadeira e lançou o braço sobre o rosto de um jeito teatral quando Mu Dan entrou no quarto.

— Essas interrupções constantes...

Mu Dan franziu a testa.

— Sério, Irene. Receber uma visita assim, e nessas roupas... tem certeza de que você devia se comportar desse jeito?

— Tenho acompanhantes — disse Irene, batendo a porta com força. Ela decidiu que não fazia mais sentido disfarçar as coisas. Silver já sabia e, quanto a Mu Dan... bem, Kai tinha dito que foi instruído a seduzir Irene. Ao Ji não faria objeção se ele tivesse sucesso. — Vale, Kai, podem sair agora.

Vale foi o primeiro a sair do banheiro, com Kai um passo atrás. Ambos olharam furiosos na direção de Silver. Silver os ignorou muito obviamente.

As sobrancelhas de Mu Dan se ergueram ainda mais quando ela analisou o grupo.

— Eu não sabia que teríamos uma reunião completa da equipe de investigação aqui e agora. Ou que vossa alteza — ela apontou para Kai com a cabeça — estaria presente.

— A srta. Winters é tão sedutora que não conseguimos ficar longe dela — Silver informou ao teto.

— Você já terminou sua conversa particular com Winters? — indagou Vale. — Então talvez possamos continuar.

— Por enquanto — disse Silver.

— Acho que não — negou Irene. Ela foi até ele para encará-lo. — Acho que o Lorde Silver está prestes a compartilhar uma informação valiosa com todos nós.

O silêncio encheu o cômodo, se espalhando como tinta na água. Por fim, Silver disse:

— Tem certeza disso?

A interrupção de Mu Dan tinha dado a Irene a chance de organizar a própria mente. E a ideia que tinha sido mais proeminente era que qualquer tentativa de acobertar as coisas só ia piorar tudo. Ela certamente conseguiria fazer uma barganha com Silver para acobertar isso – o que quer que fosse *isso*. (Seria muito vergonhoso se fosse alguma coisa menor como Kostchei ser vegetariano ou Coppelia usar óleo de baleia nas juntas mecânicas.) Ela podia sacrificar a própria dignidade ou vida pessoal se fosse necessário.

Mas, no instante em que essa informação saísse por outros meios – fosse por Silver ou Irene ou algum outra contravenção do culpado – e as pessoas descobrissem que Irene tinha tentado acobertá-la, a Biblioteca perderia sua credibilidade. Neste momento, a Biblioteca tinha de ser aberta, pública e minuciosamente não secreta.

Irene só podia rezar para que *esse* segredo fosse administrável... e que as pessoas no quarto com ela reagissem de maneira mais racional do que, digamos, reis dragões ou cardeais feéricos.

— Somos uma equipe — disse ela. — Estamos aqui para descobrir a verdade. Se você por acaso sabe alguma coisa relevante para o caso, Lorde Silver, eu gostaria que compartilhasse conosco. Não importa quem seja incriminado.

— Ótimo. Muito bem. — Silver olhou ao redor do quarto. — Eu só gostaria de lembrar, antes de continuar, que ofereci à srta. Winters a chance de discutir tudo em particular antes.

Não estou *tentando* gerar problemas para a Biblioteca dela nem impedir as negociações. E é justo que o príncipe aqui esteja ouvindo? — Seu gesto indicava a área geral do quarto em que Kai estava. — Posso trazer outros da minha espécie, se formos acrescentar mais dragões a essa... *equipe?*

Kai estava distintamente pálido. Não era só o frio: o que ele estava pensando o fez perder a cor.

— Lorde Silver — ele enfatizou o *Lorde* — tem um argumento. E estou preparado para sair do quarto, se todos assim quiserem. No entanto, como eu já sei que existe um tipo de segredo conhecido por Lorde Silver e que envolve a Biblioteca, não tenho certeza se sair neste momento vai melhorar algo. Se eu souber o que é, isso pode pelo menos minimizar os danos.

Supondo que seja insignificante, pensou Irene, entorpecida. *Porque, se for significativo, você vai ser obrigado a compartilhar com seu tio, e depois quem sabe quais cartas podem cair...* Ela queria poder rebobinar a última meia hora da própria vida e, de algum jeito, apagar Silver dali.

— Lorde Silver — disse ela. — Vou ignorar sua discussão particular sobre esse fato comigo, se você ignorar a presença de Kai enquanto resolvemos isso. Combinado?

Os olhos de Silver cintilaram, e Irene teve a impressão de que ele estava fazendo uma anotação mental para uma conta futura que ela teria de pagar. Com juros. Mas ele fez que sim com a cabeça.

— Muito bem. Combinado. Eu estava pensando o seguinte.

Ele se ajeitou na cadeira, sem forçá-la para trás até o ponto de ruptura, e se inclinou para a frente numa imitação, consciente ou não, de uma das poses características de Vale.

— Existe outro Inferno em Paris além do *Cabaret de l'Enfer*. E, afinal, o bilhete de Ren Shun só mencionava "Inferno", não falava na conexão com o Cabaret. Esse Inferno, esse *Enfer,* é um lugar onde se pode razoavelmente esperar encontrar livros, de modo que parece muito mais relevante. Para mim, pelo menos, embora eu prefira cabarés... Não podemos nos esquecer que Ren Shun ouviu uma conversa sobre um livro na noite antes de morrer, um livro que pode ser mais importante do que a conferência em si. Mas estou divagando. Vou ser sincero, não, *surpreendentemente* sincero, com vocês. Quando minha ratinha aqui não mencionou, achei que ela tinha um bom motivo para ficar de boca fechada e, por causa da minha natureza caridosa e generosa, decidi entrar no jogo.

Irene vasculhou desesperadamente suas lembranças. Não conseguiu pensar em nada que combinasse com a linha de pensamento de Silver.

— Sinto muito — ela finalmente admitiu para o quarto, e não para Silver. — Não sei o que você está pensando. Eu realmente não sei.

— Seu gosto literário deve ser mais limitado do que eu pensava — disse Silver com prazer. Os olhos dele desviaram para a cama desfeita por um instante e Irene se sentiu corar de vergonha. — Mas, indo direto ao assunto: há uma área dentro da Biblioteca Richelieu conhecida como *Enfer.* E, sim, detetive, antes de você levantar a questão, foi um dos lugares atingidos pelo ataque à bomba de ontem à noite. Ou seria hoje de manhã? Já perdi a noção.

A crescente indignação de Irene venceu e assumiu as rédeas.

— Como *é possível* você saber alguma coisa sobre *qualquer biblioteca de Paris* que eu não sei?

— Uma pergunta que faço a mim mesmo — murmurou Silver — e o motivo pelo qual fiquei em silêncio.

— Claro que eu sei que esse foi um dos lugares atingidos pelo ataque à bomba de ontem à noite — disse Vale com calma. Seu comedimento era tão cuidadosamente afiado que a raiva por trás das palavras era evidente. — Você realmente achou que eu não tinha verificado os registros, Lorde Silver? Eu mesmo ia levantar a questão, mas você insistiu em falar com Winters em particular antes.

Silver olhou de esguelha para Vale.

— Ah. Então não é um caso de você descobrir, querer discutir em particular com Winters e ter esperança de que *eu* não tivesse percebido? Que pensamento suspeito o meu de achar que você poderia ter seus motivos.

— Eu o acharia mais tolerável se achasse que *você* tinha algum motivo além de chantageá-la para sua satisfação pessoal — vociferou Vale. — E nem é a primeira vez.

Irene percebeu, alarmada, que a frágil paz estava prestes a se estilhaçar. Vale e Silver só precisavam de um empurrãozinho para voar no pescoço um do outro. Kai ficaria ao lado de Vale sem hesitar, em defesa da honra de Irene; Mu Dan ficaria bem feliz de se juntar a qualquer facção contra Silver. Irene precisava trazê-los de volta ao assunto, e rápido.

— E aí, o que é o *Enfer?* — ela exigiu saber de Silver, se colocando entre ele e Vale. — Que livros estão armazenados lá?

— Eróticos e pornografia — disse Silver com prazer. — Só peças raras ou valiosas, você entende. E outros livros banidos, embora não sejam tão interessantes. É necessário ter autorização especial para entrar. Tenho permissão para visitar a área no seu mundo. — Ele deu um sorriso presunçoso. — Mas minha questão, srta. Winters, é que, mesmo que você não saiba dessa área, o que admito que seja possível, tem certeza de que seus superiores não sabem? Se eles soubessem que há uma biblioteca em Paris chamada de "Inferno" e que ela poderia estar relacionada ao bilhete no bolso de Ren Shun, por que não compartilharam essa informação com *você?*

CAPÍTULO 17

Ao longo da vida de Irene – e durante o último ano ou dois, em especial –, ela vinha ficando mais e mais habituada a um princípio importante: *Não perca tempo discutindo contra o impossível; aceite e encontre uma solução.*

Por um instante, ela se perguntou se Prutkov poderia ser tão ignorante dos fatos quanto ela. Mas rejeitou o pensamento: ele era aprendiz de Melusine e era uma das pessoas que estava *organizando* essa conferência pela paz. Saberia o máximo possível sobre esta Paris – e suas bibliotecas.

O que significava que tinha mentido para ela.

Não. Ele não *apenas* mentiu para ela; isso poderia ser compreensível, na hierarquia do trabalho. Ele mentiu para ela quando o fato de essa mentira ser descoberta deixaria a Biblioteca ainda mais em perigo do que estava antes. Irene – mal – conseguia tolerar ser usada. Mas não ia aceitar ser usada *para o mal.*

Um fio de medo percorreu sua espinha ao pensar no que podia estar acontecendo aqui. Prutkov sendo dissimulado era a *boa* explicação. As alternativas eram muito piores.

— Está bem — disse ela. — Entendo seu argumento. Eu claramente preciso discutir isso com meu supervisor. Vocês todos vão me deixar investigar? — *Antes de dizerem aos seus superiores que a Biblioteca não é confiável,* ela quis dizer, e todos sabiam disso. — É possível que eu seja apenas uma vítima da falta de comunicação, de alguém que não achava que eu... *precisava saber.*

— Acho que podemos concordar com isso — disse Vale.

— Fale por você — disse Mu Dan, com uma bufada implícita na voz. — Isso é incompetência da Biblioteca ou malícia deliberada. Vocês não podem esperar que eu fique calada em relação a isso.

Irene desejou ter a colcha de volta. Seus pés estavam doendo de frio. Ela viu Kai abrir a boca para falar e o interrompeu antes que Mu Dan pudesse rejeitar a opinião dele com base numa parcialidade pessoal.

— Mas posso pedir para vocês ficarem calados até eu investigar? Vocês pelo menos acreditam que eu estou sendo sincera?

— Qualquer pessoa pode *parecer* sincera — Mu Dan se opôs. Ela apontou um dedo para Silver. — *Ele* parece sincero.

— Você aceita, com as evidências até agora, que estou agindo de boa-fé e que eu sinceramente não sabia desse negócio de *Enfer?*

Mu Dan pensou, depois deu de ombros.

— Aceito. Mas, Irene, pense na minha posição. Não posso esconder segredos de Sua Majestade Ao Ji.

Irene percebeu a interessante hierarquia indicada ali. Não *meu lorde* nem *meu superior,* apenas *sua majestade.* Essa era uma linha com a qual ela podia trabalhar.

— Você é uma juíza investigadora *independente* — retrucou, usando as palavras de Mu Dan de mais cedo contra ela. — Tenho certeza de que houve momentos em que você evitou a acusação imediata para confirmar os fatos completos de um caso. Vamos ser sinceros. — Ela olhou ao redor no quarto.

268

— Se alguém tentar levar isso aos meus superiores aqui e agora, esses mesmos superiores vão colocar a culpa em mim. Vão dizer que fui ignorante ou que entendi mal ou alguma coisa assim. Eles podem me tirar do caso, e aí vocês vão ter de trabalhar com alguém que pode não ser tão... sincero.

Teria sido bom se eles discordassem. Mas não discordaram.

— Infelizmente, vivemos em um mundo de política — disse Mu Dan finalmente. — Muito bem, eu concordo, com a condição de que você vai compartilhar seus resultados assim que os tiver. E quanto à sua alteza aqui? — Ela apontou para Kai. — O que você vai dizer ao seu tio?

A tensão na voz de Mu Dan sugeriria uma dimensão pessoal, talvez até um rancor contra seu colega dragão, e Irene guardou essa informação para investigar mais tarde.

Mas Kai simplesmente deu de ombros.

— Como diversas pessoas destacaram, não sou membro desse grupo de investigação, portanto não tenho nenhuma obrigação de relatar suas descobertas. Quanto às minhas obrigações para com meu tio... estou fazendo um julgamento pessoal de que permitir que Irene investigue será a linha de ação mais produtiva. Isso é aceitável?

Mu Dan fez que sim com a cabeça de maneira reverente e a tensão no quarto diminuiu um pouquinho. Ela se virou para Vale.

— Então, o que você descobriu sobre ontem à noite?

Irene recuperou a colcha enquanto Vale recontava a investigação da noite passada, com contribuições esporádicas de Silver. Tudo se resumia ao fato de que, sim, houve explosões; sim, havia mensagens anarquistas nas paredes; e, sim, no momento não havia nenhuma pista. Ou devia ser não, no momento não havia nenhuma pista? Era difícil usar a gramática adequada quando todo mundo estava concordando, sem esperanças, com a ausência de evidências. Pelo menos a animosidade imediata tinha sido neutralizada.

— Tem uma coisa que eu venho pensando — disse ela. — Não sei quanto tempo eles tiveram para isso, mas estou supondo que os representantes dos três lados reuniram o máximo possível de informações sobre esta Paris antes do início da conferência. Ninguém ia pular nessas águas sem se preparar.

Silver franziu a testa.

— Verdade, mas infelizmente o Cardeal não está compartilhando nada que seja significativo ou útil.

— É — concordou Irene. — Eu aceito isso. Mas quem estava fazendo a investigação pelo lado dos dragões?

— Ren Shun — respondeu Mu Dan. — Seria uma das tarefas dele, naturalmente.

— Mas não seria ele mesmo a fazer isso, certo?

Mu Dan inclinou a cabeça, pensativa. Tinha pegado uma das cadeiras e estava sentada com o recato de uma ilustração de normas de comportamento.

— Não. Ele pediria aos agentes que fizessem isso. Você acha que devo pressionar para obter acesso aos serviçais e aos registros particulares dele?

Vale assentiu.

— Winters está certa. Talvez, enquanto estava pesquisando esta localização e os participantes da conferência pela paz, Ren Shun tenha tropeçado em alguma coisa que provocou seu assassinato.

— Sua Majestade não vai gostar disso — comentou Mu Dan. — Ele queria manter essa investigação totalmente separada da vida particular de Ren Shun. Mas entendo seu argumento. Vou solicitar o acesso.

— Você ainda não fez isso? — perguntou Irene, do jeito mais inocente possível.

— Como rotina, sim, mas foi recusado. Vou reforçar a necessidade.

Irene olhou para Kai do outro lado do quarto e viu que ele parecia pensativo. Ela sabia o que ele estava pensando. Mu Dan estava sendo menos do que honesta ou direta, mas Vale, que não tinha a experiência de Irene com dragões, pode não ter percebido isso.

— Me corrija se eu estiver errada — disse ela —, mas entendo que a maioria dos dragões do escalão de Ren Shun teria pelo menos um serviçal particular para cuidar das coisas que estavam abaixo da dignidade do seu mestre. Mesmo que Ren Shun fosse chefe do serviço secreto, ele não sairia para a cidade toda noite para coletar relatórios. Isso seria feito pelos seus funcionários de confiança. A sociedade dos dragões é muito hierárquica. Percebi esse fato recentemente. E os serviçais de Ren Shun seriam especialmente fiéis a ele e estariam especialmente interessados em vingar o assassinato, espera-se. Sendo assim, *onde* eles estão?

Mu Dan ficou calada, batendo os dedos no braço dourado da poltrona. Quando falou, ela estava claramente escolhendo as palavras com cuidado.

— Irene, você me pediu para deixá-la cuidar dos seus assuntos dentro da Biblioteca. Em troca, solicito formalmente que você me deixe seguir esse rastro sozinha. Eu sei que tem alguma coisa errada. Como é aquela frase da peça de teatro? "Há algo de podre no reino da Dinamarca."

— Você acha que há uma obstrução num nível mais alto? — perguntou Vale, se inclinando como um falcão em direção a ela.

— Acho que há uma obstrução em *algum* nível — respondeu Mu Dan —, mas preciso de mais informações. Como você destacou, normalmente temos serviçais. *Eu* tenho serviçais.

Mas, neste momento, estou isolada aqui sem meus funcionários e sem ninguém além de vocês em quem me apoiar. Não é uma situação que eu aprecie.

— Ah, a doce honestidade — disse Silver devagar. — O alfinete que estoura o furúnculo e traz toda a inflamação para a superfície. Devo confessar minhas suspeitas agora também, só para completar o triângulo?

Kai e Vale se entreolharam.

— Bem — disse Kai —, já que estamos falando no assunto, você poderia nos contar se é relevante o *Cabaret de l'Enfer* estar fedendo a caos e ter uma bruxa nos quartos dos fundos.

— Não pense que pode me chocar, principezinho. O detetive já me falou isso. — Silver deu de ombros de um jeito elaborado. — E *ele* disse que *você* não achou significativo o suficiente para investigar mais. Então pare de apontar dedos. Levando em conta que cheguei a Paris ao mesmo tempo que todo mundo, e posso provar, acho que *eu* não deveria ser seu suspeito principal. Mas certamente posso tentar obter um pouco mais de informações com a minha espécie, no mínimo para nos salvar de acusações injustas.

— Certo — disse Irene com toda firmeza possível, tentando recuperar o controle da situação. — Outros rastros imediatos para seguir da noite passada são os ratos e os gatos, o bolo, as maçãs, os explosivos e o gás cloro. Suponho que não seja *tão* fácil conseguir explosivos e gás cloro, até mesmo em Paris, certo?

Silver levantou a mão lânguida.

— Eu fico com o bolo, isto é, vou investigar os confeiteiros. E é claro que ainda estou cuidando da questão dos teatros, depois daquele ataque anarquista ao rei dragão. Mas, infelizmente, não tenho nada para mostrar, exceto um grupo crescente de estudos de nudez para minha coleção particular. Fico pensando se temos ou não uma conexão aqui. Será que os anarquistas estão ligados à Condessa Sangrenta? Ou temos duas facções inimigas separadas? E qualquer teatro pode teoricamente estar abrigando a Condessa Sangrenta em seus porões, sótãos ou em algum lugar nos bastidores, mas...

— Ele balançou a cabeça. — Não temos nenhuma evidência.

— Se houver uma ligação e ela estiver se escondendo em um dos teatros, ele não estaria saturado de caos? — perguntou Mu Dan. — Você não conseguiria reconhecer isso no instante em que entrasse lá?

— Sim, exceto por duas questões. A primeira é que ela estaria *se escondendo.* Acredito que a Condessa esteja ocultando sua influência para passar despercebida nos dois lados, senão nós ou alguém mais já a teríamos encontrado. E a segunda questão é que estou achando Paris uma baderna, para falar claramente. Vocês já viram um daqueles mapas de clima com linhas onduladas de zona de pressão por toda parte? — Ele esperou Mu Dan assentir. — Parece alguma coisa assim. Tem tanta gente poderosa da minha espécie e da sua andando pela cidade que é impossível *algum* de nós senti-la, a menos que entremos por acaso diretamente no covil dela. Claro que vocês notaram a mesma coisa, enquanto estavam fazendo as rondas.

— Você consegue encontrá-la usando a Linguagem, Irene? — perguntou Kai.

— Duvido — respondeu Irene, relutante. — Nas únicas vezes que consegui fazer isso no passado eu tive contato direto com a pessoa em questão. Usei o sangue dela ou sabia seu nome na Biblioteca.

— Você poderia usar os gatos da adega? — indagou Mu Dan. — Colocar um tipo de coleira metafísica neles?

— Não sei — admitiu Irene. — Vou investigar. Não é uma coisa que eu já tenha tentado. E não devia ser mais difícil perseguir um gato por Paris do que tem sido rastrear algumas pessoas nesta conferência!

— Claro que você está exagerando — disse Kai.

— Não estou — disse Irene. — Não estou mesmo. Você não viu os depoimentos das testemunhas, viu? Bem, confie em mim, o conceito de "ética profissional" parece estar em falta por aqui. "Excursão com dinheiro público" seria mais adequado. Os chefes dos dois lados são os únicos que estão fazendo alguma negociação real ou que têm algum poder de decisão sobre o resultado. Todo o resto só está aqui como serviçal ou funcionário ou guarda-costas ou para fazer volume e ter um séquito do mesmo tamanho do outro grupo. Uma dezena de pessoas de escalão mais baixo dos dois hotéis estava se esgueirando na noite do assassinato para ir aos teatros e cabarés, apesar de tentarem negar. O depoimento dos serviçais e dos funcionários do hotel prova isso. Pelo menos dois dragões passaram seu tempo livre comprando arte para suas coleções particulares. Verde e Roxo, ou Thompson e Thomson ou qualquer que seja o nome deles, da delegação dos feéricos, aparentemente querem se alistar na polícia de Paris ou na Legião Estrangeira ou qualquer lugar que os mande para missões interessantes. Que os céus ajudem as pessoas com quem eles se alistarem *de fato*. Até o Cardeal admite passar um tempo em livrarias raras. Uma dezena de depoimentos de testemunhas confessa ter estado nos quartos de outras pessoas. Três deles se contradizem. E praticamente todos os serviçais de ambos os lados se recusam a contradizer qualquer coisa que seu mestre ou senhora diga! Se quisermos encontrar quem matou Ren Shun, vamos precisar de alguma coisa mais definitiva do que "Se meu lorde diz que estava no quarto dele, então é claro que estava no quarto dele".

— Excelente resumo, Winters — concordou Vale, sem ajudar em nada. — E quais são seus pensamentos?

Irene olhou ao redor no quarto. Dois dragões, um feérico e dois humanos. De certo modo, era um presságio positivo para qualquer tratado de paz o fato de todos estarem juntos no mesmo quarto, planejando um esforço cooperativo.

— Vou descobrir o que meus superiores sabem — disse ela —, quer eles achem ou não que eu "preciso saber". E vou ver se o vínculo entre a Biblioteca Richelieu e a Biblioteca ainda está funcionando ou se foi rompido. Vou examinar a cena do crime de lá pela perspectiva de uma Bibliotecária também. E vou cuidar de perseguir os gatos. Lorde Silver, por favor, acrescente o *Cabaret de l'Enfer* à sua lista de lugares para visitar. Estou interessada na sua opinião. — Ela esperou o sinal gracioso dele antes de continuar. — Mu Dan, você disse que vai investigar os serviçais de Ren Shun e a pesquisa dele. O que você sabe sobre gás cloro e explosivos? Ou maçãs envenenadas?

— Quase nada — admitiu Mu Dan. — Estou acostumada a pedir que os membros qualificados da minha equipe realizem essas análises. Talvez seja alguma coisa que Vale possa levar ao inspetor Maillon?

Vale assentiu.

— Isso eu posso fazer, e recebi o equipamento para algumas análises científicas. Devo ter alguns dados e uma lista de fornecedores de cloro até o almoço: o inspetor não é muito talentoso, mas seus registros são sólidos. Podemos conseguir rastrear os agentes da Condessa por métodos práticos, se não pelos metafísicos. — A ideia claramente o agradava.

— Excelente — disse Irene. — E uma conexão entre o anterior assassinato do Ministro Zhao e o assassinato de Ren

Shun? Achamos, bem, *ela* achava, pelo menos, que Mei Feng pode ter conhecimentos úteis, já que ela e o Ministro Zhao serviam à Rainha das Terras do Sul.

— Eu ia mencionar isso — disse Mu Dan. — Vale, Mei Feng solicita uma entrevista com você quando for conveniente. Ela vai ficar satisfeita de discutir o assunto.

A sobrancelha de Vale se ergueu.

— Interessante. E sugestivo.

— Do quê? — perguntou Mu Dan, com uma pitada de irritação. Ela claramente preferia fazer o interrogatório.

— Qualquer coisa fora do comum é sugestiva — disse Vale vagamente. — Não se preocupe, vou mantê-la informada.

— Kai — disse Irene com pressa —, podemos contar com sua ajuda ou seu tio precisa de você hoje?

— Meu tio pediu que eu o atenda como secretário, e naturalmente fico satisfeito de obedecer — disse Kai, em tons que não poderiam ser criticados pelos maiores árbitros da etiqueta. Mas o pesar se refletia em seus olhos; ele claramente preferia estar rodando por Paris, contribuindo para a investigação.

Uma lembrança surgiu no fundo da mente de Irene.

— Na verdade, tem uma coisa que você pode fazer por mim, e acho que não entra em conflito com suas obrigações. Você pode marcar uma reunião com Li Ming, já que ele é cortesão do seu tio Ao Shun?

Mu Dan estava imóvel sob a capa, mas Irene teve a impressão de que seus ombros enrijeceram. Se ela fosse uma naja, teria tremido as membranas dos olhos e talvez até aberto o capuz em alerta.

— Fácil — disse Kai. — Mas por que Li Ming, especificamente?

Interessante: Kai claramente não sabia de nenhuma rixa entre Ren Shun e Li Ming, como Mu Dan tinha dado a entender. E claramente Mu Dan não viu nenhuma necessidade de compartilhar isso.

— Ouvi falar de um possível problema entre Li Ming e Ren Shun — disse Irene com diplomacia. — Deixe que todo mundo suponha que era fofoca da Biblioteca, se necessário. Não acredito que Li Ming seja o tipo de pessoa que sai por aí cometendo assassinatos...

— Garanto que poderia, minha ratinha — disse Silver. — Sem pensar duas vezes.

Irene se perguntou o que tinha provocado *essa* reação.

— Se você me permitir terminar a frase — disse ela. — Não acredito que ele seja o tipo de pessoa que sai por aí cometendo assassinatos e depois desova o cadáver onde todo mundo poderia encontrá-lo.

Silver bateu com um dedo nos lábios.

— Faz sentido.

Kai não discordou. O que também revelava alguma coisa sobre a reputação de Li Ming entre os dragões.

— Posso dizer que você quer conversar com ele — disse Kai. — Mas temos várias sessões da conferência agendadas e, depois, a ópera à noite. Os chefes dos dois lados vão estar presentes.

— Que ópera? — perguntou Vale.

— *Tannhäuser.*

— Humm. A versão de Paris ou a versão de Viena?

— A versão de Paris, ouvi dizer — respondeu Silver —, o que significa que teremos o balé completo no primeiro ato.

— Por mais que eu costume gostar de ópera — disse Irene com os dentes trincados —, no momento eu só me interessaria se um maníaco mascarado quisesse jogar um candelabro na cabeça do público. O que eu espero que não aconteça.

277

— Pelo menos não é *Siegfried* — disse Kai. — A coisa toda do assassinato de dragões poderia insinuar um *grande* insulto... — Ele captou a expressão nos olhos de Irene e sorriu quando voltou de sua observação incidental. — Eu provavelmente devia voltar para o Ritz. Irene, Mu Dan, cavalheiros, sei que não estou diretamente envolvido nessa investigação, mas vocês têm minha palavra de que vou cooperar de todas as maneiras possíveis.

O quarto pareceu muito mais frio depois que ele saiu e Irene desejou mais uma vez que todos tivessem aparecido algumas horas mais tarde. Por um curto tempo na noite passada, havia conseguido se esquecer das pressões da investigação e de tudo que estava em risco. Agora estava tudo se acumulando de novo sobre ela. E enfrentava a questão adicional de que alguém no escalão mais alto da Biblioteca podia ser culpado de qualquer coisa entre esconder informações e uma transgressão ativa.

— É melhor começarmos — disse ela. — Peço desculpas por expulsar vocês do meu quarto, mas preciso me vestir...

— Claro — disse Mu Dan, se levantando. — Entro em contado assim que tiver alguma coisa para relatar.

— Eu também. — Vale segurou a porta para a dragoa. — Tenha cuidado, Winters. De todos nós aqui, foi você quem deu à Condessa um motivo pessoal para detestá-la. Tome cuidado.

Irene estava tentando *não* pensar nisso.

— Pode deixar, vou tomar — disse ela. — Não tenho a menor intenção de complicar ainda mais as coisas.

Silver foi o último a ir até a porta e parou ali por um instante até Irene ser obrigada a perguntar:

— Mais alguma coisa?

— Claro que sim. — Os dentes de Silver cintilaram quando ele sorriu. — Tem, sim, minha ratinha.

— E o que seria? — Irene achou que era demais esperar que ele pedisse desculpas pelo que fez mais cedo.

— Só estou me divertindo com o fato de que todos os membros dessa equipe estão escondendo um escândalo. Menos eu, é claro. Uma bela mudança do habitual.

Irene franziu a testa.

— Já tivemos essa conversa, não?

— Acho que omitimos uma coisa. — Seu sorriso agora estava menos agradável e mais parecido com o lábio curvado de um homem que se sente no controle. — Seu amigo detetive, por exemplo.

Irene bufou.

— Isso é ridículo. Vale é praticamente a única pessoa aqui que *não está* escondendo nada.

— É mesmo? Me diga, srta. Winters... — Silver deixou o momento se prolongar. — O que você acha que os dragões diriam se descobrissem que o detetive tem sangue feérico na árvore genealógica?

— Essa é uma tentativa ridícula de provocar confusão... — começou Irene, sabendo que tinha de dizer alguma coisa, que o silêncio seria admitir a verdade.

— Nem ridículo nem uma tentativa — retrucou Silver. — Tenho certeza de que, se alguém pensasse em pesquisar, acharia provas.

Irene pesou suas opções. Silver já tinha feito insinuações sobre a linhagem familiar de Vale. Ela as ignorou, pois sinceramente não *se importava* com isso. Mas, nas circunstâncias atuais, com pessoas ávidas para se sentirem ofendidas, isso poderia de fato provocar alegações de parcialidade sobre qualquer evidência que Vale encontrasse.

E dois fatos se juntaram na sua mente, respondendo a uma pergunta anterior.

— Agora eu sei por que trouxeram você como representante dos feéricos — disse ela devagar. — Não é por você ser
um investigador. É porque eles acham que podem usá-lo para
controlar Vale.

Silver inclinou a ponta da cartola para ela.

— Não posso comentar. Só se lembre que não fui *eu* que
contei isso. E passei a admirá-la muito, srta. Winters, de
modo que, como disse o detetive, tome cuidado. Não quero
perdê-la.

CAPÍTULO 18

A manhã foi um exercício de aumentar lentamente a frustração. Prutkov estava numa reunião ou possivelmente em várias reuniões (Irene se recusava a aceitar que ele era capaz de se dividir em diversos Prutkovs; essa não era uma habilidade dos Bibliotecários) ou, de qualquer maneira, ele estava sempre em *outro* lugar. Havia pelo menos quatro seminários sendo realizados, reuniões ou sessões isoladas (estas eram por influência de Sterrington, que aparentemente tinha internalizado muita literatura sobre gestão) acontecendo em diferentes partes do hotel. Irene toda hora era informada que Prutkov estava indisponível ou que ele tinha acabado de sair.

Ela não *queria* achar que ele estava evitando-a deliberadamente, mas...

Seu humor não foi melhorado pela presença de seguranças que obstruíam os corredores nem pela mistura de poder caótico e ordenado que ia e vinha no hotel – como uma maré oceânica tentando obedecer simultaneamente a duas luas. Tanto Hsien, o principal serviçal humano dos dragões, quanto Erda, sua equivalente no lado dos feéricos, a tinham cumprimentado de um jeito amigável quando ela passou. Mas estavam claramente preocupados com suas tarefas.

E os gatos não tinham sobrevivido à noite, o que eliminava qualquer tentativa de encontrar a Condessa por meio dos felinos encantados. Irene ainda não sabia *como* poderia ter feito isso, mas teria valido a pena tentar.

Ela estava amargamente consciente de que sua manhã até aquele momento tinha sido profundamente improdutiva. Passava das onze horas e as pessoas estavam fazendo pausas temporárias nas reuniões e se misturando nos corredores do hotel ou bebericando café e devorando bolos. E *ainda* não havia nenhum sinal de Prutkov. Era como se o homem tivesse evaporado.

Relutante, ela chegou a uma decisão. Se não conseguisse encontrá-lo para fazer algumas perguntas, simplesmente teria de ser um pouco mais proativa.

Felizmente, ela já sabia onde ficava a suíte dele, então não precisava perguntar a ninguém. Era sempre bom evitar fazer perguntas que pudessem levantar suspeitas mais tarde.

O quarto de Prutkov era no mesmo corredor dos quartos de Kostchei e Coppelia – ambos envolvidos nas negociações no andar de baixo. Pelo lado negativo, isso também deixava os dois indisponíveis para consultas; mas, pelo lado positivo, não interromperiam Irene enquanto estivesse lá em cima. Ela se acalmou dizendo que não ia exatamente invadir os aposentos de Prutkov e vasculhar tudo em busca de evidências de traição. Só estava verificando o quarto para ver se ele estava lá, já que não estava em nenhum outro lugar.

Mas, como constatou, alguém tinha chegado antes.

Irene virou a esquina do corredor, o passo silencioso no carpete grosso, e viu uma camareira ajoelhada na frente da porta de Kostchei, espiando pela fechadura. Não era nem o tipo de pose que poderia ser desculpada como *estou tentando polir o metal, madame*. Era o tipo de avaliação acompanhada por decidir qual o tamanho e a técnica do arrombamento.

Meia dúzia de reações dispararam pela mente de Irene, de choque a raiva a certa diversão sarcástica de que alguém tinha chegado ali primeiro. Mas a mais significativa foi o júbilo. Uma pista!

Ela andou suave, mas rapidamente em direção à camareira, cuja atenção estava na fechadura. Conforme avançava pelo corredor, ela sentiu o caos espetar a pele, se aprofundando como um zumbido raivoso de uma colmeia quando se aproximou da moça. Isso resolvia a questão. Não podia ser a própria Condessa – não seria nada característico de alguém do seu status se rebaixar se vestindo como uma camareira e arrombando fechaduras –, mas certamente era uma de seus serviçais.

A moça fez um ruído de empolgação e tirou um prendedor de cabelo do coque caprichado, estendendo a mão para enfiá-lo na fechadura.

— Acho que não — disse Irene. Sua mão se fechou no pulso da camareira.

A camareira deixou cair o prendedor de cabelo e a encarou, chocada. E só nesse momento Irene percebeu que, embora conseguisse *ver* a camareira e embora a jovem estivesse bem ao seu lado, ela não tinha certeza absoluta de como era a aparência dela. Havia cabelo, com certeza. Estava preso para trás em um estilo discreto. Havia um rosto – um rosto lindo, charmoso, jovem e doce, cheio de modéstia feminina e teimosia inocente, e geralmente merecedor de um livro cheio de poesia romântica para descrevê-lo adequadamente. Mas, quanto aos detalhes precisos... era como se alguém tivesse enfiado as anotações para um papel de teatro no fundo do cérebro de Irene – *camareira, jovem, bonita, inocente* – e a deixado decidir os detalhes exatos. Não era apenas uma das funcionária do hotel ali, empoderada ou encantada ou qualquer coisa assim. Essa mulher era uma feérica muito poderosa.

A camareira ficou de pé num pulo e chutou as canelas de Irene, tentando escapar. A mão de Irene continuou bem apertada no pulso dela. Sua prisioneira podia ser difícil de segurar como um tigre enraivecido, mas ela também estava prestes a arrombar o quarto de Kostchei. E Irene queria algumas respostas antes de soltá-la.

— Por favor, se acalme — disse ela do jeito mais reconfortante possível. — Não vou machucar você, mas quero saber o que está fazendo aqui.

— Deixei uma coisa cair e estava pegando-a? — disse a camareira feérica com esperança.

— Motivos plausíveis, por favor — retrucou Irene com paciência. — Isso não teria funcionado nem quando eu tinha onze anos e ainda estava na escola.

— Eu estava amarrando meu cadarço?

Por um instante, Irene quase *acreditou*. Então a marca da Biblioteca nas suas costas ardeu como uma queimadura de sol e as palavras se rearrumaram em sua cabeça e se transformaram de *Motivo plausível, deixa a pobrezinha ir embora* para *Uma mentira deslavada, pegue a moça e a sacuda até a verdade sair.*

— A sorte está na terceira... — disse Irene com os dentes trincados.

E aí as duas ouviram o som de diversos passos se aproximando. Os olhos da camareira se arregalaram de pânico.

— Por favor, não deixe eles me pegarem e eu prometo que conto por quê!

Era uma feérica dando sua palavra formalmente. Uma promessa não podia ser melhor do que isso.

— Certo — disse Irene e a arrastou pelo corredor até onde tinha quase certeza de que havia uma suíte não utilizada. Disseram a ela que todos os quartos que cercavam o contingente da Biblioteca tinham sido reservados e deliberadamente deixados vazios, por medida de segurança. Tinha esperanças de isso estar correto. — **Fechadura, abra** — sibilou ela na Linguagem. No instante em que ouviu a fechadura abrir, ela empurrou a camareira para dentro, entrou atrás dela, fechou a porta e a trancou.

Foi bem na hora. Elas ouviram os passos se deslocando do lado de fora – dois homens, pesados, sem falar, andando no mesmo ritmo – e continuando pelo corredor.

— Muito bem — disse Irene, finalmente soltando o pulso da camareira. — Por quê?

A camareira massageou o pulso com cuidado, os olhos marejados de lágrimas.

— Você não é muito delicada — sussurrou ela. — Você é madrasta de alguém?

— Não sou nem mãe de alguém — disse Irene, tentando ser firme. Era difícil. Todas as emoções mais delicadas que tinha estavam incitando-a a ser mais simpática com a moça na sua frente. Ela claramente era uma inocente, alguém que tinha sido pega nisso contra a própria vontade, alguém cuja beleza e dignidade mostravam que tinha sangue nobre...

Irene enterrou as unhas nas palmas e se obrigou a *olhar* de verdade para a tempestade de emoções que disparavam pela sua mente naquele momento. O que ela estava pensando? Por que estava pensando aquilo? E que tipo de feérico estava despertando esses pensamentos?

A resposta a fez congelar de imediato.

— Você é a Princesa — sussurrou. Ela queria xingar, mas não conseguiu fazer isso. Parecia *errado* usar essas palavras na frente da realeza. *E, se estou pensando em termos de ser moralmente errado em vez de politicamente estúpido, isso quer dizer que já estou comprometida...*

A Princesa corou.

— Ah, céus. Você me reconhece!

— Mais dedução do que reconhecimento. — A situação ainda estava se expandindo para alcançar seu potencial de desastre total na cabeça de Irene. O que era pior? A chefe da delegação dos feéricos ser pega invadindo os aposentos particulares da delegação da Biblioteca (bem diferente de um Bibliotecário, como ela, fazer isso, é claro) ou Irene ter arrastado a Princesa pelo pulso? — Madame... vossa alteza... o que você estava *fazendo* aqui em cima e por quê?

— Eu prometi que ia contar para você — disse a Princesa, relutante. — Mas devo pedir para nunca, jamais falar isso para outra alma viva!

Irene sentiu os fios de juramento e história se formando ao redor dela como uma camisa de força, tremulando nos lábios. Se tivesse sussurrado um *sim* pela metade, estaria presa pelas próprias palavras. A feérica à sua frente podia parecer uma camareira adolescente em vestido preto simples e avental e touca brancos, mas era um ponto central de caos. Estava muito, muito distante de ser humana. Do jeito dela, a Princesa era uma ameaça tão grande quanto o Cardeal. Se Irene se deixasse ser pega na narrativa, não conseguiria escapar daquela contracorrente – nem mesmo com seu juramento à Biblioteca.

Ela se obrigou a pensar com calma e lógica, a sair do manancial de emoções que a Princesa inspirava. *Ela é um arquétipo. A princesa inocente, disfarçada de moça trabalhadora, se arriscando heroicamente a correr perigo. Tenho de trabalhar com isso.*

Irene deu um passo cuidadoso para trás e fez uma reverência.

— Vossa alteza, você sabe quem eu sou?

— Não — admitiu a Princesa.

O que significava que o papel de Irene na história ainda não estava estabelecido. Ótimo.

— Sou uma Bibliotecária — disse Irene com firmeza — e estou juramentada a encontrar o assassino de lorde Ren Shun.

— Nobre paladino! — ofegou a Princesa. — Ah, graças aos céus as gentis estrelas nos uniram. Agora eu *sei* que posso confiar em você. Mas precisa ter cuidado. A traição está em andamento!

Irene viu sua reação mental habitual de *Você realmente não devia confiar em mim, sabe* sendo afogada por uma onda de otimismo. A Princesa estava quase *brilhando* através de seu disfarce de plebeia, o cabelo preto como asas de corvos, os olhos azuis como safiras, a pele branca como neve. Ela reluzia com a total beleza interior do seu sangue real e da sua alma pura. Uma onda de ternura tomou Irene, muito mais forte do que qualquer luxúria que Silver conseguia provocar, muito mais pura, muito mais sincera. Queria pegar a mulher diante de si nos braços e...

Irene se obrigou mentalmente a recuar e se lembrar de quem ela era e onde estava. Aparentemente, tinha conseguido se inserir na narrativa da Princesa como um cavaleiro heroico. Isso era bom. Faria a Princesa confiar nela. O único problema disso era que cavaleiros heroicos tinham uma tendência a se apaixonar pela Princesa.

— Vossa alteza, não temos muito tempo — disse ela. — Seu povo sabe que você está aqui?

— Não. Tive medo de que eles tentassem me impedir. — A Princesa olhou ao redor, nervosa, como se uma madrasta malvada estivesse prestes a sair de baixo da mesa ou de trás das cortinas e saltar em cima dela.

— Como foi que você conseguiu escapar de todas as reuniões?

— Falei que eu precisava retocar a maquiagem no nariz e fugi antes que alguém percebesse — disse a Princesa de um jeito orgulhoso. — Achei que, se vasculhasse os quartos de todos os oficiais importantes da Biblioteca, conseguiria encontrar provas que identificariam o traidor. Mas você me interrompeu. — Ela caiu como uma flor frágil, as lágrimas aparecendo nos olhos. — Agora pode ser que eu nunca consiga descobrir quem é, a menos que você me ajude.

Palavras parecidas com *Claro que eu vou ajudar você, só me diga o que quer que eu faça* borbulharam na boca de Irene, implorando para serem ditas. Ela mordeu a língua com força.

— Vossa alteza — disse ela, estremecendo —, por favor, me diga por que você suspeita de traição e por que acha que um dos oficiais da Biblioteca é um traidor.

— Eu simplesmente *sei!* — Ela grudou os olhos azuis profundos e vulneráveis em Irene. — Uma mulher sabe essas coisas. A Condessa está trabalhando com um dos Bibliotecários, tenho certeza. — Ela estremeceu, com um medo genuíno aparecendo nos olhos. — Não consigo dormir pensando nisso. Mesmo sendo da minha espécie, ela faz parte dos meus pesadelos. Eu sei que ela quer destruir a conferência pela paz, mas não é só isso. Ela quer o sangue de donzelas. Ela *me* quer.

— Mas o Cardeal... — Irene tentou, lutando contra o desejo de pegar a princesa nos braços e protegê-la do mundo cruel. A parte mais pragmática da sua mente estava percebendo a aversão e o medo absolutos da Princesa em relação à

Condessa. *Será que ela é a madrasta malvada suprema? Ou, pelo menos,* uma *madrasta malvada suprema?*

A Princesa entrelaçou as mãos.

— Ele é um homem bom demais, nobre demais para entender o tipo de mal que essas pessoas podem fazer. Ele simplesmente iria rir de mim e dar um tapinha na minha cabeça. Não, essa era a única coisa que eu podia fazer! E, agora que você entende, vai me ajudar... não vai?

Irene refletiu, com amargura, que essa Princesa arquetípica claramente tinha os atributos tradicionais de inocência abnegada, coragem, pureza e doçura. Mas também tinha outro traço de personalidade tradicional de princesas de contos de fadas: a capacidade de julgar equivocadamente outras pessoas e pensar o melhor delas enquanto estavam tramando para partir seu coração ou envenenar maçãs ou abandoná-la numa ilha deserta ou qualquer coisa assim. Claro que o Cardeal não devia estar planejando ir *tão* longe, mas Irene, nem em seus sonhos mais loucos, o teria descrito como um homem puro e nobre que era bom demais para este mundo.

Por outro lado... a Princesa era uma feérica muito poderosa, possivelmente a mais poderosa que Irene tinha conhecido. (*Até agora,* acrescentou a parte sombria de sua mente.) Ela vivia numa nuvem de imperativo narrativo. Tinha conseguido escapar enquanto "retocava a maquiagem no nariz" porque esse era o tipo de coisa que acontecia em histórias. Irene tinha chegado no momento exato – mais uma vez, porque era assim que as histórias funcionavam. E Irene agora estava à beira de concordar em fazer tudo que a Princesa dissesse, porque era assim que as pessoas se comportavam em histórias, se você fosse uma princesa.

Mas a história podia seguir por muitos caminhos diferentes a partir dali. Podia ter um final feliz, no qual a Princesa diria a Irene exatamente o que ela precisava saber para encontrar o suposto traidor. Por outro lado, podia ser uma tragédia dramática, se alguém aparecesse exatamente no momento errado e as pegasse juntas...

Houve uma batida à porta.

A Princesa abriu a boca para falar, em choque. Irene se moveu mais rápido do que pensava ser possível e colocou a mão sobre a boca da Princesa. Felizmente, não precisou lutar contra nenhuma vontade cavalheiresca. Ao que parecia, essa era a coisa certa a fazer, em termos narrativos.

— Ninguém aqui — disse alguém no corredor. — Vai servir. — Uma chave virou na fechadura fazendo barulho.

Irene procurou um esconderijo. Elas nunca chegariam ao banheiro a tempo. A possibilidade mais próxima – a única possibilidade – de abrigo era atrás das pesadas cortinas de brocado dourado. Ela puxou a Princesa e as duas correram juntas para trás das cortinas, se encostando na janela que dava para a sacada. A neve lá fora fustigava as vidraças, um véu de brancura sibilante impulsionado pelo vento que borrava a sacada e o trânsito na rua abaixo. Também deixava o vidro amargamente frio ao toque.

O caos envolveu Irene quando ela ficou ombro a ombro com a Princesa. Sua marca coçou e queimou nas costas, como os piores resquícios de catapora ou sarampo, impossível de ignorar.

No quarto, a porta se abriu com um clique.

— Está escuro aqui — disse a voz de uma mulher desconhecida. — Devo abrir as cortinas?

— Acenda a luz, se quiser — respondeu Prutkov. — Não mexa em nada nem deixe rastros. — Definitivamente era a voz dele. Irene ficou paralisada ao reconhecê-la. Queria falar com ele e fazer algumas perguntas, mas essas não eram as circunstâncias que tinha em mente.

Houve um clique quando a luz foi acesa, depois o som de alguém se sentando.

— Este lugar fede a caos. Então, qual é o próximo passo na agenda?

— Espero que nada — respondeu Prutkov. Outro estalo. Ele se sentando também? Irene não ia tentar espiar pela abertura onde as cortinas se juntavam. Isso era pedir para ser descoberta. — Quanto menos você tiver de fazer, melhor. O que sua equipe tem aprontado?

— Eles se encontraram no quarto de Winters, depois se separaram para investigar coisas — relatou a mulher. — O príncipe voltou para o tio. Mu Dan está procurando alguma coisa no hotel dos dragões. O detetive foi visitar o inspetor de polícia de novo. E o feérico está caçando a Condessa e os anarquistas pela cidade. Ele está indo a confeitarias, neste momento. Borges está atrás dele.

— Ele não está seguindo o detetive?

— A chance de o detetive perceber alguém atrás dele é muito grande. O feérico é menos observador. Você acha que eles vão conseguir encontrar a Condessa?

— Acho bom. — A voz de Prutkov estava distante, como se ele estivesse considerando várias opções. — Precisamos localizá-la rapidamente, antes que Ao Ji possa escalonar a situação ainda mais. Já estava ruim o suficiente *antes* da morte de Ren Shun, mas agora está pior ainda. Temos sorte de o Cardeal ter entrado no jogo.

— Estive pensando — disse a mulher, hesitante.

— Sim?

— Quem foi que matou Ren Shun?

— A Condessa, é claro — respondeu Prutkov num ímpeto. — Isso foi combinado.

— Combinado. Certo. — A voz da mulher exalava descrença.

— Você está tentando ser desagradável?

— Estou curiosa. É uma pergunta que *você* vai ter de responder, afinal. Por que a Condessa mataria *Ren Shun,* e não Ao Ji ou a Princesa?

— Essa é simples — respondeu Prutkov, com amargura. — Porque, de todas as pessoas envolvidas nessa confusão, eliminá-lo provocava o maior dano. Ele era uma das poucas pessoas que *Sua Majestade* Ao Ji ouvia de verdade. Outros dragões, como Li Ming e Mei Feng, não recebiam o mesmo respeito. E matá-lo, daquele jeito em especial, foi um insulto mortal. Foi a coisa mais prejudicial que ela poderia ter feito. Além de explodir este hotel.

E como, Irene se perguntou atrás da cortina, *a Condessa sabia que isso provocaria mais danos?*

— É, ouvi dizer que você quase foi dinamitado ontem à noite. Algumas pessoas chamariam isso de justiça cármica.

— Você está sendo muito agressiva. Está tentando chegar a algum lugar?

— Não. Estamos todos juntos nessa. Mas é bom você encontrar um novo jeito de mantermos contato. Agora que eles aumentaram a segurança aqui, tem mais chance de alguém perceber Borges ou eu quando viermos fazer o relatório.

— Isso é verdade — admitiu Prutkov. — Mas cartas físicas também são arriscadas. Evidências permanentes são uma coisa perigosa. — Ele hesitou, pensativo. — Por enquanto, seja discreta e não tente me contatar a menos que consiga uma pista de onde a Condessa está ou se a equipe de Winters estiver prestes a fazer alguma coisa drástica. Com um pouco de sorte, conseguiremos encerrar tudo amanhã.

— Não sei por que você a botou no caso, para início de conversa — disse a mulher com uma bufada. — Essa garota é um ímã de confusão.

— Não foi *minha* ideia — protestou Prutkov. — Se a escolha fosse minha, eu teria selecionado alguém um pouco mais versado na arte da manipulação. Mas pelo menos ela é evidentemente sincera. Isso nos deu mais tempo e, neste momento, tempo é algo de que precisamos para fechar o tratado. E, se precisarmos de um bode expiatório em algum momento, o comportamento dela é ambíguo o suficiente para que leve a culpa.

Bem, dizem por aí que quem escuta atrás da porta nunca ouve nada bom sobre si mesmo, refletiu Irene com indiferença. Isso tudo era altamente informativo e estava satisfeita de descobrir ainda mais sobre Prutkov do que esperava. Mas ela sabia que isso tinha um preço: cair na narrativa feérica. Esconder-se atrás de cortinas desse jeito e ouvir conversas altamente secretas era o tipo de coisa que acontecia em histórias. E, em pelo menos metade dessas histórias, a pessoa que escutava escondido era drasticamente descoberta...

As cadeiras rangeram quando as pessoas do outro lado da cortina se levantaram.

— Muito bem — disse a mulher. — Boa sorte com essa briga.

— As pessoas podem ser controladas — disse Prutkov com calma —, e todos os indivíduos com quem estamos trabalhando aqui, sejam dragões, feéricos ou Bibliotecários, continuam sendo apenas pessoas. Faça o seu trabalho...

Estimulada por algum instinto, Irene olhou para o lado e viu a Princesa retorcer o rosto enquanto se esforçava para não espirrar.

A imaginação pintou imediatamente um quadro aterrorizante do que poderia acontecer em seguida. O espirro barulhento. A pausa do outro lado da cortina. O rasgo no esconderijo enquanto Prutkov encontrava as duas ali. As possíveis consequências.

Irene colocou silenciosamente a mão sobre a boca da Princesa e apertou a ponte do nariz da feérica com a outra mão. *Não espirre,* implorou com os olhos, *segure mais um pouco, fique em silêncio só por um instante até eles saírem...*

— ... e eu faço o meu — terminou Prutkov. — Até mais tarde.

Irene ouviu os passos do outro lado da cortina, o clique do interruptor da luz, a porta sendo aberta e depois fechada. A Princesa estava se contorcendo como um gatinho sob o aperto de Irene, mas não conseguia se soltar. *Aparentemente, feéricos muito poderosos são vulneráveis, se estiver alinhado com o arquétipo pessoal. Princesas podem ser tratadas com grosseria porque é isso que acontece com princesas. Isso pode ser útil para referências futuras. Mas ao que a Condessa Sangrenta seria vulnerável?* Era algo a se pensar.

O quarto ficou em silêncio. Com uma súplica de que os outros dois realmente tivessem saído e não estivessem sorrateiramente aguardando, Irene soltou a Princesa, que imediatamente começou a espirrar alto o suficiente para sacudir as cortinas.

Irene saiu cambaleando para o quarto. Ficar tão perto da Princesa foi como estar envolvida em uma névoa de drogas, com a marca nas costas sendo um peso extremo que ela sentia a cada respiração. Ainda queria pegar a Princesa gentilmente nos braços, olhar fundo nos olhos dela e jurar com todos os átomos do seu ser que ia protegê-la, mantê-la em segurança, que ninguém jamais poderia machucá-la de novo, que, ao conhecer a Princesa, tinha se tornado uma pessoa melhor, que...

Como Irene tinha descoberto antes, saber que você estava sob influência feérica não necessariamente ajudava a se libertar dela. A distração física, no entanto, sim. Ela segurou o lóbulo da orelha e apertou com força suficiente para provocar lágrimas.

— Eu falei para você que havia uma traição em andamento! — anunciou a Princesa triunfante, os espirros sumindo como se ela nunca tivesse inspirado um grão de poeira. — Agora só precisamos vasculhar os quartos de todo mundo para descobrir quem são os traidores.

Irene percebeu que a Princesa não tinha reconhecido a voz de Prutkov, felizmente, e reorientou suas prioridades. Esquecer a caça a Prutkov. Além do mais, ele obviamente não ia responder às suas perguntas, de qualquer maneira. Precisava devolver a Princesa para o resto da delegação dos feéricos antes que ela pudesse fazer alguma coisa que conseguisse deflagrar uma guerra.

— Vossa alteza, deixe comigo. Eu conheço as pessoas envolvidas. Posso descobrir o que está acontecendo.

— Você vai fazer isso? — De algum jeito, a Princesa estava segurando as mãos de Irene em seus dedos macios. — Você jura que vai descobrir e me contar?

O olhar inocente prendeu Irene como um canhão de laser concentrando seus raios e as palavras secaram em sua garganta. Não importava que a Princesa aparentemente tinha o cérebro de um porquinho-da-índia, os padrões de um romance cavalheiresco e a noção de prioridade de um lemingue. Quando ela pedia para alguém cooperar e colocava todo seu coração e sua alma nisso, o alvo não conseguia recusar. Não era nem malícia nem controle deliberados: teria sido mais fácil Irene resistir, se fosse. A Princesa não estava tentando *manipulá-la* conscientemente – esse não era o tipo de coisa que lindas princesas de contos de fadas faziam. Só queria que Irene a ajudasse.

Irene estremeceu com o esforço de tentar dizer *não*. Não estava funcionando. Sua boca queria dizer *sim*. Seu coração queria dizer *sim*. Dizer *sim* era a coisa certa a fazer, a coisa adequada a fazer, a *única* coisa que podia fazer...

Tentou desviar o olhar dos olhos azuis profundos derretidos da Princesa, mas não conseguia focar em outra coisa, nem mesmo na janela adiante e na neve lá fora. No fundo da sua mente, tentou criar um tipo de ideia lógica para fugir, um jeito de escapar desse redemoinho de emoções e carência.

O que ela precisava era de ordem. E não havia nenhuma dentro deste quarto. Mas talvez lá fora, onde o temperamento de Ao Ji fazia a neve dançar e os ventos uivarem...

— **Janela, quebre.** — As palavras se retorceram nas suas cordas vocais, mas a Linguagem lhe deu força e a surpresa da Princesa enquanto a feérica estava distraída deu a Irene ainda mais liberdade. — **Neve, entre!**

As janelas se estilhaçaram em um estrondo de vidro e o vento e a neve entraram afunilados no quarto em uma rajada furiosa de puro inverno. O ar ficou cheio de uma brancura fria penetrante. A Princesa gritou, em choque, soltando as mãos de Irene para espanar a neve do rosto e do cabelo, mas Irene acolheu o frio cruel. Ela o inspirou, agradecida pela aridez, sua mente voltando a ser dela.

— Vossa alteza, aqui... — Irene destrancou a porta e a abriu com um puxão. A Princesa fugiu para o corredor e Irene a seguiu, com o cuidado de manter uma distância segura. — É melhor você se juntar à sua delegação, vossa alteza — sugeriu. — Eles devem estar preocupados.

— Você está certa — concordou a Princesa. Irene percebeu como ela era simpática até mesmo com os próprios serviçais e lacaios, e seu coração foi tocado... droga, de novo não. Tentou encontrar forças para se segurar mais um pouco, até a feérica ser problema de *outra pessoa*. Concentrou-se na marca da Biblioteca, no frio dos flocos de neve derretendo e manchando seu vestido com água, ou qualquer outra coisa que não fosse como a Princesa, boa e agradável e linda.

— Você é uma pessoa muito nobre — disse a Princesa. Ela estava ao alcance de Irene de novo, e Irene não sabia se tinha forças para lutar dessa vez. — Eu confio em você.

O toque da mão dela em seu rosto foi como fogo.

E aí ela desapareceu. Irene afundou na parede, cada respiração saindo com dificuldade e a fazendo tremer. Parte dela queria se encolher e chorar a perda de seu amor verdadeiro. O resto dela, mais sensato, estava tentando destacar que a Princesa não apenas não era seu amor verdadeiro como também Irene nunca tinha *tido* um amor verdadeiro. Sendo assim, nem sabia qual era a sensação.

Pelo menos não precisava se preocupar em deixar um suspeito de assassinato escapar. Irene estava razoavelmente certa de que, entre todas as pessoas em Paris, a Princesa era a *menos* provável de esfaquear alguém pelas costas. Não era parte da personalidade dela fazer isso. Prutkov, por outro lado... o que ele estava aprontando? Não estava apenas tentando manobrar a Biblioteca para uma posição melhor. Estava fazendo um jogo próprio totalmente separado.

Jogos demais. Narrativas demais. E todos querendo que Irene interpretasse um papel diferente nelas. Ela era a agente da Biblioteca ou o cavaleiro da Princesa? A espiã do Cardeal e assassina ou a vítima da Condessa? Amante de Kai? Amiga de Vale? Onde ela estava em tudo isso, no fim das contas?

Passos se aproximaram. Irene levantou a cabeça e viu Li Ming.

— Srta. Winters — disse ele, observando-a com alguma surpresa. — O que você *andou* fazendo?

CAPÍTULO 19

Irene espanou os flocos de neve derretidos do vestido do jeito mais despreocupado que conseguiu.

— Lorde Li Ming, que bom vê-lo. Espero não estar afastando-o de algo importante.

— Só a rodada normal de reuniões — disse Li Ming. — Você não foi chamada para participar de nenhuma?

— Não — disse Irene, agradecida porque ninguém tinha tentado encurralá-la. — Estou ocupada com essa investigação. E, como você provavelmente deduziu, é sobre isso que eu gostaria de conversar.

— Não estou surpreso. — Li Ming olhou para o corredor. — A conversa pode ser feita aqui ou prefere em outro lugar? E você exige testemunhas?

— O que exijo são informações — respondeu Irene. — Não posso prometer que o que conversarmos vai permanecer em segredo, mas serei o mais discreta possível quando precisar compartilhar.

— Então sugiro que conversemos em particular e em algum lugar onde possamos ter alguma certeza de que não seremos ouvidos.

Alguns minutos depois, Li Ming estava se sentando no quarto de Irene. Ela decidiu não contar a ele que era a mesma

298

cadeira em que Silver tinha relaxado mais cedo. Li Ming tinha ajustado suas roupas à moda local, mas estava usando o cinza-claro de sempre, com gravata preta e abotoaduras. Seu cabelo prateado se estendia pelas costas em uma trança comprida, cada fio perfeitamente no lugar. Ele poderia ser uma estátua modelada em mármore e prata, não fosse o foco brilhante de seus olhos. Irene se perguntou por um instante o que os parisienses locais estavam achando do fato de que ele parecia uma mulher usando roupas masculinas – mas, por outro lado, visitantes estrangeiros extravagantes conseguiam escapar imunes a todo tipo de violação dos costumes.

— Ouvi dizer que você queria uma reunião comigo — disse Li Ming. Ele cruzou uma mão sobre a outra no colo. — Aprecio seu tato em combinar tudo em particular por intermédio de sua alteza, príncipe Kai.

— Não vejo motivo para espalhar boatos desnecessariamente — respondeu Irene. — Mas, quando *há* boatos sobre uma possível conexão com esse assassinato, temos de investigar.

— E você quer me perguntar sobre um boato? — indagou Li Ming educadamente, como se fosse uma pergunta sobre quantos torrões de açúcar ele gostava de colocar no chá.

— Acho que eu seria negligente se não fizesse isso.

— E qual é o boato?

Irene suspirou mentalmente. Estava claro que teria de se esforçar a cada passo dessa conversa.

— É sobre o fato de que você e lorde Ren Shun podem ter tido um desentendimento no passado.

Li Ming franziu a testa.

— Normalmente, eu perguntaria quem lhe disse isso, mas suponho que, nas atuais circunstâncias, deve haver pessoas fazendo fila para lhe dar informações. Vou ser indelicado. Eu sou suspeito?

— A principal suspeita é a Condessa Sangrenta, como você deve saber — contrapôs Irene. — Mas é nosso dever avaliar todas as pessoas possíveis com meios, oportunidade e motivo.

— Entendo — disse Li Ming com frieza. — E, quando você terminar de interrogar metade de Paris, qual será seu próximo passo?

Irene deu de ombros.

— Metade de Paris não tem nenhum motivo, a menos que lorde Ren Shun tenha cometido muitos crimes dos quais ainda não ouvi falar. E tenho muita dificuldade para imaginar qualquer ser humano normal dominando um dragão poderoso. Citei *meios* e *oportunidade* primeiro, porque eles diminuem significativamente a quantidade de possíveis suspeitos.

— E você acredita que eu poderia fazer isso?

— Em termos puramente físicos... milorde, você é um serviçal próximo de Sua Majestade Ao Shun. Você não é fraco. Já o vi prestes a lançar uma tempestade de neve em Londres. — Irene se perguntou se Li Ming reagiria a isso, já que eles quase entraram em conflito na época, mas ele não mexeu nem um cílio. — Então, sim; acredito que *poderia* fazer isso. No entanto, não vejo *por que* ia querer sabotar as negociações pela paz. Mas me disseram que, se quisermos condenar a Condessa Sangrenta, precisamos de provas. E não temos isso ainda, então as suspeitas podem apontar para qualquer lugar. Vou achar muito mais fácil tirá-lo da lista de suspeitos se souber por que você virou um antes de mais nada.

A neve sibilava na janela lá fora e os ruídos fracos do trânsito passavam num fluxo: carruagens e carroças puxadas por cavalos, veículos motorizados, o murmúrio de vozes humanas. Por fim, Li Ming perguntou:

— O quanto você sabe sobre as nossas famílias?

— Não muito — admitiu Irene. — Sei que elas existem como importantes forças políticas dentro da sua sociedade. — E ela sabia que queria ficar *bem longe* das famílias Floresta do Inverno e Montanhas Negras, depois de certos eventos recentes. Apesar de eles terem sido ordenados a não ter ressentimento contra Irene pela própria Rainha das Terras do Sul, isso não significava que seriam amigáveis. Embora Li Ming servisse a outro dragão da realeza e eles também tivessem suas diferenças...

Li Ming permaneceu totalmente imóvel. Ele não mexeu as mãos nem inclinou a cabeça do jeito que um humano poderia ter feito.

— Acredito que o príncipe Kai tenha decidido não falar sobre certos aspectos da nossa sociedade e você decidiu não perguntar a ele. Isso foi sensato da parte dos dois. Teria lançado uma sombra sobre as percepções do seu relacionamento, se você parecesse seduzi-lo em troca de informações.

— Nosso relacionamento sempre foi cuidadoso — concordou Irene. *E provavelmente não existirá, se as coisas derem errado aqui. Junto com muitas outras coisas, como a vida dos meus pais, minha liberdade, o futuro da Biblioteca...* Ela se impediu de olhar na direção da cama enquanto pensava em Kai e se perguntou até que ponto Li Ming estava bem informado. Por que se iludir? Parte do trabalho dele, como assistente pessoal do Rei Dragão do Norte, era saber esse tipo de coisa. — Vou ser indelicada. Afinal, nenhum de nós quer que as pessoas perguntem por que desaparecemos para uma longa conversa particular. O que estou deixando passar?

— Pode-se dizer que existem dois eixos principais de poder na nossa sociedade — disse Li Ming com cuidado. — Existem os monarcas e existem as famílias. Há a obrigação à própria família. Mas também ao rei ou à rainha. Essas obrigações mútuas podem gerar problemas.

Irene reconhecia um discurso de *Não cite o que eu disse, mas...* com muita facilidade.

— Eu esperava que fosse um assunto estritamente interno, se um dragão estivesse preso entre obrigações e deveres — disse ela. — Um dragão certamente não mencionaria isso para forasteiros, que poderiam tentar explorar a situação.

Os olhos de Li Ming semicerraram de satisfação com a garantia de discrição dela. Suas írises eram do mesmo tom puro de prata do cabelo e das sobrancelhas, e as pupilas eram surpreendentemente escuras em comparação. Assim como Kai – como muitos outros dragões aqui –, seu rosto poderia ser uma pintura clássica, cheio de linhas nítidas e sombras.

— Cá entre nós — continuou ele —, o príncipe Kai escapa de muitos problemas potenciais porque a mãe dele não é de uma família distinta.

Ah. Irene sabia como isso se desenvolvia em várias sociedades humanas, e nem sempre era bom. Kai era um príncipe reconhecido, mas sem dúvida havia graus de autoridade até mesmo entre príncipes. E isso podia explicar por que a realeza dos dragões podia ter permissão de sair e fazer suas coisas, em vez de se acomodar para estudar ou servir.

— Isso teria alguma coisa a ver com o modo como ele teve permissão para se infiltrar na Biblioteca ou com suas ocasionais faltas de responsabilidades? — perguntou ela do jeito mais delicado possível.

— Pode ser — concordou Li Ming. — E, embora ele seja querido pelo pai, nem *todos* os parentes pelo lado paterno têm o mesmo afeto por ele.

Havia um alerta claro nos olhos e no tom de Li Ming: Irene tentou traduzir o que o dragão não queria dizer em voz alta. Ela sabia que o tio de Kai, Ao Shun, gostava dele, mas será que o mesmo poderia ser dito de Ao Ji...

— Cá entre nós, existe algum problema?

As pálpebras de Li Ming tremeram.

— Bem, Sua Majestade Ao Ji poderia passar a valorizar o príncipe Kai, pelo seu atual trabalho árduo e apoio. Mas isso certamente seria uma virada inesperada nos eventos.

Em outras palavras, Kai vai ficar com o palito mais curto e não tenha esperanças de algo melhor. Uma resignação dolorosa pesou sobre Irene. Teria sido tão bom acreditar que a família de Kai sinceramente o apoiava, quaisquer que fossem as circunstâncias do seu nascimento. Por que eles tinham de ser tão malditamente *humanos* em relação a isso? Kai provavelmente considerava que isso era parte de como as coisas eram e tinha evitado contar a Irene porque sabia como ela ficaria com raiva por ele.

E por que ela deveria ficar com raiva, afinal? Era assim que as coisas funcionavam. A história lhe dizia isso. *Talvez seja por isso que precisamos de um pouco de caos na vida, para que as coisas possam acontecer contra a probabilidade e sem lógica, em que uma família pode se amar mesmo que um deles seja nascido de um escalão mais baixo – ou adotado...*

— Obrigada por deixar isso claro para mim — disse ela sem emoção.

— Está descaradamente óbvio por que e como o príncipe Kai apareceu por acaso neste momento específico, também — acrescentou Li Ming, quase com delicadeza. — Mas, já que ele está sendo útil, ninguém vai questionar.

Adeus à negação semiplausível do relacionamento deles.

— Nosso objetivo é encontrar o assassino — disse Irene.

— E fazer o tratado de paz ser assinado. Espero que todo mundo aqui tenha as mesmas prioridades.

— Prioridades. Ah, sim, o assassinato. E Ren Shun. — Li Ming olhou na direção da janela por um instante, como se procurasse as palavras. Parecia que, para ele, falar de Ren Shun era mais desconfortável do que dar alertas políticos.

— Tanto Ren Shun quanto eu somos da família do Rio Amarelo. Temos o mesmo pai, Lorde Shantsu, embora ele tenha se juntado a diferentes dragoas para nos gerar.

Irene vasculhou suas reações antes de responder. Ficar boquiaberta e dizer a Li Ming *Vocês são irmãos?* seria estupidamente rude. Apesar de ter sido seu primeiro pensamento. E por que Mu Dan não tinha lhe contado isso? Ela não sabia? Ou a outra dragoa supunha que isso era de conhecimento público?

— Ofereço minhas condolências pela perda do seu irmão — murmurou ela.

— Sua cortesia é apreciada — disse Li Ming. — Infelizmente, não nos falávamos havia várias décadas, depois de um triste desentendimento público numa reunião de família.

— Ah — disse Irene do jeito mais neutro possível.

— Nós dois tínhamos feito juramentos aos nossos respectivos reis, na época. Eu senti que meu irmão mais novo não estava servindo ao seu lorde tão bem quanto exigiam seus juramentos. Ele não gostou da minha opinião. O desentendimento se tornou público. Mal nos falamos desde aquela época, só em ocasiões formais ou festivais.

Irene escolheu as próximas palavras com cuidado. Essa era uma informação importante, mas ela sentia um ressentimento e uma raiva lentos fervilhando sob a superfície glacial de Li Ming, quentes e poderosos como lava. Só porque um dragão era educado não significava que o dragão era seguro.

— Tive uma experiência ruim nos Estados Unidos com um dragão que certamente não estava servindo ao seu mestre como mandam os juramentos. — Na verdade, esse tal dragão traiu seu mestre com prazer na esperança de um progresso pessoal sem hesitar por um instante. — Tenho certeza de que um irmão seu não teria feito nada tão drástico, mas...

O ar no quarto tinha esfriado. Irene teve tempo suficiente para refletir se tinha falado demais e se o corpo dela seria o próximo a aparecer morto, antes de Li Ming responder.

— Como você serve à Biblioteca? — perguntou ele. — De acordo com o que ela manda ou pelo bem dela?

— Minha esperança é que os dois objetivos estejam alinhados — respondeu Irene. Mas pensou nas palavras de Prutkov mais cedo. Ele achava que uma trégua entre dragões e feéricos deixaria a Biblioteca obsoleta e que eles teriam de reconstruir sua base de poder de outro jeito. Ela ainda servia à Biblioteca como guardiã do equilíbrio. *Não* era uma negociadora de poderes.

Li Ming se inclinou para a frente, e o ar frio se avolumou ao redor dele como uma onda no mar.

— Existem dois tipos de serviçais, Irene Winters: aqueles dos quais se espera que obedeçam sem questionar e aqueles dos quais sua inteligência e seu julgamento são esperados. Ren Shun teria feito *qualquer coisa* por Ao Ji. Ele não entendia que, pelo bem do próprio Ao Ji, existem algumas coisas que seus serviçais jamais deveriam fazer.

Irene inspirou fundo. O ar tinha sabor de gelo na boca.

— Você acha que ele pode ter ido... longe demais. — O eufemismo era trivial, mas podia envolver muita coisa: fraude, chantagem, traição, assassinato. — E que alguma ação dele pode ter resultado em sua morte?

Os olhos de Li Ming se fecharam por um instante, depois se abriram de novo, rápidos como os de uma serpente.

— Se você me trouxesse provas de que essa feérica, essa Condessa Sangrenta, assassinou meu irmão para dar início a uma guerra, isso seria providencial. Seria uma resposta melhor do que outras que me vêm à mente.

— Sinto muito. — A sinceridade era tudo que Irene podia oferecer. — Estou me esforçando muito para encontrar essa prova. Não, vou ser mais clara. Estou procurando a verdade, e espero que a verdade seja essa prova.

— Quem contou da nossa rixa para você?

— Achei que você tinha dito que não ia perguntar — contrapôs Irene.

Li Ming mexeu os dedos casualmente.

— Bem, se foi Mu Dan, você pode lembrar a ela que essa independência é ótima, mas envolve uma falta de proteção.

— Você a está ameaçando?

A expressão de Li Ming foi de surpresa moderada.

— Ela já está bem consciente de que eu acho que ela queimou algumas pontes. Se andar por aí relatando assuntos particulares, a família dela sem dúvida vai querer discutir isso em particular, apesar da falta de ligação pública com eles. Mas, sem uma família ou um lorde, o que ela é? Que autoridade ela tem?

Irene pensou em alguns comentários de Mu Dan mais cedo.

— O valor da habilidade e da experiência dela? — sugeriu.

— Não é a mesma coisa, srta. Winters, e você sabe disso. Pense na sua posição. Suas palavras, sua voz, não têm poder sem a Biblioteca por trás. Você é, e digo isso com a maior admiração pelas suas habilidades, apenas mortal. Respeito sua opção de se comprometer com a Biblioteca. Mas isso não prova que o que estou dizendo é verdade?

Irene sabia que devia haver uma resposta para isso; alguma coisa sobre valor inerente, valor individual ou escolha. Infelizmente, pela perspectiva de Li Ming, ele estava apenas constatando fatos.

306

— Pode ser verdade que organizações dão poder aos indivíduos — respondeu ela —, mas é o que esses indivíduos fazem que torna as organizações fortes. Sem você como indivíduo, sua família seria mais fraca.

— Acho que teremos de concordar em discordar — disse Li Ming, seu sorriso revelando que ele achava que tinha vencido a discussão. — Mas, por favor, saiba que eu a respeito como representante da Biblioteca e como indivíduo. E confio na sua discrição em relação a esta conversinha.

Seu tom não tinha mudado, mas havia um brilho vermelho nos olhos dele: o verdadeiro tom dos olhos dos dragões, um sinal de emoção ou raiva. E Irene sabia que era um alerta.

— Aprecio sua cooperação com a investigação — disse ela. — Obrigada pela sua ajuda.

Li Ming hesitou por um instante antes de se levantar.

— Tem mais uma coisa — falou. — Você sabe do Ministro Zhao, acredito?

— Da corte da Rainha das Terras do Sul? Eu não o conhecia, mas soube que ele foi assassinado recentemente. — Irene escolheu as palavras com cuidado. — Como a Rainha das Terras do Sul está envolvida nesse esforço pela paz, a morte dele pouco antes desta conferência me faz questionar se há uma conexão.

Li Ming assentiu em tom de aprovação.

— De fato. Ele era um dos nobres que apoiava muito a paz. Mei Feng está aqui no lugar dele, representando sua rainha.

Essa notícia corroborava as suspeitas de Irene sobre a morte do Ministro Zhao.

— Ficamos em dúvida se a Condessa Sangrenta poderia tê-lo assassinado também. E Mei Feng concordou em responder as perguntas de Vale.

— Essa é uma dedução lógica. Mas fica mais complexa quando se tenta descobrir como uma feérica poderia entrar tão fundo nos nossos territórios. — Li Ming deu de ombros. — O Ministro Zhao foi envenenado. A fruta que ele comeu nunca foi rastreada, então não sabemos quem a mandou. Mei Feng sabe mais do que eu, já que eles eram da mesma corte.

— Por que Mei Feng não quis falar com Mu Dan sobre isso, já que os dragões preferem manter esses assuntos entre eles? — perguntou Irene.

— Basicamente, pelo mesmo motivo que eu não queria falar com meu irmão — respondeu Li Ming. — As mães delas eram irmãs. Mas elas mesmas não gostam uma da outra há bastante tempo. É uma pena quando uma rixa desse tipo surge numa família.

Ele fez uma reverência educada para Irene.

— Até mais tarde, srta. Winters. Como eu disse, confio na sua discrição.

Irene desceu por um caminho diferente de Li Ming: não queria ter de responder a perguntas constrangedoras. Eram cerca de duas da tarde: ela havia perdido a noção do tempo no confronto com a Princesa. Esse era o risco ocasional de lidar com um feérico poderoso.

Ela precisava de um pouco de ar fresco e de tempo para pensar. Enrolada em uma capa de pele (cortesia dos esforços de Bradamant para lhe oferecer um guarda-roupas adequado), Irene saiu, sob a proteção de um toldo, e olhou para o céu. A neve tinha diminuído e ele estava ocupado apenas com uma massa cinza de nuvens, o vento tinha se acalmado e virado um mero sussurro. Montes de neve enchiam as fendas dos prédios e se acumulavam nos peitoris das janelas, mas as ruas e as calçadas estavam basicamente livres de trânsito e de pedestres. Sulcos de neve suja derretida apareciam aqui e ali, moldados pela imundície de Paris e congeladas no lugar.

Agora ela quase tinha informações *demais*. Prutkov tinha os próprios agentes em Paris e estava usando Irene e sua equipe para "descobrir a Condessa maligna". Isso não era uma enorme surpresa, mas uma confirmação deprimente. E será que ele estava aprontando mais alguma coisa além disso? A existência de um plano escondido sugeria a possibilidade de outros. A Princesa temia que houvesse uma traição em andamento. E provavelmente havia. E, de acordo com Li Ming, Ren Shun poderia ter feito alguma coisa antiética enquanto seguia as ordens de seu lorde Ao Ji – ou enquanto fazia o que achava que Ao Ji queria que ele fizesse. O que levantava possíveis novas perguntas sobre por que Ren Shun poderia ter sido assassinado. Será que isso poderia ter sido acionado por causa da conferência pela paz, da política entre dragões, de assuntos de família ou uma combinação de tudo? Foram levantadas perguntas que envolveriam muitos questionamentos sobre a vida particular do dragão e provavelmente ninguém estaria preparado para responder. Ainda havia a questão de quem matou o Ministro Zhao e se havia alguma ligação entre as duas mortes. E Irene e sua equipe não seriam os únicos procurando uma conexão: Mei Feng não era burra. Nenhum dos participantes da conferência poderia ser descrito como burro.

E havia o *Mitos,* de Heródoto. Supondo que realmente existisse e não fosse apenas uma pista falsa – um detalhe sonhado como parte de um elaborado plano para incriminar a Biblioteca. Se Prutkov estivesse errado e o livro *fosse* significativo o suficiente para subornar um Bibliotecário, que segredos poderia conter? Qual seria o seu nível de importância?

Além do mais, Mu Dan era prima de Mei Feng, parte de sua família, e não quis contar isso a ninguém. Será que as questões entre elas tinham alguma coisa a ver com a independência de Mu Dan do seu clã de dragões?

Irene encarou o nada, enquanto uma nova possibilidade surgia. Li Ming tinha sugerido que os monarcas dragões e as grandes famílias nem sempre tinham as mesmas prioridades. Será que os reis e rainhas estavam tentando fazer esse tratado ser assinado contra a vontade ddelas? Era por isso que uma investigadora independente, como Mu Dan, tinha sido trazida? E Kai era um infeliz filho de escalão mais baixo ou uma peça independente e útil do jogo – sem conexões familiares maternais inconvenientes –, gerado para obter vantagens posteriores?

Ela se arrependia de ter colocado Vale e Kai nisso. Não, isso não era justo. Esse tipo de situação era o deleite de Vale; se ela tentasse convencê-lo a não aceitar o caso, ele teria insistido em vir do mesmo jeito. No entanto, era culpa dela ter levado *Kai* para a situação. Se acontecesse alguma coisa com ele...

O instinto fez Irene interromper sua linha de pensamento e voltar para o aqui e o agora. Alguém a estava observando.

Ela deixou o olhar passear casualmente pela ampla rua diante de si, tentando identificar a fonte do desconforto. Os cocheiros que esperavam em cima das charretes, aquecendo as mãos dentro dos casacos ou comendo doces? Não, nenhum deles parecia provável. Um grupo de mulheres de classe média voltando correndo do almoço para o local de trabalho, com os casacos de ombro largo tremulando enquanto andavam apressadas, as saias úmidas na barra por causa da neve e da lama? Não, elas estavam preocupadas com as próprias questões. O jornaleiro do outro lado da rua? O gendarme observando o hotel de um jeito que achava ser discreto?

Ou era o gato cinza ali perto, sentado como uma estátua com o rabo enfiado entre as patas, observando Irene sem piscar?

Ela pesou as possibilidades. Em seguida, virou-se para o gato e fez um gesto de abrir a mão, como se dissesse: *Sua vez.*

O gato desenrolou o rabo das patas e se espreguiçou, arqueando as costas como se tivesse descoberto uma dezena de juntas extras e quisesse usar todas elas. Ele se virou e começou a se afastar de Irene pela calçada. Ele deu uns dez passos antes de parar e se virar de novo, abrindo a boca em um miau silencioso para chamá-la.

Esse era o tipo de situação em que agentes secretos que saíam sozinhos mereciam tudo que acontecesse com eles. Podia ser – não, provavelmente era – apenas uma isca para uma armadilha. Mas algumas armadilhas precisavam ser ativadas, só para se descobrir quem ou o quê estava por trás delas.

Irene atravessou a rua até o gendarme, mantendo um olho no gato. Felizmente, ele parecia disposto a esperar. Ela enfiou a mão na bolsa e tirou uma nota de cinco francos, oferecendo ao guarda.

— Por favor, me faça um servicinho — disse ela. — Leve o bilhete que vou escrever até o Le Meurice e peça para entregarem a Lady Mu Dan. Os funcionários do hotel vão encontrá-la.

— Claro, madame — concordou o gendarme. Era um bom dinheiro pela missão e ele não teria de deixar seu posto por mais do que um instante. — O bilhete?

Naturalmente, Irene tinha papel e lápis na bolsa. Ela os pegou e rabiscou apressada: *Seguindo um gato que me chamou pela Rue de Rivoli em direção a oeste – vou tentar deixar mensagens ou pistas se eu mudar de direção. Irene.* Ela o dobrou e entregou a ele.

— Mil vezes obrigada.

— Uma bobagem — disse o gendarme de um jeito galante, batendo os calcanhares quando ela se virou.

O gato ainda estava lá. Irene se perguntou se sua senhora teria conseguido ver tudo que ela acabara de fazer. Também desejou ter podido chamar mais reforços. Mas Vale e Silver estavam fora, Kai estava com o tio... e, para ser sincera, ela não tinha certeza se ainda confiava em Prutkov. Mu Dan era sua melhor opção.

Alguns quarteirões depois, o gato virou à direita, subindo a Rue des Pyramides – depois à esquerda de novo, à direita mais uma vez, escolhendo o caminho pela rua com a mesma precisão meticulosa de um gato normal, mas quase sem parar. Irene conseguiu deixar algumas mensagens com vendedores de rua ou gendarmes, mas não tinha tempo para mais do que algumas palavras rabiscadas. O gato estava com pressa. E Irene conhecia o suficiente da geografia de Paris para ter certeza de que estava sendo levada para longe das ruas amplas e avenidas largas com gendarmes frequentes do distrito central em direção a ruelas mais toscas e becos mais escuros.

Isso não era surpresa. Mas ela não podia parar agora.

Tudo bem, tecnicamente ela *podia,* mas aí nunca ia descobrir o que estava acontecendo. Além do mais, ela se tranquilizou, se a Condessa simplesmente a quisesse morta, havia maneiras mais simples de fazer isso.

Varais vazios se penduravam nas janelas da última ruela. Nem mesmo a dona de casa mais desesperada penduraria roupas ao ar livre no clima atual. Um grupo de meninos maltrapilhos se aconchegava ao redor de uma lata com carvão aceso, enrolados em várias camadas de trapos e casacos maiores do que eles; alguns chamaram Irene quando ela passou apressada e se ofereceram para atuar como guia ou mostrar as maravilhas de Paris. Ela sabia que estava deslocada ali. Sua capa, seu vestido e seu chapéu eram feitos para os melhores hotéis de Paris, não para essa área. Era um daqueles lugares em que as famílias lotavam uma mesma construção, uma casa de três a seis andares; onde artistas só conseguiam pagar por sótãos alugados; e onde, mesmo no meio do inverno, as gangues que se autointitulavam Apaches relaxavam nas esquinas das ruas e observavam com desprezo. Ela era um alvo evidente.

Mas pelo menos o gato finalmente tinha parado. Estava sentado perto de uma porta surrada em um dos prédios e começou a lamber a pata, meditando.

— Obrigada — disse Irene educadamente enquanto o alcançava, um pouco sem fôlego. — Foi uma bela caminhada.

O gato a ignorou.

O prédio era velho – essas partes de Paris resistiam havia séculos e foram aumentadas, e não reconstruídas. Tijolos de pedra cinza e cimento descascado apareciam por baixo da lama e telhados de ardósia e telhas cintilavam molhados conforme a neve derretia; eles não tinham isolamento para manter o calor lá dentro e o frio se infiltrava a cada respiração. Uma placa surrada que poderia ter sido uma garrafa de vinho estava pendurada ao lado da porta. Irene sentia cheiro de tabaco, suor, café, vinho e cerveja. Um zumbido suave de conversa vinha de dentro, quase inaudível através das tábuas desgastadas e com marcas de faca da porta.

Ela sentia olhos sobre si, esperando para ver o que faria em seguida. Os Apaches na esquina mais próxima a estavam observando, uniformizados como qualquer força militar com camisas listradas, lenços no pescoço e cinturões vermelhos. Os meninos ao redor da lata com carvão a encaravam. Até o gato tinha terminado de lamber a pata e tinha grudado os olhos arregalados nela.

Com cuidado, Irene abriu a porta e entrou.

Uma lufada de ar enfumaçado a recebeu e a fez piscar. O ambiente ficava a vários degraus abaixo do nível da rua e estava cheio de pessoas. Homens, basicamente. Eles se acumulavam ao redor de mesas, se divertindo com cachimbos e copos, conversando num zumbido baixo de francês coloquial. As poucas mulheres presentes estavam enroscadas nos companheiros masculinos, com xales sobre os ombros nus, se divertindo com pequenos copos de bebida. Alguns garçons circulavam entre as mesas e o bar na ponta distante do cômodo, mas, tirando isso, o lugar era estático, sonolento como uma toca de urso no inverno. E tão perigoso quanto.

À esquerda, um gato miou. Irene olhou para o outro lado e viu uma mulher mais velha, tão enrolada em xales desbotados que mal passava de um contorno, sentada sozinha a uma mesa. Um gato preto estava espalhado na superfície diante dela. Havia uma única cadeira livre à mesa.

Irene parou por um instante para analisar a situação. *Não existem aliados, a inimiga está na minha frente e há inimigos potenciais dos dois lados.*

Mas caminhou até o assento livre e pousou a mão sobre o encosto de madeira bruta.

— Posso me juntar a você?

— Eu esperava que você fizesse isso — resmungou a velha. O rosto dela era sábio, seco pela idade, mas havia uma sensação de alguma coisa corrupta por baixo e seus olhos cintilavam como os de uma aranha. — Tenho algumas perguntas.

CAPÍTULO 20

— Seria bom podermos ter uma troca de informações livre e completa — disse Irene, se sentando. Ela ofereceu a mão enluvada para o gato cheirar. — Devo supor que há uma terceira pessoa presente?

— Minha senhora está só observando — disse a velha encarquilhada com uma risadinha rouca. — Ela me mandou vir conversar. Pobre e velha Dorotya, seus pés doem, suas costas doem, mas nunca há um momento de descanso quando sua bela senhora precisa de sangue fresco...

— Sangue fresco? — perguntou Irene suavemente. Ela sentia o frio do medo subindo lentamente pela espinha, mas não tinha a menor intenção de demonstrar.

— Eu falei as palavras erradas? Eu quis dizer informações frescas. Uma dama gosta de saber o que está acontecendo, mas não pode sair vagando pelos mercados e tavernas, pode? Não, diz ela, Katarina, onde você está, menina? Katarina, seja uma boa menina e faça algumas perguntas para aquela vagabunda asquerosa que jogou conhaque em mim ontem.

— Katarina? — Irene tentou pensar onde tinha visto o rosto da velha. Havia alguma coisa familiar nele.

— Dorotya. Katarina. Talvez Ilona. Uma velha como eu se esquece desse tipo de coisa. Você vai entender quando for um pouco mais velha, queridinha... Supondo que vá viver até lá.

— A velha puxou os lábios para trás a fim de mostrar um sorriso com dentes faltando. — Bem, você vai ser sensata?

— Estou preparada para falar — respondeu Irene com cuidado. — Não posso me comprometer com mais nada até eu saber quais são os riscos.

Dorotya tomou um gole barulhento da sua caneca de cerveja.

— Faz sentido, queridinha. Você fala muito bem, devo dizer. Suponho que até os aristocratas podem ser educados quando têm alguma coisa a ganhar com isso.

— Só para constar, minha mãe e meu pai eram pessoas trabalhadoras e honestas — disse Irene com firmeza. *E daí se eles roubavam livros? Para os Bibliotecários, isso é um trabalho honesto.*

Dorotya fungou de um jeito ruidoso.

— Pode falar o que quiser, queridinha, mas eu sei o que estou vendo e o que minha senhora está vendo, e você está usando seda e lidando com a realeza. Na verdade — ela fungou de novo, e desta vez havia alguma coisa mais selvagem no barulho —, percebo que você tem companhias exaltadas dos dois lados. Ora, isso não é interessante?

Irene sufocou a vontade de recuar.

— Vamos direto ao assunto. O que você quer saber?

— Minha senhora e eu queremos saber quem matou um certo dragão — disse Dorotya. — Ouvimos dizer que você está investigando, queridinha. Talvez queira nos contar tudo sobre o assunto.

Irene piscou. Essa certamente não era a pergunta que ela esperava.

— Posso confirmar de qual dragão você está falando? — contemporizou. — Quero dizer, são tantos dragões, tantos assassinatos possíveis.

— Ora, esse é o tipo de coisa que eu gosto de escutar — Dorotya gargalhou em aprovação. — Esse é o espírito, queridinha! Mas você sabe de quem estou falando. Aquele que foi encontrado esfaqueado no Le Meurice.

Irene abriu as mãos.

— Cheguei há apenas dois dias. Não sei quem foi. Não fui eu.

Dorotya deixou a caneca de lado e levantou um dedo. Houve um arrastar de cadeiras atrás de Irene e o som de homens se levantando.

Ela não precisava ter as habilidades de dedução de Vale para saber que estava encrencada. Mas havia uma coisa *libertadora* nisso. Estava cercada de inimigos conhecidos, não de políticos. E não tinha ninguém com quem se preocupar, exceto ela mesma.

Irene sorriu.

— Não tenho certeza se você entende o quanto sua posição é séria, queridinha — disse Dorotya. — Você está bem encrencada aqui. Acho que devia ser grata pela chance de abrir o bico para uma bela mãe confessora. Não acreditaria em quantas jovens compartilharam suas últimas palavras comigo.

— Admiro sua experiência. Mas tenho esperanças de que essas não sejam as minhas *últimas* palavras.

— Bem, minha carneirinha, eu diria que a bola está no seu campo.

Os pés que se aproximavam estavam logo atrás de Irene agora. Ela reprimiu a vontade de se virar para trás. A impressão de nervosismo, por mais que fosse exata, só enfraqueceria sua posição. Além do mais, sua memória tinha acabado de voltar.

— Eu lembro onde foi que a vi — disse ela. — Você estava no necrotério. — Outro fragmento de lembrança apareceu. — Quase tropeçou em mim quando eu estava perseguindo aqueles gendarmes falsos, quando eles correram para os esgotos!

— Ora, com uma memória como essa, você não tem desculpa para não me contar tudo. — Dorotya fez um sinal com a cabeça para um dos homens atrás de Irene. — Pode me fazer essa gentileza, meu precioso?

Uma corda trançada fina caiu na linha de visão de Irene, se apoiando em seu pescoço, e o homem atrás dela se encostou na cadeira, apertando o garrote com força o suficiente para ela senti-lo através do tecido do colarinho alto.

— Agora, docinho — disse Dorotya, voltando sua atenção para Irene. — Você consegue pensar em algum pequeno detalhe que pode ter deixado de fora? Como um favor para mim?

— Já que pediu com jeitinho... — Irene tinha quase certeza de que *ainda* não estava em perigo letal imediato. Mas isso podia mudar num instante com a corda apertando seu pescoço. — Como você mesma estava investigando o necrotério, suponho que saiba que o dragão foi esfaqueado por trás.

Dorotya fez que sim com a cabeça.

— Com uma boa faca, também. Nada dessas porcarias modernas. Você precisa de uma boa lâmina afiada quando quer ter certeza de que vai acertar o coração de alguém na primeira vez e não ficar preso numa costela.

Irene suspirou.

— O problema, madame Dorotya, e milady Condessa, é que, neste momento, ainda estou investigando. — Ela decidiu que não faria mal compartilhar alguns detalhes básicos. — Sabemos que o cavalheiro saiu para uma caminhada, sozinho, na noite do assassinato. Sabemos que o corpo dele foi encontrado no Le Meurice na manhã seguinte. Infelizmente, ainda estamos tentando rastrear o que aconteceu nesse meio-tempo.

— Só isso?

Irene levantou um dedo para tocar na corda ao redor da garganta, testando para ver se receberia ordens de deixar as mãos sobre a mesa, mas ninguém disse nada. Isso significava que ela tinha liberdade de movimento.

— Vou colocar uma carta na mesa. Sua senhora, a Condessa, foi acusada do assassinato.

— Sim, e é por isso que ela está tão irritada.

Irene piscou.

— Como é?

— Eu sei, queridinha, eu sei. Você está prestes a me dizer que minha senhora tem uma minúscula má reputação, mas é isso que torna tudo tão irritante. — Dorotya tomou mais um gole barulhento de cerveja. — Sabe, quando ela foi levada a julgamento, naquela vez passada, talvez *tivesse* feito algumas das coisas que eles disseram. Mas boa parte não. Eles inventaram tudo, de verdade. Muitas mentiras para desacreditar minha adorável senhora, para tirá-la do poder e trancá-la pelo resto da vida. Não dá para confiar nas pessoas que estão no poder, queridinha. Eles dizem o que querem, todas as testemunhas são pagas para concordar, e aí você está atrás das grades até o fim dos seus dias. Ou pior.

Irene revirou isso na mente. Declarações de que a Condessa tinha sido falsamente acusada não combinavam muito bem com as ameaças que Dorotya estava fazendo mais cedo. Mas talvez esse fosse o problema dos feéricos que tinham histórias conflitantes no seu arquétipo. A Condessa podia ser uma monstra sedenta de sangue *e* uma mártir falsamente acusada. Ao mesmo tempo.

— Então, se entendi bem, sua senhora tem uma antipatia específica por ser acusada de crimes que genuinamente não cometeu? — sugeriu ela. — Mesmo que pudesse, por exemplo, ter tentado fazer alguma coisa meio parecida ontem à noite, envolvendo bombas, gás de cloro e maçãs envenenadas?

Ela se perguntou se os outros que bebiam estavam prestando atenção à conversa das duas, já que nem Irene nem Dorotya estavam mantendo a voz baixa – sem falar em notar o homem que segurava o garrote –, mas ninguém estava interferindo. Pelo menos isso significava que elas não seriam interrompidas.

— É o princípio da coisa, queridinha — disse Dorotya com firmeza. — Talvez ela estivesse se divertindo um pouco com bombas ontem à noite, mas isso não significa que estava esfaqueando pessoas duas noites antes. Até mesmo uma garotinha ingênua como você devia saber disso. Então falei para ela, eu disse, "Senhora, por que não me deixa ir fazer umas perguntas para alguns daqueles jovens espertos?". E, se eles disserem que não sabem de nada, bem...

— Você os deixa ir embora ilesos, como uma prova de benevolência? — perguntou Irene, sem muitas esperanças.

— Eu estava pensando que podíamos ajudar você a mudar de ideia, queridinha. Mão. — A última palavra foi jogada para um dos homens atrás de Irene. Ele segurou o braço direito dela pelo pulso e pelo cotovelo e o empurrou sobre a mesa, com a palma para baixo.

Irene não tentou lutar. A corda ao redor da sua garganta se apertou, como um alerta.

— E depois? — perguntou educadamente.

— Você devia se preocupar um pouco mais, carneirinha. Na próxima, tentaremos um truque que os meninos aqui gostam de fazer quando estão bebendo. Eles pegam uma faca e enfiam entre os dedos, um, dois, três, só que às vezes eles erram. Vocês, Bibliotecários, não gostam de poder escrever?

— Gostamos — admitiu Irene —, mas isso não é tudo que sabemos fazer.

Dorotya acenou um dedo censurador para ela.

— Ora, não invente de falar alguma coisa com aquele seu truque mágico, queridinha. No instante em que você abrir a boca, Jehan atrás de você vai apertar essa corda com tanta força...

320

Irene fechou os olhos por um instante, rezando para ter paciência.

— Acho que podemos ter um problema aqui, então. Como espera que eu fale se você estiver me estrangulando?

Dorotya fez uma pausa.

— Ora, meu bem, eu estava pensando que reconheceria seus poderes místicos.

— Sinto informar que não — disse Irene. — Tudo parece uma fala normal. Se não acredita em mim, pergunte à sua senhora.

O gato, que estava sentado ali ouvindo o tempo todo, soltou um miado agudo que poderia ter sido uma concordância.

— Bem, isso é muito irritante — murmurou Dorotya. — Suponho que você não possa escrever sua confissão, queridinha?

— Sou destra — disse Irene, apontando com a cabeça para a mão em questão, que ainda estava imobilizada sobre a mesa. Ela sabia que provavelmente devia estar com mais medo. Havia alguma coisa nessa situação toda que não era apenas levemente ridícula, era simplesmente *humana*. — Sinto muito. Eu sei que é inconveniente.

— E como você saberia, sua parasitinha bocuda e abusada? — cuspiu Dorotya.

Já era a cordialidade e o *queridinha*.

— Bem, eu estava interrogando outro Bibliotecário há menos de um mês — admitiu Irene. — Nós o amarramos na cama, mas mesmo assim não foi fácil.

Houve vários risinhos abafados de homens atrás dela. Dorotya olhou atravessado de um jeito desagradável.

— Aí está, queridinha. Você definitivamente é uma aristocrata.

Irene suspirou.

— Eu devia apresentá-la para um conhecido meu. Vocês dois se dariam esplendidamente bem. Mas, nesse meio-tempo, podemos chegar a um acordo que não envolva você cortar meus dedos fora?

— O que você tem em mente? — perguntou Dorotya. O gato se inclinou suavemente para a frente, os olhos cintilando nas lâmpadas a gás.

— Como sua senhora disse que não estava envolvida no assassinato, fico feliz de aceitar a palavra dela — Irene mentiu na cara dura. — Mas, se vocês quiserem que eu encontre *quem fez* isso, têm de me soltar. Se eu desaparecer aqui, não vou ser muito útil para vocês.

— E você acha que consegue encontrar quem matou? — perguntou Dorotya.

— Consigo, se você me soltar — disse Irene. — Afinal, sou neutra nisso tudo. Não sou uma dragoa.

Mas o gato bufou e girou as costas em um movimento que era uma negação clara.

Dorotya deu de ombros.

— Uma pena, queridinha. Sua senhoria diz não. Parece que vamos ter de continuar essa discussão em outro lugar. Mas não se preocupe, uma bela madame jovem e bem-criada como você sempre é útil, de um jeito ou de outro.

Irene até tentaria argumentar, mas de repente sentiu cheiro de clorofórmio. Ela teria pensado em continuar prisioneira, se permanecesse consciente. Poderia ter descoberto onde eles estavam se escondendo, afinal, mas ser levada como uma cativa inconsciente envolvia riscos demais.

Tinha deixado o braço esquerdo cair na lateral. Agora ela se mexeu. Levou o cotovelo esquerdo para trás, acertando a virilha do homem com o garrote. Houve um grito másculo. O laço ao redor da garganta ficou frouxo. Ela se empurrou para trás, o banco saiu voando, puxando o homem que prendia sua mão na mesa. O homem que estava segurando o braço dela não esperava que ela o puxasse nessa direção: ele perdeu o domínio e, com um baque e algumas farpas, Irene se soltou. Ela rolou quando atingiu o chão, desajeitada com seu vestido e sua capa, girando as pernas, e ouviu um estalo gratificante quando seu pé com bota atingiu o tornozelo do homem que segurava o garrote. Ele gritou e se dobrou, saltando para longe.

— Peguem-na — gritou Dorotya, se inclinando para a frente e acenando a caneca. — *Incompetentes.* Peguem essa vagabunda!

Irene empurrou o corpo e se levantou num rodopio de saias e um estalo do espartilho, analisando a situação. Os dois homens que a atacaram até aquele momento estavam incapacitados, mas haveria ameaças de novo em pouco tempo. O terceiro homem, à esquerda, tinha deixado de lado o frasco de clorofórmio e flexionado as mãos, claramente prestes a tentar agarrá-la. Os outros ocupantes da espelunca estavam – de maneira não surpreendente – passivos a tudo.

Havia pessoas demais ali para ela afetar suas percepções. Mas talvez fosse útil ter um refém.

Irene se concentrou no homem que vinha na sua direção. Ele era adequado, mas não tão bom; ela deu um passo para o lado, escapando de sua direção, voltando para a mesa como se fosse por acaso.

E aí tirou a capa e a usou para pegar o gato, enrolando-o numa massa de tecido pesado. Era um movimento arriscado – colocar as mãos em felinos sempre era perigoso quando eles não queriam, mesmo que não estivessem possuídos por antigas condessas feéricas. Ele lutou e se debateu contra ela, tentando se libertar ou bater em alguma coisa que estivesse ao alcance, mas ela conseguiu segurar – por enquanto. Encontrar um gato substituto para possuir levaria tempo, ela esperava, o que significava que este era valioso.

— Muito bem — disse Irene na pausa súbita. — Todo mundo para trás, senão o gato vai se arrepender.

Isso chamou a atenção do salão de um jeito que nem a briga tinha conseguido. A situação tinha ultrapassado a linha entre a intimidação particular e a demonstração pública. Gritos de encorajamento para os dois lados encheram o salão. Alguns homens começaram a bater os copos ritmadamente nas mesas.

O gato nas mãos de Irene sibilava e tentava arranhá-la, se retorcendo como uma cobra sulcada com navalhas. Ela sentia uma picada de poder caótico através das luvas e da capa, como se estivesse mergulhando as mãos num campo elétrico, mas isso não era um problema. Por enquanto.

— Você acha que isso é uma ameaça? — Dorotya quis saber, se levantando. — Minha senhora não está preocupada com um gatinho!

— Que crueldade da sua senhora — disse Irene. — Mas já que você está falando desse jeito...

— Sim? — perguntou Dorotya, se esticando para a frente.

— Pega.

Irene jogou o gato na cara de Dorotya. Possuído ou não, ele reagiu por instinto e pousou com as patas primeiro. Irene aproveitou a gritaria e a confusão, desviou da tentativa do terceiro homem de pegá-la de novo e correu para a porta. Sem reforços, a discrição era a melhor parte da bravura.

Nenhum dos outros ocupantes do salão tentou impedi-la. Ela não os culpava – também não teria se envolvido. Irene saiu para a rua e esticou um tornozelo quando o terceiro homem veio correndo atrás dela. Ele caiu de cara nas pedras de pavimentação cobertas de neve.

— **Porta, fique presa na moldura** — ordenou Irene, depois se virou para o homem enquanto ele se levantava da neve derretida. — Podemos negociar?

O homem puxou um canivete e o abriu.

Pancadas vieram da porta enquanto os que estavam dentro tentavam derrubá-la.

— Ai, ai — disse Irene, se afastando. Hora de um truque que funcionava melhor em uma pessoa do que num salão cheio. — **Você percebe que, na verdade, sou a pessoa que o contratou para essa missão.** — Ela voltou da Linguagem para o inglês, sentindo o início de uma dor de cabeça enquanto o homem baixava a faca e parecia confuso. — Não se preocupe, está tudo sob controle. Para onde vocês estavam planejando levar o alvo?

O rosto do homem se enrugou, franzindo a testa.

— Eu não sei. Sei? Você acabou de nos pegar ali na esquina. Não nos contou ainda, contou?

Droga. Ele não sabe de nada.

— Você já tinha ouvido falar de mim antes de ser contratado? — testou Irene.

O homem agora parecia mais sagaz.

— Ouvi dizer que você adivinhava o futuro no *Cabaret de l'Enfer* — admitiu ele. — E você estava contratando outros homens para fazer um trabalho. — Um trabalho ilegal, claramente. — Jean disse que andou perguntando por aí, mas ninguém sabia nada sobre você.

Irene estava prestes a fazer mais uma pergunta, mas alguém assobiou e o homem se virou de imediato e saiu correndo, fugindo pelo beco mais próximo como uma doninha. Os poucos curiosos na rua de repente encontraram assuntos em outro lugar. As pancadas na porta da taverna também pararam e ela ouviu o som de pés correndo lá dentro. Fugindo. Todos iam fugir pelos fundos ou descer para os esgotos. Isso tinha sido um alarme – o equivalente local a *Lá vem a polícia* –, e agora sua possível fonte de informação estava escapando por entre os dedos. Ela nunca mais ia conseguir alcançar Dorotya.

Por outro lado, estava viva, segura e sabia mais do que meia hora antes.

Irene ajeitou o chapéu e os punhos e começou a retraçar seu caminho de volta, arrependida pela perda da capa. Ainda estava considerando as implicações do que tinha descoberto quando viu Mu Dan e outra mulher – um dos membros da segurança de Hsien – em pé numa esquina da rua, tendo um óbvio debate sobre o caminho a seguir a partir dali.

— Me desculpe por deixás-la esperando — disse Irene ao se aproximar.

— Onde você *estava?* — quis saber Mu Dan. Ela parecia estar reprimindo uma linguagem mais forte.

Talvez, decidiu Irene, ela devesse pedir desculpas.

— Me desculpe por ter saído sem esperá-la, mas não tive escolha. Fui abordada por um agente da Condessa. Ela não teria falado se você também estivesse lá.

— Tem certeza de que você está bem? — perguntou Mu Dan. — Não está contaminada de algum jeito?

— Estou bem. — Irene olhou para o céu. Ainda estava claro, mas o sol do fim da tarde não estava muito quente. — Para resumir, a pessoa era uma velha chamada Dorotya, uma feérica ligada à Condessa, provavelmente um tipo de agente e serviçal, pela história dela. Queria informações.

— O que ela achou que nós sabíamos e ela não? — perguntou Mu Dan. Sua voz estava mais tranquila, agora; tinha se recuperado da primeira explosão de raiva.

— Essa é uma pergunta *muito* boa. Ela queria saber quem matou Ren Shun.

A mulher da segurança estava ao lado delas, observando o fluxo do tráfego, com o ar desinteressado de uma agente que sabia que não devia escutar. Mas claro que estava escutando. Hsien – e todo mundo a quem ele respondia – ia saber tudo sobre isso quando elas voltassem para o hotel.

— Mas... — Mu Dan estava claramente traçando a linha de raciocínio de Irene. Infelizmente, essas sequências levavam sempre ao mesmo destino: *se a Condessa não sabia quem tinha matado, e ela mesma não tinha feito, quem matou?* O que resultava em um descarrilamento de toda a teoria atual e em uma grande explosão de possibilidades e implicações infelizes.

— Sim — disse Irene —, exatamente. É totalmente possível que essa abordagem toda tenha sido uma trama deliberada para me deixar mal informada, e eu tive *permissão* para escapar. Eu aceito isso. Mas é difícil ver *por que* os agentes da Condessa iriam se preocupar em mentir sobre o assassinato de Ren Shun, já que ela não teve escrúpulos de admitir que tentou explodir o hotel ontem à noite. Dorotya não escondeu isso.

— Ainda não temos nenhuma evidência de que ela *não* matou lorde Ren Shun — murmurou Mu Dan, mas de um jeito vazio. — E também perdemos o rastro de Lorde Silver. Deixei Vale e Mei Feng no hotel dela, para que pudesse atualizá-lo em relação ao assassinato do Ministro Zhao. Mas Lorde Silver não foi visto desde hoje de manhã.

Essa era uma notícia indesejável.

— Não é simplesmente um caso de ele estar entusiasmado demais com as investigações e ainda não ter voltado para o hotel com um relatório?

— Pode ser. Você o conhece melhor do que eu. — O tom de Mu Dan não foi sugestivo, mas foi definitivamente azedo.

— Ou ele pode estar por aí fazendo acordos por conta própria.

— Eu também poderia ter feito isso — destacou Irene.

— Se Silver estiver encrencado...

— Você confia demais — interrompeu Mu Dan. — Além dos limites razoáveis. O que é necessário para você entender que ele é um feérico? Quantas vezes ele tentou seduzi-la ou chantageá-la no passado? Você se deixou levar até uma emboscada feérica agora mesmo, e *admitiu* isso. Por quê? Porque achou que eles seriam educados e estariam dispostos a falar? Tem alguma ideia de quantas vezes eu investiguei infiltrações de feéricos no passado e tive de observar as penalidades mais fortes sendo aplicadas aos envolvidos?

— O mundo está mudando — disse Irene baixinho. — Estamos trabalhando para fazer essa mudança acontecer, então talvez algum dia você *possa* confiar num feérico. Tenho consciência do que está em jogo, mas, se tivermos sucesso, também teremos de mudar. Se você realmente quer criar a paz, nós *precisamos* confiar uns nos outros. Nada de ligações mágicas, nada de chantagem, nada de autoridade das famílias, só a palavra de cada um. Não estou dizendo que temos de confiar cegamente. Mas a desconfiança automática é um luxo ao qual não podemos mais nos dar.

— Sua Majestade Ao Ji nunca vai confiar num feérico — contrapôs Mu Dan.

— Sendo assim, como podemos assinar um tratado de paz com eles? O que ele está fazendo aqui?

Mu Dan ficou em silêncio por um instante, escondendo as mãos nas dobras da capa.

— Estamos perdendo tempo — disse ela. — E tem mais coisa que não contei. Descobri o que aconteceu com os agentes de Ren Shun. Estão todos mortos.

Irene piscou com a enormidade da declaração.

— O quê, *todos* eles? — indagou, percebendo, enquanto falava, que a pergunta era idiota.

Mas Mu Dan não se irritou com ela. Talvez compartilhasse a sensação de choque de Irene.

— Recebi o nome e a descrição de todos eles e consegui combinar com corpos não identificados no necrotério. A maioria deles, pelo menos. Dois foram mortos com tiros na cabeça que danificaram o rosto, mas tenho uma certeza razoável da identificação. Dois outros foram esfaqueados, três foram encontrados com o pescoço quebrado e cinco foram afogados.

Irene tentou tirar algum sentido dessa informação.

— Alguém estava tentando eliminar todos os agentes de Ren Shun, para o caso de eles saberem de alguma coisa incriminadora? Mas, nesse caso, como o assassino sabia quem eram *todos*? — Ela tentou imaginar como alguém poderia eliminar toda uma rede desse jeito. Atraí-los para o mesmo lugar e matá-los em massa? Segui-los até seus esconderijos separados e descartá-los ali? — Isso não faz sentido.

— Não — concordou Mu Dan. Os lábios dela estavam pressionados com força, o rosto calmamente feroz. — Não faz mesmo. Qual é o próximo passo agora?

— Por que você não me contou que Li Ming e Ren Shun eram irmãos? — perguntou Irene.

Mu Dan piscou, perplexa.

— Você não sabia? Mas é só pelo lado do pai e eles servem, serviam, em cortes diferentes. E Li Ming foi criado pela mãe até se declarar como macho, então eles nunca foram próximos quando crianças. Me desculpe. Nem passou pela minha cabeça mencionar isso.

Irene queria ter feito mais perguntas sobre as estruturas das famílias de dragões, mas esse não era o momento. A resposta de Mu Dan parecia sincera o suficiente. Então, qual era o próximo passo agora?

— Acho que preciso levar algumas perguntas para a fonte — disse Irene, relutante. — Não gosto da ideia de sair de Paris agora, mas não deve demorar muito. Preciso ir à Biblioteca.

INTERLÚDIO - VALE E KAI

— Acredito que você entenda por que solicitei esse interrogatório, nas circunstâncias atuais — disse Vale.

Mei Feng fez que sim com a cabeça.

— Você demonstrou que pode haver uma conexão entre o assassinato do Ministro Zhao e o atual, e todos queremos levar o assassino de lorde Ren Shun à justiça. — Se era estressante encarar perguntas sobre seu colega assassinado, Ministro Zhao, ela não demonstrou. Estava sentada em frente a Vale, calma como qualquer político que ele havia interrogado. Havia pouca coisa para descobrir pela sua aparência: o cabelo e a maquiagem demonstravam a atenção de serviçais cuidadosos e as roupas, apesar de levemente deslocadas para a Londres dele, eram apropriadas para uma dama rica e com posição social nesta Paris e nesta época. Ela estava usando seda roxa escura, com um lenço verde-claro na garganta e esmeraldas do mesmo tom nas pulseiras e nos brincos. Winters tinha explicado antes que esse era um sinal de submissão entre os dragões e indicava que o superior imediato da mulher era de um tom verde-claro em sua forma "natural". Ela também disse que acreditava que a afinidade pessoal de Mei Feng era com o vento e que quaisquer movimentos anormais do ar poderiam indicar uma forte emoção.

Winters era uma fonte útil de conhecimento.

Mas Mei Feng em si oferecia mais informações do que poderia ter percebido. Seu punho esquerdo já estava marcado por algumas manchas de tinta, indicando que ela era canhota e preferia fazer anotações ela mesma, em vez de deixar tudo para os serviçais. Os músculos dos seus braços e ombros, apesar de o corte do vestido tentar disfarçar, indicava uma dragoa com mais força no tronco do que era comum. Sua altura também era impressionante, combinando com o 1,82 m de Vale. (Na verdade, as dragoas em geral eram mais ou menos dessa altura, igualando ou superando suas contrapartes masculinas. Um assunto para futuras pesquisas.) E Mei Feng tinha instruído seus serviçais a procurarem dispositivos de escuta escondidos antes do interrogatório, o que sugeria que ela não queria que tudo que dissesse fosse gravado.

— Vou começar perguntando por que você quis falar *comigo*, e não com sua prima, Lady Mu Dan — continuou Vale. — Acredito que ela tem uma certa posição investigativa entre a sua espécie.

— Ela tem — disse Mei Feng. Sua voz era aguda, mas não feminina. — No entanto, está acostumada a investigar crimes do baixo escalão e de serviçais humanos. Seria inadequado interrogar uma das ministras do mais alto escalão de Sua Majestade. Você é um homem que tem posição social no seu mundo, ouvi dizer. Devia entender isso.

Vale tinha pouca consideração pela própria posição social, exceto quando era necessário usá-la como um instrumento bruto. Embora ele tecnicamente tivesse a posição de conde de Leeds, esse era um título cerimonial, sem autoridade genuína, e ele tinha deixado a família o mais distante possível. Contudo, se aliviasse sua conduta com esses dragões, daria permissão para eles suporem tudo que quisessem.

— Mas você tem noção de que posso discutir o que você me disser com ela e com Winters, se for necessário para resolver o caso atual?

Mei Feng deu de ombros.

— A decisão será sua. — *E você vai ser responsabilizado por isso*, estava implícito no seu tom.

— Obrigado por deixar isso claro — disse Vale secamente.

— Bem, você diz que o Ministro Zhao era um dos ministros de mais alto escalão na corte da Rainha das Terras do Sul?

— Isso não é segredo — concordou Mei Feng. — Ele ficava diretamente abaixo de mim, com apenas um ou dois no mesmo nível. A morte dele desequilibrou a corte toda. — Os olhos dela, um tom claro de lilás-acinzentado, escureceram com o pensamento.

— E mesmo assim ele foi substituído por alguém comparativamente júnior, depois de morrer?

Mei Feng acenou a mão delicadamente no ar.

— Foi uma situação constrangedora. Embora houvesse vários outros cortesãos mais velhos e mais experientes que poderiam ter assumido o lugar dele, todos estavam bem colocados onde estavam, e vários declararam diretamente que não queriam a promoção. Sua Majestade resolveu... qual é a frase? Trazer sangue novo para a posição. Claro que isso significava que algumas das funções mais onerosas do ministro podiam ser removidas do portfólio. E certas facções da corte foram afetadas.

Vale se inclinou para a frente, pensativo.

— Então a Rainha se aproveitou da situação, por mais que fosse indesejada, para diluir o poder do ministro e dividir várias facções políticas? Winters me contou do concurso pela posição. Isso foi para fazer duas famílias poderosas pularem na garganta uma da outra em vez de elas poderem interferir no governo dela?

— Foi você quem disse isso — comentou Mei Feng. — Seria inadequado eu concordar.

— Madame, por mais que seja importante evitar declarações e calúnias perigosas, há certas perguntas que exigem respostas definitivas.

— Farei o possível para dá-las — disse Mei Feng com um sorriso vago. — Pelo menos para essas perguntas.

Então esse seria um *daqueles* interrogatórios, observou Vale, resignado. Mesmo assim, ele não era inexperiente nessa frente.

— Muito bem — disse ele. — Talvez você queira me contar sobre a morte do Ministro Zhao, em suas palavras, e com todos os detalhes relevantes que acha que pode compartilhar. — Fatos e métodos de assassinato revelariam muito mais a ele do que implicações políticas.

Mei Feng fez uma pausa, como se organizasse os fatos na mente e apagasse os que não queria revelar.

— O Ministro Zhao estava em uma viagem a trabalho, pode-se dizer. Estava visitando vários mundos sob sua autoridade para coletar informações. Em um deles, sob a governança pacífica de um império com base na Coreia, ele foi encontrado morto no meio da tarde em um jardim local. A autópsia revelou que ele tinha sido envenenado por meio de frutas cristalizadas maculadas. Os funcionários locais foram interrogados e as evidências, examinadas. As ameixas tinham chegado como presente de um subordinado júnior dele, Lu Bu. Mas, quando Lu Bu foi interrogado, não sabia nada das frutas. Temos motivos para acreditar que ele disse a verdade e que alguém falsificou o nome dele no pacote.

— O Ministro Zhao gostava de frutas cristalizadas? — perguntou Vale, pensativo.

— Eram sua iguaria preferida — confirmou Mei Feng. — Todo mundo que o conhecia sabia disso.

Vale assentiu.

— E o veneno definitivamente estava nas ameixas, não foi introduzido por outro método?

— Dê *algum* crédito aos nossos investigadores — disse Mei Feng. — Não empregamos incompetentes. Ele definitivamente foi envenenado e o veneno estava nessas frutas.

— Qual era o veneno?

— Cianeto — respondeu Mei Feng.

— O açúcar e o álcool deveriam ter retardado o efeito do cianeto — refletiu Vale em voz alta —, mas imagino que as proporções dos ingredientes seriam um fator. — Ele observou o espasmo no rosto de Mei Feng com a informação biológica inconveniente. Era claramente uma mulher que se achava acima dessas coisas. — Alguém estava presente na hora ou o corpo só foi encontrado depois?

— Ele queria trabalhar sem nenhuma interrupção — respondeu Mei Feng. — E, embora houvesse um secretário humano junto, ele não estava disponível para interrogatório depois. — Ela viu o franzido na testa de Vale aumentando e estendeu a resposta. — O Ministro Zhao tinha uma forte afinidade com a terra. Quando se sentiu atormentado pelo veneno, ele reagiu... bem, quero dizer, nós *supomos* que reagiu com emoção. Houve um pequeno terremoto como resultado. O secretário estava entre os mortos. Acho que tivemos sorte de ter conseguido obter as evidências.

— Suponho que devo agradecer por minhas investigações estarem poupadas desse nível de destruição — refletiu Vale. — Tem certeza de que não havia mais ninguém presente?

Mei Feng hesitou.

— Temos o máximo de certeza possível, já que era uma propriedade rural isolada sem nenhum visitante conhecido e nenhum feérico poderia ter penetrado tão longe nos nossos territórios.

— E que nenhum dragão desconhecido foi visto no céu... — sugeriu Vale.

— É, eu achei que você fosse levantar essa possibilidade — disse Mei Feng de um jeito melancólico. — Afinal, é preciso considerar todas as alternativas. Por mais improváveis que sejam.

Vale percebeu que ela não as descreveu como *impossíveis*. A intenção era convencê-lo da imparcialidade dela? Ou ela considerava seriamente que outro dragão poderia estar envolvido?

— Vamos relembrar os fatos até agora — disse ele. — O Ministro Zhao foi envenenado, pelas frutas, no jardim. As frutas aparentemente foram enviadas por um subordinado de confiança. Estou supondo que era de confiança.

— Lu Bu é confiável, impassível e não tem imaginação — concordou Mei Feng. — Seu único vício é o chá e não consigo vê-lo sendo corrompido por ele.

— Quem teria a oportunidade de enviar esse pacote, que supostamente viria dele? — perguntou Vale.

— Naturalmente, interrogamos os funcionários do ministro e da casa. Aquele mundo é próximo o suficiente de um território disputado para que a interferência feérica seja difícil, mas não impossível. Ou um agente humano dos feéricos podia estar envolvido. Dois dos serviçais humanos de Lu Bu tinham se envolvido recentemente com novos romances ou amizades com pessoas que não conseguimos rastrear depois. A caligrafia de Lu Bu pode ter sido imitada e seu selo pode ter sido roubado. E ele mandava regularmente frutas cristalizadas como presente para o Ministro Zhao. Era um produto famoso da região e... — Mei Feng deu de ombros. — Lu Bu não era uma pessoa original quando se tratava de presentes.

— Tudo muito plausível — disse Vale. — Diga-me, esses assassinatos são comuns?

Os ombros de Mei Feng enrijeceram.

— Extremamente incomuns — respondeu ela. O vento lá fora ficou um tiquinho mais forte, fazendo o fogo saltar na lareira. — Os feéricos podem nos atingir, ou nós a eles, nos territórios disputados, mas não no coração das nossas terras! O assunto provocou o que só consigo descrever como paranoia em alguns da minha espécie, que deviam entender as coisas.

— Você entendeu mal a minha pergunta — observou Vale. — Eu não estava me referindo a assassinatos de um lado contra o outro. Eu quis dizer entre dragões.

Mei Feng disfarçou sua expressão com tanto cuidado que Vale soube que ela devia estar esperando a pergunta. Uma reação mais natural teria sido raiva ou choque com essa sugestão – especialmente vinda de um humano.

— Não tem precedentes — disse ela. — Essas coisas não acontecem desde tempos antigos.

Mas você acabou de descrever um assassinato que teria sido extremamente difícil para um feérico cometer, refletiu Vale. *Apesar de ser totalmente possível – simples, até – para um dragão.*

— Então vamos discutir uma coisa mais recente. Quais eram as visões políticas do Ministro Zhao? Ou sua vida pessoal proporcionava algum motivo possível para o assassinato?

— A vida pessoal dele não era muito interessante — respondeu Mei Feng. — O tipo comum de contratos de acasalamento, filhos, amantes, essas coisas. Sua vida política era mais... intensa. Ele era membro da família da Planície Vermelha e, naturalmente, usava sua influência política para apoiá-los sempre que possível. E, por sua diligência e suas habilidades, tinha acumulado uma grande quantidade de portfólios. Era bem respeitado. E, é claro, favorecia a facção pacífica.

— Vou ser específico — disse Vale. — Até que ponto ele apoiava essa conferência? Ele estava envolvido na organização, talvez?

— Era envolvido, instrumental e muito importante. — Mei Feng parecia levemente orgulhosa por ter encontrado três adjetivos quase aliterados. — Ele enfatizou para Sua Majestade que uma trégua de jeito nenhum enfraqueceria os monarcas e que ofereceria oportunidades de ataques a territórios disputados. Não se pode negar que somos um pouco mais organizados e colaborativos que os feéricos.

— Um pouco — concordou Vale. O que ele tinha visto das brigas internas entre as famílias de dragões sugeria que a cooperação só ia até certo ponto. — Ele era uma das partes mais significativas a favor da paz, então?

Mei Feng abriu a boca para falar, depois fez uma pausa, pensando. Por fim, disse:

— Ele talvez seja, ou, melhor dizendo, talvez fosse o indivíduo mais significativo que não era um dos monarcas ou um dos conselheiros mais favorecidos dos monarcas. Também era um dos poucos que sabia que os monarcas estavam pensando seriamente em assinar uma trégua. Muitos que falaram sobre isso achavam que era uma mera suposição ou uma hipótese vaga para ser trabalhada ao longo do próximo século. O Ministro Zhao sabia que era uma proposta viável. Algumas pessoas podem muito bem ter achado que eliminá-lo também eliminaria qualquer chance de paz. Apesar de ele não ser um dos que tinha o dever de discutir essa paz com a Biblioteca.

— Quem era esse? — perguntou Vale, distraído por um instante.

— Tian Shu, um preferido de Sua Majestade do Oceano Leste, abriu as negociações lá. Não conheço todos os detalhes.

Vale percebeu o leve retorcido de descontentamento nos lábios dela com essas palavras.

— As informações foram estritamente racionadas ao longo de todo esse negócio — disse ele. — Uma abordagem interessante.

— Mas necessária — disse Mei Feng rapidamente, correndo para se defender. — Se o assassinato do Ministro Zhao estava ligado ao assassinato de Ren Shun, bem, podemos ver até que ponto nossos inimigos chegariam.

— E se *estivesse* conectado — sondou Vale —, quem você acha que *seriam* esses inimigos?

— Os feéricos, claramente. — A voz e os olhos de Mei Feng estavam firmes e não hesitaram. — Uma facção insignificante que esteja tentando preparar uma guerra aberta entre os dois lados assassinando alguns dos nossos nobres mais confiáveis e valiosos. A notícia sobre essa "Condessa Sangrenta" explica muita coisa.

— E mesmo assim o Ministro Zhao foi assassinado no próprio território — contrapôs Vale —, usando um método que exige conhecimento dos hábitos pessoais dele e de seus deveres oficiais, por intermédio do próprio serviço postal interno.

Os olhos de Mei Feng se estreitaram e, por um instante, ela parecia que gostaria de tê-lo jogado para fora do quarto, do hotel e da investigação. Mas seu tom foi amigável o suficiente.

— Sem dúvida essas suspeitas são necessárias de sua parte. Mas sugiro a você que essas informações poderiam ter sido reunidas por espiões humanos, despachados pelos feéricos para o nosso território. Esperamos que nossas investigações os identifiquem, e rápido. O cianeto é uma arma que qualquer pessoa pode aplicar. Na verdade, essa Condessa aparentemente fez isso na noite passada, ou, pelo menos, usou algum tipo de veneno? Foi o que me disseram.

— Acônito — disse Vale —, embora minha análise até agora tenha sido um tanto apressada. E aquilo foi direcionado *contra* a delegação dos feéricos.

— Os feéricos são criaturas mesquinhas que atacam até mesmo os da própria espécie — disse Mei Feng, com um ar de tolerância generosa. — Mesmo assim, suponho que devemos ser gratos porque alguns são civilizados o suficiente para se conter e negociar essa trégua.

— E o que exatamente virá depois da trégua? — perguntou Vale.

— Veremos quem está preparado para obedecer a ela — disse Mei Feng secamente.

— E se alguns dragões não estiverem?

— Então eles terão desobedecido diretamente aos oito monarcas e estarão sujeitos a julgamento — disse Mei Feng. — Um cenário bem simples.

E um cenário que vai dar aos reis e rainhas dragões uma sanção oficial e judicial para fortalecer sua autoridade sobre as famílias de dragões, refletiu Vale. *Uma caixinha de surpresas. E os feéricos mais políticos poderão, da mesma maneira, usar quaisquer infrações de feéricos contra inimigos do próprio lado. Acredito que o benefício da paz para os humanos que estão no meio desse acordo ruim é relevante para os dois grupos. Que surpresa.*

Mesmo assim, os humanos *também* se beneficiariam, mesmo que isso não fosse uma prioridade para os dragões ou os feéricos. E esse seria o ganho da Biblioteca com a trégua

339

– ele tinha obtido o suficiente de Winters para entender isso – e o do próprio Vale.

Ele passou mais meia hora interrogando-a, procurando fatos ou evidências que pudessem estar relacionados à investigação atual – e não teorias. Mas ela não tinha mais nenhuma informação valiosa. Por fim, ele se permitiu notar visivelmente as olhadas dela para o relógio, a janela e a porta.

— Obrigado pelo seu tempo, Lady Mei Feng — disse ele. — Você me ajudou muito.

— O prazer foi meu — murmurou ela. — Espero que eu possa confiar na sua discrição em relação ao que acabamos de discutir. Não vou testemunhar sobre nenhuma suposição alucinada.

— Claro — concordou Vale, sarcástico. Seria a palavra insustentável dele, se usasse depois alguma parte da conversa para insinuar que o assassino era um dragão. — Mas uma pergunta final, se me permite?

— Claro — disse Mei Feng.

— Quem *você* acha que assassinou Lorde Ren Shun?

— Essa Condessa, é claro — disse Mei Feng. — Qualquer outra solução é inaceitável.

E aí estava, refletiu Vale quando ela saiu do quarto. Essa era a posição dos dragões. Qualquer outra solução não era errada, mas... inaceitável.

Strongrock entrou voando com uma batida da porta e se jogou em uma cadeira.

— Vale — disse dramaticamente —, descobri uma coisa.

Vale levantou o olhar dos componentes da bomba espalhados sobre a mesa.

— Útil, imagino.

— Eu estaria incomodando você se não fosse?

— Provavelmente não — concordou Vale. Ele baixou cuidadosamente o fusível que estava examinando, soltando as pinças e as colocando ao lado, depois limpou as mãos num guardanapo. — O que foi?

Strongrock se inclinou para a frente.

— Descobri uma coisa nos documentos de Ren Shun — falou. — Acho que pode ser relevante para achar o esconderijo da Condessa.

Ele apresentava sinais de tensão – as rugas entre as sobrancelhas, a rigidez da expressão, o cuidado excessivamente meticuloso com as roupas –, mas Vale estava inclinado a dispensar isso como consequência do estresse de fazer o papel de secretário do tio.

— Por favor, me dê todos os detalhes — disse ele.

— Meu lorde tio me disse para vasculhar as anotações de Ren Shun dos últimos dias, para ter certeza de que teria um histórico completo sobre uma situação específica — começou Strongrock. — Ao fazer isso, encontrei um relatório arquivado errado, do período em que Ren Shun e sua equipe estavam pesquisando esta Paris, e outro conectado de um período posterior. Eles identificaram o Teatro do Grand Guignol como uma fonte de preocupação e o relatório observava que havia ali um nível de caos mais alto do que o natural.

— Mas não alto o suficiente para uma investigação imediata? — indagou Vale.

— Foi classificado como prioridade baixa — respondeu Strongrock. — Especialmente se os feéricos tivessem visitado e contaminado o local. Afinal, seria o tipo de coisa que interessaria a eles... Mas a data do segundo relatório era o dia em que Ren Shun foi assassinado. O agente, quem quer que fosse, estava questionando se a delegação dos feéricos do hotel deles estava usando o teatro como base secundária. Talvez para esconder reforços ou alguma coisa assim? Mas, se a Condessa é a segunda presença feérica em Paris, isso explicaria tudo.

Embora as palavras dele fossem muito adequadas e transmitissem sentimentos que seu tio teria aprovado, Vale percebeu o tremor de interesse nos olhos de Strongrock. Ele se compadecia. O Teatro do Grand Guignol era um local fascinante. Mesmo que metade das peças alimentasse as imaginações mais baixas e mais depravadas da população, com suas representações de sangue, tortura, loucura e assassinato, mesmo assim era um estudo psicológico interessante da mentalidade humana. E ele estava um tanto curioso para saber como eles conseguiam alguns dos efeitos de maquiagem e de palco.

Um fragmento se encaixou na mente dele.

— Se os homens de Ren Shun investigaram e encontraram um nível de caos mais alto do que o normal — disse ele —, é muito intrigante que Lorde Silver não tenha encontrado o mesmo.

— Silver já esteve lá?

— Winters o designou para vasculhar os teatros — lembrou Vale. — Eu arranquei os detalhes de Silver ontem à noite. Ele disse que tinha ido ao Grand Guignol, mas uma análise apressada tinha sido infrutífera e fora para ampliar sua rede. Curioso.

— Sendo assim, ou ele está mentindo ou é cego — declarou Strongrock, saltando adiante na argumentação de Vale de maneira tristemente insustentável — ou o nível de caos lá baixou desde que Ren Shun verificou.

— Você sabe mais dessas coisas do que eu, Strongrock. Qual é a probabilidade da terceira opção?

Strongrock franziu a testa.

— Bem, os níveis podem cair naturalmente, ou a queda pode ser resultado de dragões passando por perto. Mas eu não esperaria que isso acontecesse se feéricos ainda estivessem visitando o teatro. E, de acordo com aqueles depoimentos de testemunhas que Irene examinou, alguns feéricos *tinham* estado lá.

— Uma anomalia, então — disse Vale com satisfação. — E, pensando nesses níveis em queda, eu colocaria à frente a teoria de que alguém no Grand Guignol agora está tentando *disfarçar* sua presença, seja a Condessa ou outra pessoa completamente diferente. Esses seus relatórios de Ren Shun são confiáveis?

— Totalmente — disse Strongrock apressado. Depois fez uma pausa. — Bem, eles certamente são *autênticos*. Vi o suficiente da caligrafia dele nos últimos dias para ter certeza disso. Se são fiéis ou não, pode ser uma questão diferente.

Vale assentiu. Ele se levantou da cadeira e começou a andar de um lado para o outro.

— Isso confirma certos detalhes que já estabeleci. Compras de cloro, com a explicação de que eram para efeitos de palco. O fato de que vários dos agressores anarquistas aparentemente eram atores dedicados do Grand Guignol e que um deles mencionou um teatro. Isso requer uma investigação. Seu tio pode dispensá-lo por algumas horas?

— Isso não é um problema — disse Strongrock com uma cordialidade um pouco exagerada. — Ele mandou eu me ocupar em outro lugar pelo resto do dia. Não precisa de mim, por enquanto. Tentei levantar a possibilidade de o Guignol ser uma base feérica... mas ele dispensou. Disse: "por que procurar inimigos imaginários adicionais quando já temos o suficiente?". — Por um instante, Strongrock captou o tom e o desdém de Ao Ji. — Ele disse que achava que eu estava vendo sombras em vez de olhar para os fatos e que eu claramente estava passando tempo demais com... minha imaginação.

Vale suspeitava que as palavras tinham sido mais fortes do que essas e mais específicas, mas foi discreto o suficiente para não pedir detalhes. Era, ele admitiu em particular – numa parte excessivamente sentimental da mente –, uma pena o tio e o sobrinho não se darem tão bem. Em vez disso, fez que sim com a cabeça.

— Muito bem. Então podemos mergulhar no trabalho sem interrupções. Sugiro que patrulhemos a região, o que lhe permitiria determinar se há sinais evidentes de caos.

— Pode ser que a gente precise se aproximar mais do teatro, se houver sinais de caos escondidos — disse Strongrock. — Devemos levar os outros?

— Winters e Mu Dan estão fora, numa investigação delas — disse Vale com irritação. Ele tinha voltado de uma discussão com o inspetor Maillon e descobriu que Winters tinha saído para seguir uma pista, e Mu Dan foi atrás dela. — E Lorde Silver ainda está vasculhando os confeiteiros e os bolos. Além do mais, não tenho certeza se devemos levá-lo nesta etapa...

Ele e Strongrock se entreolharam. Os dois estavam presentes naquela manhã, quando Silver tinha tentado chantagear Winters. Mesmo se ele não estivesse trabalhando para a Condessa, suas lealdades não eram totalmente confiáveis.

— E, mesmo que Irene estivesse aqui — disse Strongrock lentamente —, talvez seja melhor se encontrarmos uma prova independente da presença da Condessa, sem ela estar envolvida. Nem todo mundo acredita, isto é, existem algumas pessoas que alegam que a coisa toda da "Condessa" é uma invenção.

— Uma invenção que armou uma bomba, encheu um bolo com cloro, organizou uma tentativa de sequestro no Necrotério de Paris e enviou maçãs envenenadas para a Princesa — disse Vale secamente. — Quantas evidências de intenção maliciosa eles querem?

— Ele quer evidências que não dependam de depoimentos de Bibliotecários ou feéricos — murmurou Strongrock. — Eu poderia jurar por Irene, mas ele diz que meu julgamento é suspeito.

Vale tinha de concordar com *ele* – Ao Ji, obviamente – nisso. Se Winters mentisse para Strongrock, Strongrock nunca duvidaria dela. E as facções desconfiadas *podiam* usar isso.

Felizmente, o julgamento do próprio Vale era melhor. E ele tinha certeza de que Winters estava falando a verdade sobre o que tinha vivido. Mas percebia a direção do argumento de Strongrock.

— Teremos de manter Winters informada, é claro — disse ele. — E isso está na natureza de uma expedição de patrulhamento. Temos de supor que essa Condessa pode nos reconhecer, então é importante mudarmos de aparência. — Ele olhou para a roupa de Strongrock: traje adequado para a manhã, terno e gravata. Um pouco óbvio demais. — Vamos simplesmente vagar pelas ruas próximas e seus sentidos metafísicos devem revelar se precisamos investigar mais a fundo.

— Claro — concordou Strongrock. — Podemos nos encontrar com os outros mais tarde. Mas eu gostaria de saber onde estão Irene e Mu Dan. Se estivermos errados em relação ao Grand Guignol, elas podem estar caminhando para o perigo.

— Acho que elas são bem capazes de fazer isso, esteja ou não a Condessa escondida no Grand Guignol — disse Vale. — Vou deixar uma mensagem para Winters...

* * *

As ruas ao redor do Grand Guignol estavam movimentadas e Vale conseguiu se misturar na multidão com facilidade. Ele e Strongrock eram apenas mais uma dupla de homens saindo para uma distração noturna, quase anônimos em seus chapéus e sobretudos surrados. Eles tinham tomado cuidado para evitar serem observados enquanto saíam do hotel, quer por humanos ou por gatos. E Vale estava relativamente certo de que, se a Condessa ou mais alguém estivesse presente no teatro, a aproximação deles seria inesperada.

Como não tinha como observar anormalidades metafísicas, ele deixou essa parte para Strongrock. Em vez disso, observava a cidade de Paris e seus habitantes. Tinha se passado um ano ou dois desde sua última visita, no seu mundo – e foi reconfortante descobrir que, apesar da falta de certas tecnologias e das divergências na história, esta Paris e estas pessoas eram praticamente as mesmas. Geografia semelhante, homens e mulheres semelhantes, polícia e criminosos semelhantes. Isso explicava por que os Bibliotecários eram capazes de funcionar como uma organização. Não importava o mundo, os seres humanos ainda eram seres humanos.

Um assobio em dois tons ecoou em algum lugar ao fundo, por trás do ruído de festeiros e dos sons de música, e Vale disfarçou um franzido de testa. *Isso* era semelhante demais ao tipo de comunicação que uma gangue usaria quando avistasse um alvo e estava sinalizando para os outros se aproximarem. Talvez ele tenha subestimado o nível de segurança do Grand Guignol – se é que isso estava conectado.

— Está percebendo alguma coisa incomum? — observou ele para Strongrock, mantendo um tom de conversa.

Os olhos de Strongrock vasculharam os arredores como se ele estivesse apenas inspecionando os cabarés e o entretenimento que era oferecido.

— Aquele homem à direita, o que tem uma cicatriz na bochecha direita, está nos seguindo, acho.

— Isso — concordou Vale. — E aquele ali à esquerda, sob o cartaz preto, que está com uma única luva; ele passou por nós duas esquinas atrás. Estamos sendo cercados. — A percepção era inoportuna.

— Opções?

— Melhor recuar e voltar com reforços — disse Vale, arrependido. — Pegue a segunda esquina à direita. Se eu me lembro corretamente da geografia local, podemos cair numa das ruas principais.

— Se fizermos isso, corremos o risco de a Condessa escapar, se ela estiver usando o teatro como base — destacou Strongrock.

Vale grunhiu, irritado.

— Não é o momento nem o lugar para heroísmo.

— Minha objeção é puramente estratégica.

— Se a Condessa estiver aqui e evacuar sua base, ela vai estar desequilibrada e não deve preparar nenhum ataque imediato. E deve deixar evidências que podemos rastrear.

Eles continuaram caminhando juntos, Vale observando os dois homens que agora acompanhavam o passo deles dos dois lados da rua. Eles passaram pela multidão como tubarões.

— Claro, se formos atacados durante o recuo e conseguirmos fazer alguns prisioneiros, nosso passeio não será totalmente desperdiçado — acrescentou ele.

— Excelente — disse Strongrock, se animando. — Ah, você percebeu o novo par atrás de nós?

— Claro — respondeu Vale, um pouco irritado. Ele não teria deixado passar seguidores tão óbvios. Os homens claramente tinham decidido abrir mão da precaução e se aproximar. — Vire à direita aqui...

O beco era estreito, fechado por casas dos dois lados, e dava uma guinada antes de virar em direção à rua principal...

Com um choque desagradável, Vale viu que o beco era bloqueado por um muro que claramente estava ali havia anos. A diferença entre este mundo e o dele era mínima, mas significava que ele e Strongrock estavam bloqueados. Presos.

Os dois se entreolharam antes de virar para encarar o grupo de homens que agora entravam desengonçados no beco, indo em direção a eles.

Pouco tempo depois, eles encontraram o membro feérico da própria equipe.

— Que ótimo ver vocês dois de novo — disse Silver com amargura, enquanto Vale e Kai, inconsciente depois de apanhar e ser sedado com clorofórmio para garantir que não ia acordar, foram acorrentados em alcovas em frente a ele.

CAPÍTULO 21

A passagem da Biblioteca Richelieu para a Biblioteca tinha sido destruída. Isso estava bem claro. Não havia o suficiente no salão onde tinha estado para suportar uma passagem.

Felizmente, o resto do prédio ainda continha livros suficientes, permitindo que Irene criasse uma conexão temporária. Ela encontrou uma área remota em que não seria incomodada por estudantes, guardas ou visitantes. Escolheu uma porta e escreveu na Linguagem: **ESTA PORTA ABRE PARA A BIBLIOTECA**. A conexão só seria estável por mais ou menos meia hora antes de desaparecer. Esperava que fosse tempo suficiente para conseguir algumas respostas.

Um pouco tonta com o esgotamento da sua energia, mas sem querer esperar o bastante para a cabeça parar de girar, ela segurou a maçaneta.

— **Abra para a Biblioteca** — falou, e atravessou para seu verdadeiro lar.

No grande salão do outro lado, estantes pesadas cheias de volumes grossos com lombada de couro ocupavam as paredes entre pilares de mármore carmim e peles de ursos-polares salpicavam o piso de pedra escura como icebergs, o pelo branco sarapintado de poeira. Havia um espaço com computadores no salão, Irene viu com alívio: não precisaria sair procurando por um. Ignorando os livros nas prateleiras, ela verificou a designação do salão, se sentou rapidamente e fez login, compondo um e-mail apressado.

Não queria fazer isso, mas precisava contatar a Segurança da Biblioteca. Eles eram as únicas pessoas que podiam responder algumas perguntas sobre Prutkov – supondo que estivessem dispostos a fazer isso.

Melusine,

Solicito uma consulta urgente, com base na minha investigação sobre a morte de Ren Shun. Estabeleci uma conexão temporária com a Biblioteca, então, por favor, providencie um transporte de transferência para a Segurança e de volta para cá ou venha discutir isso comigo ao vivo. Não posso me dar ao luxo de perder a passagem de volta para o mundo em que as negociações estão acontecendo. Estou na Literatura Antártica, mundo B-23.

Irene

Por um instante, refletiu se deveria assinar com Atenciosamente ou Cordialmente ou até mesmo canalizar Poe com Pelo amor de Deus, Montresor! Mas nada disso parecia ajudar. Ela apertou a tecla ENTER e encarou a tela. Quanto tempo Melusine levaria para ler? Será que Melusine estava disponível? E se ela estivesse tirando um cochilo de meia hora e Irene não recebesse uma resposta até a hora em que teria de retornar...

O computador apitou. Irene verificou a caixa de entrada:

Configuração de conexão visual em andamento. Por favor, aguarde.

350

Uma nova janela apareceu na tela do computador, se expandindo para exibir uma visão do gabinete de Melusine pela webcam. Melusine estava em sua cadeira de rodas, mais ou menos com a mesma aparência da última vez em que Irene a encontrara: cabelo louro escuro curto, rosto comparativamente jovem, olhos com centenas de anos. Só a manta sobre suas pernas tinha mudado, de um padrão xadrez escocês para um verde-bile.

— Não era isso que eu queria ouvir — disse ela sem nenhum preâmbulo. — Esse não é o tipo de chamada que quero receber. Você quer uma consulta sobre o quê, e por quê, e por que tem de ser *comigo?*

Irene não perdeu tempo perguntando sobre a conexão visual. Talvez o sistema de computadores da Biblioteca tivesse passado por um upgrade enquanto ela não estava lá, ou isso era exclusivo para a posição de Melusine.

— Você sabe sobre o assassinato de Ren Shun — disse ela. — Você sabe que a culpa está sendo atribuída a uma feérica específica, a Condessa Sangrenta, e que a estamos rastreando?

— Sim, sim e sim. O que deu errado?

— A Condessa *está* em Paris e não quer que o tratado de paz seja assinado, mas não tenho certeza se ela é culpada de matar Ren Shun. — Havia alguma coisa que parecia muito verdadeira na revelação de Dorotya sobre como sua senhora odiava ser falsamente acusada. — Além disso — e aqui estava a parte em que Irene podia dar um tiro no próprio pé —, preciso que você verifique uma coisa para mim.

— O quê?

— Quero saber se alguém entrou ou saiu da Biblioteca ontem à noite a partir deste mundo.

— Por quê?

Irene desejou com melancolia poder fazer perguntas como essa e esperar uma resposta, em vez de ter de contornar o assunto e enfeitá-lo com elogios.

— Porque ninguém deveria.

— Espere. — Melusine afastou a cadeira de rodas do computador, se movimentando por uma das muitas prateleiras de livros no fundo. Irene imaginou o que a chefe da Segurança da Biblioteca estava verificando: os registros de entradas e saídas daquele portal específico. Um filete frio de medo passou pelas suas costas e apertou seu estômago. Se sua lógica estivesse errada...

Mas Melusine fechou o livro com violência.

— Você está certa — disse ela, virando de novo para a tela do computador. — Tem um registro de entrada e saída para Borges. Ele é um dos Bibliotecários escolhidos para auxiliar Prutkov. Onze e meia no horário local, pouco antes da meia-noite. Agora me diga o que está acontecendo e por que isso é significativo.

Pouco antes da meia-noite: as palavras ecoaram no fundo da mente de Irene. Se tivesse sido pouco *depois* da meia-noite, Borges poderia ter tentado alcançar a Biblioteca para relatar a explosão ou para verificar se ainda conseguia alcançar a Biblioteca pela Paris onde a conferência pela paz estava acontecendo. Mas pouco *antes* da meia-noite?

— Prutkov está aprontando alguma coisa por conta própria — disse Irene, deixando as palavras escaparem antes que o nervosismo a impedisse.

O rosto de Melusine se fechou. Não havia uma palavra melhor. A expressão se esgotou nos olhos dela e a boca virou uma linha fina, sem revelar nada. Ela poderia ser uma fotografia antiga, do tipo em que a câmera exigia vários minutos de exposição e, como resultado, a expressão do sujeito ficava plana e apática, sem vida.

— Você sabe que essa é uma acusação séria. Explique.

— Ele está tentando preparar tudo para que todos culpem a Condessa, para estimular os dois lados a cooperarem. Eu entendo isso, mas ele também me fez uma abordagem em particular. Estava tentando me vender a ideia de que o futuro da Biblioteca depende de sermos essenciais para os dois lados, ostensivamente como negociadores da paz, mas, na verdade, como manipuladores por trás dos bastidores. Como uma facção para manter o equilíbrio de poder. — Um fragmento do discurso dele passou de novo pela sua lembrança. — E, ao discutir o plano fracassado da Condessa para explodir o hotel das negociações com uma de suas agentes femininas, a mulher chamou de justiça cármica para Prutkov.

— Por que essa última informação é relevante? — Melusine ainda estava indecifrável, mas pelo menos não tinha imediatamente chamado Irene de mentirosa nem a tirado do caso.

— O bilhete encontrado no bolso de Ren Shun mencionava "Inferno", *Enfer*, em francês, e um grupo de números. E o título de um livro: *Mitos*, de Heródoto. Você deve ter visto o relatório. — Um leve movimento da cabeça de Melusine era a confirmação. — E deve saber que a Biblioteca Richelieu foi bombardeada ontem à noite, rompendo nossa conexão com a Biblioteca. E é por isso que estou com um limite de tempo.

— Sim — disse Melusine. — E?

Irene se inclinou para a frente.

— Acredito que Prutkov estava por trás do atentado com a bomba. O *Enfer*, a parte da biblioteca onde eles guardam livros eróticos, foi uma das áreas bombardeadas. Eu sei que temos coincidências quando há feéricos por perto, mas isso é coincidência *demais*. Vou teorizar. Alguém deixou esse bilhete no bolso de Ren Shun deliberadamente. Essa pessoa queria que a investigação seguisse o rastro até o *Enfer* e encontrasse *Mitos*, o livro de Heródoto, por lá, exatamente como o bilhete

353

de Ren Shun sugeria. Combine isso com os boatos de que Ren Shun tinha dito que ouviu pelo menos um Bibliotecário fazendo um acordo particular para conseguir livros raros? A suspeita apontaria direto para a Biblioteca. Sendo assim, acho que Prutkov decidiu se livrar de todas as evidências.

— A primeira parte da sua teoria funciona — disse Melusine lentamente. — Se alguém quisesse sabotar as negociações usando a Biblioteca e o livro raro aparecesse no lugar que o bilhete de Ren Shun indicava, combinado com a conversa ouvida sem querer, seria impossível provar que a Biblioteca não era culpada de *alguma coisa*. Mas você não me deu nenhuma prova de que Prutkov está envolvido.

Irene engoliu. Sua garganta estava seca.

— O resto da minha teoria é que o próprio Prutkov organizou esse atentado com a bomba, para nos fazer parecer vítimas da Condessa aos olhos de todos e para esconder todas as evidências de que um dia houve uma cópia de *Mitos* no *Enfer*. Mas, se o livro é tão importante, como Bibliotecário, ele não ia querer destruí-lo. Da mesma maneira, não poderia se arriscar a escondê-lo aqui em Paris. Se eu fosse ele, e como era fácil imaginar a sequência de eventos, o encobrimento organizado de evidências, eu o teria levado direto para a Biblioteca. Depois eu voltaria para detonar os explosivos ou pedir para meus agentes, como Borges, fazerem isso, no meio do jantar diplomático, quando eu teria um álibi perfeito. Por essa razão que Borges fez um trânsito para a Biblioteca pouco antes da explosão das bombas. Ele estava organizando tudo isso. Mas, se Prutkov fez isso, se fez *alguma coisa* relacionada, ele fez sem *me* contar.

— Você acha que devia ter sido informada? — perguntou Melusine. — Acha que tem algum direito de saber?

— Sim! — declarou Irene, a raiva crescente finalmente borbulhando. Ela tentou analisar o jogo de sombras das emoções no rosto de Melusine. E tinha esperança, acima de tudo, de que as instruções de Prutkov não viessem de cima. — Prutkov sempre deixou claro para mim o que *ele* pensa que deveria ser o futuro da Biblioteca. Eu discordo. Não estamos nisso para brincar de poder nem para manipular. Não estamos nesse emprego pelo *poder*. E qualquer pessoa que pense que estamos é um risco perigoso. Já o ouvi falar quando ele achava que eu não estava por perto, também; sei que ele me vê como uma ferramenta descartável. *Nunca* me diria o que está aprontando nos bastidores. Por isso estou trazendo o assunto até você.

Os dedos de Melusine batiam na mesa.

— Achei que estávamos treinando você para não correr até nós com todos os seus problemas.

Irene estava cansada de ser insultada por uma coisa tão mesquinha.

— Se ele estiver executando essa operação, e você e Coppelia e Kostchei souberem de tudo, eu vou aceitar suas ordens. Vou admitir que estava errada. Mas, se ele está fazendo tudo isso e vocês não sabem, até que ponto podem confiar nele para cuidar dessa conferência vital?

— Já se passaram mais de doze horas — disse Melusine lentamente. — Se ele quisesse que eu soubesse, já teria falado comigo. Isso é arriscado demais. Tudo isso. Tentar superar esse tipo de fraude, ainda mais embaixo do nariz de pessoas de alto nível dos dois lados? Se Prutkov inventou essa ideia sozinho, ele está à beira da traição. E, se foi subvertido por alguém como o Cardeal, é pior ainda.

— À *beira* da traição? — disse Irene.

— Você conhece o antigo provérbio. "Se prosperar, ninguém tem coragem de chamar de traição"... mas ele vai deixar evidências. Só precisamos encontrá-las. Supondo que você esteja correta.

Irene não tinha muita certeza do atual humor de Melusine, mas havia alguma coisa desconfortavelmente frágil nele.

— Se *eu* consigo deduzir ou adivinhar o que Prutkov fez, garantir que a Condessa seja culpada por bombardear a Biblioteca Richelieu e destruir evidências vitais, outra pessoa certamente conseguirá descobrir. E, se alguém que quer nos desacreditar descobrir isso e usar a informação contra nós... nossa reputação e missão geral será prejudicada por gerações.

— Ela percebeu que tinha mudado de culpar Prutkov pela sua moral para culpá-lo pela sua incompetência. Mas isso não era tudo. Havia um problema mais profundo escondido aqui. — Não podemos nos dar ao luxo de basear o tratado de paz em mentiras.

— Você é uma das últimas pessoas que eu acharia ser a favor da verdade abstrata, em vez de resultados práticos.

Irene se perguntou, não pela primeira vez, exatamente *o que* estava nos seus registros da Biblioteca.

— Posso usar quantas mentiras diplomáticas você quiser, mas, em uma situação como essa, onde é absolutamente vital que os três lados cheguem à mesa com sinceridade e confiem uns nos outros... Culpar a Condessa não vai funcionar se ela não for culpada de verdade. Isso vai aparecer mais cedo ou mais tarde. E aí todo o processo da paz vai ser suspeito. E nós principalmente, se formos os mediadores. Essa não é uma situação em que a verdade é o melhor caminho; é uma situação em que a verdade é o *único* caminho.

— Vá em frente — disse Melusine, digitando no teclado. — Consigo ouvir e digitar ao mesmo tempo. Me diga o que você tem em mente.

— Esse é o problema. Não tenho nenhum outro culpado viável para o assassinato. Não conseguimos rastrear a maioria das delegações naquela noite. Metade delas pode ter escapado sem os serviçais saberem e a outra metade pode ter mandado os serviçais mentirem. Li Ming é a única pessoa com algum tipo de rancor relatado contra Ren Shun, seu meio-irmão, mas eles brigaram por causa da ética de Ren Shun. Como motivo para interromper a conferência pela paz, isso não é convincente. Supondo que ele me disse a verdade. Mas acho que sim. — Irene queria passar as mãos no cabelo. — E, se o assassinato de Ren Shun estiver ligado ao assassinato do Ministro Zhao, que também poderia ter interrompido o processo pela paz antecipadamente, o culpado tem de ser alguém que pode entrar sem problemas nos territórios dos dragões. Se a Condessa *foi* responsável pela morte de Ren Shun, será que ela tem um aliado dragão que está por trás do assassinato do Ministro Zhao? Quantos assassinos podemos supor, antes que nossas teorias comecem a ficar ridículas? O único culpado, além da Condessa, que satisfaria a todas as partes seria algum *outro* feérico belicoso e misterioso, ou dragão, sejamos justas, que atualmente esteja passeando por Paris e queira interromper a conferência. Mas temos ainda *menos* evidências disso do que temos da Condessa. — Um pensamento lhe ocorreu. — Me diga, eu sei que é raro, mas *Mitos,* de Heródoto, é tão raro quanto estou supondo? E é significativo se ele vier de Beta-001?

— Por que você está perguntando?

— Estou me agarrando a qualquer coisa e procurando qualquer evidência que possa ser concebivelmente relacionada ao que está acontecendo. Se Ren Shun realmente ouviu alguém discutindo *Mitos,* o livro *está* conectado ao caso.

— Esse livro não é a edição correta — disse Melusine. — E a referência da Biblioteca no bilhete que indica a localização do livro é equivocada. *Existe* uma versão desse livro que tem informações muito interessantes sobre a história passada dos dragões. Mas não é o que está em Beta-001, a localização do bilhete. — Seus olhos se estreitaram com o tremor de interesse que Irene não conseguiu evitar de demonstrar em sua expressão. — E, não, você não precisa saber qual é a versão. Já temos a versão de Beta-001, e não há nada incomum nesse livro nem na meia dúzia de versões que existem em outros mundos. É uma coleção de mitos, uma coleção muito boa de mitos, mas não é nada tão singular e especial que qualquer Bibliotecário, por mais insano que seja, destruiria essa conferência pela paz para pegá-lo. Se o bilhete no bolso de Ren Shun tivesse mencionado, bem, uma referência específica, que não vou dar a você, eu teria concordado que era altamente significativo. Mas Beta-001? Não. Só para um colecionador ou um purista. — Ela verificou o relógio. — Quanto tempo você ainda tem?

— Dez minutos se eu tiver sorte, cinco minutos se eu quiser ter segurança. — Pensamentos zuniram na cabeça de Irene. Se o livro *Mitos* de Beta-001 *não era* significativo, por que a referência a ele? Talvez porque alguém estava tentando incriminar a Biblioteca pelo assassinato de Ren Shun, pela traição geral e pela interrupção da conferência pela paz, e tinha escolhido a referência a Beta-001 por engano? A pessoa podia saber que *uma* versão do livro era significativa, mas não qual delas, por isso tinham escrito uma designação aleatória de mundo da Biblioteca, na esperança de que Beta-001 parecesse significativo o suficiente para qualquer um que não fosse um Bibliotecário. Isso se encaixaria na teoria de que a Biblioteca estava sendo incriminada. Mas não se encaixava em nada que a Condessa tinha feito até agora nem no que Irene tinha descoberto sobre ela. Então, se não era ela, quem seria?

— Certo. — Melusine olhou para uma segunda tela, fora da visão de Irene. — Acabei de pedir para um dos meus mensageiros verificar o salão que costumava ser a ligação com sua Paris. A cópia de *Mitos,* de Heródoto, está lá. Ou, pelo menos, *uma* cópia de *Mitos*. Não podemos ter certeza do mundo de origem sem verificações mais detalhadas, mas certamente não é do mundo onde as negociações pela paz estão acontecendo. Lá ele nunca foi escrito. O livro não estava muito bem escondido, mas a pessoa provavelmente não teve tempo para esconder melhor. Essa parte da sua teoria está confirmada. Mas, se eu tirar Prutkov no meio das negociações, isso vai desestabilizar as conversas, e precisamos de mais respostas. — Ela passou a mão pelo cabelo curto. — Está bem. Vou mandar alguém com autoridade suficiente para lidar com Prutkov e ajudar você, mas vou precisar de algumas horas.

— Você não pode vir? — sugeriu Irene.

— Eu não saio da Biblioteca — disse Melusine. Ela podia ter dito isso na Linguagem, se comprometendo por juramento: era uma declaração factual que não ia mudar, mesmo que o universo mudasse. — Não posso prometer quem vai para aí, mas a pessoa vai entregar uma senha para provar que veio diretamente de mim e que você pode confiar nela. Vamos fazer a senha... — Ela digitou de novo. — A senha é "Nevsky". É original o suficiente. Nesse meio-tempo, tente arrancar algumas respostas do seu amigo Vale, mesmo que ele não queira compartilhar. Ele provavelmente sabe mais do que você. É o trabalho dele, no fim das contas. E garanta que não aconteça mais nada que possa desvirtuar as conversas. Pode fazer isso?

— Posso tentar.

— Por que você não levou isso a Coppelia ou Kostchei na primeira ocorrência?

— Porque eu estava com medo de Prutkov descobrir se eu pedisse uma conversa particular com eles em Paris. E, se chegasse ao ponto de ser a palavra dele ou a minha, sem nenhuma prova, quando eu nem tinha certeza se ele tinha feito alguma coisa errada ou simplesmente sido descuidado... —

Irene deu de ombros. — Além do mais, eles estão ocupados em reuniões o tempo todo.

Melusine fez que sim com a cabeça.

— Provavelmente coisa dele também. Está bem, é melhor você ir embora enquanto a conexão ainda está ativa. Tenha cuidado. Eu gostaria que Paris ainda estivesse inteira quando eu conseguir que alguém vá até você.

E ela cortou a conexão antes que Irene pudesse fazer uma réplica mordaz.

Mu Dan analisou Irene no instante em que ela retornou ao Le Meurice.

— Seu quarto. Agora — disse ela com raiva. — Temos outro problema.

Irene se deixou ser arrastada para o quarto, com o coração afundando.

— O que foi? — ela quis saber.

Mu Dan olhou ao redor do salão, hesitante.

— Seremos ouvidas?

— Só um instante. — Irene mudou para a Linguagem. — **Dispositivos de escuta ou magia de escuta, deem defeito e parem de funcionar.** — Não houve nenhum sinal de alguma coisa acontecendo com essa fala, mas, se não houvesse nenhum dispositivo de escuta, não deveria haver nenhuma consequência. — Muito bem, a menos que alguém esteja com o ouvido na porta, estamos seguras. O que aconteceu?

— O príncipe Kai sumiu, bem como Silver — disse Mu Dan. Ela se sentou. Se não fosse pelo espartilho sob o vestido, teria sido um colapso desesperado. Do jeito que foi, a cadeira rangeu com a força do movimento. — Vale também. Aparentemente, o príncipe Kai veio ao hotel enquanto nós duas estávamos fora e encontrou Vale. Eles saíram juntos, sem dizer a ninguém aonde iam. Não consigo *acreditar* que ninguém tem o juízo de deixar uma mensagem para trás, quando sai para investigar...

Houve uma batida na porta.

— O que é, agora? — rosnou Mu Dan. Ela parecia que ia arrancar os prendedores de cabelo e usá-los para empalar quem estava interrompendo.

— Só um instante — disse Irene do jeito mais calmo possível. As palavras de Melusine ecoaram na sua lembrança. "Eu gostaria que Paris ainda estivesse inteira quando eu conseguir que alguém vá até você". Ela correu até a porta e a abriu, encarando um pajem do hotel. — Sim?

— Mensagem para você, madame — disse o pajem. Ele ofereceu a ela um bilhete selado numa bandeja.

Irene reconheceu a caligrafia de Vale. Um grande alívio e esperança floresceram dentro dela.

— Obrigada — falou, procurando uma moeda para dar de gorjeta. — Onde e quando você recebeu isso?

— Algumas horas atrás, madame, no térreo. O cavalheiro me pediu para entregar o bilhete quando você voltasse.

— O cavalheiro estava fazendo mais alguma coisa?

O pajem franziu a testa, tentando se lembrar.

— Estava com outro cavalheiro, madame, mas ele não está hospedado neste hotel. Perguntou por você e, como não foi encontrada, ele deixou o bilhete e os dois saíram juntos.

— Obrigada — disse Irene, entregou a gorjeta, fechou a porta e se virou para Mu Dan. — Um bilhete de Vale. Aparentemente, ele tem algum juízo.

— Bem, graças aos céus e às terras por isso! O que ele diz?

Irene rompeu o selo do bilhete e o abriu.

— Winters — ela leu em voz alta —, espero que suas investigações tenham sido mais frutíferas do que as minhas.

Strongrock encontrou informações nos documentos de Ren Shun que sugerem que a Condessa está se escondendo no Teatro do Grand Guignol, e vamos investigar. Por favor, junte-se a nós assim que possível e traga Mu Dan. E Silver, se puder.

Ela tirou o olhar do bilhete e olhou para Mu Dan.

— Isso é curioso.

— Quais das muitas coisas possíveis é curiosa? — perguntou Mu Dan. Ela parecia um pouco menos pronta para explodir do que horas antes, possivelmente porque Vale tinha se lembrado de mencioná-la no bilhete ou por ele ter escrito um bilhete.

— Se Kai encontrou informações nos papéis de Ren Shun, que presumivelmente estão no Ritz, por que ele não contou para *você*? Você estava lá mais cedo.

Mu Dan bufou.

— Você superestima a disposição do príncipe de falar comigo. Ele prefere de longe se comunicar com você.

— Talvez — disse Irene. Talvez fosse verdade que o primeiro reflexo de Kai fosse contar a Irene e Vale, e não a uma conhecida comparativamente nova. Mas alguma coisa ainda parecia errada. Ela arquivou mentalmente o pensamento para mais tarde. — Vamos lá. Estou imaginando que Vale e Kai não ficaram ausentes por tanto tempo assim para ninguém ficar alarmado ainda?

— Você está certa. Mas tem alguma coisa errada. Estou sentindo. — Mu Dan se levantou e começou a andar de um lado para o outro, irritada, restrita pelo comprimento do quarto. — Primeiro, Lorde Silver sai por aí e não volta, e agora esses dois saíram sozinhos. Se você não tivesse voltado, eu nem teria recebido esse bilhete, e aí como estaríamos?

Irene releu o bilhete de um jeito pensativo, depois o levantou contra a luz para ver se havia alguma mensagem secreta ou perfurações ou qualquer outro jeito escondido de transmitir informações. Nada óbvio.

— Concordo — disse ela. — Sei que não devíamos nos preocupar com uma ausência de uma ou duas horas. Mas se eles *encontraram* o covil da Condessa, podem ter ido em direção ao perigo.

— Do mesmo jeito que você fez mais cedo — soltou Mu Dan. — E você também não tinha reforços.

Irene suspirou.

— Não temos tempo para recriminações. Devemos simplesmente concordar que hipocrisia é meu nome do meio e deixar o assunto morrer. Além do mais, eu sabia que estava caindo numa possível emboscada. E eu tinha a vantagem de que a Condessa me subestimava. Afinal, sou apenas humana. Ela não vai subestimar Kai. Vai reconhecê-lo como dragão. Mas ele é jovem. — Ao colocar palavras nos seus medos, eles se tornaram mais firmes e mais concretos. — Precisamos ir ao Grand Guignol agora.

— Devemos levar reforços?

Irene hesitou.

— Não sei. Se *for* a base escondida da Condessa e ela nos vir chegando com reforços, podemos estragar a investigação de Vale e Kai. Ou, se eles forem prisioneiros, ela pode usá-los como reféns.

— E se formos sozinhas e também formos assassinadas? Entrar lá dois de cada vez em direção às nossas execuções não vai *ajudar* a situação.

— Não vai mesmo — concordou Irene. — Mas acho que precisamos de mais informações antes. — Ela olhou pensativa para Mu Dan. Seria muito difícil disfarçar a beleza ou a energia da outra mulher ou a perfeição dracônica de suas feições. — Você é uma juíza investigadora. Seu primeiro instinto é chegar pela porta da frente e conseguir respostas. Eu não. Sou uma Bibliotecária. E uma espiã. E tenho de me concentrar nisso.

363

CAPÍTULO 22

Nem mesmo o clima impiedoso conseguia afogar a vida noturna no distrito de Montmartre em Paris. O lugar tinha uma alegria, uma *joie de vivre* que Londres não conseguia igualar. Multidões de estudantes e festeiros passavam de um bar para outro, descartando bajuladores antigos e colecionando novos a cada mudança de local. Modelos de artistas, cortesãs e dançarinas orbitavam ao redor dos bebedores em massas trêmulas de penas e renda. Essas mulheres raramente tinham de pagar para entrar nos cabarés mais privativos; as roupas da moda eram o único passaporte do qual precisavam. Os vendedores nas esquinas vendiam nozes tostadas e doces, bolinhos e pães, leite quente e café.

As mesas escapavam dos estabelecimentos de Montmartre para as calçadas, ocupando-as da parede até o meio-fio, e os pedestres eram obrigados a lotar o centro das ruas. Os prédios aqui se aproximavam mais, bem diferente das largas avenidas construídas mais tarde em Paris, e as festas transbordavam para os andares mais altos e até mesmo para os telhados. Ritmos marcados ecoavam nas tábuas dos pisos conforme Irene passava de um bar para outro.

Ela não convencia muito como um homem jovem, mas, com o cabelo curto e usando roupas masculinas e um pouco de sombreamento nas bochechas, conseguia se passar por um na atmosfera sombria do crepúsculo. Um boné emprestado estava bem puxado para baixo e ela andava relaxada com um sobretudo barato e um cachecol enrolado no pescoço. Apenas mais um cidadão parisiense saindo para se divertir, pobre demais para valer a atenção profissional das damas da noite ou dos exploradores de turistas.

Ela passou sob os braços esqueléticos do moinho de vento do Moulin Rouge, entremeado com luzes elétricas vermelhas que lançavam feixes escarlate nos prédios, com a neve e o rosto dos festeiros abaixo. Lâmpadas a gás acesas iluminavam a escuridão e fachos de luz caíam nas ruas saindo das janelas e portas abertas quando ela passava. Uma pequena mão tentou deslizar para dentro do seu bolso e ela a afastou com um soco sem muita violência. Montmartre era tão propícia a saquear seus visitantes quanto a diverti-los.

Naquele momento, Mu Dan estava contornando para chegar à entrada do teatro na Rue Chaptal. O plano era ela ficar ostensivamente perto da entrada, se fazendo visível (mas de jeito nenhum sendo sequestrada ou assaltada), enquanto Irene se esgueirava pela entrada dos atores e fazia o reconhecimento. Era uma variação da tática que a própria Condessa tinha usado – atrair a atenção com uma demonstração pública e, ao mesmo tempo, fazer seu movimento verdadeiro em outro lugar. Irene não tinha nenhuma objeção quanto a roubar uma boa estratégia, do mesmo jeito que não tinha quanto a roubar um bom livro.

Enquanto navegava pelas ruelas em direção à entrada dos atores do Grand Guignol, ela pensou na história do teatro. Baseado em um internato destruído durante o Período do Terror, as apresentações aconteciam na velha capela, sob o olhar zombeteiro de querubins de madeira nas vigas. Vinha da tradição do teatro naturalista, celebrando dramas humanos reais em vez de um escapismo exibicionista. Mas também alimentava a paixão humana pelo espetáculo catártico e pela violência terrível. Peças curtas se alternavam durante a apresentação, uma mistura de farsas e terror sangrento. Sempre havia um médico e enfermeiras presentes, para o caso de alguém do público ter um ataque cardíaco. Irene gostaria de ter podido ver uma dessas apresentações. Parecia mais interessante do que a ópera agendada para hoje à noite. O teatro podia ser um carnaval de tortura e morte para agradar a multidão, mas também era genuinamente experimental. (Embora ela pudesse estar sendo imparcial demais. A maior parte do público provavelmente vinha pelo sangue.)

Mesmo assim, pensando bem, também parecia o lugar *ideal* para a Condessa Sangrenta escolher como seu esconderijo. Um teatro que simulava torturas e execuções no palco? E que tinha um caldeirão de sangue falso sempre cozinhando, porque usava muito? Perfeito. Mas não era uma escolha óbvia *demais?* Ou era um blefe duplo?

Uma coisa era certa: se a Condessa estivesse aqui há algum tempo, o lugar todo teria um nível acima do comum de poder caótico. Silver teria percebido, se estivesse verificando os teatros. Embora ele não fosse visto desde hoje de manhã...

Irene voltou a se concentrar na situação atual. Estava supostamente certa de que não tinha sido seguida desde o hotel. Supostamente. Era difícil ter certeza com as ruas tão lotadas. Pelo menos ela não viu nenhum gato espreitando nas sombras nem nos telhados.

Apesar de tudo que estava dando errado e do perigo para si mesma e para a Biblioteca, Irene se viu relaxando na multidão. Era reconfortante estar de volta entre seres humanos normais, no meio desse redemoinho de vida e entusiasmo e arte, longe da arrogância congelada e da decoração em ouro e marfim dos hotéis caros. Ela não era *feita* para ser diplomata. Ficava muito mais feliz aqui nas sombras.

Se ao menos não houvesse tanta coisa em jogo.

Ela verificou o relógio de bolso discretamente – Mu Dan devia estar na frente neste momento, chamando a atenção antes de recuar – e seguiu devagar até a entrada dos atores do Grand Guignol. Já havia uma fila do lado de fora, apesar de faltar um tempo para o intervalo. Letreiros em preto e branco que listavam as apresentações da noite – *O sistema do dr. Goudron e do prof. Plume, Vale-carne, A fraude das cargas, Mademoiselle Fifi, Um beijo na noite* – contrastavam com as imagens mais gritantes ao lado. Uma mulher empalada numa estaca. Um cirurgião e uma enfermeira vestidos de branco sobre o corpo de um paciente amarrado à mesa de operação. Dois homens mais velhos em ternos cinza seguravam um terceiro e posicionavam um bisturi no seu olho. A lâmpada a gás acesa eliminava as cores das artes, deixando-as em preto e branco, mas as posturas e as expressões ainda transmitiam drama e terror.

Irene foi para a frente da fila, ignorando os resmungos das pessoas por quem passava, e baixou a voz para falar com o porteiro corpulento da entrada dos atores.

— **Você percebe que sou uma pessoa que tem o direito de entrar e não deve ser interrompida** — murmurou.

— Claro — disse o homem com um movimento da cabeça e segurou a porta aberta para Irene, o cigarro ainda pendurado no canto da boca. Ela se esgueirou rapidamente para o corredor estreito do outro lado e a onda crescente de reclamações foi interrompida pelo fechamento da porta.

Ela levou menos de um minuto para perceber que alguma coisa estava muito errada. Embora não fosse especialista em corredores de bastidores de um teatro, ela sabia que não devia haver tantas pessoas ali. Não eram apenas os ajudantes de palco carregando objetos cênicos nem os atores e as atrizes se colocando em posição. Não era nem o par de enfermeiras, com uniformes impecáveis, indo em direção à frente da casa. (Aparentemente, essa parte da história era verdadeira.) Havia um fluxo constante de homens – todos homens, não mulheres: interessante – passando pelo labirinto lotado dos corredores.

E ninguém parecia *notar*. Isso era anormal. Atores e ajudantes de palco eram territoriais: Irene esperava ser contestada meia dúzia de vezes nos primeiros minutos, e as palavras *Você percebe que...* estavam na ponta da sua língua. Mas ninguém parecia notá-la nem nenhum dos homens que passavam, que estavam tratando o local como um tipo de antecâmara.

As luzes diminuíram. A apresentação estava prestes a começar.

Irene não sentiu nenhum nível perceptível de poder caótico. O local se parecia muito com o resto de Paris e certamente nada com a base dos feéricos no Grand Hôtel du Louvre. Mas ela tinha certeza de que estava acontecendo alguma coisa. Este podia não ser o covil da Condessa, mas podia ser um ponto de encontro para seus serviçais. Ela desceu pelo corredor atual, tentando parecer que sabia o que estava acontecendo, enquanto procurava um possível alvo para seguir.

E um grito rasgou o ar. Não havia nada de falso nele. O som era de dor genuína, insanidade genuína, destilado em um único grito agudo que fez Irene ficar imediatamente imóvel. Ela se encolheu antes de conseguir se impedir.

Dois homens tinham acabado de virar uma esquina – tinham acabado de entrar, com neve derretida ainda nas botas, o mesmo tipo de roupa bruta que ela estava usando. Os dois olharam para ela com desconfiança e Irene percebeu que tinha se apresentado como uma recém-chegada. Um frequentador assíduo deste lugar ficaria impassível com os gritos vindos do palco.

Ela podia correr. Ou podia usar isso como vantagem.

— Vocês sabem para onde devemos ir? — perguntou ela baixinho, avançando para encontrá-los. Ficou agradecida porque a peça em andamento significava que eles tinham de falar baixo. Era mais fácil fingir um tom masculino ao sussurrar. — Sou novo aqui.

Eles se entreolharam – o olhar de conspiradores, e não de ajudantes de palco.

— Ir para onde e por quê? — quis saber o maior.

Hora de arriscar.

— Para ver *ela* — disse Irene e tentou colocar uma adoração incorrigível na voz. — Vocês precisam me ajudar. Preciso vê-la de novo. *Preciso* vê-la. — Ela estendeu a mão para a manga do homem, fazendo o máximo para imitar o fervor do vício, praticamente fungando. — Olha, eu posso pagar...

Ele a afastou com desprezo, mas a suspeita tinha desaparecido dos seus olhos.

— Não tem necessidade disso, seu rato. Segue a gente e se comporta.

— É melhor a gente ir logo — disse o segundo homem. — Vamos lá, vamos andando.

Ele foi na frente, virando numa nova direção. Irene o seguiu, ficando alguns passos atrás, consciente de como sua fuga tinha estado perto. Ela ficou surpresa por eles nem tentarem verificar a identidade dela; simplesmente a aceitaram como um deles sem hesitar por um instante. Será que achavam que todo mundo nos bastidores fazia parte da conspiração? Se esse fosse o caso, Irene estava mergulhada no meio de um ninho de vespas e seria muito difícil se soltar dali.

O primeiro homem empurrou um cabideiro de fantasias – camisas manchadas de sangue, camisas de força, uniformes, hábitos de freiras – e revelou uma porta na parede atrás. Ela se abriu em silêncio, sem o menor rangido, mas o ar que saiu de lá cheirava a esgoto, poeira e sangue. Os dois homens inspiraram e sorriram.

A escada descia atrás da porta e era feita com a mesma pedra das paredes externas e das fundações do prédio: o porão devia ser da mesma época de quando o lugar foi construído como capela. Lâmpadas a óleo iluminavam o caminho enquanto eles desciam, tremeluzindo a cada corrente de ar, enchendo os cantos com sombras saltitantes. Um murmúrio baixo de vozes vinha da frente, como celebrantes esperando a missa começar na igreja.

No pé da escada, uma pequena antessala levava a um porão mais largo adiante. Cartazes do Grand Guignol estavam apinhados nas paredes de pedra; rostos atravessados e olhos mortos espiaram Irene e seus companheiros quando eles entraram.

E, de repente, Irene sentiu o gosto do poder caótico como ácido no ar. Sua marca da Biblioteca ardeu nas costas como hera venenosa. Ela olhou rapidamente ao redor, tentando encontrar um motivo para a mudança abrupta no nível de poder, mas nada se destacava para explicar. Não pela primeira vez, ela desejou ter um curso conveniente da Biblioteca em *Motivos para flutuações no nível de caos e como fugir rápido*.

Os homens diante dela seguiam em frente como se estivessem sendo puxados por um ímã. Irene ficou para trás: se alguma coisa nessa antessala pudesse explicar como a Condessa estava se escondendo, ela precisava saber o que era. Irene ignorou a observação de sua voz interior de que ela não queria simplesmente ir em frente e entrar no covil da Condessa. A covardia e o bom senso vibravam com a mesma intensidade.

Mas como a Condessa *estava* abafando esse nível de caos? A literatura de terror sugeria todo tipo de ideia: um cadáver sob as pedras do piso, sangue de dragão circulado em algum tipo de mecanismo atrás das paredes... Está bem, talvez a coisa do sangue de dragão fosse asquerosamente improvável, sem falar que era apenas nojenta, mas não havia nenhum livro didático sobre o que era possível e o que não era. Especialmente quando os feéricos estavam envolvidos.

Irene decidiu investigar a incongruência mais óbvia e analisou os cartazes nas paredes. Até onde percebeu, na luz fraca, eram cartazes padrão do Grand Guignol, com poses predatórias e bocas abertas em gritos ou risadas. Não tinham runas estranhas pintadas nem a tinta era misturada com sangue nem...

Ela passou ponderadamente a ponta dos dedos no maior deles, formando uma cruz num padrão regular. É, *achou* que tinha visto alguma coisa esquisita na luz tremeluzente – havia uma pequena espessura retangular adicional no canto inferior esquerdo. Irene enfiou as unhas apressadamente embaixo da ponta do cartaz, descascando-o. Ele se soltou com facilidade, a cola esfarelada e enfraquecida. Havia outro pedaço de papel por baixo. Não, pergaminho. Ela o tirou, deslizando com cuidado para não rasgar, e alisou o cartaz de volta no lugar, depois olhou para o que tinha acabado de descobrir.

A respiração de Irene ficou presa na garganta. Estava escrito na Linguagem. Ela engoliu em seco e apoiou as costas na parede, tentando acalmar a batida em pânico do coração. Estava assinado: Alberich.

A escuridão pareceu se fechar ao seu redor. Não. *Não.* Ele estava morto. Ela o vira morrer.

O aumento do barulho das vozes vindas da câmara grande adiante obrigou Irene a se afastar do pânico crescente e voltar à realidade. Não podia se dar ao luxo de ser pega aqui; tinha de se apressar. Ela se obrigou a ler o resto do manuscrito. Continha palavras na Linguagem que não conhecia (isso não era *interessante*?), mas basicamente parecia ser uma proteção de algum tipo, restringindo o caos para ficar dentro de seus limites. Curioso; ele se referia a si mesmo no plural. Será que isso significava que havia vários desses, delimitando a área e deixando a Condessa se esconder dentro dela? Isso explicava muita coisa.

O pergaminho estava duro e seco nos seus dedos. Era velho, e não novo. Irene o guardou no bolso do casaco, sussurrando uma oração silenciosa para que de fato fosse velho como parecia e que a pessoa que o escrevera também fosse uma coisa do passado. Se *ele* estivesse aqui...

Foi quase um alívio quando ela se obrigou a andar para a frente e entrar na câmara interna.

Sua primeira impressão foi *sala do trono,* mas, incongruentemente, a segunda impressão foi *jaula do leão no zoológico.* Homens relaxavam no chão duro de pedra como se estivessem drogados com ópio, trocando frases lentas e incoerentes ou em jogos infinitos de dados ou cartas. Os gatos que passeavam entre eles eram a única energia real no salão, padrões de sombras em movimento sob a luz chamejante das lâmpadas a óleo penduradas. Quando os olhos de Irene se ajustaram à luz fraca, o trono na outra ponta do salão entrou em foco, com estandartes tricolores drapeados. Mas vazio. Por enquanto.

As dimensões do salão eram incertas. Não era só a luz. O espaço todo era liminar, vago nas bordas, definido tanto pela possibilidade e pelo terror quanto pela realidade. Ele zuniu na pele dela e tinha um gosto *errado* quando ela inspirou.

Irene já tinha estado em zonas de alto nível de caos, e elas tinham sido criadas e sustentadas para objetivos específicos. Esta levava a marca da sua senhora. Era um lugar para a Condessa Sangrenta fazer o que mais gostava. Para fazer o que a definia.

Mais estranhezas: damas de ferro flanqueando o trono, com as portas fechadas por enquanto, mas com o propósito bem evidente; as sombras no canto, que sugeriam peças retorcidas de maquinário mais adequado para o teatro acima; uma mesa de armas perto da porta, como se convidasse os visitantes a escolherem a que lhe agradasse: canivetes, socos--ingleses de bronze; garrotes e peças retorcidas de metal nas quais as únicas partes identificáveis eram a ponta bruta que a pessoa segurava. Irene pegou um pequeno canivete, guardando-o no bolso do casaco. Ela se afastou da porta, entrando um pouco mais no salão.

E congelou quando os viu, acorrentados em alcovas na parede atrás do trono. Kai, curvado inconsciente e pendurado pelas algemas. Vale, observando o salão e com meia dúzia de gatos o observando também. Ele já tinha tentado escapar? Ele certamente tinha itens para abrir fechaduras na manga. Sua bengala estava apoiada ao lado, fora do alcance, como se o provocasse pela sua presença. Ambos estavam usando o tipo de roupa que um trabalhador ou um funcionário de baixo escalão usaria, e não ternos – uma tentativa de disfarce? Aparentemente, não tinha funcionado.

O olhar dela seguiu pela parede. Silver também estava lá, acorrentado, com o ar de um homem que estava esperando para falar com a gerência e fazer uma reclamação sobre essa acomodação.

Pelo menos ela sabia onde estavam todos os três. Agora simplesmente tinha de descobrir – de algum jeito – como tirá-los dali. Com um salão cheio de cúmplices (e gatos), isso podia ser difícil. Talvez a melhor linha de ação fosse recuar, seguida de uma ligação para o inspetor Maillon...

Irene abandonou rapidamente esse plano quando ouviu barulhos vindos da escada atrás de si. Ela se aproximou de um grupo de jogadores e se encolheu para sentar ao lado deles. Eles mal a perceberam.

Mu Dan foi apressada para dentro do salão. Ela se portava como uma aristocrata indo para um aparelho de tortura, toda irritada e com o orgulho ferido, mas seu rosto estava pálido, até mesmo na luz fraca. Devia estar sentindo o caos como um enjoo, muito pior do que as percepções de Irene. Um homem de cada lado de Mu Dan segurava os braços dela, enquanto um terceiro estava atrás: Irene viu o brilho do metal na mão dele, pressionando contra as costas. Até mesmo um dragão teria problemas com uma bala próxima enquanto estava na forma humana. Ou talvez, como a própria Irene, ela tivesse a intenção de entrar no jogo da captura para descobrir os planos do inimigo e de repente se viu num perigo muito maior do que esperava.

Adeus, reforços. Adeus, pedidos de ajuda. Adeus, possivelmente, para Mu Dan e Irene e todos os outros.

Mu Dan viu Kai acorrentado.

— Vossa alteza! — gritou desesperada. — Vossa alteza, acorde...

O poder caótico varreu o salão e Mu Dan se encolheu no meio do grito, virando a cabeça como se tivesse levado um tapa. E, de repente, o trono do outro lado da câmara estava ocupado.

Irene reconheceu a Condessa de seu encontro anterior, embora fosse impreciso dizer que reconhecia o *rosto* da mulher – era sua presença que era familiar, como o gosto ou o cheiro de sangue. Ela ocupou o trono como um exército invasor. O cabelo e o vestido eram da mesma cor do sangue seco na base de uma guilhotina e ela se portava como uma lâmina nua. Os homens do salão caíram ou se jogaram de joelhos, se virando para ela, e murmúrios de *Liberdade* e *Revolução* encheram o ar como orações. Dorotya espreitava na base do trono, uma massa viva de xales. Os gatos vieram de todos os cantos do salão para se espreguiçar e rastejar aos pés da sua senhora.

Irene se agachou como o restante do público encantado, mantendo a cabeça baixa e o rosto escondido, lutando contra o pânico. Ela sentia a rede de encantamento banhando a superfície da mente, seduzindo-a com sonhos de sangue e violência e anarquia – gritos e assassinatos e deleites –, mas sua marca da Biblioteca e seu treinamento lhe davam a determinação para resistir a eles.

A Condessa estendeu uma mão preguiçosa e o público se calou.

— Um fluxo infinito de visitantes hoje — observou ela. — Traga a prisioneira à minha frente.

Mu Dan parecia estar pensando em resistir, mas o revólver apertou suas costas de novo e ela marchou relutante para a frente até estar diante do trono da Condessa. Mas não perto demais – a Condessa claramente tinha mais juízo do que deixar uma dragoa em perigo à distância de um braço. Mu Dan ficou parada ali, tolerando o aperto nos braços, os olhos ardendo com uma fúria reprimida.

— E então? — perguntou a Condessa. — Não tem nada a dizer?

— Para você? Improvável.

A Condessa abriu um sorriso.

— Entendo que você é uma juíza investigadora, ou assim disseram os meus gatos. Também tenho alguma capacidade nessa linha. Imagino que em pouco tempo você vai estar muito disposta a se livrar do seu fardo e me contar tudo que eu quiser saber. Claro, nesse ponto posso não estar interessada em escutar.

— Suas ameaças são inúteis — retrucou Mu Dan sem emoção. — Pode trazer as torturas. Meus colegas e eu vamos rir delas.

— Como é? — murmurou Silver num volume audível.

— Você foi encontrada — continuou Mu Dan, aumentando a voz para abafar a interrupção de Silver. — Seu covil foi descoberto. Eu permiti que me trouxessem aqui embaixo para negociar com você. Caso se renda e permita que seus seguidores sejam purificados, tenho poderes para oferecer alguns termos.

Como era inviável realmente fazer isso, Irene se permitiu se visualizar batendo a cabeça no chão. Mu Dan não era boa de blefe. Irene pensou que ela própria *poderia* ter conseguido escapar com isso, mas, por outro lado, tinha muito mais experiência em mentir para as pessoas...

A Condessa riu, e sua voz tinha um eco de sangue escorrendo.

— Só que não tem *ninguém* nas ruas acima que não deveria estar aqui. O teatro está lotado de pessoas vendo suas adoradas peças do Guignol, celebrando a dor, a tortura e a morte. Você está desesperada, pequena dragoa, e isso não vai salvá-la. Conhece um único motivo para eu não matá-la aqui e agora e fazer um uso melhor do seu sangue do que você está fazendo?

Irene se levantou.

— Ela pode não ter — falou. —, mas *eu* tenho.

CAPÍTULO 23

A Condessa ficou congelada por um instante, a luz refletindo nos olhos dela e o cheiro de sangue aumentou até Irene conseguir senti-lo na própria boca. Por fim, ela disse:

— Existe um único motivo para eu não mandar meus seguidores a pegarem e rasgarem membro por membro?

— Interesse pessoal — disse Irene, e começou a andar devagar pelo meio das pessoas ajoelhadas em direção ao trono. — Pode-se dizer que é o mesmo interesse que me move. Boa noite, vossa senhoria. Acredito que esteja curtindo Paris.

— Acho que ela me satisfaz muito bem. Melhor do que está prestes a satisfazer você, talvez.

Irene classificou essa ameaça como um pouco mais do que palavras vazias. A Condessa *não* tinha ordenado aos seus asseclas para rasgarem Irene membro a membro; portanto, estava interessada no que ela tinha a dizer – por enquanto.

— Peço desculpas por fugir tão rápido mais cedo — falou. E fez um sinal com a cabeça para Dorotya, que ainda estava à espreita ali ao lado. — As chances não estavam favoráveis a mim e eu não gosto de negociar numa posição de fraqueza.

— Sendo assim, ou sua força atual está muito bem escondida na sua manga ou esse é um dos maiores blefes que já vi — disse a Condessa, cortando pela raiz a posição de Irene.

377

Irene tirou o boné e fez uma reverência.

— Vossa senhoria diria que sou suicida?

— Não à primeira vista — refletiu a Condessa —, mas há um ponto em que qualquer pessoa implora pela morte.

Irene sentiu a carne estremecer. Fez um esforço para não demonstrar.

— Vossa senhoria, sou uma Bibliotecária do baixo escalão. Meus superiores são todos velhos e provavelmente ainda vão viver por décadas, se não séculos. Eu obedeço às ordens deles. Cumpro as missões deles. Mas, vossa senhoria... sou ambiciosa.

— Interessante — disse a Condessa. — Aproxime-se.

Irene parou a poucos passos de Mu Dan – mas, ao contrário da dragoa, não estava amarrada.

— Vossa senhoria quer alguma coisa. Eu quero alguma coisa. Me parece, pelo menos por enquanto, que podemos negociar.

— Já negociei com Bibliotecários — refletiu a Condessa. Ela se inclinou para a frente. — Muito bem. Quais são os seus termos?

— Solicito a vida dos seus reféns — disse Irene. — E a saída daqui em segurança, claro.

— Essa é uma exigência muito grande. — A Condessa apontou na direção dos prisioneiros acorrentados. — Um príncipe dragão. Um lorde feérico. Um detetive humano. E a donzela ao seu lado, é claro. — Sua voz se demorou obcecadamente na palavra *donzela*. — Você está pedindo muito. O que me oferece em troca?

— Limpar seu nome, vossa senhoria. — Irene fez outra reverência. — Envergonhar seus detratores mostrando que as falsas acusações são mentiras... Vou *garantir* que você não seja culpada pelo assassinato de Ren Shun. Mas será muito mais fácil para mim se eu fizer isso com o restante da minha equipe para me ajudar.

— Não confie nela, milady — sibilou Dorotya, se jogando para a frente para ranger os dentes na direção de Irene. — Ela é perversa, é sim, dissimulada e traiçoeira. Se quiser meu conselho, milady, é melhor pendurar a moça pelos calcanhares e cortar a garganta dela agora mesmo.

— Você sempre me dá bons conselhos, Dorotya — concordou a Condessa. — Por que devo confiar em você, Bibliotecária? Você já me prejudicou uma vez.

Irene sentiu o peso de todos os olhos nela: Condessa, feérico, humanos, dragões, gatos... Sua garganta estava quase seca demais para falar.

— Como eu disse, madame, sou ambiciosa. Estou numa posição em que pessoas poderosas verão o que consegui realizar. E o mundo está mudando. — Ela apontou para onde Kai e Silver estavam acorrentados. — A Biblioteca tem de mudar com ele. Não vamos mais ser apenas ladrões de livros. Seremos negociadores, intermediários, manipuladores. — *Preciso agradecer a Prutkov em algum momento por me dar um roteiro tão excelente,* pensou ela. — Essa é minha grande chance de dar um golpe diante de um rei dragão e de alguns feéricos muito poderosos. E, se eu conseguir envergonhar meus superiores nesse processo, melhor ainda.

A Condessa ficou calada, pensando. Até os gatos estavam imóveis. Por fim, ela perguntou:

— Como seus superiores reagiriam, se fizéssemos um acordo?

Irene levantou dois dedos.

— Possibilidade número um: eles não vão saber de nada. Meus colegas aqui vão ficar de boca calada. Ou vão pagar por isso. — Ela sorriu, tentando imitar o modo como os lábios da

Condessa se curvavam num arco vermelho. — Possibilidade número dois: eles descobrem, mas, até aí, já teremos assinado nosso pequeno tratado de paz e eles vão ter de manter segredo pelo próprio bem. E isso supondo que meus superiores serão meus superiores por muito tempo ainda. Pode haver um acidente. Deixar a Biblioteca para entrar num mundo alternativo é um negócio arriscado.

Parte de Irene estava silenciosamente histérica sem acreditar nessa perfomance. Era quase uma lista completa de coisas que ela jamais faria. *O que posso sugerir como bônus? Seduzir Kai e roubar o trono de um dragão? Na verdade, a Condessa poderia acreditar nisso mais prontamente...* Mas a parte mais pragmática da sua mente estava funcionando num pânico controlado. A Condessa não ia ouvir apelos por misericórdia nem ameaças. Mas ela *podia* cooperar temporariamente com alguém tão egoísta e malicioso quanto ela. Desde que lhe fosse vantajoso. E só por esse período.

Só precisava ser tempo suficiente para Irene tirar todo mundo vivo dali.

— Você me lembra de alguém que conheci séculos atrás — murmurou a Condessa. Parecia quase nostálgica. Um gato subiu no colo dela, que começou a acariciá-lo. — Como eu disse, já fiz barganhas com um Bibliotecário.

— Então você sabe que somos confiáveis — disse Irene com esperanças.

— Na verdade, ele me enganou e roubou da minha coleção pessoal. E aí eu o persegui por todo o país com meus guardas pessoais armados com chicotes e com instruções para bater nele até não haver pele suficiente nas costas para prender um panfleto, quanto mais um cartaz. E, quando escapou, jogou a Inquisição para cima de mim. Ah, que saudade dele...

Irene percebeu a incredulidade clara no rosto de Mu Dan. Mas ela mesma já tinha encontrado esse tipo de comportamento em feéricos. Às vezes eles não se importavam se a interação com outras pessoas era positiva ou negativa, contanto que fosse *intensa*. Além do mais, se o Bibliotecário (ou ex-Bibliotecário) em questão fosse Alberich, isso explicava de onde tinham vindo os manuscritos de proteção – e isso tirou um peso da mente de Irene. Eles *eram mesmo* muito velhos. Menos um motivo para entrar em pânico.

— Vossa senhoria — interrompeu Irene —, o tempo está passando. Se eu for limpar seu nome, preciso fazer isso logo. Existem pessoas demais que estão sedentas para culpá-la e manchar sua reputação.

— Então, o que você realmente está exigindo? Além de deixar você e seus amigos irem embora, quero dizer. — A Condessa fez uma pausa. — Inteiros. Com seu sangue. E seus órgãos vitais. E... sabe, acho que você está levando a melhor nesse acordo.

Irene sentiu o perigo no salão começar a aumentar de novo. A Condessa pode ter ficado impressionada com suas promessas, mas isso não ia durar. Era hora de partir para o ataque.

Metaforicamente. Por enquanto.

— O que peço, vossa senhoria, é informação — disse ela bruscamente. — Você foi incriminada, erroneamente marcada como culpada desse crime terrível. Mas, para isso acontecer, a pessoa responsável devia saber que você estaria aqui para ser culpada. Então, *por que* veio para cá?

Na escuridão da alcova de Vale, ela viu uma inclinação muito leve de sua cabeça. Ele também tinha juntado as peças. Ela não ficou surpresa.

A névoa de luz ao redor da Condessa ficou mais densa. Agora era uma mulher madura, com o brilho do conhecimento proibido e dos segredos nos olhos.

— Me disseram que haveria pessoas aqui cujo sangue eu poderia... usar. É difícil encontrar vítimas de qualidade.

Isso fazia sentido. Feéricos poderosos gostavam de interagir entre si, repetindo e encenando seus padrões de narrativa preferidos. Mas histórias que terminavam com um participante com o sangue drenado – e morto – poderiam ter significativamente menos voluntários. E a Princesa seria a vítima *perfeita* para a Condessa.

— Mas e a bomba embaixo do hotel? — perguntou Irene. — Ela poderia ter matado todo mundo.

— Não os *fortes* — disse a Condessa, levantando os ombros nus. — O caos e a confusão resultantes teriam me permitido fazer prisioneiros. Além disso, todo mundo gosta de explodir conferências de paz, não é?

O olhar dela desafiava Irene a contradizê-la. O potencial de violência estava pendurado no ar. A Condessa podia querer que todos os seus ouvintes se ajoelhassem para adorá-la naquele momento, mas, se mudasse de ideia, eles avançariam sobre Irene. E isso nem levava em conta os gatos.

Irene lembrou a si mesma de que sua missão aqui era tirar todo mundo com vida e conseguir evidências úteis, e não ceder ao sarcasmo.

— Entendo, vossa senhoria. Mas você ainda não explicou como descobriu essas vítimas potenciais, antes de mais nada. — Essa era a pergunta crucial. — *Quem* contou para você?

— Ah, eu tenho espiões prestando atenção nesse tipo de coisa... — disse a Condessa deliberadamente. Deliberadamente demais? Parecia um teste. Talvez ela não fosse soltá-los, a menos que Irene conseguisse provar que tinha o necessário para encontrar a verdade. É bem verdade que não tinha tido muito sucesso até agora. Mas as informações estavam se juntando, nesse momento.

— Não se arriscaria a vir aqui ao vivo a menos que tivesse alguma coisa *sólida* que lhe interessasse — arriscou Irene. — E você comentou inicialmente *Me disseram,* e não *Meus espiões descobriram.* Você *conhecia* quem tinha passado a informação e se essa pessoa era confiável ou não, se ela sabia que você sabia.

A Condessa pensou, depois acenou a mão para Dorotya.

— Pegue a carta, Dorotya. É, você está certa, Bibliotecária. Eu rastreei a informação até a pessoa que a vazou para mim. As pessoas me veem como um instrumento bruto, que pode ser usado contra seus inimigos. Mas eu sou *extremamente* afiada. E até mesmo os mais perspicazes da minha espécie podem ter agentes imprudentes.

Um rubor de sucesso estonteante tomou Irene. Ela sentia como se tivesse acabado de dar um passo para trás no alto de um arranha-céu. Enrijeceu os joelhos antes que eles tremessem; este não era um momento para demonstrar fraqueza.

— Tentarei ser mais prudente.

A Condessa riu.

— Você está aqui, cercada pelos meus serviçais, falando, *barganhando* comigo, e se diz prudente? É quase divertida o suficiente para deixar viva... depois que tudo isso acabar, é claro.

A voz dela era doce e íntima, exigindo respeito, de algum jeito eliminando a ameaça evidente nas palavras e fazendo-as parecerem razoáveis. A marca da Biblioteca nas costas de Irene ardeu em reação, e ela trincou os dentes, resistindo à vontade da Condessa.

— Por favor, não faça isso, vossa senhoria — disse ela. — Se eu sair daqui com seu poder espalhado em mim, alguém vai perceber. Tenho de parecer imparcial, por enquanto.

— Por enquanto — concordou a Condessa. — Muito bem. Aos negócios, então. A carta que Dorotya está segurando pode ser rastreada até o Cardeal. Era disso que você suspeitava, não era?

De fato, era o que Irene tinha imaginado. Ela gostaria de alegar que tinha deduzido, mas sua teoria tinha como base as personalidades e possibilidades, e não provas sólidas.

— Ele me pareceu um candidato mais lógico do que a Princesa — concordou ela. — E certamente mais do que Ao Ji.

A Condessa deu um sorriso presunçoso.

— Nunca confie em nenhum governante, Bibliotecária. Todos são desonestos. Vou gostar de ver o que acontece em seguida. O Cardeal não devia ter tentado me colocar em perigo. Dorotya, dê a carta a ela.

Dorotya se esgueirou para a frente e ofereceu a Irene o envelope como se desejasse que ele estivesse mergulhado em veneno de contato. Irene o pegou e guardou no casaco.

— Obrigada, vossa senhoria.

— Ainda acho que a barganha está a seu favor — refletiu a Condessa. — Mas posso ser generosa. Pode ir. E levar dois dos seus amigos.

— Dois? — indagou Irene, perplexa.

— Sim. Dois. Acho que esse é um acordo *justo* pelo que você vai fazer por mim. Mas, como eu disse, sou generosa. Vou deixar que escolha qual dos dois vai levar consigo... e quais vão ficar aqui comigo.

— Mas todos são valiosos para mim, vossa senhoria — argumentou Irene. Sua mente estava disparada. Ela percebeu que a Condessa não ia ceder nessa questão. Obrigar Irene a fazer uma escolha sádica como essa era seu entretenimento ideal; pelo menos, até chegar à etapa que envolvia pontas afiadas e damas de ferro. — Imploro para que reconsidere.

— Acho que não. — A Condessa se levantou, jogando o gato no chão. O salão era dominado por ela. — Escolha seus preferidos. Ou vá embora sem nenhum deles e ouça os gritos ao sair.

— Me deixe — disse Mu Dan através dos dentes trincados. — Leve sua alteza e o detetive. Você precisa mais deles do que de mim.

Irene olhou para Silver. Ele deu de ombros.

— Minha ratinha, você sem dúvida vai fazer exatamente o que deseja, mas sua vida política vai ser bem difícil se tiver que explicar a minha ausência.

— Você está perdendo seu tempo, Lorde Silver — comentou Vale. — Está muito evidente que escolha Winters vai fazer. Seremos deixados à mercê dessa psicopata ordinária.

— Ordinária? — murmurou a Condessa. Uma luz ensanguentada cintilou nos seus olhos e foi refletida nas pupilas dos felinos ao redor. — Vou lhe provar o contrário muito em breve.

Hora do plano do último recurso.

— Eu apreciaria se você esperasse até eu sair — disse Irene, fazendo o máximo para parecer entediada. — O som de gritos não me empolga. Quanto à minha escolha, vou levar o príncipe dragão e a outra dragoa aqui ao meu lado. Já investi muito... tempo nele para desperdiçar agora.

— Assim, humm? — A Condessa abriu um sorriso. — Nesse caso, vou contar um segredo para você. — Ela desceu um degrau, se aproximando de Irene.

Todos os músculos no corpo de Irene queriam fugir. O zunido do caos ambiente ao redor da Condessa fez sua pele encolher. Era muito pior do que a Princesa; a aura da Princesa pelo menos era relativamente benigna. Mas a Condessa carregava o eco de gritos distantes consigo, a lembrança da dor, as sombras da tortura e do desespero. Se a Princesa era um sonho e o Cardeal era um sonho desagradável, a Condessa era um pesadelo completo com gritos e sem esperança de acordar. Ela inspirou fundo, sentindo o fedor de sangue e suor que enchia o salão, e se preparou.

A Condessa parou a menos de um passo de Irene. Sua carne pálida era da cor de fungos podres e poluição, e o vestido e o cabelo eram do tom de sangue seco. A escuridão borbulhou nos cantos do salão, pronta para entrar e enterrar Irene para sempre. Mu Dan tinha se afastado, pendurada nos braços dos homens que a seguravam, como uma vítima de enjoo por radiação.

— Quer saber um segredo? — sussurrou a Condessa.

— Sempre. — A palavra saiu inóspita e áspera.

— Recebi um aviso de que o príncipe e o detetive estavam vindo. Uma carta. — A mão dela foi tremendo até o corpete, no tipo de gesto que Vale teria classificado como altamente revelador de onde ela o havia escondido. — Devia cuidar melhor dos seus investimentos, Bibliotecária. Eles podem ser tirados de você com muita, muita facilidade.

E, num piscar de olhos, as prioridades de Irene mudaram. Ela *precisava* daquela carta. As apostas tinham aumentado. E percebeu que a Condessa queria que ela pedisse o objeto. Sem dúvida haveria um favor prometido em troca – um que Irene não poderia pagar.

As chances não estavam a seu favor. Uma feérica extremamente poderosa estava ao alcance de um braço. O salão estava cheio de agentes hostis: Dorotya, humanos, gatos. Uma rima infantil ecoou no fundo da mente de Irene: *Era uma vez um gato amarelo, esqueceu de comer e ficou meio magrelo.* Seus aliados estavam acorrentados ou incapacitados pelo nível de caos no ambiente ou ambos. E a situação estava escondida dos olhos de todo mundo em Paris que poderia tê-la ajudado, por causa das proteções que Alberich tinha criado muito tempo atrás.

Proteções da Biblioteca. Escritas na Linguagem.

— Aprecio o alerta — disse ela, se recompondo. — E só posso dizer... — Ela mudou para a Linguagem. — **Proteções de Alberich, forcem o caos a sair!**

Era como estar num avião ou num elevador expresso que tinha caído milhares de metros em um segundo. Apesar de não haver gravidade física ou pressão na mudança, parecia que os ouvidos de Irene tinham estourado. De repente, não tinha forças para ficar em pé: a cabeça zunia de fraqueza e ela simplesmente queria se deitar e fechar os olhos. Tinha caído de joelhos, balançando com o esforço de ficar ereta.

Ela levou um instante para perceber que o motivo para ainda estar olhando nos olhos da Condessa era que a Condessa também estava de joelhos. Alberich deve ter feito um trabalho muito impressionante com essas proteções, para conseguir que uma feérica se sinta desconfortável com seu poder. Mas isso não ia durar: ou as proteções iam reverter para sua natureza original ou iam queimar ou ambos.

Por enquanto, tudo ainda estava confuso. Irene tirou o canivete do bolso, se inclinando para a frente para pegar a Condessa pelo ombro e encostar a faca na garganta dela. Uma ponta afiada era uma ponta afiada e, neste exato momento, sem seu poder normal, a Condessa ia sangrar.

— Não se mexa — ordenou ela. — Não tente nada. Mu Dan!

Escutou baques.

— Aqui — disse a dragoa. Suas saias roçaram nas costas de Irene. — Estou solta. O que vem depois?

— Nós matamos vocês! — gritou Dorotya, escondida atrás do trono. Ela não era uma feérica tão poderosa quanto a Condessa, de modo que foi menos afetada pela mudança súbita na atmosfera metafísica. — Matem a...

Um tiro ecoou. Dorotya ficou quieta. Irene não conseguiu identificar se ela tinha sido atingida ou simplesmente se escondido. Não havia tempo para descobrir. Ela se recompôs, tentando ignorar o olhar que a Condessa estava mirando nela. Ele prometia o tipo de morte que duraria dias ou até mesmo semanas. Em vez disso, mudou para chinês para falar com Mu Dan – a Condessa provavelmente entenderia, mas Dorotya e a turba talvez não.

— Esteja preparada para usar sua afinidade com a terra para levantar o piso em direção ao teto. Eu cuido do resto. **Correntes, destranquem-se e soltem os prisioneiros!**

Desta vez, a energia não foi tão drenada. Aparentemente, não havia nada de especial nas algemas. Mas um formigamento de alerta começou a latejar na mão de Irene onde ela segurava a Condessa: o retorno do poder de uma feérica ou apenas a proteção de Alberich falhando? Seu tempo era limitado.

— Mu Dan, me ajude a levantar — ordenou. Ela sentiu o braço da dragoa na sua cintura, apoiando-a até ela estar de pé, e arrastou a Condessa para ficar de pé também, mantendo a faca na garganta dela. — Ninguém tenta nada — disse ela mais alto —, senão a Condessa morre.

— Você acha seriamente que consegue me matar? — rosnou a Condessa. Seu rosto agora era como uma máscara, porcelana branca sobre alguma coisa depravada e podre por baixo.

— Eu certamente vou tentar — retrucou Irene. — E tenho certeza de que você sabe mais do que eu sobre o que uma faca pode fazer na pele. Vale! Silver! Tragam Kai para cá. — Ela viu Vale e Silver apoiando Kai, abrindo caminho na multidão em direção a eles. Ninguém estava tentando impedi-los: a ameaça dela à Condessa tinha acovardado a audiência por enquanto.

Mu Dan soltou Irene e recuou.

— Não posso chamar a terra para me ajudar estando tão perto dessa criatura — murmurou ela, ainda em chinês.

A Condessa riu como vidro estilhaçando. Ao redor delas, os homens e os gatos mudaram, como um grupo de leões se posicionando, esperando o momento de atacar.

— Este não é o tipo de história em que qualquer um aparece para ajudá-la, donzela. Esta é a minha história. Este é o meu domínio. *Você é uma vítima aqui!*

— Não — disse Irene baixinho. Sua mão doía como se estivesse tentando segurar um cabo elétrico e sua marca da Biblioteca vibrava nos ossos. O caos estava se fortalecendo, mas ela via um jeito de usá-lo. A Condessa estava ofuscada pela própria narrativa e não tinha visto Mu Dan como nada além de uma donzela e uma vítima. Mas isso era só metade da história. — Não, você está errada, vossa senhoria, e sabe por quê? Mu Dan *tem* o poder aqui, ela tem todo o poder de que precisa, porque esta é a parte da história em que a lei chega para derrubar e prender você, e ela é uma *juíza investigadora!*

E o chão tremeu. Ele ondulou como se Mu Dan fosse o único ponto imóvel, com uma onda de movimento se estendendo por todas as lajotas e pela terra, inchando e se expandindo para se lançar contra as paredes. Os humanos caíram de joelhos, gritando em choque, o encantamento quebrado por enquanto; os gatos se deitaram no chão, o pelo eriçado, como se, de algum jeito, pudessem se tornar invisíveis. Dorotya gritava xingamentos, se afastando e arranhando a parede.

A Condessa recuou e atacou Irene, os dedos parecidos com garras estendidos para rasgar seu rosto. Irene perdeu o equilíbrio e, mais importante, perdeu sua posição; ela teve de cair para trás, a faca ainda na mão, mudando o equilíbrio para continuar de pé.

— Winters! — A voz de Vale cortou o barulho e, pelo canto do olho, ela viu alguma coisa girando no ar na direção dela. Irene estendeu a mão livre e, por milagre, pegou. Era a bengala de Vale.

A aura de caos no ar estava ficando mais densa a cada respiração.

— Você vai tentar me bater até a morte com *isso?* — provocou a Condessa.

Com essas palavras veio o impulso de *fazer aquilo;* Irene sentiu o impulso de ver o sangue escorrendo e ouvi-la implorar por misericórdia. A bengala parecia sem peso na mão dela e todo o seu ódio por essa feérica, pelo que ela *era* e o que tinha ameaçado fazer com as mãos de Irene, vieram de uma vez só num flash de determinação. Era para isso que tinha vindo aqui. Para ver a Condessa morta, para destruí-la, para ouvi-la gritando...

Não. Não era isso.

Irene soltou o canivete, deixando-o bater no chão, e balançou a bengala em direção ao braço estendido da Condessa, apertando o interruptor no punho que a eletrificou no instante em que tocou nela.

A Condessa caiu com um grito agudo. Isso não a matou – nem a nocauteou, o que era um testemunho de sua natureza anormal –, mas, por um instante, a incomodou, e isso era tudo de que Irene precisava. Ela se abaixou e enfiou a mão no corpete da feérica, esquecendo qualquer noção de decência ou conduta adequada. Seus dedos roçaram no papel bem dobrado e ela o puxou.

Não parou para ler. Em vez disso, recuou na direção de Mu Dan e dos outros, que tinham formado um círculo defensivo. Silver estava com a pistola de Mu Dan agora; ele deu um tiro na cabeça de um homem que tentou atacar.

Vale pegou a bengala da mão de Irene quando ela se aproximou, empurrando-a para trás de si e para o lado de Mu Dan.

— Winters, se você tiver um jeito de nos tirar daqui, este seria um bom momento.

— Leve-nos para cima! — Irene ofegou para Mu Dan, apontando para o teto.

As feições sérias de Mu Dan se encolheram com o esforço. O solo sob eles ondulou de novo e depois *subiu* formando uma pequena colina sob a influência do poder dela, se elevando a cada segundo. Alguns membros da turba se jogaram sobre ela, tentando chegar a Irene antes que ela saísse do alcance, mas em um instante a colina de terra ascendente estava íngreme demais.

Irene olhou para o teto. Só podia ter esperança de que tivesse calculado certo sua localização e que eles estivessem exatamente embaixo do palco. Ela invocou suas últimas forças.

— **Teto deste salão, e piso do teatro sobre nós, abram-se para podermos passar!**

O teto sobre eles se dividiu em uma ondulação de camadas – vigas, madeiras, pedras, canos, cimento e argamassa se descamando, a terra desabando...

A luz veio com tudo, agressivamente clara depois da vermelhidão fraca do covil da Condessa. Irene levantou o braço para proteger a cabeça enquanto os cinco se erguiam através do piso do teatro e saíam no salão acima. Não era o palco; eram os porões do teatro. Mas devia haver um porão sob o palco para depósito e para saídas súbitas por meio de alçapões acima. Feixes de luz apareciam através do teto – o piso do palco –, marcando o contorno dos alçapões e do assoalho. Mas o monte de terra de Mu Dan não estava diminuindo, ainda estava subindo em direção ao piso do palco acima, enchendo o buraco por onde eles tinham atravessado no piso e interrompendo gritos e guinchos, mas ainda sem parar.

— **Piso do palco, abra-se para nós!** — ofegou Irene um instante antes de eles o atingirem.

A madeira descascou. As luzes do palco diminuíram. Eles saíram numa cena doméstica – um tipo de lar, provavelmente o cenário de uma das comédias sociais que os *russos* encenavam. Só que, é claro, o roteiro original da peça não envolvia um grupo de desconhecidos surrados surgindo das profundezas da terra.

Silver deu um passo à frente e fez uma reverência para o público perplexo.

— Vazamento de gás — disse ele. — O teatro precisa ser imediatamente evacuado.

Eles fugiram em meio aos gritos e à confusão.

CAPÍTULO 24

A carruagem estava desconfortavelmente lotada com cinco pessoas dentro, mas ninguém sugeriu que eles se separassem e pegassem mais uma. Kai tinha se recuperado do clorofórmio com o qual fora dopado e agora estava apenas com uma dor de cabeça. Ele reclamava de tempos em tempos. Irene sabia, por experiência, que ele raramente tinha alguma doença trivial e era muito ruim em lidar com elas.

Ela ainda não tinha contado a ele sobre o bilhete. Ainda não tinha contado que ele foi traído.

Todos estavam compartilhando informações. Silver estava repassando os pormenores da sua captura em detalhes heroicos, mas basicamente se resumia ao fato de que ele rastreou o bolo até o teatro, entrou lá e um revólver foi empurrado nas suas costelas. Isso tinha sido hoje de manhã.

— A tarde foi desinteressante e não teve nenhuma informação — concluiu. — Até o detetive e o príncipe aparecerem.

— E não foi voluntário — destacou Vale. — Fomos capturados nas ruas ao redor do teatro enquanto estávamos investigando.

— Não entendo por que você não conseguiu simplesmente fazê-los libertarem você — disse Mu Dan. Ela estava em algum ponto entre exausta e trêmula de nervosismo, o que a tornava uma companheira desagradável no assento da carruagem. — Afinal, você é um deles.

— Meus talentos seguem uma direção diferente — disse Silver cheio de arrogância. — Pode pedir mais detalhes à srta. Winters. E a Condessa já tinha um controle firme sobre todo mundo que permitia descer até lá.

— Ela também era mais poderosa do que você — disse Vale. Ele tinha mergulhado num devaneio sombrio e estava olhando pela janela da carruagem. Flocos de neve estavam começando a cair e o céu noturno estava densamente coberto de nuvens.

— Ela era mais poderosa do que *qualquer* um de nós — vociferou Silver em resposta. — Eu ainda não entendo como a srta. Winters conseguiu fazer o que quer que tenha feito. E por que nenhum de nós conseguiu ver o poder da Condessa até passarmos pela porta e entrar no salão.

— Quando cheguei à porta do esconderijo dela, tive a chance de examiná-lo — explicou Irene. — Descobri um tipo de manuscrito de proteção, que tinha sido criado por Alberich, provavelmente muito tempo atrás, para disfarçar o poder caótico. Aproveitei a oportunidade de que uma coisa criada na Linguagem podia ser ressignificada com a Linguagem. — Ela questionou se devia mencionar que ainda estava com a proteção no bolso. Junto com a carta do Cardeal para a Condessa e com o bilhete traindo Kai... ela estava se transformando num depósito de documentos perigosos. — Funcionou. Felizmente. Sério, eu fiquei bem impressionada. Alberich era um artífice mestre. Eu me pergunto se conseguiria lidar com uma coisa tão poderosa...

— O que você teria feito se não tivesse funcionado? — perguntou Kai.

— Kai, esse tipo de pergunta nunca ajuda — disse Irene com firmeza.

Apesar do ar frio lá fora, as cinco pessoas comprimidas ali dentro mantinham a carruagem aquecida. Mas não foi a temperatura que fez Irene estremecer e friccionar as mãos. Ela sabia que estava evitando isso e que não tinha mais tempo sobrando.

— Certo. Próximo item na agenda. Kai, você estava inconsciente e perdeu essa parte. Alguém mandou uma mensagem para a Condessa dizendo que você e Vale estavam indo para lá. Acho que foi assim que ela conseguiu emboscar vocês. Estou com o bilhete aqui, pelo menos espero que sim. — Ela colocou a mão no bolso interno onde o tinha guardado. — A menos que a Condessa tenha o hábito de esconder diversos bilhetinhos no corpete e eu tenha pegado o errado.

Kai congelou, de repente mais uma estátua do que um ser vivo. Ela sentiu a rigidez dos músculos dele nos pontos que encostavam nela.

— Quem mandou?

— Vamos dar uma olhada. — Ela desdobrou o papel, estendendo-o para que todo mundo pudesse vê-lo à luz trêmula dos postes de rua que passavam.

Vale se inclinou para a frente até seu nariz quase tocar no papel, claramente resistindo por pouco à vontade de arrancá-lo das mãos de Irene e analisá-lo em mais detalhes.

— Um bom papel de carta — disse ele —, embora não tenha marca d'água, acho. Levante um pouco, Winters? Não, não tem marca d'água e todos os três hotéis têm papéis de carta com marca d'água. Então não podemos rastrear dessa maneira. O selo é simplesmente de cera pura, sem nenhum uso de um anel de carimbo ou algum outro modo de identificação. A escrita é formalizada e caligrafada, sem dúvida porque a caligrafia de quem escreveu é reconhecível. Tinta preta, nenhum detalhe adicional possível no momento sem uma

395

análise. O texto não entrega quase nada: "O detetive e o príncipe dragão que estão investigando o assassinato estão indo para o Grand Guignol para procurar culpados por lá. Espero que você os considere uma diversão. De alguém da sua espécie que lhe deseja o bem." Sem assinatura, claro.

— Nós acreditaríamos na assinatura, se houvesse uma? — A mão de Kai se fechou no braço de Irene. — Irene, qual é o *objetivo* dessa traição? Mesmo que tivéssemos desaparecido no teatro, alguém teria descoberto que tínhamos ido lá: Mu Dan, você ou meu tio. Por que a pessoa simplesmente não disse à Condessa para abandonar seu esconderijo e ir embora? Nós nunca a teríamos encontrado.

Irene olhou para Vale e viu que ele estava franzindo a testa, os olhos profundos sombreados.

— Você faz perguntas muito interessantes — disse ele. — Precisamos de respostas.

Mas Irene achou que talvez já soubesse quais eram essas respostas. E, se ela estivesse certa... tinha um bom motivo para ter medo. Uma mensagem como essa – tão detalhada, tão específica – tinha a intenção de que Kai e Vale fossem assassinados. Mais assassinatos.

— Devemos olhar para o resultado final — disse ela.

— Como não sou detetive nem juiz investigador, para meu alívio, você pode precisar explicar melhor — disse Silver.

Mu Dan estava fazendo que sim com a cabeça.

— Irene está certa. Eu sei que não quer se envolver na política disso tudo, vossa alteza, mas se *você* fosse assassinado no meio dessa investigação, e por uma feérica, mesmo que a delegação alegasse não estar envolvida com ela...

— A delegação *não está* envolvida com ela — disse Silver.

— Ela *ia* me matar também, caso você não tenha percebido.

Irene abafou um suspiro.

— Mu Dan está apenas sendo técnica. Assim como foi quando ninguém além de mim tinha visto a Condessa ontem à noite. Mesmo você tendo visto a bomba dela.

— Acho que todos podemos testemunhar a presença dela, agora — concordou Vale.

Kai olhou de um para o outro.

— Você está fugindo do assunto — disse ele. — Você não acha que ela matou Ren Shun, acha, Irene? A pessoa que fez isso foi a mesma pessoa que nos traiu. Eles ainda estão tentando atrapalhar a trégua e dar início a uma guerra.

Irene se perguntou quantos outros na carruagem estavam seguindo a mesma linha de pensamento que ela. Vale, provavelmente. Silver, possivelmente, mas ele era a última pessoa que poderia sugerir o nome que ela estava pensando. Mu Dan não lançaria suas suspeitas nessa direção – mesmo sendo uma juíza-investigadora. E Kai...

— Kai — disse ela —, pode me dizer como você e Vale começaram a suspeitar do Grand Guignol? Essa informação eu ainda não tenho.

Kai repassou os detalhes, com Vale confirmando: um relatório negligenciado de Ren Shun, encontrado quando eles estavam vasculhando os documentos dele a pedido de Ao Ji – e evidências auxiliares que Vale tinha descoberto.

— Mas você e Mu Dan não estavam no Le Meurice quando procuramos, antes de sair — terminou ele, se justificando um pouco demais.

Irene sentiu uma pontada de culpa.

— Fui atraída por Dorotya, uma feérica que trabalha para a Condessa. Ela queria informações. E Mu Dan estava me procurando. Me desculpe. — Ela se apressou antes que Kai começasse a dar sua opinião sobre ela sair sozinha. — Mas essa traição apoia a teoria de que a Condessa não é culpada pelo assassinato, não importa o que mais ela pode ter feito ou que ainda vai fazer. Espero que os gendarmes consigam lidar com o ninho dela, agora que foi exposto.

Eles estavam quase no Le Meurice. Pelo menos aqui, juntos, dentro da carruagem, eles podiam falar em segredo. Irene tinha de decidir o que ia dizer. Seus olhos fugiram para o rosto tenso de Kai outra vez. Ela o tinha trazido para isso e podia estar prestes a magoá-lo da pior maneira possível...

Mas a realidade deu um tapa na cara dela. *Os mundos estão em perigo, esse tratado de paz está à beira do fracasso, meus pais podem ser assassinados e eu estou perdendo tempo me preocupando em magoar os sentimentos dele?*

— Fui à Biblioteca — continuou ela. — Prutkov não é confiável. E nossa equipe de segurança o está investigando. Mas também, e isso é *importante,* lembram do livro que foi mencionado no bilhete que estava no bolso de Ren Shun? *Mitos,* de Heródoto? Encontramos uma cópia dele: foi salvo da Biblioteca Richelieu, da seção *Enfer,* antes de o lugar ser bombardeado. Mas *não* pensamos que a edição que encontramos é do mundo citado naquele bilhete: Beta-001. Temos essa edição na própria Biblioteca e não tem absolutamente nada de interessante nele.

— Sua conclusão? — perguntou Silver, parecendo perplexo.

— Alguém escreveu o bilhete de Ren Shun e o plantou para incriminar a Biblioteca. Alguém que sabe como classificamos os mundos, mas não sabia a classificação *correta* para citar. Que não era Beta-001.

— Winters! — disse Vale impetuosamente, com um tom de alerta na voz. Ela encontrou os olhos dele e viu certeza ali. Ele sabia o que ela estava pensando. Provavelmente já tinha deduzido isso. — Tome cuidado para não fazer acusações sem provas. Quer elas se refiram a assuntos atuais ou ao assassinato do Ministro Zhao.

— Eles estão ligados? — perguntou Kai.

— Tenho certeza de que sim — respondeu Vale. — E, embora eu não tenha certeza de quem foi diretamente responsável pelo envenenamento do ministro, acredito que sei quem estava por trás.

— Então precisamos de provas — disse Irene. Ela mexeu as mãos frias no colo. — Lá na Biblioteca, falei para Melusine que, se tentarmos construir esse tratado de paz em cima de uma mentira, ele vai acabar desmoronando. Não mudei de ideia em relação a isso.

A carruagem parou em frente ao Le Meurice, e o cocheiro bateu no teto.

— Chegamos, *messieurs, mesdames!*

Kai não se mexeu.

— Vocês todos podem sair da carruagem? — perguntou ele. — Eu gostaria de ter uma conversa particular com Irene.

Um instante depois, os dois estavam sozinhos na carruagem, o cocheiro suspirando ruidosamente e os cavalos batendo os cascos no frio. Mais neve girava descendo pelas janelas, e o vento soprava na ampla avenida.

— Você nunca insultou minha inteligência — disse Kai de repente. — No mínimo, você esperava que eu a acompanhasse e ficou decepcionada quando não a acompanhei. Mas hoje à noite você está evitando as minhas perguntas. E é porque você acha que alguém na delegação dos dragões é responsável.

— Seria inútil perguntar quais, não é? — retrucou Irene.

— Isso seria apenas evitá-las ainda mais... Sinto muito, Kai. — Ela não precisou dizer por quê, já que nunca tinha escondido nada dele. E ficou aliviada por ele não ter seguido a linha de pensamento lógico até o fim, até *qual* dragão era responsável.

— Está claro que Vale concorda com você sobre o culpado. Mas está deixando você lidar com isso. Suponho que ele não queira lidar com as consequências emocionais de me dizer que fui traído por alguém que conheço.

— Kai, *eu* não quero lidar com as consequências emocionais. — Ela encontrou os olhos dele. — Não quero consequências, ponto-final. Me diga um jeito de sair disso e eu vou aceitar. — Ela descobriu, para sua surpresa, que estava sendo totalmente sincera. Se ele pudesse pensar em uma resposta para a situação atual, para nomear o potencial assassino, ela ficaria feliz de aceitar. — Não estou orgulhosa.

— Foi a Condessa — propôs Kai. — Temos todas as provas de que ela está aqui. De algum jeito, ela atraiu Ren Shun para fora do hotel. Subornou um dos espiões dele, talvez, e foi por isso que eles também foram assassinados...

Era muito tentador. Era o tipo de mentira que fazia mais sentido do que a verdade.

— Mas, se revelarmos isso como resposta e não for verdade, e o tratado ficar mais perto de ser assinado, haverá mais algum assassinato? Mais tentativas de impedir o tratado?

— Você está insinuando que tem um dragão por trás e que ele estava tentando incriminar os feéricos. Mas um motivo poderia ser encontrado com a mesma facilidade para o seu povo — disse Kai, mudando de direção. — Você admitiu que Prutkov não é confiável. Ele falou para *você* que era a favor do tratado, mas poderia estar mentindo. A Biblioteca pode ser ainda *mais* negociadora de poderes se nós, os dragões, e os feéricos continuarmos em guerra. Você diz que sabe que Prutkov *mentiu* para você, mas como pode saber até que ponto ele mentiu? Onde seria melhor sabotar as negociações do que de uma posição aparentemente neutra?

Ele tinha deixado de lado sua primeira reação emocional e estava argumentando como um cortesão, sabendo que só seus sentimentos não seriam suficientes para convencê-la. Irene respeitava isso. Ela também sabia que todos os outros dragões concordariam com ele; nem considerariam a nova hipótese dela plausível. Kai pelo menos estava mostrando os possíveis furos. Li Ming ou Mei Feng simplesmente dariam de ombros, desdenhosos, e a teriam expulsado do ambiente.

— Parece irreal que um lado que não estamos considerando culpar aqui seja a delegação dos feéricos — disse ela. — Mas é verdade. A Princesa... bem, eu garanto que ela é feérica, mas está presa no papel dela como todos os outros. Traição não está na natureza dela. E acredito que o Cardeal saberia as possíveis consequências se você fosse assassinado, pensando na sua captura pela Condessa. Ele pode colocá-la em perigo, mas não o vejo entregando-a para *ela*...

Uma percepção súbita de como a fuga deles tinha sido por pouco pegou Irene pela garganta e quase a sufocou. Ela vinha evitando com muito, muito cuidado pensar no que poderia ter acontecido. Desde o instante em que tinha entrado no covil da Condessa e visto Kai e os outros acorrentados, ela colocou um freio na própria imaginação, para poder *funcionar*. Não tinha se permitido pensar no que poderia acontecer se ela fracassasse. E agora ela estava aqui, falando casualmente sobre isso, com leveza, como se fosse apenas mais um passo político inteligente e não a muito possível tortura e morte de pessoas das quais ela gostava.

Por um instante, era como se estivesse de volta naquele salão com luzes vermelhas, seus pulmões cheios com o fedor de sangue e suor e malícia. Queria abraçar Kai, protegê-lo, impedir que ele ficasse em perigo daquele jeito de novo. Foi ela que o trouxe para cá, e até agora ela não apenas o tinha colocado em perigo mortal, mas estava prestes de acusar o *tio* dele de assassinato – e de tentar atrapalhar as negociações. *Bom trabalho, Irene. Impressionante. O que você fará no bis?*

Como se estivesse muito distante, ela engoliu a histeria latente e a isolou.

— Me desculpe — disse ela. — Não importa o que aconteça, acho que vai ser uma confusão.

— Pare de pedir desculpas! — Kai pegou o ombro dela, puxando-a para encará-la. — Você acabou de salvar a minha *vida*. Você está errada sobre qual facção está acolhendo o assassino, mas isso não é uma coisa pela qual deve *pedir desculpas!* E você não é a única pessoa responsável por fazer tudo certo por aqui...

— Eu sou a pessoa em cujo colo tudo isso caiu — disse Irene com os dentes trincados — e sou a pessoa cujos pais podem ser *assassinados* se eu errar. Não perca a calma comigo, Kai. Não estou no clima de ser amigável. E estou perdendo a consideração pelos seus sentimentos. Pelos sentimentos de *qualquer pessoa.* Muito em breve eu terei de ser estratégica em vez de gentil, e achei que podia pelo menos pedir desculpas por isso antes. Mas, de qualquer jeito, assuma a responsabilidade por cuidar das coisas. Sou muito favorável a outras pessoas serem responsáveis! — Ela pensou, cansada, nos últimos dias. — Só não vou contar com isso.

— Não — disse Kai com amargura —, você vai tentar segurar tudo sozinha e depois assumir a culpa se tudo der errado.

— Isso é injusto. — Irene sabia que a conversa dos dois tinha desviado para o tipo de discussão emocional dolorosa que ela sempre detestou, mas não sabia como sair disso. — Você não tem nenhum direito de me criticar por fazer o meu trabalho.

— Só que você não é mais minha superior na Biblioteca — disse Kai. — Eu saí da Biblioteca. Somos independentes, agora.

— Eu não estava falando das nossas posições na Biblioteca. Eu estava falando da *investigação*. E, se você perguntar a Vale ou Silver, ou até mesmo a Mu Dan, acho que todos vão concordar que estou dando as ordens aqui. — A sinceridade a obrigou a acrescentar: — Até eu mandá-los fazer alguma coisa que eles não querem, é claro.

Kai soltou o ombro dela com um suspiro.

— E em que pé *nós* estamos nisso?

Irene só podia ter esperança de que a resposta não fosse *em lados opostos*.

— Minha posição é que eu tenho de descobrir a verdade — disse ela. — Mesmo que seja Prutkov. E, acredite em mim, eu o jogarei aos lobos se ele for responsável. Mas seria reconfortante agora saber que você estava genuinamente apoiando essa tentativa de paz, e não só porque você sabe que eu quero isso.

Kai corou, mas inclinou a cabeça, concordando.

— Eu ainda detesto a maioria dos feéricos que conheci — disse ele —, mas, se eles estiverem dispostos a negociar de boa-fé e tentar fazer as pazes, não posso fazer menos do que isso.

Quando se tratava de motivos para construir um novo futuro, *manter a superioridade moral* era um pouco decepcionante. Mesmo assim, Irene estava preparada para contar os resultados finais como o que importava nesse caso.

— Obrigada — disse ela. — Eu precisava ouvir isso.

— Vou ajudar. — Ele tocou no queixo dela com os dedos quentes. — Vou fazer o que puder. Mas você e Vale precisam provar suas descobertas. Li Ming, Mei Feng, meu tio... se você acusar alguém na nossa delegação e eu a apoiar, vão dizer que não fui imparcial. E eles estariam certos.

— Anotado — disse Irene. Ela estendeu a mão para a maçaneta da porta. — É melhor a gente se mexer. Não temos tempo a perder. — Ela sabia que o assunto não estava resolvido ainda, que a pergunta ainda estava pendurada entre eles como uma bomba por explodir. Mas... eles teriam de lidar com isso quando chegasse a hora.

No saguão do hotel, Irene ignorou uma discussão entre Silver e Mu Dan, e um Vale mal-humorado largado numa poltrona, e foi até o balcão.

— Pode me dizer se o Monsieur Prutkov está presente? — perguntou ela.

O recepcionista ficou encantado de informar a ela que, sim, o Monsieur Prutkov estava presente e não tinha saído, e que eles poderiam enviar um pajem para chamá-lo.

— Não, obrigada — disse Irene. — Vou subir.

Ela estava ciente de que estava atraindo olhares por causa da roupa masculina surrada, mas felizmente Mu Dan e Silver estavam com ela e bem vestidos o suficiente para protegê-la de provocações. Ela também estava ciente de que, do ponto de vista de uma Biblioteca egoísta, deveria interrogar Prutkov em particular primeiro. Mas, se ele *fosse* o assassino, ela ia querer reforços. E, se não fosse, ela ia precisar da ajuda dele – e ter o resto do grupo ao seu lado poderia ser útil para persuadi-lo a ajudá-la.

As poucas palavras que ela conseguiu trocar com Vale no caminho para o andar de cima, longe do ouvido dos outros, confirmaram seus pensamentos. Ele tinha chegado por um ângulo diferente, mas certas questões tinham solidificado a teoria dele. Uma discussão com a lavanderia do hotel. Uma análise dos padrões do clima na noite do assassinato. Os relatórios pós-morte sobre os agentes de Ren Shun.

E, é claro, o bilhete no bolso de Ren Shun.

O que Irene não tinha previsto era o homem que estava esperando do lado de fora do quarto de Prutkov. Ele era magro – esquelético, até – e tinha cerca de sessenta anos, com uma cicatriz que descia pelo lado direito do rosto, do topo para a base da órbita do olho direito, pálida contra a pele escura. O que restava do seu cabelo era grisalho e ralo, penteado para trás. O terno era surrado, mas os punhos e o colarinho eram perfeitamente limpos e brancos. Ele fez um leve sinal com a cabeça quando os viu. Antes que Kai conseguisse colocar Irene para trás de maneira protetora, o homem deu um passo à frente.

— Irene Winters, imagino? — disse ele.

— Sim — admitiu Irene. — Mas não tivemos o prazer, e você é...

— Azevedo — disse ele. — Da Biblioteca. Espero que a palavra "Nevsky" signifique alguma coisa para você.

O alívio encheu Irene como oxigênio, renovando suas energias.

— Significa. Graças a Deus. Você falou com Prutkov?

— Falei. Você estava certa. — Ele olhou para o resto do grupo. — Normalmente preferimos manter certos assuntos em particular, mas, nas circunstâncias atuais, suponho que provocaria mais suspeita do que vale a pena. Pode entrar.

Prutkov estava encolhido numa cadeira e não se preocupou em se levantar quando eles entraram enfileirados. A expressão dele estava azeda ao ponto da violência e havia um meio-tom cinza em sua pele, que Irene não tinha certeza de como interpretar. Choque? Ela acenou para ele com a cabeça.

— Temos algumas perguntas para fazer — disse ela.

— Você não vai ser a primeira pessoa hoje à noite — respondeu ele. Seu olhar foi até Azevedo, que estava fechando a porta com cuidado. — Melusine não vai aprovar a presença de todo mundo enquanto eu estiver...

Ele pareceu procurar as palavras certas.

— Levando um esporro? — sugeriu Irene, sendo solícita.

— E *você* está provando que não tem a menor discrição.

Irene o encarou, com a raiva aumentando subitamente e fervilhando no estômago como ácido.

— Sabe, em algumas circunstâncias, eu ficaria irritada com isso. Mas, já que é *você* quem está *me* acusando, só vou dizer que fez um trabalho *de merda* organizando uma operação secreta. — Ela ouviu Vale inspirar fundo com a vulgaridade dela, mas ignorou. — Você se lembra da Condessa Sangrenta? Acabamos de explodir o covil dela enquanto estávamos escapando, graças a *alguém* que os deixou cair numa armadilha. Ela estava prestes a matar Kai e Vale. E Silver também, na verdade. Mas não foi alertada de que *ele* estava chegando; talvez porque ele seja um feérico. O que leva a uma pergunta que preciso fazer. Bem, uma delas.

A cara feia de Prutkov estava piorando. Ele pegou um copo de água na mesa lateral ao lado da poltrona e tomou um gole.

— Que perguntas você precisa fazer?

— Primeira pergunta, e eu gostaria que você respondesse na Linguagem. — Azevedo e Prutkov franziram a testa ao ouvir isso, e Irene sabia o motivo. Era impossível um Bibliotecário mentir na Linguagem, mesmo que conseguisse, teoricamente, cometer um erro honesto ao usá-la. Se Prutkov aceitasse suas exigências, ele estaria falando a verdade absoluta diante de um quarto cheio de intrusos. E, como todos ouviriam a Linguagem como a própria língua materna, eles entenderiam o que ele dissesse. Mas isso tinha de ser feito. — Você matou Ren Shun?

Os olhos de Prutkov se arregalaram. Aparentemente, ele não esperava *essa* pergunta.

— **Não matei Ren Shun** — disse ele na Linguagem, sem hesitar.

Kai sibilou por entre os dentes. Ele sabia o que isso significava. Irene tinha acabado de afastar da disputa o principal suspeito na teoria dele.

— Pergunte se os asseclas dele podem ter feito isso — sugeriu ele.

Prutkov lançou um olhar de pura antipatia para Kai.

— **Não dei nenhuma ordem para Ren Shun ser assassinado, nem diretamente nem por insinuação** — disse ele.

— Você não está dizendo seriamente que sou suspeito.

— Você não é confiável. Com os riscos que estamos correndo, tenho de ter certeza. — Irene queria dizer mais do que isso: perguntar que diabos ele achava que estava fazendo ao brincar com esses perigos, com tantas vidas em risco. Mas isso teria sido para satisfazer aos próprios desejos, quando havia perguntas mais importantes para as quais ela precisava de respostas. — Segunda pergunta. Você, ou qualquer pessoa sob suas ordens, enviou uma mensagem para a Condessa Sangrenta embaixo do Teatro do Grand Guignol, para avisá--la que Vale e Kai estavam chegando?

— Ela *não podia* estar lá — discordou Prutkov. — Nós verificamos o local em busca de caos. Duas vezes. Era óbvio demais!

— Ela conseguiu proteções de Alberich, no passado, que lhe permitiram abafar o caos na área dela. — Irene tirou o manuscrito de proteção restante do casaco e mostrou a Azevedo. Sua expressão ficou mais sombria quando ele o analisou. — Foi por isso que nenhum de nós conseguiu encontrá-la ali. Mas confie em mim, ela *estava* lá. Todos nós podemos atestar isso. Agora, por favor, responda à minha pergunta.

Era estranho como seu vocabulário e seu uso tinham incorporado *por favor* e *obrigado* como padrão, refletiu Irene irritada enquanto Prutkov hesitava com as palavras. *Depois que isso é enfiado na sua cabeça de criança, é impossível se libertar...*

407

— Nunca mandei nenhum tipo de mensagem para a Condessa nem ordenei que fosse enviada. — Prutkov respirou fundo. — E eu não sabia onde ela estava escondida. Nem sabia que o dragão e o detetive tinham ido para o teatro. — Ele voltou para o inglês. — Satisfeita?

— Estou surpresa por você não saber que eles tinham saído nem para onde — disse Mu Dan. — Me parece o tipo de coisa que você rastrearia.

— Isso pode ser culpa minha — acrescentou Vale. — Eu já tinha suspeitas em relação ao sr. Prutkov e fiz o máximo para evitar chamar a atenção dele.

Irene fez que sim com a cabeça, o cérebro girando enquanto as peças se encaixavam numa nova configuração.

— Kai — disse ela —, eu sei que isso não vai ser suficiente para convencer os outros nas delegações, mas você aceita isso como evidência por enquanto?

— Aceito. Involuntariamente, mas sim. — Havia um brilho de vermelho-dragão nos olhos de Kai e ele parecia que queria andar de um lado para o outro do quarto. Se fosse um gato, estaria batendo o rabo. — Meu lorde tio não vai ficar feliz se souber que um membro da Biblioteca estava manipulando os eventos para obter vantagem pessoal.

— E, embora não seja necessário dizer isso, o Cardeal também não — observou Silver.

— Essas acusações não são justificáveis — disse Prutkov, endireitando os ombros. — Eu não estava "manipulando eventos". Estava defendendo os interesses da Biblioteca. Só porque uma Bibliotecária aqui não gosta do jeito exato como eu fiz isso...

Houve uma batida pesada na porta. Todos se entreolharam. Azevedo fez um gesto para Prutkov responder.

— Quem está aí? — gritou Prutkov.

— Deborah. — Irene reconheceu a voz: ela estava conversando com Prutkov enquanto Irene se escondia atrás da cortina com a Princesa.

Prutkov suspirou.

— Entre — disse ele, sem emoção. Ou ele tinha desistido de disfarçar ou tinha percebido como seria suspeito mandá-la embora.

Azevedo abriu a porta. A mulher do outro lado parou ao ver um desconhecido ali e seus olhos se arregalaram mais quando viu como o quarto estava cheio. Ela hesitou, como se considerasse fugir, depois deu de ombros e entrou. A neve fresca cobria seu chapéu e os ombros do casaco, e ela deixou um rastro úmido para trás.

— Prutkov, não sei o que está acontecendo, mas alguma coisa deu errado. Ao Ji saiu da ópera e está a caminho daqui agora mesmo.

— Por quê? — Prutkov verificou o relógio de pulso. — Está quase na hora do intervalo. Não são nem nove horas ainda.

— Não sei, e os membros da delegação dele também não, mas alguma coisa deu errado. Ele não está de bom humor. — Ela espanou a neve do casaco de um jeito significativo. — E, se os feéricos entenderem que alguma coisa está acontecendo e também saírem da ópera, também virão para cá. O que está acontecendo?

O tempo pareceu desacelerar enquanto Irene chegava a uma decisão.

— Acho que sei o que fazer — disse ela —, mas vou precisar da cooperação de todo mundo nisso. E isso significa você também, Prutkov, porque você tem uma coisa da qual eu preciso.

CAPÍTULO 25

Era apenas mais um quarto de hotel – pálido, perfeito, caro, sem sangue – e Irene era, mais uma vez, a coisa mais humana e imperfeita nele. Não houve tempo para ela mudar de roupa nem escovar o cabelo. Ela se levantou e fez uma reverência quando Ao Ji entrou e esperou o gesto dele antes de se sentar.

Hsien e seus homens tinham vasculhado o quarto em busca de dispositivos de escuta primeiro, é claro. A realeza tinha seus privilégios. E suas paranoias.

— Você pediu uma reunião particular comigo — disse Ao Ji sem preâmbulos. — Imagino seus motivos.

— Achei que Vossa Majestade gostaria de receber um relatório dos eventos da noite até agora, sem testemunhas — mentiu Irene com indiferença. — Houve algumas ocorrências.

Seu rosto estava apático. Se Kai ou Li Ming às vezes pareciam uma estátua esculpida em mármore, Ao Ji era esculpido em gelo e neve, num inverno distante em que o sol iluminava, mas não aquecia.

— Senti um aumento do caos do outro lado da cidade. Eu não poderia perder tempo numa apresentação teatral enquanto essa ameaça existir. Você estava envolvida?

— Estava, Vossa Majestade. Descobrimos o covil da feérica que estava tentando interferir nas negociações pela paz, a Condessa Sangrenta.

— Então, por que você está aqui e não está acabando com ela? — perguntou Ao Ji. — Por que uma criatura tão asquerosa tem permissão para continuar seu trabalho? A Biblioteca prometeu proteger essas negociações. Ou estou enganado?

— Vossa Majestade, me perdoe por ser imprecisa — disse Irene rapidamente. — Nós localizamos o esconderijo dela e invadimos, mas fomos obrigados a recuar por termos uma força e uma quantidade insuficientes. Acreditamos que obstruímos as operações e penetramos nos disfarces dela, de modo que agora podemos localizá-la quando quisermos.

Os olhos de Ao Ji eram fendas de rubi enquanto ele a observava.

— Você está deixando alguma coisa de fora, Bibliotecária?

Irene tinha pensado em como dizer isso.

— A coragem do seu sobrinho é notável, Vossa Majestade. Ele estava entre os primeiros a encontrar onde a Condessa estava e investigar.

— Elogiar meu sobrinho não vai promover sua causa aos meus olhos — disse Ao Ji com frieza. — Tem algum objetivo nisso?

— Ele também foi quem encontrou uma pista especialmente interessante, Vossa Majestade. Ele disse que encontrou a informação enquanto estava analisando os documentos de lorde Ren Shun.

Um sopro de ar gelado passou pelo quarto, como se alguém tivesse entrado em silêncio e levado consigo o frio exterior.

— E?

— Acredito que o próprio lorde Ren Shun pode ter localizado a Condessa, Vossa Majestade. Faz sentido fazer uma conexão entre isso e a morte subsequente dele.

A mão de Ao Ji apertou o braço da poltrona e Irene viu o brilho de garras na ponta dos dedos dele.

— Você fala muito casualmente sobre o assassinato do meu vassalo.

— Por favor, me perdoe, Vossa Majestade — disse Irene rapidamente. — Talvez, como humana, eu nunca entenda totalmente o tipo de lealdade que é forjada por séculos de serviço.

Ao Ji fez uma pausa, inclinando a cabeça como se tentasse encontrar uma falha nessa declaração.

— Pelo menos você reconhece isso — disse por fim e sem nenhuma gentileza.

Agora era hora de arriscar.

— Seria compreensível se a perda de Vossa Majestade o prejudicasse contra os feéricos. Mas esse tratado depende de uma negociação justa e imparcial de ambos os lados da mesa.

— *Se* ele acontecer — disse Ao Ji secamente. — Até agora não vi nada além de tentativas dos feéricos de sabotá-lo e assassinar aqueles de nós que vieram de boa-fé. Se a Biblioteca espera uma negociação justa com eles, está iludida. Fariam melhor se usassem seu tempo para caçar livros velhos. Afinal, é aí que está o talento de vocês.

— A Biblioteca está agindo como mediadora porque somos *humanos,* Vossa Majestade — disse Irene. Olhando para o dragão em frente a ela, as feições perfeitas e inumanas, o modo distante como se esperaria de uma criatura praticamente imortal, ela sentiu a própria fraqueza, a própria mortalidade. Mas não havia mais ninguém aqui para usar esse argumento. — Somos mortais. E, como humanos, como seres mortais, tenho interesse na paz e na estabilidade geral. É vital para mim que esse tratado aconteça. Não só por causa dos meus pais, mantidos como reféns para garantir o bom comportamento. Não só por causa da Biblioteca. Mas por causa de todo mundo que pode sofrer se isso fracassar. Já vi o que acontece quando dragões e feéricos vão à guerra. Todo mundo sofre.

— Sua atitude é virtuosa — reconheceu Ao Ji. — Mas você não está considerando o cenário geral.

— Pode explicar, senhor?

— Você disse que entrou no covil da criatura que chama a si mesma de Condessa Sangrenta. Você testemunhou a depravação dela, o sadismo. Claro que você deve perceber que, ao dar metade dos mundos para seres como esses, você os está condenando a serem vítimas dela? Você está argumentando que os dois lados são iguais, Bibliotecária. Seja honesta e admita que não são.

— E você está argumentando que uma das piores pessoas de um dos lados é um representante típico daquele lado, Vossa Majestade — contrapôs Irene. — Depois de jantar no mesmo salão que a Princesa, como pode dizer que ela tem a mesma natureza da Condessa?

— Ela tem tanta consideração por vocês, humanos, quanto a Condessa — disse Ao Ji de um jeito desdenhoso. — Ou tão pouca, para ser específico. Vocês são apenas brinquedos para distraí-la.

Irene pensou na vez em que testemunhou dois dragões lutando no céu de Nova York. Os dois não se preocuparam nem um pouco com a segurança e o bem-estar dos seres humanos embaixo deles. A cidade poderia ter sido destruída e eles não teriam se importado.

— E você, Vossa Majestade? O que os humanos são para você? Ao Ji olhou para ela à distância de mil anos.

— Podemos praticar a boa governança — disse ele — e vocês precisam desesperadamente disso. Veja esta cidade, esta Paris. Quantas guerras passaram por ela nos últimos cem anos? Quantos tiranos? A classe supostamente boêmia vive no esbanjamento e na permissividade. Os artistas perdem tempo na in-

413

sensatez. Os pobres se viram para sobreviver e enaltecem as gangues criminosas. As classes literárias caem na decadência e espalham suas filosofias. Esta é uma cidade em que um lugar como aquele Teatro do Grand Guignol pode ser fundado e *admirado*. — O nome do teatro provocou uma expressão de repulsa no rosto dele. — Não me surpreende a Condessa ter encontrado um refúgio seguro lá, uma marca de tudo que é pior neste lugar. Evidentemente, você percebe que isso não é aceitável. Seria negligência de nossa parte permitir que isso continue.

Ao Ji estava falando como se ela fosse uma estudante que precisava de instruções e ele o professor cujas palavras eram obviamente corretas. Ele decidiu usar seu tempo para iluminá-la porque considerava que ela valia a pena e queria que entendesse. Quando fez uma pausa, parecia estar esperando a concordância como única resposta possível.

E ele também tinha confirmado o que Irene suspeitava. Sem dúvida ele poderia explicar como soube do Grand Guignol, mas sua menção ao teatro tinha soado um tanto *pessoal*. Havia uma peçonha direta na sua voz, uma aversão específica e profunda. Ele conhecia o local. *Devia* conhecer a Condessa, mesmo tentando alegar o contrário.

— Vossa Majestade — disse ela —, a humanidade de fato é fraca e nós, mortais, somos criaturas do momento. Mas a humanidade criou obras de arte, obras literárias, estruturas e histórias filosóficas que duram. Os feéricos não criam; eles apenas imitam. E, pelo que tenho visto, os dragões colecionam o que os humanos fizeram.

— E vocês, Bibliotecários, roubam seus livros — observou Ao Ji. — Esse não é um bom argumento para sua ética nem para sua inspiração. Aparentemente, vocês dariam a uma criança faminta um livro de histórias, quando ela precisa de pão e paz. Nós íamos zelar pela aplicação dessa paz.

Ele hesitou por um instante no *nós íamos*. Irene se perguntou se ele ia dizer *eu vou* e tornar isso uma declaração de intenção pessoal em vez de uma esperança mais vaga para o futuro. Mas é claro que isso seria um tanto inadequado para alguém que supostamente estaria preparado para assinar um tratado de paz. Mesmo que fosse uma declaração muito mais precisa de suas visões.

Irene tinha de correr para a próxima etapa do seu plano, antes de Ao Ji ficar entediado – ou decidir que ela poderia ser um perigo para ele.

— Voltando aos eventos atuais, senhor — disse ela —, talvez não devêssemos olhar tanto para quais crimes foram cometidos, mas para o que eles queriam alcançar.

— Ah? — Sua expressão de curiosidade estava além da reprovação, mas Irene sentiu o frio aumentar no ar. Do lado de fora da janela, a neve refletia mil fragmentos minúsculos nos postes de rua.

A boca dela estava seca. Ela engoliu.

— Vossa Majestade, esses crimes foram projetados para lhe dar motivos para se recusar a assinar o tratado de paz ou motivos para não negociar de jeito nenhum. Seria natural você abandonar a negociação, depois que seu serviçal de confiança foi assassinado. E, se seu sobrinho tivesse sido assassinado por um dos feéricos atualmente em Paris, você também teria uma excelente razão para interromper as negociações e até mesmo para declarar guerra de imediato.

— Você acha que isso foi feito por alguém que estava tentando me manipular? — disse Ao Ji devagar. — Mas quem teria *coragem?*

— Também tem a questão da neve — continuou Irene. — O corpo de Ren Shun foi encontrado no Salão Pompadour, mas não foi assassinado ali. Ele foi carregado pelo hotel ou passou pelas portas de vidro que davam na rua. Não seria difícil conseguir uma chave dessas portas. O perigo verdadeiro seria se alguém lá fora tivesse percebido. Mas, com toda a neve daquela noite, até mesmo a vida noturna comum de Paris tinha se retirado das ruas. O assassino teve liberdade para agir sem ser visto.

— Quer dizer que ele se aproveitou do clima? — perguntou Ao Ji. — Ele esperou uma noite em que a tempestade fosse forte o suficiente para disfarçar seu crime?

— Alguma coisa nesse sentido — disse Irene. — E ele também teve o cuidado de descartar os serviçais de Ren Shun, para o caso de eles saberem demais. Nosso assassino é muito direto, Vossa Majestade. Ele varre todas as evidências.

Ao Ji assentiu devagar.

— Você tem o nome dele?

— Posso lhe dar um.

O coração de Irene estava batendo tão rápido de nervosismo que achou que suas mãos estariam tremendo. Mas estavam firmes. Ela colocou a mão num bolso interno e tirou um papel dobrado.

— Peguei isso com a Condessa, Vossa Majestade. É a carta que ela recebeu e que entregava seu sobrinho e Vale a ela. Claro que não está assinada.

Os olhos de Ao Ji estavam grudados na carta. Ele estava imóvel como uma estátua de gelo, implacável como uma águia-real.

— O fato de alguém ter *ousado* ameaçar minha família desse jeito...

Irene esperou para ver se ele ia terminar a sentença. Ela não queria ser morta por interromper um rei dragão no meio de uma ameaça. Quando ele ficou em silêncio de novo, ela baixou a mão para a mesa entre eles, colocando o papel ali e mantendo os dedos em cima.

— Vossa Majestade, eu falei que podia lhe dar o nome do assassino.

416

— E como pretende fazer isso, se o bilhete não está assinado?

— Posso usar a Linguagem. — Irene encontrou os olhos dele. — Posso mandar esse pedaço de papel voltar para a mão de quem o escreveu. Na frente de todas as testemunhas necessárias.

Um silêncio mortal encheu o cômodo.

E ela soube que estava certa. Se ele fosse inocente e realmente se preocupasse com Kai – ou com o sangue da sua família – tanto quanto sugeria, teria dito para ela fazer isso. Talvez em particular, com a presença só de dragões, mas ele teria lhe ordenado para identificar a parte culpada. Mas esse silêncio? Era uma admissão de culpa. E ele sabia que ela sabia.

O que levantava a questão da expectativa de vida dela e se sobreviveria para sair do quarto.

Ao Ji a encarou. Uma raiva inumana rastejava por trás dos olhos.

— O que você quer? — disse ele.

— Vossa Majestade — respondeu ela. O frio agora estava mais profundo, gelado o suficiente para fazer suas mãos pinicarem. — Essas negociações têm sido uma fonte de tensão para todos nós e você perdeu um serviçal em quem confiava. Poderia ser uma escolha sábia um de seus irmãos assumir seu lugar como líder da sua delegação? Ou uma das rainhas?

— Percebo que você não fala em justiça para os que morreram. — Ele não se moveu, mas Irene teve a sensação de um grande velociraptor ou leão da montanha pronto para atacar a qualquer momento. — Mas meu sobrinho disse que você é uma idealista...

— Acredito que eu não poderia ter tanta retidão. — Irene pensou em Ren Shun, nos seus serviçais, todos eliminados sem hesitação, para dar a Ao Ji a motivação de que ele precisava para interromper as negociações pela paz. Ela questionou se Ao Ji sentia algum arrependimento ou se simplesmente decidiu que o sacrifício deles era... necessário. — Aceito o que der. E o que eu quero é esse tratado assinado e estável.

— Sua dedicação é digna de uma causa mais nobre. Qualquer tratado será temporário. Quando a guerra finalmente chegar, ela vai terminar em chamas e sua Biblioteca vai cair junto. — O som da destruição futura ecoava na voz dele. — Me dê sua obediência agora e poderá se salvar. Posso receber você na minha residência, ou na do meu sobrinho, se preferir. Você terá estabilidade e segurança.

— Ren Shun estava na sua residência — retrucou Irene. Ela sentiu uma raiva distante em nome de alguém que tinha, segundo a opinião geral, sido um bom homem e um serviçal fiel. — Isso não o salvou.

— Ele era um serviçal fiel que obedecia à minha vontade — rosnou Ao Ji. — Ele entendia a necessidade.

— Entendia? — refletiu Irene em voz alta. — A faca que o matou veio *de trás*. Vossa Majestade.

A raiva no rosto de Ao Ji agora estava clara: a neve fustigou a janela, um rio corrente de amargura que descia dos céus para varrer as ruas.

— E as evidências contra a Biblioteca, contra a sua espécie? E as palavras que Ren Shun ouviu, sobre um livro mais importante do que as negociações, e as evidências encontradas no corpo dele?

Irene fechou a mão livre no colo, com os dedos dormentes de frio.

— O papel no bolso de Ren Shun fala de um livro específico e dá uma designação da Biblioteca onde ele pode ser encontrado. Mas a única edição interessante desse livro não vem daquela designação de mundo. O bilhete foi escrito e colocado ali por alguém que queria incriminar a Biblioteca e que sabia como classificamos os mundos, mas não sabia a classificação correta para citar. E, quanto ao que Ren Shun ouviu, que conseguir um livro era mais importante do que as negociações? Vossa Majestade, você foi a *única pessoa* que nos falou isso. *Você* queria incriminar a Biblioteca. — Ao Ji deve ter providenciado que o livro *Mitos* fosse colocado na Biblioteca Richelieu, pronto para ser convenientemente encontrado como prova. E, se Prutkov não tivesse tirado o livro da seção *Enfer,* a conspiração teria sido bem-sucedida. Irene quase poderia ficar agradecida por isso, apesar da falta de ética de Prutkov, ou, pelo menos, por ele *não ter contado a ela.*

— Apresente seus argumentos — disse Ao Ji. Ele se portava como um monarca preparado para fazer um julgamento imparcial, mas havia um excesso de fúria controlada na sua voz e nos seus olhos.

Irene não tinha mais tempo para ter medo. O frio entorpecente a envolveu como o coração mais profundo do inverno.

— Vossa Majestade não queria que esse tratado acontecesse. Esperava encontrar um motivo para cancelá-lo, mas não apareceu nenhum. Mas os outros monarcas não iam aceitar se você simplesmente se recusasse a concordar. *Você* já tinha organizado a morte do Ministro Zhao em outra corte, mas isso não impediu o tratado. Então você mentiu para Ren Shun, sob o disfarce da nevasca que provocou para alegar traição dos feéricos. Você matou os serviçais dele ou fez com que fossem assassinados também, por medo de eles saberem demais. E, caso isso não lhe desse margem de manobra suficiente, tentou incriminar a Biblioteca também, ao sugerir que estávamos mancomunados com os feéricos ou com alguma outra facção, porque queríamos um livro mais do que queríamos a paz. Ou queríamos poder. Ou possivelmente os dois. E hoje você tentou mandar seu sobrinho para a morte pelas mãos de uma feérica; mais uma vez, só para ter um motivo para interromper as negociações.

— Você é parcial em relação ao meu sobrinho — disse Ao Ji. — Você é movida pelo sentimento.

Irene levantou o queixo e o encarou de cima para baixo.

— Eu me importo com ele, sim. E me importo com muitas pessoas. Eu me importo com os meus pais, que são reféns pelo bem dessas negociações. Eu me importo com a Biblioteca. Eu me importo com toda a Paris lá fora! Vossa Majestade, com o máximo respeito, solicito que alguém assuma o seu lugar. Não quero dar aos feéricos uma vantagem injusta revelando tudo isso e o desonrando. Não quero enfraquecer o lado da sua facção. Mas eu *vou* conseguir esse tratado de paz.

Ao Ji se levantou. Irene tentou se levantar em seguida, mas o frio a selou na poltrona; tinha vindo sobre ela centímetro a centímetro e agora a prendia ali, incapaz de reunir forças ou calor para se mover.

— Basta — disse Ao Ji. Ele colocou a mão dentro do paletó e tirou um frasco prateado achatado. — Você sabe o que é isso, imagino?

— Eu diria é que uma poção que vai me impedir de falar — respondeu Irene. Sua voz tremeu. Ela já tinha sido obrigada a beber um negócio desses. Não era uma lembrança agradável.

— Isso. Você vai ficar calada quando sairmos deste quarto. Vou dizer que você me ofendeu. Todos vão acreditar no meu relato dos eventos e eu pedirei para meus serviçais a colocarem sob nossa custódia. Vai ficar em segurança. Eu honro seu respeito filial pelos seus pais: isso me faz poupá-la. — Ele olhou para ela à distância de mil anos de frio. — Mas não haverá nenhuma paz. Não posso permitir isso. E quanto ao bilhete que você acha que tem... — Ele estendeu a mão e o tirou de baixo dos dedos dela. — Isso não será mais um problema.

— Vossa Majestade — disse Irene. — Imploro para que mude de ideia antes que seja tarde demais.

— Já é tarde demais — disse Ao Ji. Ele desdobrou o papel, inspecionando-o casualmente. Quando falou de novo, havia uma raiva verdadeira na voz. — *O que é isso?*

— Um pedaço de papel em branco — disse Irene. — Os papéis de carta dos hotéis são muito semelhantes, não é mesmo? — Ela tentou mexer as mãos, fazer os dedos se moverem. Não conseguiu. — Mas você achou que *era* o bilhete. O que significa que você sabia a aparência dele. Vossa Majestade.

— Que jogo é esse? — A voz dele não estava alta, mas fez as vidraças tremerem na moldura.

A porta se abriu. Irene conseguiu virar a cabeça. Li Ming e Mei Feng estavam parados ali, os rostos congelados em desaprovação e julgamento simultâneos, e outras pessoas esperavam atrás deles. Ela finalmente conseguiu voltar a respirar, se mover, o corpo todo latejando com a tensão liberada. Tinha funcionado.

E tudo que eu tive de fazer foi destruir o tio de Kai. Tudo que eu tive de fazer foi provar para Kai – alguém que acha que os laços familiares são tudo, a lealdade mais importante que existe – que o tio dele tentou matá-lo. Não há nada que eu possa dizer que vai fazê-lo me perdoar por isso.

— Vossa Majestade — disse Li Ming. — Precisamos conversar com urgência em particular.

— Explique-se — disse Ao Ji, ainda olhando para Irene.

Irene tocou no colarinho do casaco, os dedos dormentes, mas agora funcionais.

— Vossa Majestade, eu estava usando uma escuta quando entrei aqui. Tudo que dissemos neste quarto foi ouvido por esses nobres e por outras pessoas. Pode dizer que vão acreditar no seu relato dos eventos, mas eles acabaram de ouvir a verdade.

CAPÍTULO 26

O rosto de Ao Ji ficou pálido, tranquilo como um céu enevoado: podia estar tentando processar o que tinha acabado de acontecer ou podia simplesmente ter decidido não compartilhar seus pensamentos. Ele desviou o olhar, com os ombros e as costas tensos e inflexíveis.

Li Ming tocou no ombro de Irene e o frio que a envolvia diminuiu.

— Por favor, nos deixe, srta. Winters — disse ele. — Existem questões que precisamos discutir em particular.

Irene se levantou cambaleante. Ela sabia que, sem seu atual entorpecimento, estaria tremendo com a tensão liberada. Mas a parte de sua mente que fazia cálculos políticos decidiu que o *por favor* de Li Ming era um sinal positivo. Ela assentiu com um solavanco e começou a se mover em direção à porta.

Então Ao Ji se virou de novo, levantando a mão, e uma onda barulhenta de brancura atravessou o quarto.

Irene tentou piscar. Não conseguia abrir os olhos. Ela estava no chão. Tinha caído em algum ponto entre aquele momento de força, o frio terrível e agora. E não conseguia se levantar. Seu cérebro não estava processando as coisas adequadamente. Ele parecia estar gaguejando, como um disco voltando às mesmas notas repetidas vezes. Ela ouviu o vento e os passos e um grito distante, mas não conseguia se concentrar. E estava tão entorpecida. Seu rosto estava encostado no carpete, mas ela mal conseguia sentir as fibras na pele. Havia um tipo de peso nas suas costas, um calor fraco em comparação com o frio que a cercava, mas até isso era incerto.

O som do vento aumentou. Ela forçou os olhos a se abrirem, mas, por um instante, não conseguiu interpretar o que estava vendo. Onde deveria estar a parede e a janela e alguns quadros agora havia um buraco vazio, uma abertura que dava para fora e para a neve rodopiante. Entre ela e a tempestade externa havia uma figura alta envolvida em neve, de costas para ela, a luz refletindo nas mãos dele como se estivessem cobertas de gelo.

Ele olhou para trás, na direção de Irene. A autopreservação se apossou dela como um vício, e ela deixou os olhos se fecharem, diminuindo a respiração para o mínimo possível. Não era difícil. Era fácil relaxar e mergulhar no frio, ficar deitada ali, imóvel e impassível e sequer pensar...

A luz ardia nos seus olhos fechados. Houve um som parecido com trovão, depois o silêncio de novo.

O barulho de pessoas entrando pela porta era quase suave em comparação. Havia vozes demais. Era difícil identificar quem estava gritando o quê. Ela tentou abrir os olhos de novo, mas foi mais difícil, desta vez. Estava ainda mais distante do quarto, mais distante de tudo. Estava consciente de mãos segurando-a, virando-a, os dedos de alguém quentes sentindo a pulsação do pescoço, mas tudo parecia complicado demais para valer a pena acordar. Até as vozes estavam indistintas agora, se atropelando e se misturando numa confusão.

— Se você acha que vou deixar você tocar nela...

— Ela vai morrer se você não me deixar...

— Strongrock, se ele pode salvá-la, não temos opção...

Um braço deslizou nas costas dela, puxando-a para uma posição meio sentada, e alguém a beijou, os lábios separando os dela. *Que idiotice,* pensou ela, distante, *isso só funciona em contos de fadas...*

A paixão e o desejo brutos e urgentes percorreram seu corpo como fogo. Irene se sacudiu nos braços que a seguravam, voltando a *sentir* de repente, e seus olhos piscaram e se abriram para encontrar os de Silver. Ela ainda estava com frio – tremendo, com um frio terrível –, mas conseguiu voltar a pensar e se mexer.

— Você conseguiu. — Era Kai. Ele arrancou Irene dos braços de Silver, puxando-a para si com firmeza. Pelo canto do olho, ela viu Silver recuar com uma expressão um tanto satisfeita. Era mais do que o que ela sentia. Parte dela ainda queria aquele beijo. A parte idiota, física e desmiolada dela. Estava com dor no corpo todo, semicongelada, e a marca da Biblioteca latejava acompanhando sua pulsação.

— Bem — disse Silver com arrogância. Os olhos dele cintilavam e o corpo todo parecia reluzir de calor. Irene fechou os dedos formando punhos para se impedir de estender a mão e puxá-lo para perto. — Às vezes, o *objetivo* todo de ser libertino é ter um beijo que pode trazer os mortos de volta à vida. Ou os quase mortos. Falando nisso, minha ratinha, de nada.

— Obrigada. — As palavras saíram com dificuldade. Irene ainda estava ocupada demais amaldiçoando a própria avaliação incorreta. Tinha suposto que Ao Ji faria a coisa sensata e política quando sua culpa fosse provada, que ele faria algum tipo de acordo por trás dos panos ou sairia das negociações para ser substituído por um de seus irmãos. Li Ming e Mei Feng devem ter pensado o mesmo. E os dois estavam inconscientes no chão, e Ao Ji estava em liberdade para fazer Deus sabe o quê.

Ela estremeceu ao perceber que o peso sobre o seu corpo devia ser Li Ming. Estava em pé entre ela e Ao Ji no instante da rajada. *Se ele não estivesse...*

Irene rejeitou deliberadamente o pensamento. Se ela desperdiçasse seu tempo pensando em todas as vezes que tinha escapado da morte, nunca ia conseguir fazer nada.

— Situação — disse ela, balançando a cabeça e se obrigando a se concentrar. — Relatório da situação, Kai. Vale. O que está acontecendo?

Kai se virou para ela poder ter uma visão melhor do buraco na parede. Para ser sincera, não havia muita parede sobrando. O hotel não ia ficar feliz.

— Meu lorde tio nos deixou — disse ele, a voz tensa e controlada. — Li Ming e Mei Feng estão inconscientes e devem permanecer assim por algumas horas. A menos que Silver possa despertá-los também.

Silver suspirou.

— Você não tem ideia do quanto eu gostaria de tentar. Mas acho que não conseguiria. Um humano ou um Bibliotecário, sim, mas não um dragão.

— Apague essa ideia, então — disse Irene. Ela estava com uma sensação de desgraça crescente, que estava piorando a cada segundo. — Onde está todo mundo? Os feéricos? Os outros Bibliotecários?

Vale se apoiou em um joelho ao seu lado, para ela não ter que olhar para cima.

— Seu colega Azevedo está argumentando com os dragões restantes, auxiliado por Mu Dan. Dei a eles o benefício das minhas deduções durante as pausas do seu interrogatório com Ao Ji. Acho que eles estão convencidos, mas não posso dizer que estão felizes. Os feéricos presumivelmente ainda estão na Opéra ou voltando para o hotel deles, assim como os outros Bibliotecários. E quanto a Ao Ji... — Seu olhar foi até a neve que rodopiava para dentro do quarto. — É minha imaginação ou a tempestade está piorando?

— Não é sua imaginação — disse Kai.

Irene se lembrou do que Kai tinha feito em uma de suas missões.

— Kai, naquela vez com Alberich, quando você protegeu uma área inteira contra o caos. Será que seu tio faria a mesma coisa? Para forçar os feéricos a saírem deste mundo?

— Ele pode fazer isso — admitiu Kai —, mas, nesse caso, estou surpreso por ele ainda não ter feito.

— Ainda? — indagou Vale.

Kai deu de ombros. Irene sentiu o movimento no próprio corpo.

— Ele sabe onde os feéricos estão. Não vai demorar muito...

Irene levantou a mãos para interrompê-lo. Uma percepção pavorosa estava se moldando na sua mente. Ela se lembrou das próprias palavras para Ao Ji mais cedo: *Nosso assassino é muito direto, Vossa Majestade. Ele varre todas as evidências.* Elas pareciam ecoar em harmonia com o comentário de Kai. *Ele sabe onde os feéricos estão.*

— Kai — disse ela. Sua voz tremeu. — Peço desculpas por perguntar isso... Mas, se Ao Ji fosse o único sobrevivente dessa conferência pela paz, alguém acreditaria no relato dele dos eventos?

Ela olhou nos olhos de Kai e o viu fazer as mesmas conexões.

Ele respirou fundo, depois a soltou com cuidado, se levantando.

— Irene, você precisa esconder todo mundo. Vou argumentar com meu tio...

— Fora de questão — vociferou Vale, antes que Irene pudesse discordar. — Strongrock, você se esqueceu do que ele já *fez?*

Foi gentileza de Vale, refletiu Irene, evitar dizer *Você se esqueceu que ele já tentou matá-lo,* mas não fez muita diferença. Kai se encolheu mesmo assim.

— Vou fazer isso — disse ele entre dentes. — Tenho uma responsabilidade.

— Você vai ser *assassinado* — disse Irene sem emoção, se arrastando para se levantar. Ela balançou e Kai estendeu a mão para pegá-la antes que ela caísse. — Obrigada. Você vai ser assassinado e a situação não vai melhorar mesmo assim. — Ela viu a determinação desesperada nos olhos dele, a vontade de realizar algum tipo de ação que lhe permitisse escapar dessa dor e dessa traição atuais, e tentou encontrar algumas palavras que o atingissem. — Kai, sua responsabilidade é tirar todos nós daqui vivos! *É isso* que precisa ser feito.

— A Bibliotecária está certa. — Duan Zheng abriu caminho para dentro do quarto, com o serviçal humano de Ao Ji, Hsien, alguns passos atrás. Hsien parecia confuso. Duan Zheng parecia... calmo. Parecia ter superado todo o desespero e estar concentrado na sua determinação. — Vossa *alteza.* — Ele destacou o título. — Seu dever é com as negociações e com a honra da sua família. Vou tentar argumentar com Sua Majestade e ganhar todo o tempo que puder para você.

Kai hesitou.

— Como sobrinho dele, eu é que deveria tentar...

— Já vimos como isso significa pouco para ele. — As palavras secas de Duan Zheng tinham a própria sombra de dor. *Ele se sente tão traído quanto Kai. Ren Shun devia ser amigo dele também.* — Hsien, você deve obedecer ao príncipe como obedeceria a mim, até alguém de escalão superior chegar.

Ele não disse mais nada. Entrou no quarto, os flocos de neve assobiando ao redor, até chegar ao buraco na parede, e deu um passo para fora. A luz piscou de novo e ele sumiu, um dragão dourado subindo através da neve até se perder de vista.

— Vossa alteza — disse Hsien, fazendo uma reverência para Kai. — Suas ordens?

Kai ainda estava olhando para a tempestade lá fora e Irene sabia, sem ter de perguntar, que dali a um instante ele seguiria Duan Zheng, não importava o que o dragão mais velho dissera.

Alguém tinha que dar ordens nessa bagunça.

— Kai — disse ela com firmeza. — Posso fazer algumas sugestões muito urgentes?

Kai a rodeou.

— Não estou mais sob o seu comando — vociferou ele. — Se você acha que eu... ai!

Irene tinha dado um tapa na cara dele. Com força. A mão dele segurou o pulso dela, que sentiu a força do aperto que esmagava ossos. A vermelhidão piscou nas profundezas do olhar dele.

— Recomponha-se — disse ela baixinho. — Seu trabalho é salvar a honra do seu tio impedindo que qualquer outra pessoa seja assassinada durante essa loucura. Eu sei que não sou mais sua superior. Mas sou uma Bibliotecária e estou apelando para *você*, como representante mais alto dos dragões aqui. E eu tenho um plano.

Ele abriu os dedos devagar, soltando o pulso dela.

— Qual é o plano? — perguntou ele.

Todos os outros – Vale, Silver, Hsien, as pessoas que agora se acumulavam na porta – estavam olhando para ela do mesmo jeito. Com expectativa. Com esperança. Esperando que *ela* resolvesse tudo. *Mais ninguém tem um plano? Por que tem de ser o meu plano? Nem é um plano muito bom, porque está incompleto e foi montado numa emergência como o plano de Ao Ji de "matar todo mundo e resolver tudo depois"...*

— Sua Majestade Ao Ji não pode manipular o clima se o nível de caos no local estiver alto demais — disse ela. Afinal, esse foi um dos motivos para um mundo neutro ter sido escolhido para a conferência: para que nenhum dos lados pudesse ser perturbado ou receber poder demais à custa do outro. — Então precisamos encontrar a delegação dos feéricos e trabalhar com eles para aumentar o nível de caos. Agora. Antes que Ao Ji os encontre e... os neutralize. E, se um dos dragões pudesse se adiantar e encontrar outro membro da realeza dos dragões que possa impedir Ao Ji, seria uma boa ideia.

— Não ia funcionar — disse Mu Dan, colocando a cabeça para dentro do quarto. — Se algum de nós tentasse assumir a forma adequada e voar, Ao Ji nos veria. Ele domina o ar, no momento.

— Droga. Tudo bem. Próximo passo: encontrar a delegação dos feéricos. — Irene olhou ao redor para todo mundo que a estava escutando. — Vamos todos e vamos ficar juntos. Pode ser que a gente precise de todo mundo para isso. E tragam Li Ming e Mei Feng. Não podemos deixá-los aqui. — *Ainda mais porque eles são testemunhas vitais da culpa de Ao Ji, e Ao Ji sabe disso.* — Vamos, pessoal, *vamos*. Não temos tempo a perder!

Em meio aos empurrões e à correria escada abaixo, ela conseguiu ficar ao lado de Vale.

— Mais alguma sugestão? — perguntou ela baixinho.

— Não — respondeu Vale. — E acho que eles não iam me escutar, se eu tivesse. Afinal de contas, sou apenas *humano*. — A ironia envolveu as palavras dele. — No momento, Winters, acho que você pode ser a única pessoa à qual os três *vão* dar ouvidos.

Irene murmurou alguma coisa baixinho que fez Vale erguer uma sobrancelha.

— Como você pretende aumentar o nível de caos? — perguntou ele.

— Com a Linguagem — disse Irene. — E essa é uma daquelas coisas experimentais que nunca foi testada, e eu gostaria de não ter de testar agora. Então, por Deus, não me pergunte se tenho certeza disso. Primeiro, precisamos *encontrar* os feéricos...

Mas, enquanto eles chegavam cambaleando no átrio do hotel, Irene percebeu que não iam precisar procurar. Todo mundo estava acabando de voltar para lá, feéricos e Bibliotecários seniores. Estavam entrando aos montes, se misturando com os hóspedes comuns do hotel, cujo entusiasmo por uma noite em Paris tinha sido minimizado pela súbita tempestade. Ela viu Coppelia recebendo ajuda para chegar até uma cadeira, cambaleando de exaustão, frio e reumatismo, e por um instante teve uma súbita ilusão de que poderia repassar suas responsabilidades para os Bibliotecários seniores.

Em seguida, o prédio todo começou a tremer: o barulho vindo de cima era como uma lona enorme sendo rasgada. A imaginação de Irene forneceu imagens das garras de um dragão rasgando o céu, apesar de ela tentar freneticamente encontrar uma explicação mais plausível. As pessoas gritavam, caíam de joelhos ou corriam em todas as direções. O átrio se dissolveu numa multidão ondulante. Num canto, a Princesa e o Cardeal estavam cercados por uma parede sólida de feéricos e serviçais humanos, mas os Bibliotecários no meio da multidão estavam por conta própria.

— Ele está atingindo o local com um relâmpago! — declarou Vale, segurando o braço de Irene e a mantendo de pé enquanto outra pessoa esbarrava nela.

430

— Não é *possível* fazer um relâmpago numa nevasca — gritou Irene, tentando ser ouvida apesar do barulho da multidão.

— É possível, sim, se você conseguir as condições climáticas perfeitas! — respondeu Kai. — Irene, se ficarmos aqui, ele vai fazer o prédio desmoronar em cima de nós...

Não temos para onde correr, não há como defender este lugar. Por que não fizemos essa pobre conferência pela paz num forte? Num castelo? Num abrigo nuclear subterrâneo? Estamos condenados se ficarmos aqui, condenados se sairmos – não, espera, isso não é verdade. Com a neve densa como está lá fora, Ao Ji não pode rastrear cada um dos pedestres nas ruas. Mas ele provavelmente pode localizar um grupo de feéricos pela aura de caos. Então isso não vai funcionar.

— Mu Dan, arrume alguns dragões para ajudar você a carregar Li Ming e Mei Feng para algum lugar seguro — ordenou ela. — Prutkov, Azevedo, peguem o resto dos Bibliotecários, tragam todos comigo, expliquem o máximo possível. Silver, Kai, Vale, comigo: vamos falar com os feéricos.

O pinicar do caos estava denso no ar enquanto Vale e Kai abriam caminho pela multidão para ela, ao se dirigirem até a Princesa e o Cardeal. Sterrington estava com eles, e Thomson e Thompson e mais uma dezena de outros aos quais ela nunca foi apresentada.

Foi Erda, chefe humana da segurança dos feéricos, que deu um passo à frente para barrar o caminho de Irene.

— O que está acontecendo? — ela quis saber.

— Sua Majestade Ao Ji enlouqueceu — disse Irene. Ela olhou por sobre o ombro de Erda para encontrar os olhos do Cardeal. — Acredito que a Condessa o envenenou de algum jeito. Tenho evidências diretas da interferência dela. Mas, se não trabalharmos juntos para impedi-lo, estaremos todos mortos.

Devo me preocupar em culpar a Condessa, já que ela odeia tanto falsas acusações?, pensou Irene. *Provavelmente. Mas vamos nos preocupar em sobreviver a hoje primeiro.*

O Cardeal pode ter decidido parecer um homem normal no momento, mas ainda tinha a presença de um nobre feérico, alguém que poderia retorcer as almas humanas com a maior facilidade. Mas, quando Irene disse *evidências,* os olhos dele se estreitaram.

— Tem certeza? — gritou ele de trás de Erda.

— Tenho provas — respondeu Irene, lutando contra a vontade de passar empurrando Erda, agarrá-lo pelos ombros e gritar na cara dele. — E testemunhos oculares do resto da minha equipe.

A Princesa apoiou uma mão no ombro do Cardeal e sorriu para Irene, os olhos calmos e cheios de uma paciência gentil.

— Claro que vamos ajudar — disse ela, e o mundo de repente estava muito mais suave, muito mais pacífico. Era possível ignorar o trovão ribombando acima, os sons do prédio desabando, os gritos do hotel sendo evacuado. Nada sensato, mas, sob o feitiço do poder dela, totalmente possível. — Diga o que quer que a gente faça.

— Preciso que todos vocês se concentrem nas suas naturezas — disse Irene —, e nós, Bibliotecários, vamos usar a Linguagem para incrementá-las. Se conseguirmos aumentar o nível de caos neste mundo, Ao Ji não vai conseguir sustentar a tempestade nem sua forma de dragão.

Um dedo ossudo bateu no ombro de Irene, e ela se virou e viu Coppelia.

— Você tem alguma ideia do que acabou de sugerir? — quis saber a Bibliotecária idosa, com a voz o mais baixa e suave possível no meio de uma multidão aos berros.

— Recomponha-se — murmurou Irene. — Você está falando como uma personagem de um melodrama.

Coppelia fez uma cara azeda.

— Malditos feéricos e suas auras narrativas... Azevedo nos explicou o básico. Você sabe que, se os ajudarmos a aumentar o nível de caos, estaremos nos colocando em risco? Não é nosso ambiente natural.

— Nem uma nevasca — retrucou Irene. — E não podemos usar a Linguagem em Ao Ji a menos que ele chegue ao alcance das nossas vozes, algo que ele não vai fazer. O que você sugere? Subir a Torre Eiffel e conseguir um megafone bem grande?

Nesse momento, o vento atingiu a lateral do hotel como uma explosão, arrebentando as janelas e abrindo as portas com violência. Estilhaços de vidro passaram no meio da multidão, mas seus gritos foram abafados pelo uivo da ventania. As luzes tremeram, brilhando e saltando, e o salão virou uma confusão louca de pessoas que não sabiam para onde ir – para cima, para os escombros desabando e para o trovão, ou para fora, na nevasca –, mas que definitivamente queriam estar em outro lugar.

— Certo — rosnou Kostchei. Ele tinha parado ao lado do ombro de Irene. Todo o grupo misturado, dragões, feéricos, Bibliotecários, estava se amontoando no canto do salão, o mais distante possível de janelas e portas. — Nos dê as palavras para usar.

Houve um som crepitante crescente vindo de cima. Irene teve medo de ser fogo – mas, se fosse, pelo menos eles provavelmente iam morrer da tempestade ou do colapso antes de serem queimados vivos, então, no fundo, as coisas podiam ser piores. Ela abafou a risada inadequada por causa do pensamento, arquivando-o na pasta *Tentativas idiotas de pensar em qualquer coisa menos na morte, quando em perigo de morte iminente,* e se obrigou a voltar ao presente.

— Eu sugeriria "Caos, aumente", quando eu der o sinal. Todo mundo concorda?

Todos assentiram. Não de um jeito feliz, mas concordaram. A Princesa e o Cardeal também estavam fazendo que sim com a cabeça, e outros feéricos ao redor também. Era o tipo de concordância que aparece um segundo depois de você ter certeza do que seus superiores querem que você diga. Um dos dragões pegou o braço de Kai.

— Vossa alteza, tem certeza de que essa é uma boa ideia...?

— Tenho — respondeu Kai com toda a firmeza da realeza, toda a confiança do seu tio. — Os Bibliotecários estão agindo com a minha permissão. Meu tio foi envenenado e está agindo de maneira imprudente. Precisamos impedi-lo antes que ele destrua a aliança.

Teria estragado o efeito se ela tivesse lhe dado um sinal com a cabeça ou um sorriso de aprovação, mas ela captou os olhos dele por um instante, e a confiança ali – depois do que ela fez, de obrigar o tio dele a admitir o assassinato – girou como uma faca dentro dela.

Lá fora, através das janelas quebradas e das portas balançando, o céu todo era uma massa de neve caindo, tão densa que cobria as nuvens. Um relâmpago distante dançou através dessa massa, como linhas azuis e verdes bordadas em seda branca, e o trovão veio quase um segundo depois. Os flocos sopraram nos olhos de Irene e ela se obrigou a desviar o olhar, a voltar para sua tarefa. Mas, por um instante, achou que tinha visto uma grande forma sinuosa se movendo no céu, mais branca que a neve, mais fria que o inverno, tão elegante e perfeita quanto a letra de um mestre calígrafo.

Ela levantou uma das mãos como um maestro e falou em uníssono com todos os outros Bibliotecários.

— **Caos, aumente!**

CAPÍTULO 27

A palavra *caos* ficou na boca de Irene como o gosto de uma pera podre e madura demais. As palavras dos Bibliotecários pareceram se aglutinar, como se uma força exterior estivesse misturando tudo numa única voz. Não era como uma música de orquestra, com diversas harmonias trabalhando juntas para contribuir para o efeito final. Era como se eles fossem uma pessoa só, com um conjunto de palavras, todos e para sempre em uníssono.

E o caos respondeu. Ele ferveu no ar como a tensão que aumenta antes de uma tempestade; era um calor físico na pele, um gosto residual na boca, um peso nos pulmões, uma carga nos ombros, uma sensação que era impossível descrever, exceto como *errada*. Os Bibliotecários ao redor de Irene cambalearam, caindo de joelhos. Mas a Princesa e o Cardeal e os outros feéricos ficaram em pé ali, os rostos exultantes, *transcendentes*. O mundo de repente era hospitaleiro para eles, onde antes era apenas neutro – ou cada vez menos amigável. Agora eles estavam em casa, e o universo se dobrava ao redor deles numa tentativa de tornar suas vidas mais convenientes.

Irene nunca tinha desperdiçado seu tempo pedindo para o caos local *diminuir*. Quando era aluna, disseram a ela que isso era idiota e sem sentido. Um ser humano não conseguia mudar o nível de poder de um mundo inteiro. Um Bibliotecário não conseguia alterar *tanto* a realidade. E ela nunca sequer considerou tentar dizer para ele *aumentar*. Afinal, por que um Bibliotecário em sã consciência ia querer fazer uma coisa dessas? (Além de Alberich, é claro, mas ele não era são. Todos concordavam com esse ponto.)

Mas às vezes a opção idiota, sem sentido e impossível era a única disponível.

Os dragões ao redor dela estavam caindo, se encolhendo em si mesmos; só alguns ainda estavam conscientes. Kai estava de pé, mas por pouco. Agora era ele que se agarrava a *ela* em busca de apoio.

O ar *pulsava...* Uma onda invisível de poder se espalhou a partir dos feéricos, se movendo da mesma maneira dos seres vivos e das paredes, e se avolumou para as ruas geladas com a força crescente e imbatível de um maremoto, se espalhando por Paris. Ela veio numa massa sempre mais densa, que fascinou Irene com uma sensação de possibilidade, apesar de fazê-la vibrar e tremer com um tipo de doença espiritual.

Foi respondida por um rugido. O som foi ainda mais alto do que o trovão mais cedo e o barulho de prédios caindo. E, por um instante, Kai conseguiu se manter ereto de novo, as pernas firmes, e a neve soprou para dentro como mil fragmentos com borda de diamantes, impulsionada por uma vontade que queria varrer os feéricos, os Bibliotecários e os dragões da superfície da Terra.

As duas forças se enfrentaram...

E a neve cedeu. O rugido silenciou. Sons mais baixos voltaram a ser ouvidos. A neve que entrava pelas janelas era bonita – até mesmo romântica –, uma corrente de flocos, um sinal charmoso do inverno, e não uma condição climática letal. A neve ainda caía e a tempestade ainda dançava pelas ruas de Paris e ao longo de seus bulevares, mas agora a perspectiva parecia ter mudado. Um pouco mais dessa influência, pensou Irene de um jeito amargo e provavelmente haveria estudantes de artes na rua desenhando mulheres nuas. A multidão tinha silenciado até certo ponto, provavelmente porque a maioria tinha evacuado o salão e subido para os andares superiores ou descido para os porões, e agora dava para ouvir outras pessoas falando.

Mas o perigo imediato tinha acabado. É bem verdade que eles *ainda* estavam num hotel em colapso que tinha sido atingido por um relâmpago e podia estar em chamas, mas as coisas podiam ser piores. Ela se inclinou para verificar a pulsação de Coppelia, depois a de Kostchei. Ambos estavam inconscientes, mas respirando. Azevedo e Prutkov também estavam derrubados, e Sarashina, e mais alguns Bibliotecários que Irene não reconhecia; Bradamant, Medeia e Rongomai estavam todos eretos, apesar de nenhum deles parecer feliz ou saudável. No geral, os Bibliotecários mais velhos não tinham conseguido tolerar a tensão, enquanto os mais jovens foram afetados, mas estavam conscientes.

— Parece que estive submerso profundamente na água — comentou Vale. — Você está bem, Strongrock?

— Aguentando — disse Kai entre dentes, mal conseguindo ficar de pé. Cada respiração vinha com certo esforço, e ele tinha de se apoiar nela e em Vale para se manter ereto. Fosse seu sangue real, sua força, sua juventude ou sua experiência dolorosa em outras áreas de alto nível de caos, ele ainda estava funcionando, embora os outros dragões estivessem fora de combate. — Sinceramente, eu *preferia* estar submerso profundamente na água. Por quanto tempo vamos ter de aguentar essa abomi... — Ele captou o olhar de Irene e se corrigiu: — esse estado anormal?

437

— Não sei — Irene teve de admitir. — Mas, enquanto a gente conseguir manter isso, Ao Ji não poderá usar a tempestade para nos matar.

Kai engoliu em seco, parecendo enjoado e como se estivesse considerando fortemente ser assassinado pela tempestade como um mal menor. Mas fez que sim com a cabeça.

— Srta. Winters. — A voz do Cardeal atravessou os murmúrios deles. — Talvez você possa vir aqui e explicar exatamente o que está acontecendo?

— Também estou ansioso para ouvir todos os detalhes — disse Silver. Ele estava cintilando. Sua boca era uma tentação, suas maçãs do rosto eram um pecado mortal, seu cabelo implorava para ser acariciado, e de todo jeito Irene queria se jogar nos braços dele e deixá-lo fazer o que quisesse com o corpo dela. *Atração feérica*, lembrou a si mesma, desesperada. *Todos os feéricos ao alcance foram fortalecidos, não apenas o Cardeal e a Princesa. Tenho de me lembrar dos muitos motivos por que não quero deixá-lo se aproveitar de mim, o que é difícil, já que não consigo pensar neles neste momento...*

Alguma coisa nesse pensamento provocou irritação no fundo da sua mente, com a dor incômoda de uma farpa não extraída. Ela o deixou marinar por enquanto, se concentrando no que ia dizer aos feéricos; precisava de uma versão da verdade que permitisse futuras negociações.

— Vale, acho que vou precisar da sua ajuda.

— Claro — respondeu Vale. Ele fez uma pausa, inclinando a cabeça. — Mas você está ouvindo alguma coisa?

— O quê? — indagou Irene, inclinando a cabeça enquanto tentava escutar.

No entanto, Kai também tinha ouvido alguma coisa. Ele se recompôs visivelmente, obrigando o enjoo a parar e voltando a se concentrar à força.

— *Às armas!* — gritou ele para Hsien e seu grupo. — Atacantes estão se aproximando!

Um silêncio tomou o salão. Os poucos parisienses normais restantes foram contidos por ele, se afastando da entrada interior para o hotel como grãos de areia numa corrente de rio, se encostando nas paredes. Um novo sabor tocou no caos do salão. *Preciso de uma palavra melhor para isso,* pensou Irene. Mas ela reconheceu. Tinha cheiro – e gosto – de sangue, dor e medo. Era a Condessa.

Droga. Não passou pela minha mente que, quando fortalecêssemos os outros feéricos, também a fortaleceríamos. Droga, droga, droga.

Homens invadiram o salão, os gatos se embolando nos seus pés, entrando em silêncio, os olhos – humanos e felinos – ávidos e famintos. Devem ter vindo dos porões e dos esgotos. Nenhum deles falou. Eles se aglomeraram na ponta distante, ao redor da entrada interior, como uma guarda de honra.

Irene não queria ser a primeira a interromper o impasse, especialmente porque não conseguia pensar em nenhum uso da Linguagem que neutralizasse o inimigo. Em vez disso, ela se abaixou e segurou nos ombros de Coppelia, puxando-a para o círculo interior dos feéricos, passando pela linha misturada dos guardas de Erda e dos seguidores de Hsien. Para longe da linha de ataque imediata. Pelo canto do olho, ela viu os Bibliotecários que ainda tinham mobilidade fazendo a mesma coisa com os outros que estavam inconscientes ou incapacitados. Ela vasculhou o cérebro para saber o que fazer. *Se eu tentar baixar o nível de caos de novo – supondo que isso vai funcionar –, Ao Ji pode provocar outra tempestade. Mas, se eu não fizer isso, a Condessa pode soltar seus seguidores em cima de nós...*

Um clique. As luzes se apagaram.

— Esta é minha Paris, agora — a voz da Condessa veio da escuridão, ecoando no salão e parecendo ricochetear em todas as paredes, como se os estivesse cercando por todos os lados. O vento era um mero sussurro no fundo, abafado pelo poder da presença dela. — E agora eu resolvo as coisas de uma vez por todas. Princesinha, seu tempo acabou.

Irene se viu tremendo; não de frio, mas por um medo que não conseguia afastar, um pavor que estava se entranhando nos seus ossos. Ela não conseguia enxergar. Estava presa na escuridão com aquela voz, com uma mulher que ia levar muito tempo para fazer todos os presentes morrerem, só porque adoraria a dor de Irene. E todos os amigos dela estavam presos ali. Todos iam morrer, de medo e dor e sangue, e os pais de Irene e a Biblioteca iam ser derrotados com eles, e tudo tinha sido inútil desde o começo. E Irene sabia que tudo isso era o conselho do desespero, que ela era vítima de uma feérica controlando suas emoções e sua vontade, e mesmo assim não conseguia – *não conseguia* – se libertar...

— Acho que não! — Foi a Princesa que falou. A corrente de pavor que mantinha o salão sob domínio se soltou. O luar perfurou as nuvens de um jeito impossível e entrou pela janela para formar um halo de prata ao redor dela, lançando sombras compridas no chão. Ela *cintilava*. O cabelo era uma torrente de brilho nas costas. O vestido era branco como angélicas. A voz era uma trombeta cantando e chamando todos os presentes às armas, inspirando-os a terem coragem e honra. — Homens de Paris! Defendam-me contra essa mulher maligna!

E, enquanto os feéricos nos dois lados recuaram e observaram, os serviçais humanos se jogaram na batalha.

Irene não tinha espaço sobrando na cabeça para um uso inteligente da Linguagem; estava ocupada demais tentando se impedir de mergulhar na briga que irrompia. O salão era uma confusão de luar e escuridão, cheio de pessoas lutando em silêncio, um pesadelo semivislumbrado. Os gatos mordiam tornozelos ou se jogavam nos rostos. Facas reluziam momentaneamente na luz, antes de desaparecerem de novo nas sombras. Não eram apenas devotos de ambos os lados na luta – parisienses comuns e funcionários do hotel tinham sido atraídos para a briga, influenciados pela Condessa ou pela Princesa, os rostos cheios de fé cega e paixão. As duas feéricas estavam concentradas uma na outra, mal conscientes dos outros no salão exceto como serviçais ou ferramentas. Rongomai estava segurando a cabeça e atacando; Bradamant tinha sacado uma pistola e estava atirando na multidão, escolhendo cuidadosamente seus tiros. Os pensamentos conscientes de Irene estavam em guerra contra sua vontade de proteger a Princesa a qualquer custo. A situação toda parecia, de algum jeito, formalizada e teatral, uma cena sendo interpretada por humanos diante de feéricos observando em deleite.

As palavras de Ao Ji mais cedo sussurraram no fundo da mente de Irene. *Isso realmente é melhor do que deixar os dragões assumirem o controle? Em vez de serem brinquedos para os feéricos?*

Ela cerrou o punho. Não. Esse era o pensamento do desespero, a atração fácil dos falsos binários. Não estava lutando para nenhum dos lados. A Biblioteca estava lutando pelo direito dos humanos de existirem no meio – de cometerem os próprios erros, talvez, mas de terem a *opção* de fazer isso.

Com a volta da clareza, ela conseguiu pensar. Isso estava errado. A Condessa não realizava ataques frontais. Seu *modus operandi* era criar distrações enquanto o ataque vinha de uma direção inesperada...

E, neste momento, todo mundo estava olhando para o interior do hotel, e ninguém estava olhando para fora.

Apoiando Kai e arrastando Vale, Irene se esgueirou ao longo da parede até a porta, agradecida pelas sombras que ocultavam tudo. Eles saíram para a neve lá fora e Kai virou o rosto para encará-la, inspirando o ar amargo com um suspiro de alívio.

Vale vasculhou a Rue de Rivoli, depois levantou a bengala para apontar.

— Ali. *Abaixa,* Winters!

Eles atingiram a neve ao mesmo tempo enquanto os tiros acertavam a parede atrás deles. De sua posição na calçada gelada, Irene via as sombras se aproximando pela neve que caía. Eram... apenas meia dúzia, mas eles tinham revólveres. A silhueta encolhida de Dorotya era reconhecível, a voz, um grito de encorajamento e ameaças enquanto ela os incitava.

Um ataque por trás com armas teria provocado um dano sério nos feéricos que se defendiam – e nos Bibliotecários, nos dragões e em todo o restante. Mas revólveres eram vulneráveis à Linguagem e os agressores agora estavam ao alcance da voz de Irene.

Ela cuspiu a neve.

— Vale, você não está carregando um revólver, está?

— Claro que não — respondeu Vale. — Faça o pior que conseguir, Winters.

Era bom ser reconhecida. Ela rolou para o lado enquanto outro tiro assobiava através da neve caindo, e gritou:

— **Armas, fiquem obstruídas!**

Um ambiente de alto nível de caos era muito sensível à Linguagem, apesar de ser desconfortável para Bibliotecários. Irene não conseguiu ver claramente o que tinha acontecido, mas ouviu os gritos de confusão e fúria. Acima deles, a voz de Dorotya foi ouvida.

— Maldita Bibliotecária!

Irene se agachou, analisando a situação. Havia meia dúzia de homens. Possivelmente letais com revólveres. Mas sem eles? Ela, Kai e Vale conseguiam enfrentá-los.

— Dorotya — gritou ela —, eu sairia daqui enquanto dá. Você perdeu a vantagem da surpresa. Poupe-nos do problema de matá-la e a seus homens.

— Você espera que eu deixe minha senhora em perigo? — choramingou Dorotya. Ela era uma mancha em fuga na neve rodopiante, um emaranhado de xales e saias. — Vou falar uma coisa, queridinha, por que *você* não foge e eu lhe dou dez minutos de vantagem?

— Pare de blefar. — Irene estava cansada e com raiva e tinha estado à beira do pânico por tanto tempo que isso quase a esgotou. *Dorotya não vai entender a misericórdia, então talvez eu precise de outra perspectiva...* Ela se levantou totalmente e deu um passo à frente, ignorando o sibilar de Kai para que recuasse. — Você não entende. Sua senhora já está perdendo; ela vai ter de recuar. Estou oferecendo a chance de escapar e, em troca, vai ficar me devendo um favor. Caso contrário, pode ficar aí e eu vou soltar todos os meus aliados em cima de você. A bola está no seu campo, madame. Mas não desperdice meu tempo.

O vento sibilou na rua, carregando a neve consigo. Dorotya hesitou e, em seguida, para imenso alívio de Irene, assentiu.

— Está combinado, queridinha. Devo uma a você, sua vagabunda, mas é melhor ter muito cuidado se tentar me cobrar. Vão para casa, garotos. O show acabou por hoje.

Ela recuou para uma lacuna entre dois prédios. Os homens cambalearam atrás dela, deixando a ampla rua vazia. O inspetor Maillon teria de lidar com eles mais tarde. Com Dorotya e a Condessa desaparecidas, os homens voltariam aos seus padrões normais de comportamento. E o som de luta dentro do hotel estava diminuindo, o que, esperava, significava que tudo estava sob controle. Por um instante, Irene ousou acreditar que podia ter acabado.

Então ela se virou para Kai e Vale, viu para onde eles estavam olhando e soube que não tinha acabado. E percebeu por que Dorotya tinha decidido fugir.

Ao Ji estava parcialmente na forma humana – a pele estava branca como gelo e com escamas, os olhos estavam puro vermelho-sangue e dois chifres se destacavam na sua testa. A luz ao redor dele não vinha dos postes de rua nem do frágil luar. A sombra que lançava era comprida e sinuosa, muito longe de ser humana.

Não foi suficiente, o caos não durou o suficiente, pensou Irene, numa repetição fútil que crescia em direção ao pânico. *Como podemos impedi-lo agora?* Mas o caos e a ordem ainda estavam desequilibrados; ela tinha mais poder para mudar as coisas do que o normal, até a mera presença de Ao Ji forçar mais ordem a voltar para o mundo. Então ele canalizaria o clima de novo e todos estariam mortos.

Ou ela se desesperava e desistia aqui e agora ou encontrava algumas palavras que ainda poderiam salvá-los.

Kai se empertigou e se colocou entre ela e Vale e Ao Ji. Não havia nenhuma água conveniente aqui para ajudá-lo – as quantidades mais próximas estavam nos esgotos, trancadas sob pedra e asfalto. Ele não tinha nada exceto a própria força, e não seria suficiente.

— Tio, você não pode fazer isso.

— Sobrinho — respondeu Ao Ji —, lamento pelo seu sacrifício. Mas, se seu pai realmente entendesse o perigo dos feéricos, ele não faria menos do que eu.

Ele inclinou a cabeça num gesto que era curioso, em vez de imediatamente letal.

— Vocês já viram como o caos se vira contra si mesmo — disse ele, a voz ecoando de um jeito que nenhuma voz humana conseguiria. — Vocês viram os feéricos lutando uns contra os outros e usando os humanos como ferramentas. Não veem que estão errados em se opor a mim?

— Não — disse Irene. — Não vejo. — Sua garganta estava seca de medo. Ela ainda tinha a Linguagem, mas o que poderia dizer para impedi-lo? — Os seres humanos precisam tanto da ordem quanto do caos.

— Sobrinho? — Ao Ji sinceramente parecia querer um sinal de aprovação, ou, pelo menos, de compreensão.

— Você ignorou os desejos do meu pai — disse Kai com frieza. — Decidiu desobedecer ao comando do seu irmão mais velho. Pode alegar que ele aprovaria suas ações, mas eu discordo.

— E você? — Ao Ji olhou para Vale. Um brilho nos seus olhos carmim sugeriu que ele realmente queria a opinião de Vale. Que, mesmo sendo um dragão monarca e, portanto, o único que jamais seria qualificado para julgar, ainda buscava algum tipo de aprovação dos humanos comuns que alegava proteger. — Você é o único verdadeiro humano aqui. Não é nem dragão nem Bibliotecário, mas mortal. O que você escolheria?

Vale bateu com a bengala nas pedras geladas do calçamento.

— Até onde eu sei — disse, a voz calma e seca como se ele estivesse nos seus aposentos e dando uma opinião sobre um artigo de jornal —, tanto você quanto a Condessa são assassinos.

A raiva brilhou no rosto de Ao Ji com a comparação, mais clara do que nunca, e Irene percebeu, com um arrepio enjoativo que, embora Kai pudesse sobreviver a isso, e ela já tinha conseguido o perdão dele antes, Vale tinha acabado de selar o próprio destino. Aquelas palavras inclinaram a balança.

— Insolência e insensatez! — disse o dragão, sua atenção agora totalmente neles e não no hotel atrás. — Você vai ser uma perda insignificante.

A inspiração veio. Irene se jogou para a frente, segurando Kai por trás e pressionando o corpo no dele. Ela viu os lábios de Ao Ji se retorcerem com o gesto humano emocional e percebeu que ele não ia conseguir ouvi-la a essa distância enquanto dizia:

— Ganhe todo o tempo que puder para mim — sussurrou no ouvido de Kai.

Kai enrijeceu sob o toque dela e sua cabeça se inclinou num sinal de compreensão. Ela o soltou e deu um passo para trás.

— Muito bem — disse Ao Ji, cansado. Ele levantou a mão e apontou para eles. A neve floresceu na direção deles num padrão tão intricado quanto uma mandala ou uma camélia desabrochando, mas impiedoso e letal. As pétalas tinham borda de gelo, com garras se estendendo para cortá-los. Era lento. Não havia nenhuma necessidade de se apressar. Não havia nenhum lugar para onde fugir.

Kai cruzou os braços, os pés se mexendo enquanto ele se firmava com um esforço enorme. A rua sob eles tremeu e depois rachou, e um fluxo de água nojenta subiu na frente dele dos esgotos, uma fonte se erguendo em direção aos telhados. Estava frio demais para sentir o cheiro e, na luz da Lua e na neve, parecia quase charmoso, uma escultura de ébano em movimento que se curvou para descer sobre Ao Ji.

Mas o vento frio dominou a água e a congelou enquanto caía; ela virou gelo, se estilhaçando em mil fragmentos, se despedaçando na extensão da rua e se espalhando em todas as direções. A precipitação de neve e vento avançou sobre os restos da água, lançando o gelo sobre o buraco rasgado no asfalto enquanto disparava na direção deles. Irene sentiu a picada do ar como fogo na pele. Ela levantou um braço para proteger os olhos e ouviu Kai gritar.

Mas ele tinha ganhado os minutos de que ela precisava. Quatro palavras eram suficientes. Ela colocou toda a sua vontade e todo o seu poder por trás delas, toda a sua raiva, todo o medo pelos amigos, pelos pais, pela Biblioteca – tudo que *tinha*.

— **Paris** — gritou ela, a voz sendo lançada pelo uivo do vento e pelo gelo esmagado —, **pare Ao Ji!**

Quais eram as exigências para usar a Linguagem? Que o Bibliotecário que a estivesse usando pudesse nomear e descrever o que queria que acontecesse e que o Bibliotecário tivesse a força para obrigar a realidade a mudar a si mesma. E que o universo ouvisse suas palavras.

Paris tinha um nome. Paris tinha sido nomeada por seres humanos, milhares de anos atrás – não por feéricos, não por dragões, mas por mortais que viveram e morreram ali. Não havia dúvida de que Paris sabia o que era. E Paris a escutou. Neste mundo, com os poderes do caos e da ordem lutando um contra o outro como dois maremotos opostos, ela podia aproveitar essa energia e prendê-la por um instante. Podia *usá-la*.

Os prédios estremeceram e as ruas vibraram. O enorme rangido de pedra contra pedra abafou o gelo estilhaçando e os gritos agudos de seres humanos por toda Paris que sentiram a cidade tremendo. Irene caiu de joelhos, se esforçando em busca da energia para *respirar,* enquanto a energia se esvaía dela. Sentiu o calor nas costas, sentiu o cheiro de roupas queimando e percebeu – indistintamente, em outra camada de percepção – que a marca da Biblioteca estava incendiando suas roupas.

A rua se levantou ao redor de Ao Ji, a pedra criando vida própria e empurrando a neve e o gelo para se fechar como um punho. As fachadas dos prédios – prédios antigos, caros, pesados que sobreviveram a Napoleão, à Comuna e à Revolução – soltaram os azulejos, que caíram em cascata. O gelo e a neve e o vento se enfureceram contra eles, esmigalhando a pedra e transformando em poeira e moendo os escombros em pó, fazendo vidro virar fragmentos e destruindo postes de luz.

Irene tossiu. Havia sangue na sua boca. Ela continuou tossindo, sem conseguir parar, cuspindo sangue na calçada coberta de gelo na sua frente, o corpo tremendo a cada respiração de ar gélido, o frio envolvendo suas mãos e subindo pelos braços, apertando seu coração. Era quase delicado perto das inalações e das tosses estressantes que a sacodiam; era uma oferta para cessar, para desistir, para deixar tudo de lado. Talvez tudo isso fosse apenas um pesadelo: a tempestade, o terremoto, Kai deitado imóvel na sua frente, o sangue escuro contra a neve. Talvez ela estivesse apenas deitada ali no quarto de hotel, tendo uma última alucinação dolorosa enquanto deslizava em direção à morte. Talvez nada disso fosse real. Ela só precisava aceitar isso e ceder. Era apenas humana. Havia um limite para o que podia fazer. Não era vergonha perder.

Suas mãos se fecharam. Podia não ser vergonha perder, mas *era* uma vergonha se render, com tanta coisa em risco. Ela não ia...

Mais sangue. Sua garganta estava doendo.

Não...

Seus olhos tinham se fechado. Ela os obrigou a abrir. Não havia nada para ver exceto a brancura, nada para ouvir exceto os sons da pedra e do vento. As únicas coisas que a definiam eram a dor e a vontade, a opção de aguentar, de continuar derramando sua força nas palavras, de jogar o que restava dela na tempestade.

E aí veio o silêncio. A neve continuava caindo. Passava pelo sangue dela no chão, derretendo quando tocava nele, deixando a mancha escura se espalhar. Mas o vento tinha se acalmado; a fúria por trás dele tinha se dissipado. Por um instante, o silêncio se posicionou sobre Paris como um edredom e ninguém ousava se mexer ou interromper a imobilidade.

Havia uma pilha de pedra e neve na rua diante dela. Em algum lugar embaixo daquilo...

— Winters? — Era a voz de Vale atrás dela. Ótimo. Ele estava vivo.

— Verifique Kai — disse ela. Sua voz oscilou ao falar: era um sussurro rouco, quase inaudível e, santos deuses, como sua garganta *doía*. — Depois me ajude. Por favor. Precisamos ver o que aconteceu com Ao Ji.

Vale apareceu na sua linha de visão, cambaleando pela neve com dificuldade. Listras de sangue marcavam suas mãos e seu rosto onde tinham sido marcados pela neve ou por fragmentos de pedra, e suas roupas estavam rasgadas e despedaçadas. Ele se apoiou em um joelho ao lado de Kai, verificando a pulsação.

— Vivo, mas inconsciente — relatou, e ela percebeu o alívio na voz. — Mas ele precisa de cuidados médicos.

Irene tentou não rir. Doía demais.

— Todos nós precisamos.

— Não desperdice sua respiração com trivialidades — aconselhou Vale. Ele colocou um braço ao redor dela e a ajudou a se levantar, auxiliando-a a andar. Não havia pensamento nem energia sobrando para alegar uma força que ela não tinha. De jeito nenhum conseguiria andar sozinha. Ela nem sabia se conseguiria engatinhar.

Ao Ji estava espalhado sob uma pilha de escombros. Estava inconsciente, mas um espasmo da mão estendida sugeria que ainda estava vivo. Cortes e arranhões marcavam sua pele branca. A trança tinha desmanchado e o cabelo se esparramava na pedra como um rio de neve.

— Precisamos... — Irene tentou pensar no que fazer em seguida. Sua mente estava vazia. Ela estava mais exausta do que conseguia expressar. — Se nós...

— Não precisa fazer mais nada, srta. Winters — disse o Cardeal de trás dela. — Você completou sua missão.

Vale e Irene se viraram. O Cardeal estava ali, sem marcas, intocado, embora o grupo de serviçais humanos e feéricos inferiores atrás dele mostrassem sinais de batalha, mancando, feridos e ensanguentados.

— Não tenha medo — continuou ele. — Seu amigo, o Príncipe, não foi ferido. Ele será levado para um lugar seguro.

— E quanto a Ao Ji? — Irene levou a mão à garganta, tentando controlar outro acesso de tosse.

— Foi encontrado morto — disse o Cardeal. O luar começou a ser filtrado através das nuvens de novo, formando uma sombra sinistra ao redor dos pés dele. — É simples assim.

No início, Irene queria concordar. Seria tão simples, tão fácil: Li Ming e Mei Feng tinham ouvido as evidências e podiam confirmar, e todo mundo em Paris tinha testemunhado a tempestade. Mas... e a família de Ao Ji? Seus irmãos? Não importava o que ele tinha feito, se ele morresse desse jeito, eles aceitariam o tratado de paz ou perdoariam a Biblioteca pela morte dele? Não era apenas a vida dela que estaria em risco por matá-lo. Seria a de todo mundo ligado a ela. Vale, seus *pais,* a Biblioteca...

— Você está enganado, vossa eminência — disse ela. Sua voz era um fiapo estreito no ar frio. — Ele foi encontrado vivo e levado em custódia.

O Cardeal balançou a cabeça delicadamente.

— Você está muito esgotada, srta. Winters. Vai ser levada de volta para o hotel, onde poderá descansar. Peregrine Vale, ajude-a.

— Nós dois podemos testemunhar que Ao Ji estava vivo e bem quando o deixamos — disse Vale impetuosamente. — A menos que você queira adicionar nós dois à contagem de mortos.

— Certamente é uma opção — concordou o Cardeal —, embora não seja minha preferência. É claro que vocês percebem que esse é o caminho mais fácil. Sua família e seu mundo não concordariam?

Se Irene tivesse conseguido ou estivesse disposta, poderia ter dado um conselho providencial. Tentar chantagear Vale só o colocaria com mais firmeza no caminho escolhido. Mas o conselho não salvaria a vida deles aqui e agora.

Chantagem, pensou ela, e uma carta no fundo da sua mente virou do avesso.

— Vossa eminência — resmungou ela —, você não conhece os fatos completos.

— Ah? — Ele fez uma pausa. — É aqui que você revela um bilhete com a minha caligrafia, dizendo que o que você fez foi pelo bem do estado e sob as minhas ordens?

— Não exatamente. — Ela tossiu de novo e percebeu o sangue que espirrou na mão. *Espero que não seja sério demais. Supondo que vou sobreviver aos próximos minutos.* — Você pode, por favor, pedir para seus subordinados darem um passo atrás por um instante?

O Cardeal olhou por cima do ombro e assentiu. Seus seguidores recuaram.

— Acho bom você me dar um motivo excelente para evitar o que precisa acontecer aqui — disse ele baixinho. — O que você pode me dizer que me convença a mudar de ideia?

Irene se apoiou em Vale.

— Você deliberadamente atraiu a Condessa para cá, para criar um inimigo mútuo contra o qual todo mundo poderia se unir. E eu posso provar, se você insistir nessa linha de ação.

— Pode?

— Uma carta.

Irene viu a determinação fria nos olhos dele.

— Então é uma pena enorme que nenhum de vocês tenha sobrevivido a essa batalha.

Irene levantou a mão trêmula antes que ele pudesse dar alguma ordem.

— Não está comigo.

— Ah? — A voz do Cardeal estava calma e firme, mas havia um fragmento de incerteza por trás. — Quem está com ela, então? O príncipe? Peregrine Vale?

— Nenhum dos dois. — Irene mostrou os dentes num sorriso. — Entreguei a Silver. E acho que ele não... — Ela tossiu de novo, o corpo tremendo. — Acho que ele não gosta muito de você. Acho que adoraria ter uma desculpa para entregar essa carta à Princesa. E, quando ela descobrir que você estava preparado para colocá-la em perigo, nas mãos da Condessa? O que vai acontecer?

Os segundos passavam. Irene observou a neve caindo ao redor do Cardeal parado ali, contemplando, refletindo, um modelo para uma estátua eclesiástica, pesando as palavras dela como peças de um jogo e analisando o valor delas. Cada respiração vinha com mais dor e gosto de sangue. Ela teve medo de começar a tossir de novo e não conseguir parar.

Por fim, o Cardeal falou.

— Boa jogada, milady. Estou ansioso para os próximos jogos. — Ele aumentou a voz. — Erda! Peça para alguém trazer um dos dragões do hotel. Sua Majestade Ao Ji está vivo e precisamos de testemunhas enquanto o colocamos em custódia.

CAPÍTULO 28

A assinatura do tratado aconteceu no meio do Jardim das Tulherias, ao lado de uma grande lagoa cercada de estátuas. Passava das três da madrugada, mas a neve ainda estava caindo. O grupo – feéricos, dragões, humanos – tinha se afastado o suficiente da Rue de Rivoli para evitar os esforços de resgate e o trabalho de restauração que ainda estavam acontecendo ali. O Cardeal teve uma "conversinha" agradável com o inspetor Maillon e o inspetor agora estava totalmente convencido da inocência de todo mundo nos recentes distúrbios anarquistas. Certamente, a cratera no meio da rua e os prédios destruídos ao redor eram mais resultantes de bombas do que qualquer outra coisa. Como um ataque de dragão.

Irene teria se sentido mais culpada pela extensa destruição que eles tinham provocado em Paris se tivesse alguma energia sobrando para isso. Ela estava funcionando à base de cafeína e conhaque, e, apesar de estar enrolada em casacos emprestados e de estar com um curativo na queimadura de frio, o frio gélido tinha se instalado nos seus ossos. Infelizmente, por causa da presença da realeza dos dois lados, só os muito idosos ou muito feridos podiam se sentar, e ela não atingia esse nível de consideração. A parte do seu cérebro idiotizada pela fadiga quase desejou *estar* ferida o suficiente para merecer uma cadeira, mas o bom senso estrangulou essa linha de pensamento. A área zunia com a mesma mistura de ordem e caos que enchia o salão de jantar na noite anterior, mas não parecia tão claustrofóbica nem condensada. Mesmo assim, ainda havia um formigamento no ar, um tremor nos nervos.

Ao Ji tinha sido removido por um grupo de dragões, conduzido pelo seu irmão real, Ao Guang, que tinha chegado pouco depois do fim da luta. A história oficial era que a Condessa tinha envenenado Ao Ji, resultando em insanidade temporária. O fato de absolutamente ninguém acreditar nisso não impedia de ser uma boa história. A Condessa tinha desaparecido, mas ninguém estava tentando caçá-la; estavam todos muito ocupados com emergências imediatas. Irene tinha contado a história toda para Kostchei e Coppelia – até onde ela sabia – com ajuda de Vale. E era incrível como as negociações finais transcorreram com facilidade, com os dois lados sendo culpados por *alguma coisa* e querendo aliviar.

O pai de Kai, Ao Guang, era... impressionante. Tinha a mesma coloração de Kai – e Irene suspeitava que ele era azul na forma de dragão também, mas não teve a chance de ver isso. Tinha uma postura e um poder que vinham com a idade e com o conhecimento de que, se ele realmente quisesse, poderia destruir o mundo. Muito parecido com Ao Ji, na verdade. Irene estava fazendo o possível para encontrar outras pessoas atrás das quais ficar sempre que chegava perto dele. Provavelmente não fazia muito sentido, mas ela se sentia ligeiramente melhor assim.

Vale estava perto dela, agora. Às vezes ele oferecia o braço, quando ela parecia que estava começando a balançar. Irene não ficava muito orgulhosa de aceitar. Estava contando os segundos para isso terminar.

E aí tudo aconteceu. Ao Guang assinou. A Princesa assinou. Coppelia e Kostchei assinaram como testemunhas. Li Ming espanou a neve dos documentos – três cópias, uma para cada grupo – e os enrolou para colocar dentro de tubos, seus movimentos ainda lentos e dolorosos. Irene soltou um suspiro de alívio; com muito cuidado, pelo nariz, para não machucar mais a garganta. Ainda estava com dificuldade para falar.

Houve gestos mútuos de cortesia e discursos formais, que Irene basicamente ignorou, enquanto mantinha uma consciência vaga da situação. Kai ficou ao lado do pai o tempo todo e estava consciente demais de ser observado para sequer olhar para Irene, assim como ela era politicamente sensata demais para olhar para ele. *Neutralidade oficial. Certo.* Não tinha a menor ideia do que o pai dele diria a ele depois que estivessem sozinhos. O otimismo determinado lhe permitia ter esperança de que havia *alguma* perspectiva para os dois, para o futuro. Afinal, eles todos ainda estavam vivos. Isso era melhor do que parecia algumas horas antes. Ela só teria de continuar com o trabalho e esperar até o pai de Kai deixá-lo seguir seu caminho de novo...

E se demorasse décadas? Pelo menos tivemos uma noite juntos. Pelo menos eu vou saber que ele está seguro e bem.

— E temos mais uma decisão para anunciar — Coppelia concluiu seu discurso. — Irene, dê um passo à frente.

O estômago de Irene desabou quando os olhos de todo mundo se viraram para ela. Ser notada em eventos como este raramente era uma boa notícia. Ela grudou um sorriso educado no rosto e tentou dar um passo à frente com graciosidade, mas cambaleou e Vale teve de pegá-la.

— Por favor, perdoem a srta. Winters — disse Vale. — Ela *foi* ferida.

— O serviço dela foi reconhecido. — disse Ao Guang. — Qual é sua decisão, madame Bibliotecária?

Era demais esperar uma recompensa, decidiu Irene. Esse não era o tipo de premiação escolar em que alguém recebia um livro e um sermão de aperfeiçoamento sobre o trabalho árduo. Uma pena. Ela ia gostar de ganhar um livro. Mas não *pensava* que tinha feito alguma coisa que merecesse punição – ou, pelo menos, não tinha sido pega fazendo isso oficialmente. Ela tentou desacelerar a pulsação e agir como se soubesse o que estava acontecendo.

Coppelia se inclinou para a frente na poltrona. Uma crosta fina de neve cobria seus ombros e as dobras da sua saia. O luar destacava todas as rugas do seu rosto.

— A Biblioteca decidiu criar uma embaixada oficial. Será um órgão centralizador, se quiserem pensar assim, para questionamentos pacíficos e reclamações de todos os signatários do tratado. Naturalmente, isso exige uma Bibliotecária mais jovem, que seja capaz de viver fora da Biblioteca e que esteja em bons termos com a espécie de Vossa Majestade e com os feéricos.

Ela fez uma pausa, possivelmente para permitir objeções. Ninguém fez nenhuma.

— Sendo assim, decidimos indicar Irene, também conhecida como srta. Winters, atualmente Bibliotecária Residente no mundo B-395, pela nossa classificação, para essa posição. A srta. Winters manterá seu emprego atual, embora, é claro, sem infringir os direitos dos signatários do tratado. Esperamos que isso seja aceitável para todas as partes.

Irene grudou o olhar num ponto além do ombro de Coppelia e se esforçou para manter a respiração tranquila e não ter um acesso de tosse. Na verdade, será que um acesso de tosse a faria ser invalidada para essa posição presumida? Um pensamento tentador. Esse emprego que estavam lhe oferecendo – não, para o qual ela estava sendo designada – não era nem *remotamente* seguro. Ela seria um alvo público para qualquer pessoa com ressentimento contra a Biblioteca ou o tratado de paz.

Estou condenada.

— Aprovamos totalmente — disse Ao Guang.

Eles provavelmente combinaram tudo isso antes.

— Nós também — concordou a Princesa.

Um pânico absoluto a tomou. *Fico pensando se meu orçamento vai se estender para fortificações de prédios e plataformas de artilharia?*

— E você, Irene? — indagou Coppelia. — Se você sinceramente achar que não é compatível com essa tarefa, vamos designar outra pessoa.

Irene inspirou fundo.

— Não me sinto competente — disse ela com sinceridade. — Ainda sou muito jovem e inexperiente, em comparação com outros Bibliotecários. — Se bem que, sério, ela era *tão* inexperiente assim? Escolher evitar a responsabilidade se rotulando como inadequada podia ser uma opção fácil... mas será que era a certa? Ela encontrou os olhos de Coppelia. — Mas vou fazer o máximo para servir à Biblioteca nessa posição — concluiu.

— Uma sábia escolha — disse Ao Guang. Ele não falou *de quem* era a escolha sábia. — E, para facilitar essas linhas de comunicação, vou designar um dos meus filhos para a mesma tarefa. Kai, essa tarefa é sua. Você vai compartilhar a embaixada com a srta. Winters. Assim como o representante escolhido pelos feéricos.

Kai se apoiou sobre um joelho na neve e levou o punho ao ombro.

— Como ordena meu lorde e pai — disse ele. Seus modos eram perfeitamente adequados, mas Irene o conhecia bem o suficiente para perceber a insinuação suprimida de entusiasmo na sua voz.

— E é claro que vamos designar um serviçal fiel para o mesmo objetivo — disse a Princesa. Seus olhos estavam praticamente cintilando com a doce harmonia e com o amor por todas as coisas vivas. Os pássaros estariam cantando, se não estivesse nevando e no meio do inverno. — Mas, por enquanto, vamos nos despedir. Eu realmente sinto que realizamos uma coisa muito importante, hoje.

E, quando ela disse isso, as palavras pareceram *verdadeiras*. Irene conseguia de fato acreditar em... finais felizes?

Temos um tratado de paz. A Biblioteca está segura. Meus pais estão seguros.

Vou ficar com Kai. Ele vai ficar comigo. Isso não pode ser coincidência. Tem de ter algum plano por trás.

Ou essa é a coisa mais próxima de uma recompensa que eles podem nos dar? Estou arriscando minha felicidade porque estou paranoica demais para aceitar um presente?

Ela recuou educadamente quando a realeza de ambos os lados desviou a atenção para longe dela. Por um instante ela captou o olhar de Kai e viu a mesma consciência – e a mesma esperança – no seu rosto. Ele deu um passo para trás para responder a uma pergunta do pai, e ela desviou o olhar antes de ser pega encarando.

— Bem, Winters — disse Vale baixinho. — Parece que você ainda vai provocar algumas inconveniências no meu mundo.

Aparentemente, ele tinha feito o mesmo cálculo de perigos potenciais que ela.

— Posso pedir para essa embaixada teórica ser posicionada em outro lugar — disse Irene, relutante. — Quero dizer, contanto que eu aceite o emprego.

Vale bufou.

— Não é necessário. Só exercite sua cautela costumeira. — Ele olhou para a Rue de Rivoli atrás das árvores. — E faça o máximo para evitar explodir Londres, se for possível.

Silver deslizou pela multidão em direção a eles, dando a Irene seu sorriso mais afetuoso e sedutor.

— Tenho de admitir, minha ratinha, que poucas vezes me senti tão aliviado na vida.

— Por qual dos muitos motivos possíveis? — perguntou Irene.

— Não receber nenhuma indicação oficial em relação ao nosso novo tratado. Realmente não é o meu *estilo*. — Ele colocou a mão dentro do casaco e tirou um envelope, oferecendo-o a Irene. — E, falando em coisas que prefiro não manter, aqui está. Tenho certeza de que você vai encontrar um lugar seguro para guardá-lo.

Irene virou o envelope e o abriu. O conteúdo era o mesmo de antes: a carta que a Condessa lhe dera. Ela não tinha lido ainda e não tinha certeza se queria ler. Sentiu os olhos do Cardeal sobre ela do outro lado da multidão, apesar de ele não estar olhando para ela.

— Um lugar bem seguro, acho. — Ela guardou no próprio casaco. — Não vamos falar de favores?

Silver mostrou os dentes num sorriso.

— Depois de algum estudo sobre a sua personalidade, minha querida Irene Winters, estou chegando à conclusão de que posso preferir manter sua benevolência. O mundo está mudando. Vou observar com interesse. Vou passar na embaixada quando estivermos de volta a Londres. Tenho certeza de que posso dar uma festa que... a divertiria. Leve seu dragão de estimação. E a Princesa me mandou garantir que você seja pago, detetive, então vou cuidar disso.

Ele inclinou a cartola e se afastou.

— Você acredita nas afirmações de benevolência dele? — perguntou Vale, austero e desconfiado.

— Acho que a força das intenções dele podem depender da seriedade da situação — respondeu Irene baixinho. — Mas ele se revelou por enquanto, então não vamos causar nenhuma confusão. Pode me ajudar a ir até Coppelia, por favor?

Uma lacuna se abriu ao redor de Coppelia quando Irene e Vale se aproximaram, com Bibliotecários e observadores se afastando.

Coppelia levantou o olhar, e seu rosto se enrugou num sorriso.

— Sabe, por um instante, eu sinceramente achei que você ia recusar.

— Você é minha professora — respondeu Irene. Ela sabia que as pessoas ao redor estavam ouvindo a conversa, apesar de estarem fingindo que não. — De todas as pessoas aqui, você deveria saber para que lado eu ia pular.

— Você poderia ter alegado que não estava preparada. Já fez isso. Estou feliz por não ter feito isso desta vez. Depois de certo ponto, vira um hábito. — Coppelia ofereceu a mão a Vale. — E muito obrigada a *você* pela sua ajuda. Espero que possamos chamá-lo novamente, se necessário. Acredito que seus honorários tenham uma tabela fixa, exceto quando você os dispensa totalmente?

Vale fez uma pequena reverência a ela.

— Correto, madame, embora eu não esperasse nada menos de você. Fico feliz por ter podido ajudar. — Excelente. Meu agente vai ligar para você mais tarde.

Irene passou a carta para Coppelia.

— Isso precisa ir para um lugar muito seguro.

— Ah, sim — disse Coppelia, guardando-a embaixo da manta que cobria suas saias. — Mais um documento para os arquivos... Pode me ligar no seu tempo, você sabe, Irene. — Sua voz ficou mais suave. — Não precisa sumir.

Irene pensou em todas as pessoas no seu futuro.

— Prometo que não vou sumir — disse ela baixinho. — Algumas coisas podem mudar, mas outras continuarão iguais.

Ela sentiu o roçar de um poder ordenado atrás e se virou para ver Ao Guang, com Kai logo atrás. Ela automaticamente mergulhou numa reverência e Vale fez o mesmo.

Ao Guang fez um sinal com a cabeça para os dois.

— Não há nenhuma necessidade de segurá-los por mais tempo — disse ele, num tom de voz que Irene decidiu classificar como amigável. — Estou vendo que vocês dois estão machucados e a noite está fria. Ficarei feliz de escoltar madame Coppelia e seus amigos à Bibliotheque Nationale, para sair deste mundo.

E a carta do Cardeal. Certo.

— Obrigada, Vossa Majestade — disse Irene. Ela tentou encontrar os olhos dele sem ter nenhum pensamento sobre Kai. Nem sobre Ao Ji. Nem sobre nada a que Ao Guang poderia fazer uma exceção.

— Seus honorários serão despachados para você — Ao Guang informou a Vale. — Kai, providencie isso. Não vou precisar de você pelo resto da noite.

— Sim, meu lorde pai — disse Kai, com outra reverência.

Ao Guang virou de costas para eles em direção a Coppelia com a segurança calma de um homem que sabia que eles desapareceriam na invisibilidade social no instante em que ele olhasse para o lado. Kai pegou o outro braço de Irene, e os três recuaram para o abrigo de uma das estátuas.

— Posso levar nós três para casa — disse Kai baixinho. — Irene obviamente não está disposta a viajar muito...

— Como *é?* — murmurou Irene, e tossiu.

— Ignore Winters — Vale aconselhou Kai. — Depois de ter recebido ordens há pouco tempo, ela acha que precisa afirmar sua independência.

Irene olhou furiosa para ele, mas não confiou na própria garganta o suficiente para falar.

— Ou podemos achar outro hotel pelas próximas horas — sugeriu Kai. — Apenas para dormir um pouco. Meu pai me liberou.

— É, nós ouvimos — disse Vale. — Diga-me, Strongrock, o que *você* acha desse negócio de embaixada?

— Experimental — respondeu Kai de um jeito pensativo. — Mas vale a pena tentar, acho. E me tira da corte por enquanto. A questão do meu tio...

— Sinto muito por isso — comentou Irene, rouca.

Kai olhou para ela, escolhendo as palavras com cuidado.

— Irene, eu estaria mentindo se dissesse que estou totalmente confortável com o que aconteceu. Mas meu pai veio para ajudar. Ele me reconheceu publicamente e me deu uma tarefa digna. As coisas nunca mais serão as mesmas, mas sei que ele sente que eu agi de maneira adequada. E a opinião dele é a coisa mais importante para mim.

Mais importante do que eu? As palavras subiram na garganta de Irene, mas, antes de passarem pelos seus lábios, ela percebeu como eram idiotas. Havia *tipos* diferentes de importância. Kai nunca pediria que ela comparasse o afeto por ele com sua lealdade à Biblioteca. Os seres mortais conseguiam se importar com mais de uma coisa. Os imortais, como os reis dragões, podiam ser levados por suas paixões dominantes e estar preparados para sacrificar todo o resto – todos os outros amores, todas as lealdades, toda a honra – por essa chama que os consumia.

Mas ela era mortal.

Ela assentiu.

De longe, ao longo do Sena e numa das pontes mais distantes, ruídos longínquos foram carregados pela neve: o rangido de rodas de carruagem, o som dos cascos de cavalos e, acima de tudo isso, cantorias e gritos de entusiasmo.

— O que está acontecendo? — perguntou Kai.

— Os vendedores que madrugam — respondeu Vale. — Estão levando seus vegetais e outros alimentos para os mercados em Les Halles. Eles normalmente seguem pelo Boulevard Saint-Michel, mas a neve deve ter fechado a rua. E ouvi dizer que os estudantes mais boêmios os acompanham. — As rugas de desaprovação no seu rosto sugeriam que ele nunca tinha feito uma coisa dessas quando estava estudando.

No entanto, Irene tinha.

— Vida que segue — disse ela filosoficamente, desistindo de descansar a voz —, e Paris vai estar aqui por muito tempo depois que formos embora. Acho que um hotel pode ser a melhor ideia. Podemos voltar para Londres amanhã.

— Provavelmente uma escolha sábia — concordou Vale. Ele olhou para o grupo de pessoas diante deles: feéricos, dragões, Bibliotecários, todos interagindo uns com os outros. Se não efusivamente, pelo menos com educação. — Ouso dizer que ninguém vai notar que fomos embora.

Irene assentiu. Ela sorriu para os dois, de um jeito mais genuíno do que tinha conseguido até agora naquela noite. Era difícil deixar o medo ir embora. Mas ela estava disposta a tentar.

— Amanhã vai ser um dia agitado. Mas acho que estou ansiosa por ele.

Esta obra foi composta em Essonnes e impressa
em papel Pólen Soft 70g com capa em Cartão
Trip Suzano 250g pela Corprint para
Editora Morro Branco em março de 2021